中世日記文学の表現方法

高木周

青簡舎

中世日記文学の表現方法　目次

第一部　阿仏尼作品の表現

第二部　『とはずがたり』の表現

第三部　日記と西行

凡例

本書において引用した作品の本文のうち、各章の末尾に注記したもの以外は、次の書による。

・『とはずがたり』は久保田淳校注『建礼門院右京大夫集　とはずがたり』（新編日本古典文学全集、小学館、一九九九年）による。

・『十六夜日記』は岩佐美代子校注「十六夜日記」（『中世日記紀行集』、新編日本古典文学全集、小学館、一九九四年）による。『うたたね』は永井義憲校注『うた、ね』（影印校注古典叢書、新典社、一九八〇年）による。

・和歌と歌番号は、特に注記しない限り、新編国歌大観による。

・『信生法師日記』（『信生法師集』）『栄花物語』『十訓抄』『和漢朗詠集』『無名草子』は新編日本古典文学全集、『源氏物語』『古今著聞集』は新潮日本古典集成、『伊勢物語』は角川文庫による。

引用した本文の表記（漢字・仮名）や句読点、清濁等は私意により改めたところがある。

本文に対する傍線・アルファベット・（　）内注記などは稿者が付した。

序章

はじめに

本書が論じる中世日記文学は主に、後深草院二条の『とはずがたり』と、阿仏尼の『十六夜日記』、『うたたね』などの作品である。中世の日記には『たまきはる』、『弁内侍日記』、『中務内侍日記』など、女房の書き手が宮仕えについて記した作品もあるが、二条と阿仏は宮仕えを『とはずがたり』と『阿仏の文』（『乳母のふみ』）に描くだけでなく、長い旅をした自らをも日記に歌い、語った。二条と阿仏は、旅しつつ来し方の恋や他者とのえにしを偲ぶ自己像を日記の中に創り出した。二者の日記の旅の表現との関わりにおいて、『信生法師日記』や、飛鳥井雅有の『都の別れ』も論じる。

中世日記は、要所要所に多くの和歌、歌語を配しており、二条と阿仏の日記は宮仕えや旅における人間関係を、歌語同士の関係性において表す傾向がある。本書は二者の日記の表現方法を、その歌に注目しつつ考察する。

中世日記の歌を重視する観点から、その歌に大きな影響を与えた西行の歌についても論じる。西行は旅を重ねて歌を詠み、歌の中では恋心も追求した歌人であり、その歌を『とはずがたり』などの中世日記は旅や恋の表現にどう受容しているのかを考える。

本書は三部構成とし、第一部が阿仏尼作品論、第二部が『とはずがたり』論、第三部が日記の西行歌・『西行物語』受容論である。以下で、各部の論点について、研究史の概略と本書の視点を述べる。

一　第一部の論点

第一部は阿仏尼の『阿仏の文』、『十六夜日記』を論じる。消息文である『阿仏の文』は宮仕えの心得を説いて鎌倉期の女房の生き方をよく表しており、『とはずがたり』が語る宮仕えとも関わるため、第一章で論じる。『十六夜日記』については、第二章で東海道下りを描く路次の記の和歌表現を論じ、第三章で鎌倉滞在記の贈答歌の表現性を考える。

各章の論点を先学の指摘をふまえつつ述べる。第一章では、岩佐美代子の考証(1)に依り、広本『阿仏の文』(『乳母のふみ』)を阿仏尼の真作として論じる。『阿仏の文』は阿仏が娘の紀内侍に宮仕えの心得を説いた消息文であり、その心構えを特徴的な表現に即して読み解く。『阿仏の文』は、娘が主君の寵愛を受けて皇子を育む身となることを理想とし、つまりは后がねとしての心構えを主に説いており、その后がねのふるまいの模範とすべき存在は歴史物語が語る后だと教えている。その后に該当する人物について、本章は『阿仏の文』の説く心構えと『栄花物語』の后像を照らし合わせて、候補を提案する。加えて、『阿仏の文』の教える心構えを、『とはずがたり』が語る二条の宮仕えとも比較して、二者の接点と差異を探る。

第二章の『十六夜日記』の路次記論については、田渕句美子(2)が路次記の歌の傾向の一つとして、「言語遊戯的な遊びが見え、ユーモアや余裕も漂う」と示唆する。路次記の歌には、珍しさや面白みのある地名と景物を詠み込むことを楽しむことば遊びや、恋歌的な表現の戯れがみられるが、一方で阿仏が都を偲び旅を愁う思いの表現もある。多様な歌を含む路次記の表現の方法と志向を考えるために、第二章ではそれらの歌が対照的な表現を組み合わせる傾向に注目する。

第三章の鎌倉滞在記論に関しては、三角洋一(3)が滞在記における阿仏尼と都の女房歌人などとの贈答歌について、古歌の先例をふまえた交流を指摘し、滞在記が贈答を含む消息を多く紹介するのは「阿仏の選んだ方法」であり、「現実から自立した日記文学としての磁場が形成されている」と示唆する。

三角洋一の指摘をふまえ、第三章は贈答集成による表現の方法を考える。各贈答の呼応関係と、複数の贈答にわたる「月」などの歌語の反復、照応の手法に注目して、滞在記独特の表現世界の志向を捉える。その志向は、阿仏尼が自らの死を意識しつつ、都人との再会や歌道家継承を祈る思いを都人と共有することを表す方向性であると思われる。また、贈答集成という形式の先例と比べて、滞在記の独自性をも探る。

以上の第一部の阿仏尼作品論では『うたたね』を取りあげないが、第二部・第三部では論じるため、その位置づけについても述べておく。田渕句美子(4)は『うたたね』が語る女の失恋、出奔・出家、遠江下向などは、他の資料から知られる阿仏の恋、出奔・出家、遠江下向などの事実と食い違う点が多く、『うたたね』は阿仏の体験を素材にして作り物語のように虚構化し、先行歌の引用もちりばめていると指摘する。

田渕句美子の指摘をふまえ、本書は『うたたね』を作中で「我」と称する女主人公の身の上の語りと捉え、女の身の上の表現を作者の阿仏の境遇から区別して考えている。第二部、第三部で主眼とする『とはずがたり』論のために、共通表現の多い『うたたね』を比較材料とする。『とはずがたり』が歌語や先行歌引用によって二条の恋、遁世、旅を表す方法を捉えるために、『うたたね』の同じ歌語や先行歌による女の恋、厭世、旅の語り方と比較する。比較する共通表現は、「憂きはうれし」（第二部第二章）、「なるみ」、「心の色」（第四章）、西行歌の引用（第三部第二章、第三章、第四章）などである。

二　第二部の論点

第二部では、『とはずがたり』における二条と他者の関係性の表現方法を考える。表現を論じる視点は、第一に人物関係を和歌・歌語はどう表しているのか、第二に作中の人物像を物語・説話の人物像とどう重ね合わせて表しているのか、という二点に集約できる。この視点について、研究史と各章の論点を交えて説明する。

本書の『とはずがたり』論は全体としては第一の和歌表現論を主眼とするが、第二の物語・説話との比較を第一章から第三章まで試みるため、第二の視点から説明する。研究史では『とはずがたり』の物語性について、平安・鎌倉期の作り物語の引用が多く指摘され、『とはずがたり』が作中の人物像を、物語の人物像を模して描く傾向が論じられてきた。物語を模倣する側面は重要であるが、『とはずがたり』は物語とは異なる人の生き方をも描いていることを捉えるべく、第一章では『とはずがたり』における、父の死をうけとめて生きる二条像の語り方につき、作り物語の女君のあり方と比較して、二条の固有の人生観を表す志向を探る。

中世説話が表す人物像についても、『とはずがたり』の人物像との関連性を考察する。第二章では、『とはずがたり』巻二において遁世する「傾城」の人物像について、従来は説話の遊女像との同一性が論じられてきたが、本書は『なよ竹物語』や『今物語』において帝の寵愛を受ける女性像と共通する側面を論じて、「傾城」とその遁世の表現を再検討する。第三章では、『とはずがたり』巻二の女楽における二条の琵琶をめぐるふるまいの表現性を、『文机談』が描く琵琶をめぐる人物像との相似に注目して考える。

これらの物語・説話との関連性が問題となる『とはずがたり』の表現には和歌が含まれており、物語・説話に関わらない歌も要所に多く配されているため、歌の表現性を考える第一の視点が必要となる。『とはずがたり』の和歌表現（散文中の歌語や引歌を含む）が作中の人物たちの関係性や生き方を表現する方法を論じる視座が重要である。『とはずがたり』は一定の歌の表現を反復することが多く、その反復表現を絡み合わせて、二条と人々の関わり合いを表す方法を本書は追求している。『とはずがたり』の歌の表現方法に関する先学の指摘をふまえつつ、本書の和歌表現論の方向性を述べる。

岩佐美代子(5)は、『とはずがたり』で主に巻一の二条と雪の曙、後深草院の間の贈答で「よそながら馴れてはよしや小夜衣いとど袂の朽ちもこそすれ」（雪の曙への二条の返歌）、「あまた年さすがに馴れし小夜衣重ねぬ袖に残る移り香」（院の二条への贈歌）などと反復される「小夜衣」の表現性を論じる。「小夜衣」は、同語を詠む中古の物語歌や中世和歌の影響を受け、二条が雪の曙・院と契り、院は二条とその母を寵するという「「つま重ね」の二重構造を暗示する」効果があり、巻五で院の崩御後に院の形見の小袖を布施にする折の二条の歌「あまた年馴れし形見の小夜衣今日を限りと見るぞ悲しき」は、二条が「小夜衣」を通じて半生を追懐しつつ最も契り深い院を偲ぶことを表すと指摘する。

この岩佐美代子論文は、『とはずがたり』で反復される歌語の捉え方について示唆的であり、和歌の表現史の影響をおさえつつ、『とはずがたり』独特の人物関係の表現手法として歌語を把握し、特に歌語の反復によって二条が過去の関係性を反芻する回想の方法を指摘した点が重要である。本書でも『とはずがたり』の歌語の表現史を調べるとともに、歌語による人物関係の表現、回想の手法を考察している。なお、歌の表現史については、『とはずがたり』

の和歌表現の典拠・類例を詳細に指摘する久保田淳、三角洋一の注釈に学ぶ点が多い。(6)

この岩佐美代子論文をふまえた田渕句美子は、(7)同様の『とはずがたり』の和歌の手法として、巻三で疎遠になりつつある雪の曙との贈答での二条の返歌「契りこそさても絶えけめ涙川心の末はいつも乾かじ」が、巻一冒頭で雪の曙が二条に贈った衣装に添えた歌「契りおきし心の末の変らずはひとり片敷け夜半の狭衣」を想起させ、二人の秘めた恋の始まりから終わりまでを暗示し、『とはずがたり』では表現が方法として「円環し、形を変えて繰り返されている」と指摘する。

また、標宮子(8)は雪の曙にまつわる「新枕」に注目し、巻一で二条が雪の曙と「心のほかの新枕」を交わし、巻三では疎遠になってゆく雪の曙を「新枕ともいひぬべく、かたみに浅からざりし心ざしの人」と呼ぶ表現が、『伊勢物語』二四段の女の歌「あらたまの年の三年を待ちわびてただ今宵こそ新枕すれ」(『続古今集』恋四1210題・読人しらず)をふまえて展開させた中世の恋歌の「新枕」の影響を受け、雪の曙が後深草院という夫のある二条に三年間想いを寄せて契りを結んだという人物像を一貫して表すと指摘する。

この田渕句美子論文や標宮子論文は、二条と恋人の関係の始終を歌語の反復が象徴する表現性を指摘した点が重要であり、本書では二条と後深草院、有明の月などの恋の語りの要所要所で反復される歌語が恋の関係性を象徴する表現性を検討する。

以下、和歌表現論に関する各章の論点を述べる。

第二部の第二章では、主に中世和歌で定型化した「憂きはうれし」という表現の反復によって、二条、後深草院、有明の月などの遁世願望と愛執の葛藤を抱く人物像をどう描いているかを論じる。

第三章は、二条が琵琶の緒を断つ際の歌にみえる「思ひ切り」という語の反復により、二条の出家願望と後深草院への愛執との葛藤を描く表現性を考える。

第四章は、「いつまで草」・「なるみ」・「心の色」という相互に関わりつつ反復される歌語について、同じ歌語を用いる和歌・物語の影響を考えるとともに、二条と人々の関係性を表す方法を論じ、特に恋のえにしや死別の表現としていかに機能しているかを捉える。

第五章は、巻五の二条の歌の「涙の海」、「伏見山」などが、作中の他の歌の同語を反芻し、二条と深いえにしを結んだ故人である父母と後深草院への追想を表す手法を論じる。

第六章は、巻五で二条が亡き後深草院の御影に対して詠んだ歌が院への追慕を表す方法を考える。その歌の面影・涙・月・虫などの表現が作中の類似する表現をどう反芻するのかという観点と、上皇の御影に対する哀傷歌の先例との比較、を通して考察する。

第三部は日記の西行歌受容を主題とするが、歌の反復表現にも注目する。第三章は、西行の歌の「煙」の表現を引用する『とはずがたり』巻四の「煙」をめぐる歌が、巻三以前の「煙」を詠んだ歌を反芻し、二条の過去を回想する方法を論じる。第四章は、西行の「月」の歌をふまえた『とはずがたり』巻四・五の「月」の歌をどう反復し、照応させ、二条が後深草院を偲ぶ思いを表現しているのかを論じる。

以上の『とはずがたり』論は総じて、二条と他者のえにしと生死の表現を取り上げる。『とはずがたり』がくり返し歌い語るモチーフである二条の父の死、二条の恋と遁世をめぐる葛藤、そして二条の後深草院への思慕、を焦点とし、その表現性を考える。

三　第三部の論点

第三部では、『とはずがたり』や阿仏尼作品をはじめとする中世の日記紀行における西行の和歌の受容の方法を中心に論じる。西行の歌は、旅人の命への思い、死者への追想、無常と背中合わせに旅を重ねるめぐりあわせを表す。そして、西行は月を眺めつつ恋する心、旅する身をくり返し歌い、中世の旅と恋の表現を開拓した。旅と恋を表す西行歌を、日記紀行が旅路の命の表現や、月を仰ぐ恋と旅の表現にどう受け継いでいるかを考えたい。

第一章は『信生法師日記』と『十六夜日記』の西行歌受容を比較する。『信生法師日記』の信生詠が典拠とする西行の歌「年たけてまた越ゆべしと思ひきや命なりけりさやの中山」（『新古今集』羇旅987）は諸注に指摘されているが、『信生法師日記』が表す信生の旅は西行歌の表す旅とどう重ね合わされているのか、二者をなお比較する必要がある。『十六夜日記』の諸注も、さやの中山の記事については西行の歌「年たけて…」を参考までに挙げるが、その歌の旅する西行像が旅路の阿仏像に与えた影響について特に踏み込んだ検討がない。第一章は、西行のさやの中山詠の「命なりけり」の表現性を焦点として、それを『信生法師日記』と『十六夜日記』の歌がどう受容し、それぞれの旅路の命と死者への思いを表現したのかを明らかにする。

また、『十六夜日記』の天竜川の記事には『西行物語』の天竜川での説話への言及があることは知られており、『とはずがたり』にも『西行物語』にみえる西行歌や説話の影響が考えられる。日記の研究史では関連する西行の歌や説話は指摘されているが、その歌や説話の『西行物語』諸本における位置づけの検討が不十分である。第三部では『西行物語』の西行歌と日記の歌との関連性がどこまであるのかを検証する。『西行物語』諸本における西行歌の意義づけの共通性と差異に留意し、日記の和歌表現との相関性の有無を考える。

第二章は『うたたね』と『都の別れ』の西行歌受容を比較する。『うたたね』と西行歌の関係について研究史では、部分的な西行歌引用の注釈以外は検討されていない。また、飛鳥井雅有の日記紀行への西行歌の影響は研究史では注目されておらず、典拠にあたる西行歌の注釈の面から検討の余地がある。第二章は、『うたたね』の恋の表現と、『都の別れ』の旅の表現が、月によって人を恋い偲ぶ心を表す西行歌をいかに受容したのかを考える。

第三章は『とはずがたり』巻四冒頭の西行歌受容を論じる。『とはずがたり』に関連する西行歌については久保田淳の注釈が詳しいが、影響関係に関してなお検討を要する。『とはずがたり』が西行歌をどう受け継いだのか、また西行歌と違うありかたをもいかに表したのか、という受容と差異化の両面から考察する必要がある。第三章では、二条が西行と同じく遁世者として旅し始める巻四冒頭の東下の場面で、二条が「桜」や「煙」を詠んだ歌に注目し、西行歌の引用によって西行の跡をふんで旅する二条像を描く方法と、西行とは異なる二条独特の恋の回想を表す手法を考察する。

第四章で論じる『とはずがたり』の後編（巻四・五）に対する西行の月の歌の影響は、研究史で数首の引用について部分的に注解されているが、第四章では西行の月にまつわる恋と旅の歌を後編の二条詠がくり返し引用することの意義を考える。西行歌引用の連鎖によって、二条の後深草院に対する思慕という後編のモチーフをどう表現しているのかを論じる。

四　本書の焦点

本書の日記文学論の焦点は、①和歌表現、②反復表現、③引用表現、に集約できよう。

①は、中世の日記の歌が表す書き手の自己像と他者像を論じる視点である。歌は歌語同士の関係性によって創作される性質がある表現であるから、日記の歌が表す自他の人物像も、体験そのままの実像ではなく、歌語の組み合わせによって編み出される人物のイメージ、つまり仮象である。

日記は複数の歌と散文が絡み合う表現であり、一首の歌が表す人物像は他の歌や散文の表現との関係性によって造型されている。②の反復表現の視点は、日記が歌語を反復して散文に織り交ぜることで、ことば同士の関係によって、自他の関係を表す方法を考える視座である。反復表現は、同類語を呼応させ、その語群の響き合いによって日記の人物同士のえにしを連係し、日記が追求する自他の生死を結び合わせる。

日記は自他の関係性を表すために、歌や散文に③の引用表現をちりばめ、先行歌をはじめとする引用作品が表す人間関係を日記中の人々の関係に重ね合わせる表現に満ちている。その重ね合わせには、先行作品の表す関係性から日記独特の関係へとずらす変奏も伴う。例えば第三部で論じる西行歌引用も、西行歌が表す旅と恋において人を偲ぶ痛切な思いを、日記において旅と恋をする自己像が他者を思慕する心に重ね合わせる手法である。

他者を思うことで生きる自己像の表現という観点からすると、本書で主に論じる『とはずがたり』は、書き手の二条が自らの存在の意味を、主君である後深草院をはじめとする他者との関係において見いだすべく模索している表現の集成である。親の死を受けとめて生きる二条の自己像、恋人たちとの関係に執する自己像、そして、院と共に生きるえにしをくり返し思い知らされる自己像。総じて、死者を含む他者の存在によって意味づけられる二条の自己像を『とはずがたり』は歌い、語る。『十六夜日記』も、阿仏の旅が都の家族との距離感においてくり返し歌われ、旅の原点には亡き夫から託された歌の家を子に受け継がせる使命感があり、阿仏の自己像は他者との関係に根ざしている。これらの人物像は、日記とその歌が創り出した仮象であるからこそ、血の通った真実味を帯びている。

歌は、日記が追求する自他の関係の節目節目にくり返し刻み込まれる象徴的なことばであり、古歌の示す人間関係を重ね合わせるための媒体としても、日記で駆使されている。歌の連なりが日記の内に自他の生と死を造型する表現性を考察することが、本書の日記文学論の主旨である。

注

(1) 岩佐美代子「『乳母のふみ』考」(『宮廷女流文学読解考　中世編』笠間書院、一九九九年) 参照。
(2) 田渕句美子『阿仏尼』(人物叢書、吉川弘文館、二〇〇九年) 参照。
(3) 三角洋一「『十六夜日記』の「鎌倉滞在の記」について」(『論集日記文学』笠間書院、一九九一年) 参照。
(4) 田渕句美子「『うたたね』—虚構性と物語化」(『女房文学史論—王朝から中世へ』岩波書店、二〇一九年)、『阿仏尼とその時代　『うたたね』が語る中世』(臨川書店、二〇〇〇年) 参照。
(5) 岩佐美代子「『とはずがたり』読解考　五　小夜衣」(注1前掲書) 参照。
(6) 久保田淳『とはずがたり一・二』(小学館、一九八五年)、三角洋一『とはずがたり　たまきはる』(岩波書店、一九九四年)、久保田淳『建礼門院右京大夫集　とはずがたり』(小学館、一九九九年) 参照。
(7) 田渕句美子「『とはずがたり』と宮廷歌壇—内包された意識と表現」(注4『女房文学史論』) 参照。
(8) 標宮子『とはずがたりの表現と心—「問ふにつらさ」から「問はず語り」へ』第二篇第二章 (聖学院大学出版会、二〇〇八年) 参照。

第一部　阿仏尼作品の表現

第一章 『阿仏の文』論 ―后がねの心構えをめぐって―

はじめに

本章では、阿仏尼が宮仕えをする娘の紀内侍に宛てた消息である広本『阿仏の文』[1]（『乳母のふみ』）を対象とし、阿仏尼・紀内侍の間で授受される、鎌倉期の女房の宮仕えの心構えについて論じたい。『阿仏の文』は「心用ゐ・心の際・心掟」など心に関わる語彙が頻出し、紀内侍が宮仕えで相渉る他者との関係性において自らの心をいかに構えるか、他者の心をどう見据えるかについて教える。紀内侍が接する他者の中でとりわけ重要な存在は、主君である。主君に仕えつつ寵愛を期する后がねとしての女房の心構えが問題となる。

従来、『阿仏の文』全般に『源氏物語』からの影響が強い事が夙に論じられ[2]、女房の心得を説く部分は『紫式部日記』との共通点も多いといわれる[3]。本章ではこれらの作品の影響論に止まらず、関連する『十訓抄』などの教訓的言説も視野に入れながら、『阿仏の文』の説く心の修練、つまり主君の心に見合う女房の心の育成について読解する。その修練はおそらく、君寵のありかたを見極め、それにふさわしい己の身構えを定めて、后がねの志操を養う心の営みとなるであろう。『阿仏の文』における后がねの心構えは歴史物語に語られる后妃のふるまいに基づいて説かれており、規範と仰がれる一人の后像を掘り起こしたい。

また、紀内侍は後深草院の皇女を産んだと推定されており[4]、院に仕えて寵愛を受けたと考えられる。紀内侍よりも後に後深草院に仕えた二条の『とはずがたり』における宮仕えや身の上の表現とも比べて、『阿仏の文』の心構え論を考察する。

なお、『阿仏の文』の本文は、陽明文庫蔵本[5]（外題「阿ふつの文」）を底本とし、内閣文庫蔵本[6]によって一部校訂する。

一　「言少な」

心定まらずなど候へば、いたづら事にて候ふ。御心に心を添へて、いかにあらまほしく思しめす御事ありとも、おのづから人も漏り聞きて、もどき謗りぬべからむ事は、御心に心をからかひて思しめし忘れ候へ。心のままなるが返す返す悪しき事にて候ふ。

冒頭から『阿仏の文』は心を定めることに焦点を当てる。「心のまま」、自己の思うがままであってはならず、その心が他者との接触において非難を被るものであるならば、「心に心を添へて」「心に心をからかひて」とあるように、恣の心を抑え改める、もうひとつの心を持つように諭している。もうひとつの心は他者の目において我が恣なる心を眺め返し、抑止するはたらきをもっている。この心の内なる対話は、続く文において、感情表現のありかたに関わる。

たとひ人のいみじうつらき御こと候ふとも、色に出でて人に見えむ事は恥づかしかりぬべき事と思しめして、さらぬ顔にてはありながら、さすがに憂やとは覚えて、言少なるやうに御もてなし候へ。又うれしう御心にあふ事候ふとも、言葉に「うれしや、ありがたや」など仰せ事あるまじく候ふ。憂きもつらきもうれしきも、御心によく思しめし分き候ひて見え候はんぞ。

他者の酷い仕打ちに対して、不快感を露わにすることは恥とみなされ、「さらぬ顔」をよそおいながら、「言少な」にすることが勧められる。喜怒哀楽全般も同様であり、その感情の赴くままの表現も抑制を求められる。

又、人の心のうちなどを、「とこそありけれ、かかる心のして」など、人にも仰せられ、沙汰する事あるまじく候ふ。御心のうちばかりにて、よく思しめしとどめ候へ。（中略）例へば、人の上を謗り憎みなどして、忍ぶ事を言ひあらはし、うちささめきなど、かたへの人の候はんに、つゆばかりも言葉まぜさせおはしまし候ふまじく候ふ。

自己のみならず、他人の心中にも言及することは思いとどまるべきであり、誹謗や暴露に加担してはならないという。

以上の冒頭部の説く心のありかたと関連する言説を探れば、まず、感情表出を慎むべきとするのは、古くは『寛平御遺誡』に「能く喜怒を慎みて、色に形《あらは》すことなかれ」とある。『阿仏の文』に近い時期では『十訓抄』(7)八ノ三の高陽院泰子の説話がある。泰子は鍾愛の養女を亡くしたが、葬送の折には涙をみせず、哀傷の情をあらわにせずに堪え忍んださまが「いみじき」と感嘆され、「ものを嘆くも、喜ぶも、気色にもてあまるは、けしからぬよりあるわざなり」と評され、悲喜を露骨に表すのは心ないこととみなされる。第八の標題「堪忍」、序「よろづの事を思ひしのぶは、すぐれたる徳なるべし」に合致する話だが、自己の思いを堪え忍ぶ后像は、『阿仏の文』でも評価されていると思われる。

次に、他人の事を口にし、悪し様にいうのを戒める言説は多い。『紫式部日記』では「人の上うちおとしめつる人」が批判され、『九条右丞相遺誡』では「人に会ひて言語多く語ふことなかれ。また人の行事を言ふことなかれ」、「たとひ人の善なりとも言ふべからず。いはむやその悪をや」とあり、『十訓抄』四ノ序「人は慮りなく、いふまじきことを口疾くいひ出し、人の短きをそしり、したることを難じ、隠すことを顕し、恥ぢがましきことをただす。これらすべて、あるまじきわざなり」や、『極楽寺殿御消息』(8)「人のうしろ事、返々のたまふべからず。よき事をも、好みて人の事をばのたまふべからず」等とある。いずれも人の善し悪しを軽々に口にする事や多言は舌禍を招き、人間関係がこじれるので慎むべきだとする。

紀内侍が宮仕えにおいて見まわれうる風評の害として、その数年後に同じく後深草院に仕えた二条の例が参考になる。『とはずがたり』巻一では二条が女御待遇で院に入内するという「凶害」（中傷）が東二条院の気を害し、二条への嫉視の端緒となる。巻三では二条は亀山院に寵されて後深草院から離反するという風評が流れ、後深草院の御所への出仕を禁じられる一要因となる。女房にとって風評は時に宮仕えにおける進退を左右するものであり、『阿仏の文』はその危険性を想定して、内侍自らも風評に加担しないように戒めたのであろう。

風評に限らず、多弁を慎むべき事は、『とはずがたり』巻二で後深草院が扇絵の名手の女を一夜召したが、「いと御答へがちなるも、御心に合はずやと思ひやられ」と、女の応答の口数が多いのが院の意に適わないと二条が忖度する場面からうかがわれる。院の寵を被る女性は寡言であることを求められ、それを二条も弁えていたことが知られる。

二　「心長き」

何よりも心短く、ひききりなるが、あなづらはしく、わろき事にて候ふ。長々と何事あるやうあらむずらむと思ひのどめたるが、なだらかによく候ふ。

『阿仏の文』は冒頭の心と表現の慎みの勧めに続き、短慮・拙速を戒め、気長に物事の推移・事情を見届けるのが穏便だとする。

気長に構えるのをよしとする傾向は、『十訓抄』九序にもみられる。

心にあはぬ事あればとて、うち頼むにもあれ、あひ親しきにもあれ、もの恨みの先だつまじきなり。たとひ、理運のことの相違も出で来、約束の旨の変改あるにても、さるやうこそあるらめと、心長く、忍び過ぐしたらむは、くねり腹立つよりも、なかなかはづかしく、いとほしくもおぼえぬべきを、かなはぬものゆゑ、いちはやく振舞へば、かへりてしらけもし、またはかなき節によりて、大いに悔しき事も出で来るなり。

意に叶わない事、道理に合わぬ行き違い、違約があっても、恨みに思わず、気長に忍耐するほうが立派で同情され、激情に駆られた短気なふるまいはむしろ禍根を残す、と諭す。

『阿仏の文』では、気長たるべきことが、一般論に止まらず、主君との関わり方においても再説される。

我が御心にもかけて、「おしなべたる際には身をもてなさじ。さるべき宿世ありてこそ夢の告げもありけめ。さるにつけては、おほけなくとも頼もしかるべきを」と思しめして、物憂くなど候ふとも、心長くしばしは世を御覧じ候へ。（①）

ただおいらかに心しづかなるふるまひにて、人よりはもてつけ、をさまりたる所だに候へば、うちうちの覚えはなやかならねども、しぜんに御覧じ馴れてたちまへば、世のたとへに申したるやうに、心長きはとり所にて、宮達など出できさせ給ふほどの事など候へば、その御かしづきにまぎれても命の際は過ぐす事にて候ふ。（②）

①は娘が国母となる事を預言する夢告を明かした後に、その夢を信じて実現するべく、「心長く」、気長に主君の寵を頼むべきことを説き、②は君寵が芳しからずとも、鷹揚に落ち着いてふるまう気長さが取り柄となり、皇子を授か

ることも可能であり、その養育で一生を過ごすことができるとする。

ところで、夫婦間の「心長き」ありかたについて、『源氏物語』椎本巻では、薫が大君に匂宮の想いを伝える場面で語られる。

何事もあるに従ひて、心を立つるかたもなく、おどけたる人こそ、ただ世のもてなしに従ひて、とあるもかかるもなのめに見なし、すこし心に違ふ節あるにも、いかがはせむ、さるべきぞ、なども思ひなすべかめれば、なかなか心長き例になるやうもあり。

妻が我を張らずに「おどけ」、おおらかに構え、夫の浮気など夫婦間で思わしくない事があっても、仕方ないことと観念すれば、夫婦仲は「心長く」、末永く続くという。この夫婦論は『阿仏の文』の②の主君との関わり方における「おいらかに」「心長き」さまに通じ、不和があっても女が男との仲を辛抱強く保ち続ける心づかいを求めている。

②の後文には次のようにある。

身のほども世のありさまも、思ふやうならぬ事にて候ふとも、五とせ六とせのほどは忍びて、色変らぬやうにてさぶらはせ給ひ候へ。

寵愛薄れ、皇子も授からぬままでも堪え忍んで仕えるべき五、六年という年数は、「心長き」忍耐の年限であり、その後にはじめて出家を遂げるべきだと説く。

三　主君の心

「心長き」事は主に君寵が薄い時の心構えだが、『阿仏の文』では主君の心はいかに把握されているか。

人の心ほど、とけにくう恐ろしき物は候はぬぞ。「何の道に車を摧き、何の海に舟を浮かめたらんよりも」など古くも申しならはして候へば、よくよくやうある事と覚え候ふぞ。

人心は気を許し難く恐ろしいという文脈で『白氏文集』巻三「太行路」の一節が引用[9]される。

大行之路能摧レ車　若比二人心一是夷途　巫峡之水能覆レ舟　若比二人心一是安流
人心好悪苦不レ常　好生二毛羽一悪生レ瘡　与レ君結髪未二五載一　忽従三牛女為二参商一
（中略）行路難　難二於山一　嶮二於水一　不二獨人家夫与レ妻　近代君臣亦如レ此
君不レ見左納言右内史　朝承レ恩　暮賜レ死
行路難　不レ在レ水　不レ在レ山　只在二人情反覆間一

自注に「借二夫婦一以諷二君臣不レ終也」とあり、夫婦関係に喩えて君臣関係を諷した詩だが、人心の転変がはげしく、好悪が常ならぬことは、車を摧く大行路、舟を覆す巫峡の水よりも甚だしいとする部分を引用する。妻にとって夫の情愛が急に冷めるのと同じように、臣下に対する主君の恩寵が刑罰に豹変する恐れがあるという。

紀内侍にひきつけるならば、女房として主君に仕えるのは主従関係であるとともに、主の寵を頼んで后たろうとする点では男女・夫婦関係でもあり、「太行路」の説く人心不常の怖さは紀内侍にとっては二重の意味であてはまる。

君主の寵愛が急に冷める端的な例が、『大鏡』、『栄花物語』にみられる。『阿仏の文』は「世継」、即ち歴史物語について、「御心用ゐ、世のおきて、古きを改め、村上の御世よりこのかた御覧じおぼえて」と、心づかいや世のありさまのテキストとして習熟するよう求める。例えば、『大鏡』師尹伝で、宣耀殿女御芳子は村上帝の寵愛深く、比翼連理の契りを交わしたが、芳子を嫉視する安子皇后が亡くなり、安子への申し訳なさから、芳子への寵はにわかに衰える。また、『栄花物語』巻二花山たづぬる中納言で、花山帝女御姫子は入内後一ヶ月は寵を独占するが、突如寵は絶え、見向きもされなくなった。いずれも女御自身に非があったわけではなく、「太行路」にあるように帝の「好悪」は一挙に「反覆」し、女御を捨てて顧みない。

『とはずがたり』の描く後深草院の二条に対する寵も「太行路」を地でゆくものであろう。巻三で二条は院への出仕を禁じられ、院から遠ざけられた時に、「「隔てあらじ」とこそあまたの年々契りたまひしに、などしもかかるらむ」と、院の二条に対する長年の寵愛の契りが破られたことを恨む。さらに、巻三末の北山准后九十賀の折には、院は二条を改めて寵する意向をほのめかして誘い、二条は「いつよりまたかくもなりゆく御心にか」と、転変する院の心に困惑するさまが語られている。院の二条に対する心変わりは、「太行路」の「人心好悪苦不ㇾ常」という状態と等しい。

そして、二条と同じく主君の寵を願う紀内侍に対し、『阿仏の文』は「太行路」を示すことで、主君の心変わりをはじめとする人心の豹変に気をつけるように予め諭していると捉えられる。

四　「三条の后」

主君の心変わりが危ぶまれるなかで后たろうとする者の心構えはいかにあるべきか。

御心用ゐも何事もおろかなる節多くとも、もてなされて、咎は隠るる物にて候へども、それにつけてこそ、世の末までいみじかりしためしにと言ひ伝へられたき事にて候へ。かしこき聖の御代より女御后の御うへまで、[10]世継に見えて候へば、よく御覧ぜられ候へ。三条の后の御もてなしぞ、かたはらいたき事ながら、末の代まであらまほしく、いみじき御ふるまひにて候ふ。

右の『阿仏の文』は「心用ゐ」の点で末代まで語り継がれるほどの「ためし」でありたいものといい、その「ためし」を「世継」に学ぶように勧め、「三条の后」を「あらまほし」き存在とする。この「三条の后」とは誰か。史上、比定しうる人物を検討したい。

田渕句美子[11]は、冷泉天皇皇后の昌子内親王を比定する。昌子は『栄花物語』で「三条大后宮」（巻六かかやく藤壺）と呼称されるが、その生涯は理想的な「ためし」といえるであろうか。「有力な後見を欠き、子もなく、結婚生活でも不幸であったが、深く仏道に帰依した。『新古今集』『新勅撰集』に歌が採られている」という点が比定の根拠とされるが、適格とは考えにくいのではないか。仏道に関しては、『阿仏の文』の三条の后のくだりの前に、君寵を失った時には「御かたちも変へ、まことの道に入らせ給ひ候へ」と出家する事を勧める。昌子は篤信で知られるが[12]、その仏事は歴史物語では語られない。昌子の歌の勅撰集入集（『新古今集』雑下1713、『新勅撰集』釈教585）は、『阿仏の文』で入集歌によって後代に名を残すべきとする点で、「あらまほし」きものとはいえる。しかし、『栄花物語』巻一月の宴によれば、冷泉天皇は「物の怪」にしばしば悩まされ、昌子は「里がち」であり、女御懐子は皇子（後の花山院）を出産するが、昌子は生涯皇子を授からない。『阿仏の文』が君寵を得て皇子を生むのを理想とする点に背馳する。何より、昌子自身のありさまは漠然と「いと奥深う、心ことにやむごとなくめでたし」（巻一）と評されるだけで、理想と仰ぐに足る「心用ゐ」は歴史物語に語られない。

昌子以外の「三条の后」として、三条天皇の后妃らも候補となる。『古今著聞集』好色（三二七話）では娍子を「三条の后の宮」と呼称する。娍子は『栄花物語』で道長の権勢に包まれた行動が逐一豪奢華美に描かれ、東宮参入の様は「今めかしさ」（巻八はつはな）があると評され、巻二四わかばえの娍子主催の大饗は女房らの装束が贅美に過ぎ、「おどろおどろしう、きららかなる」、「軽軽」、「事破り」（禁制破り）等と、実資、頼通、道長に批判される。

『阿仏の文』では、紀内侍の侍女等のありかたとして、

> 色をも香をもはえばえしく知るさまにみせ、今めかしう花やかなるふるまひは、一度はさるかたにかひある心地し候へども、二度返り見候へば、いかにぞや、見劣りせぬやうは候はぬぞ。

と、当世風に華やかなふるまいは見劣りするので望ましくないとするが、妍子やその女房の奢侈も当然「あらまほし」きものではない。

もう一人の三条帝妃(13)、宣耀殿女御・皇后の藤原娍子（天禄三年・九七二～万寿二年・一〇二五）のふるまいは『阿仏の文』の説く心構えに合致する点が多いと思われる。

まず、『阿仏の文』は紀内侍が身につけるべき才芸として、薫物や管絃を勧める。薫物については、

> 人の薫物乞ひ参らせ候はんにも、香具整はず、思ひいれたる筋なきやうに候はんなど、散らさせ給ひ候ふまじく候ふ。「その人の匂ひは別の物にて」など言はるるやうに、何事もなべてのつらにはあらじと思しめし候へ。

と、人から薫物を求められた時、心のこもらぬ間に合わせではなく、自分なりにひと味違うものを調合するたしなみがあるべきだとする。

娍子も薫物のたしなみがあり(14)、『栄花物語』巻八では妍子のもとへ渡る東宮（三条帝）のまとう薫物を娍子が快く調合し、装束も仕立て、東宮は娍子を母のごとく頼っていた。

> 御装束を明け暮れめでたうしたてさせ給ひ、御薫物など常に合せつつ奉らせ給ひける。宮はただ母后などぞ思ひきこえさせ給へるも、げにとのみ見えさせ給ふ。（巻八）

管絃については、『阿仏の文』は、紀内侍が箏の琴を五才から習い始めて才能を顕し、春宮（後の亀山帝）の琵琶との合奏によって名を揚げたことを回想し、今後も箏の琴の腕を磨いて名手という評価を得るように勧める。

ただ箏の琴をとりわきてあはれに思はしき物の音にて、五の御歳より習はし初め参らせて候ひしに、不思議なるまで御器量さとく、「いみじき人々に劣るまじく」など、ほめられさせおはしまし候ひしに、七にて御今参りの夜、院の御前にて春宮の御琵琶に弾き合はせ参らせ[15]など、名を上げさせ給ひ候ひし御事にて候へば、いかにも励ませ給ひて、上手の名をも得んと思しめし候へ。

娍子も村上帝に箏の琴を教わった父済時の手ほどきで箏の琴の名手となったという[16]（『栄花物語』巻四みはてぬゆめ）。

又先帝の、御箏の琴を宣耀殿の女御（芳子）にも教へ奉らせ給ひ、この大将（済時）にも教へさせ給ひけるを、この姫君（娍子）に殿教へきこえ給へりければ、まさざまに今少し今めかしさ添ひて弾かせ給ふ、いみじうめでたし。（巻四）

『阿仏の文』では、主君の寵愛が思わしくない時の応対を次のように説いている。

始めよりあながちにはえばえしき御おぼえならずとも、心用ゐおだしくて、人と争ひそねむけはひなう、ほけらかにもてなして、（中略）言に出でて、顔の色変り、物恨めしげなる色あらはさず、人笑はれに、本意なき事などありとも、心のうち深くしづめて、（中略）あやまりて「本意なき事かな」など申し候はん人候ふとも、「何かは、人々しく、その数にも思しめさるべきにもあらず。しひて『心のみこそ[17]』」など、言葉少なにてわたらせ給ひ候へ。

穏和を心がけ、他の後宮女性と諍い妬むことなく、恨みを露わに口にすべきでないという点は、既に論じた感情表現を慎む態度に通ずる。「本意なき事かな」と寵愛の芳しからぬことに口を出す者に対し、「寵を受ける者の数にも入らぬ身で」と「言葉少な」に謙退の態度で応ずるよう諭し、続く文では前述のように「心長く」、辛抱強く、皇子の養育に一生を費やすことを勧める。

娍子と東宮（三条帝）の仲は「水漏るまじげ」（『栄花物語』巻七とりべ野）に睦まじく、子供も多かったが、妍子の東宮への参入が決まる（巻八）。

　宣耀殿にはあべい事の今までかかるとし思しめせば、ともかくも思しのたまはせぬに、「いとあやしうも思し入れぬかな」と、候ふ人々聞えさすれど、今はただ宮達の御扱ひをし、その隙には行ひをとこそ思へ、宮の御ためにいとほしきことにこそあれ、さやうならん事こそよかべかめれなど、いと疎かに猶思ひ忍び給へど、それに障らせ給ふべき事にもあらぬものから、ただ、あやしき人だにいかがはものは言ふと、ありがたう見えさせ給ふ。

娍子は妍子参入を当然のことと甘受し、口にせず、皇子の養育と仏道に専念することで堪え忍ぼうとし、恨み妬みを表さないのが希有と評される。

妍子立后に際しての娍子の態度も一貫している（『栄花物語』巻十ひかげのかづら）。

　宣耀殿には何とも思しめしたらぬに、おほかたの女房の縁々につきて、里人の思ひのままにものを言ひ思ふは、「いかにいかに御前に思しおはしますらん。あさましき世の中に侍りや。これはさべきことかは」など、いとさかし顔にとぶらひ参らする人々などあるを、この文をも又、「かうなん、それかれは申しつる」など語り申す人を、女御殿は「などかかうむつかしう言ふらん。たとひ言ふ人ありとも語らでもあれかし。ここにはよろづ思ひ絶えて、今はただ、後の世の有様のみこそ、わりなけれ」など、ものまめやかに仰せらるれば（後略）

「妍子立后を娍子はさぞ気に病んでいるだろう、不当な立后だ」と騒ぎ立てる里人、女房らのさかしらを娍子は煩わしがり、立后に関しては意に介さず、仏道に専心するという。

このように、娍子は、主君の寵愛・待遇の不順をことさら言い立てる者にとりあわず、怨嗟をこらえる態度において、『阿仏の文』の説く心構えと相通ずる。主君との関係が不首尾の場合に皇子を育みつつ仏道に赴くという身の処し方も共通する。

娍子は三条帝と道長の協議の上、立后して皇后となるが、それに対する世評と道長の評価は次のようである（『栄花物語』巻十）。

「あなめでたや、女の御幸ひの例には、この宮をこそしたてまつらめ」など、聞きにくきまで世には申す。まづは大殿も「まことにいみじかりける人の御有様なり。女の幸ひの本には、この宮をなんしたてまつるべき。親などにも後れ給ひて、わが御身一つにて、年ごろになり給ひぬるに、又けしからずびんなき事し出で給はず。（後略）

娍子は「女の御幸ひの例」とされ、道長は娍子が父の大納言済時を亡くして後見を欠きながらも、ふるまいに落ち度なく、后に立った点を称える。『栄花物語』の娍子像の特性として、「謙譲」[18]が指摘され、三条帝の後宮において、妍子・道長の権勢に対し、終始へりくだりつつ甘受する姿勢を保ち、弱い立場ながら后に立った。謙退による后としての幸いは、『阿仏の文』の説く、后の「心用ゐ」の「あらまほし」き「ためし」たり得るであろう。

ただし、娍子の子供は多く不遇であり、敦明親王の東宮退位を娍子は故三条院の遺志に則って諌めるも止め得ない（『栄花物語』巻十三ゆふしで）。天皇の母たり得なかった点は「あらまほしく」はないが、皇子の処遇は娍子の一存ではいかんともし難く、娍子の処身に誤りはない。

さて、このような娍子像が『阿仏の文』で模範とされているとして、その后像が『阿仏の文』の同時代、つまり、紀内侍が寵を受けた後深草院の後宮において、どんな意味を持ちうるだろうか。『阿仏の文』が書かれた弘長三年～文永元年（一二六三～四）頃には、東二条院が後深草院の後宮に在った[19]。『とはずがたり』で東二条院は二条を常に目の敵にする后として描かれるが、巻一では、後深草院に抗議文を送りつけ、二条が女院に準ずる殊遇を受ける事に反発する。後深草院は返書で、二条の父の源（久我）雅忠が権大納言の卑位であったため、「祖父久我太政大臣」（源通光）の猶子として二条を待遇する、と弁護するが、巻三では東二条院をないがしろにしたかどで二条の院御所への出仕を停めた。[20]一方、媄子の立后の際には亡父の済時の大納言という卑位が問題となり、太政大臣が追贈された（『栄花物語』巻十）。[21]二条も媄子も父大納言が亡くなり、確たる後見を欠き、寵愛に頼るほかない弱い立場に置かれ、東二条院や妍子などの権勢ある后に伍してゆかねばならない。二条は東二条院の反感を買い、追いやられるが、媄子は謙抑に徹して軋轢を避け、皇后に立った。そして、紀内侍は父親が未詳で後見の有無も不明だが、[22]後深草後宮で東二条院に嫉視されぬように媄子のごとく謙譲を心がけ、他の後宮女性に対しても波風を立てないほうが后がねとして身を守ることができるだろう。

『とはずがたり』巻二では女楽が催され、東の御方（山階左大臣実雄女の愔子、後深草院妃、東宮の母）や西の御方（花山院太政大臣藤原通雅女）、二条の外祖父四条隆親の娘の「今参り」（藤原識子）などと共に二条は参仕するが、今参りよりも格下の扱いを受けた事に気を損ねて席を蹴り、後見の隆親に逆らって自らの立場を危うくする。[23]紀内侍は箏の琴を善くし、二条のように管絃の宴に他の女房や後宮の女性と出仕することはありうるが、そこで生じうる摩擦に対して我を張って場を乱すのではなく、媄子のように己は退いて他を立てる心づかいのある方が穏便におさまり、かえって自らの地位を保つことにつながる。

五　末・底・まこと

ここまで、心と表現の慎み、豹変しうる君寵を心長く頼む辛抱強さ、媄子の謙譲を論じてきたが、『阿仏の文』は言動を抑制し堪え忍ぶ心構えだけを教えているわけではない。

口を開き、事を行うにあたっての注意が次のようにある。

公私につけて、急ぐべからむ事を、いふかひなくて月日を送り、時を移され候はんは、わろく候ふ。人にもうち頼まれ、御言葉をもまぜたらん事をば、きはぎはしう末通るやうに[24]、はかなからむ事をも我が御身の手をも触れ、いろひたたせ給ひ候ふべく候ふ。

心長きさまを勧めた直後に、かといって、公私の急用は時機を逸することなく、自ら口を挟んだことは「末通る」、つまり、最後まで成し遂げるべく、手ずから関わり通すのが肝要だという。ことばと行いの貫徹を求めることは、以下のようにも説かれる。

人の心の際は戯れ事、なほざりの言葉に見ゆる物にて候ふぞ。上には何ともなきやうにふるまひなして、上ずめかしう、人をあざむくていには見えぬ物から、心の底には、ひしと一とをりを思ひこめて、始めより末の事申して違へず、物をも仰せ候へ。薄きを濃く言ひなし、おろかなるを深きにいひなして、さしもやはと覚ゆる事に色を添へて申しなす事も返す返すわろき物にて候ふ。ただ何事もいつはり飾らず、げにとおぼゆるやうに候へば、かひがひしからず候へど、ものしてはよく候ふぞ。

心遣いの程が表れる物言いの注意として、針小棒大に「いつはり」、「あざむく」ことばではなく、「始めより末」まで、首尾一貫した、誠実なことば遣いを心がけるべきだとする。

貫き通し、成し遂げる事を重視する姿勢は、芸能の習得を勧める場合にも通底する。

御琴・琵琶などは、得たる御能にて候ひぬべければ、心やすく候へども、御ものぐさからん折も念じて、底を極めんと思しめし候へ。

前述のように紀内侍は箏の琴を得意としており、その習練は怠惰に流れずに、「底」、つまり、奥底を極めるまで磨き抜くことを強調する。(25) 芸の底まで末通る鍛錬が求められる。薫物も「何事もなべてのつらにはあらじ」と、凡庸の域を抜きん出て、独自の扱いができるまで習熟すべきとする。かい撫での技能ではなく、徹底して熟達するように説くのは、

人は心掟などだらかに能など候へば、上にもさるかたのめやすき者に思はれ（後略）

とあるように、その芸能が主君に評価される一基準となり、寵を引き寄せる媒体となるからだ。娍子も管絃・薫物を深くたしなんでいたことが、三条帝の寵を得る一因であった。

『阿仏の文』における、奥底に至ることへのこだわりは芸能に限らず、仏道修行を説く場合にもみられる。国母の夢破れ、寵を失した後に出家する際の心構えが次のように説かれている。

亡き親の暗き道に迷はん光にも、いかで明らけき御法の底を習ひとらん、と思しめし候へ。

亡き親の菩提のためにも仏法の奥義を極めるまで修行することを諭す。宮仕えにおいて芸能を磨く徹底した態度は、出家後には仏道の深奥に向かう姿勢に転じられる。后となる夢が末通らず、成就しない場合に、徹するべき次なる道として、仏法が用意されている。

二条も父の遺戒で、後深草院の寵を失ったら、「真の道に入りて、わが後生をも助かり、二つの親の恩をも送り、一蓮の縁と祈るべし」（巻二）と出家して二親を供養することを勧められている点が、『阿仏の文』の出家の勧めと類似することが指摘されている。(26) 例えば『とはずがたり』巻五で、二条が五部大乗経の写経のための資財を得るべく大事な二親の形見の品を売り、「君の御菩提にも回向し、二親のためにも」と、亡き院と二親の菩提のために写経を果たしてゆく姿勢は、『阿仏の文』が説く仏道への徹底につながる生き方であろう。

『阿仏の文』では、仏事全般を修する際にも、徹底した心構えが重んじられる。

まことに仏の御心にかなひぬべきやうにせさせ給ひ候ふべく候ふ。上辺ばかりの事はわろく候ふなり。同じ事もまことを致し、心ざしを致さぬは、名のみありてまことには至らぬ事にて候ふなり。

「上辺」の浅い道心ではなく、仏心に適う「まこと」の「心ざし」を尽くして仏事を営むことを説く。心の底から仏道に誠意を傾け、仏事を果たす姿勢が力説されている。

「まこと」は『阿仏の文』末尾に近い総括的な部分にも語られる。

此の世、後の世にも心の末通り、重りかにまことある人が良く候へば、人の上を御覧じても、よからんにつけ、あしからむにつけ、御心はつくべき物にて候ふ。

現当二世にわたって心が末通り、「まこと」即ち誠意を持つことが肝心であり、その観点で人の善し悪しも見極めるべきだとする。現当を貫く心構えは、最後まで筋を通す言行、芸能を極めること、国母の夢を達成すること、さもなくば仏道に徹すること、いずれも末・底まで貫徹せんとする意志に裏打ちされている。

しかし、末・底へと達しようとする志は、実現困難である。「太行路」にあったように、主君の寵愛を契ることばは不意に覆され、一貫しない事が多く、女房が皇子を育んで后として添い遂げる事、末通る事は難しい。末通らぬ世にあって猶、寵を保ち通すために選び取られた心操が、先に述べた自制的な姿勢なのである。心とことばを慎み、心長く構えることは、単なる隠忍自重ではなく、多情多言や短慮で君寵が冷めて途絶するのを避け、后として身を全うしようとする志に底支えされている。娍子の徹底した謙譲は、他の后に圧せられながらも立后を成し遂げる事、末通る事につながった心構えであり、『阿仏の文』は娍子にならって己を低くしつつ后がねの志を貫き果たすことを娘に求めている。自制を勧める心構え論の底流にはむしろ、己の志を遂げようとする、したたかな気概が息づいているのだ。

そして、国母となる志を果たせない時は、志の矛先を仏道に転ずるよう諭す。志を一極に収斂することなく、その行き詰まりをも予め想定し、志のもう一つの道筋を用意する。現当いずれにおいても娘が志を貫く道をつけ、その末・底まで歩み通す誠意を伝授する事が、『阿仏の文』の心構え論の一つの要諦なのである。

おわりに

紀内侍は後年、『十六夜日記』に姿を見せる（弘安二年、二九才か）。

　女子はあまたもなし。ただ一人にて、この近き程の女院に侍ひ給ふ、院の姫宮一所生まれ給へりしばかりにて、心づかひもまことしきさまに大人大人しくおはすれば（後略）

後深草院の皇女（文永六年以前出生）を育む身となった事が知られ、その心構えは「まことしき」、つまり誠実で成熟しているという。紀内侍は『阿仏の文』の教えをよく汲みとり、誠意を持って末通る生き方を実践し、母の願う皇子の産育を無事成し遂げているという感慨を阿仏尼はかみしめつつ、『十六夜日記』に娘のさまを記し残したのではないか。

『阿仏の文』の説く后がねの心構えについて論じたが、比較してきた紀内侍と二条は、前者が皇子を育み、後者は産んだ皇子が夭折し、主君への宮仕えから退き、明暗を分けた。『阿仏の文』が諭す心構えは、紀内侍の生き方の道標であるとともに、二条の身の上にも必要な賢慮であったが、二条は后がねとしては結果的に『阿仏の文』の危惧する方向に歩んでゆく。『阿仏の文』は二条が后がねとしてつきあたる苦難を予示した消息でもあったのである。

注

（1）岩佐美代子「『乳母のふみ』考」（『宮廷女流文学読解考　中世編』笠間書院、一九九九年）に依り、広本『乳母のふみ』を阿仏尼の真作（弘長三年〜文永元年〈一二六三〜四〉頃、一三歳前後の紀内侍に向けて執筆）、略本を後代の改作とみなす。また、田渕句美子「『阿仏の文』—娘への訓戒」（『女房文学史論—王朝から中世へ』岩波書店、二〇一九年）によれば、『乳母のふみ』は広本・略本ともに古写本で『阿仏のふみ』と題されており、内容・著者からみても従来の『乳母のふみ』という呼称は不適であるため、『阿仏の文』と呼称する。

（2）今井源衛「女子教訓書および艶書文学と源氏物語」（『源氏物語の研究』東京大学出版会、一九七四年）、向井たか枝「『庭の訓』（めのとの文）と『源氏物語』—女子教訓書と遺言—」（『平安文学研究』七一、一九八四年六月）、田渕句美子「阿仏尼の『源氏物語』享受—『乳母のふみ』を中心に—」（『源氏物語の鑑賞と基礎知識28蜻蛉』至文堂、二〇〇三年四月）参照。

（3）田渕句美子「『紫式部日記』の消息文—宮廷女房の意識」（注1前掲書）、加藤静子「『阿仏の文』を合わせ鏡として『紫式部日記』を読む—彰子後宮女房と望まれる女房像—」（『王朝歴史物語の方法と享受』竹林舎、二〇一一年）参照。

（4）阿仏尼・紀内侍の伝記に関しては、岩佐美代子「『乳母のふみ』考」（前掲注1）、田渕句美子『阿仏尼（人物叢書）』（吉川弘文館・二〇〇九年）参照。

（5）陽明文庫蔵本は田渕句美子（『阿仏尼とその時代　『うたたね』が語る中世』（臨川書店、二〇〇〇年）、前掲注1・2の論文）が『阿仏の文』の古写本（慶長末から寛永以前頃の書写の善本）として紹介した。該本の国文学研究資料館蔵マイクロフィルム（五五・一九三・一）と紙焼き（〇九二七）によるが、表記は私意により漢字を宛て句読点・濁点などを付した。

（6）内閣文庫蔵本「めのとの文」（函号一九〇・二五一）は天明元年の書写奥書があり、国立公文書館での複写による。

（7）『十訓抄』には『阿仏の文』と関連する教訓的言説が端々に存すると思われ、前者は建長四年、後者は文永元年頃に比較的近接して成立しており、その同時代的共通性が注目される。

（8）当該部分に関する指摘ではないが、中野貴文「『乳母のふみ』考—文学史的な位置付けをめぐって—」（『国語と国文学』八〇—一〇、二〇〇三年一〇月→中野貴文『徒然草の誕生—中世文学表現史序説』岩波書店、二〇一九年、に収載）は、『阿仏の文』を消息文テクストの系譜に位置づける文学史的考察で、『極楽寺殿消息』との関わりを示唆する。

（9）伴蒿蹊『庭の訓抄』（簗瀬一雄『校註阿仏尼全集増補版』風間書房、一九八一年）に指摘がある。『白氏文集』本文は太田次男・小林芳規『神田本白氏文集の研究』（勉誠社、一九八二年）により、「太行路」の解釈・訓点は近藤春雄『新楽府・秦中吟の研究　白氏文集と国文学』（明治書院、一九九〇年）を参照。

（10）「候へ。かしこき聖の御代より女御后の御うへまで」は底本になく、内閣文庫本により、補う。本稿初出後に、幾浦裕之「枡型本『阿仏の文』（広本）解題・翻刻」（『早稲田大学大学院教育学研究科紀要別冊』25号—1、二〇一七年九月）が広本の一本として紹介した『阿仏の文』（個人蔵、寛文八年の校合奥書）にも、内閣文庫本の当該部分と同じ文がある。

（11）田渕句美子「阿仏尼の『源氏物語』享受」（前掲注2）参照。

（12）森藤侃子「冷泉妃昌子内親王」（『日本文学　始源から現代へ』笠間書院、一九七八年）参照。

（13）三条帝の後宮には、麗景殿女御綏子、淑景舎女御原子もいるが、綏子は源頼定と密通（大鏡・兼家伝）、原子は頓死（『栄花物語』巻七）しており、いずれもふさわしくない。

（14）『薫集類抄』上・梅花の項に、小一条皇后・娍子の調合が伝わる。『薫集類抄』は群書類従による。

（15）群書類従本『乳母のふみ』（広本『阿仏の文』）には当該文が「七つにて御いままいりの夜、院の御前にてひかせおはしまし、又、八の御とししとおぼえ候に、春宮の御琵琶にひきあはせまいらせ」（正二七輯）とあり、紀内侍が七歳の初出仕で後嵯峨院の御前で演奏した折とは別に、八歳の時に春宮（後の亀山帝）と合奏したことになり、「ひかせおはしまし、又、八の御としとおぼえ候に」を欠く陽明文庫本や内閣文庫本、枡型本（注10前掲の幾浦裕之の翻刻）とは演奏の時と場が異なる。陽明文庫本などの脱文であろう。岩佐美代子（注1前掲書）は群書類従本により、紀内侍八歳の頃の春宮（正嘉二年〈一二五八〉立坊、翌年の正元元年践祚）との合奏から逆算して、紀内侍の生年を建長三〜四年（一二五一〜二）と推定する。

（16）『秦箏相承血脈』に、村上天皇—左大将済時—皇后宮娍子の系譜がみられる。『伏見宮旧蔵楽書集成二』（明治書院、一九九五年）参照。

(17)　『後撰集』春下102の、元良皇子が妻の兼茂女を宇多法皇に召され、逢えない事を嘆く歌、「花の色は昔ながらに見し人の心のみこそうつろひにけれ」を引いて、寵の移ろいを「言葉少なに」ほのめかし悲しむ表現とみる。

(18)　池田尚隆「『栄花』と『源氏』と『小右記』―藤原娍子記事を中心に―」（『山梨大学教育学部研究報告』三九、一九八九年二年）参照。池田尚隆「『栄花物語』の三条朝」（『山梨大学教育学部研究報告』三七、一九八七年二月）も参照。

(19)　松本寧至『とはずがたりの研究』（桜楓社、一九七一年）三章・作者研究、参照。

(20)　但し、標宮子『とはずがたりの表現と心』（聖学院大学出版会、二〇〇八年）の三編一章によれば、「祖父久我太政大臣」の猶子待遇は公認の事実ではなく、二条・雅忠父娘の願望を後深草院の文面で語らしめたものである。

(21)　但し、『公卿補任』は贈右大臣とする。服部一隆「娍子立后に対する藤原道長の論理」（『日本歴史』六九五、二〇〇六年四月）参照。

(22)　井上宗雄「阿仏尼伝の一考察」（『鎌倉時代歌人伝の研究』風間書房、一九九七年）によれば、『阿仏の文』で国母の夢告につき、「春日の神」に偽りはないとする記述から、父方が藤原氏であり、内侍（掌侍）の父は諸大夫、非参議の三位・四位の者かと指摘するが、田渕句美子『阿仏尼』（前掲注4）は宛名「紀内侍」は後補かもしれず、確定できないと指摘する。

(23)　『とはずがたり』の女楽については第二部第三章で論じている。

(24)　底本「きは〳〵しうするとをるやうに」の「する」は文意不通であり、内閣文庫本により、「末」と校訂する。当該部分は枡型本『阿仏の文』（幾浦裕之の翻刻、前掲注10参照）にも内閣文庫本と同じく「すゑとをるやうに」とある。

(25)　『十訓抄』十「才芸を庶幾すべき事」も、序「能は必ずあるべきなり」と芸能の必要性を説き、十ノ六九「底をきはめる事、芸能の奥義を極める事が望ましいが困難だとする。

(26)　松本寧至『中世女流日記文学の研究』（明治書院、一九八三年）の二章「阿仏尼の文学」参照。

＊引用本文は、『紫式部日記』は新編日本古典文学全集、『極楽寺殿消息』『寛平御遺誡』『九条右丞相遺誡』は日本思想大系に

それぞれ依ったが、一部私に表記を改めた。

第二章　『十六夜日記』の路次の記の和歌における対照性

はじめに

『十六夜日記』の旅の和歌について、岩佐美代子(1)は「旅愁、不如意、望郷」という「羇旅歌の本意」を表す歌を読むだけでなく、表現の「楽しさ、ユーモア」が感じられる歌に注目すべきだと示唆する。その「楽しい歌」の一例として、「旅人は蓑打ち払ひ夕暮の雨に宿かる笠縫の里」という「地名に寄せる興」を示す歌や、「片淵の深き心はありながら人目つつみのさぞせかるらむ」という「恋歌めかした戯れ」を表す歌などを挙げ、このような歌を読みなおして評価する必要性を提言した。

『十六夜日記』の都から鎌倉へ向かう旅路を描く路次の記の歌を読んでいると、「楽しい歌」に類する歌が多くみられ、旅愁や望郷を表す歌と隣り合っている。このように性格の異なる歌が同居する路次記の表現性について、どう捉えるべきであろうか。旅愁の歌や「楽しい歌」はそれぞれいかなる表現傾向を有し、どういう関係性において路次記に位置づけられているのだろうか。

この問題を解明するための視点として、本章では歌の表現の対照性に着眼したい。右の多様な歌は、表現を対比的に組み合わせる例が少なからず見出せる。対照性は一首内のことば同士の関係性に認められる場合と、隣接する二首間にみられる場合が考えられる。この対照性の検討を通して、路次記の歌の多様な表現の中に一定の方法と志向を見いだすことが本章の目的である。

一　一首内の対照性①　―雨にまつわることば遊び―

路次記の「地名に寄せる興」を表す歌の例に挙げられた笠縫の里詠から検討しよう。

関よりかきくらしつる雨、時雨にすぎて降りくらせば、道もいと悪しくて、心よりほかに笠縫の駅といふ所にとどまる。

旅人は蓑打ち払ひ夕暮の雨に宿かる笠縫の里

該歌は十月十八日に美濃国を行く途次の詠歌であり、『十六夜日記』が「初めて知った地名の語感や、地形の面白さなどに刺激されて、即興でそれを歌に詠んだりもする」傾向の一例に挙げる田渕句美子(2)の示唆もある。笠縫の里はこの阿仏歌以前の歌には用例が見いだしがたいため、歌枕ではない地名であり、該歌には笠縫の地名が含む「笠」を雨と対照する興味がはたらいている。

地名の一部の笠と雨を対比する表現の先例は、『古今集』秋下263忠岑「雨ふればかさとり山のもみぢ葉はゆきかふ人の袖さへぞ照る」が山名に「笠」の意を掛けて雨と組み合わせており、このような対照表現を阿仏歌は笠縫の雨に用いたのであろう。阿仏歌は笠に蓑も加えて雨具尽くしの戯れもある。

三角洋一(3)は紀行の歌文が「地名に注意をこらし、そのことばを梃子に景情をとらえる」という「地名の興」を表す傾向に注目しており、阿仏の笠縫詠の「雨に宿かる笠縫」には「「借る・貸さぬ」のとりあわせがあり、旅の興が感じられておもしろい」と指摘する。

この表現は地名の掛詞とその対義語を取り合わせたことば遊びであり、雨宿りを求める旅人とそれを拒む宿の主の問答をも想像させるだろう。例えば『山家集』752の西行が雨宿りを江口の遊女に拒まれた贈答の詞書「雨のふりければ、江口と申す所にやどを借りけるに、貸さざりければ」（『新古今集』羇旅978の同贈答の詞書も類似）をも連想させないだろうか。阿仏は歌の前文によれば笠縫に雨宿りできたのだが、歌の地名の掛詞の戯れによって、反対に宿を貸してもらえずに雨に濡れる旅人像も連想させるおもしろみがある。

このような地名と雨の表現による対照性は、笠縫から遡って十六日の守山の歌にもみられる。

いとど我が袖ぬらせとや宿りけむ間なく時雨のもる山にしも

この歌は守山に「漏る」を掛けており、その先例は『十六夜日記残月抄』(4)（以下、「残月抄」と略称）が夙に指摘する『古今集』秋下260貫之の「白露も時雨もいたくもる山は下葉残らず色づきにけり」である。しかし、貫之歌は「漏る」の対義表現を伴わないのに対し、阿仏歌は「宿り」を「漏る」と対照し、雨宿りしたのに「漏る」山では、袖をよけいに「濡らせ」というつもりか、と戯れている。地名と、そこに宿る旅人の在り方の間に矛盾を見いだして読者の笑いを誘うのが阿仏歌のねらいであろう。

地名と雨にまつわる対照性は、十八日の笠縫の歌の一歩前に配された不破の関の歌にもみられる。

不破の関屋の板庇は、今も変らざりけり。

ひま多き不破の関屋はこの程の時雨も月もいかにもるらん

この歌の前文は、『新古今集』雑中1601良経「人すまぬ不破の関屋のいたびさしあれにし後はただ秋のかぜ」をふまえており、三角洋一は「不破といいながら破れ朽ちていると良経が詠んだのを受けて、秀歌のイメージのとおりに」不破は荒れていることを表したと指摘する。

阿仏歌は「不破」という地名が喚起する「破れない」というイメージに反する「ひま多き」関屋の荒廃と、その「ひま」を「漏る」時雨と月光を詠む。不破の関を「漏る」時雨を詠む先例は、武田孝『十六夜日記詳講』(5)（以下、「詳講」と略称）の注が挙げる『為家集』1391の「不破時雨」、「あれにける不破の関屋の神な月しぐればかりのもるなりけり」がある。また、不破を月光が「漏る」とする例は、良経の『六百番歌合』1007の「寄関恋」、「ふるさとにみしおもかげもやどりけり不破のせきやのいたまもる月」が見いだせる。阿仏歌は時雨も月光も不破の関を「漏る」と、不破という地名イメージと対照的な天象を二重に表すのが独特である。対照的表現をあえて積み重ね、地名イメージとその場の在り方（天象、景物）の矛盾を誇張して、おかしさを醸し出すことば遊びを仕掛けている。

これらの雨の歌は、旅路の地名と、風景や旅人の在り方の中に、対立する要素の共存を誇張して微笑を誘う。旅の情景を一方向に限定せず、対立要素の組み合わせによって二面性のおかしさを生み出す阿仏の表現の姿勢が看取できる。

雨にまつわる対照性は、二十五日の宇津山詠にも見いだせる。

　蔦楓しぐれぬひまも宇津の山涙に袖の色ぞこがるる

該歌は周知の『伊勢物語』九段の「宇津の山にいたりて、わが入らむとする道はいと暗う細きに、蔦、楓は茂り、もの心細く」と、都恋しさをふまえ、物語にはない時雨を加え、「時雨が止んで蔦や楓を紅に染めていない間もわたしは郷愁故の紅涙で袖を染める」という対照性を眼目とした。宇津山の蔦楓と時雨を詠んだ類例は、『拾遺愚草員外』88の一字百首・雑の「つたかへでしげる山ぢの村時雨たび行く袖に色うつりけり」が見いだせるが、定家歌は時雨が染めた蔦楓の紅葉の色が旅人の袖に映ることを詠じ(6)、阿仏歌の対照性とは異なる。

この阿仏歌は他の雨にまつわる歌のようなことば遊びではなく、宇津の山で『伊勢物語』を彷彿とさせる山伏に託した歌で、都の「やむごとなき所」(娘の紀内侍)へ贈る二首の一つである。該歌の前に配されたもう一首は、

　我が心うつつともなし宇津の山夢路も遠き都恋ふとて

である。この「うつつ」と「夢」の対照は『伊勢物語』九段の「駿河なる宇津の山辺のうつつにも夢にも人にあはぬなりけり」をふまえる常套表現であり、阿仏歌が都恋しさを示すのも忠実な『伊勢物語』取りである。これらの阿仏の宇津山詠のように、対照的な表現は都人を偲ぶ郷愁のモチーフと関わることもある点に留意しておきたい。

二　一首内の対照性②　―水にまつわることば遊び―

前節で、路次記の歌の雨をめぐる表現が、地名に含まれる掛詞やイメージと共に対照性を作る傾向を指摘したが、雨と同じく対照性を生む表現が、水にまつわる語である。端的な例から見ると、二八日の箱根の湯坂での歌、

　東路の湯坂を越えて見渡せば塩木流るる早川の水

は湯坂の「湯」と早川の「水」が対比されていると三角洋一が指摘する。湯坂はこの阿仏歌以外に詠まれた例が見いだせず、塩木が流れる早川も新奇な風景である。湯坂のように歌枕ではない地名を詠み込んで対照性を作る阿仏歌は、前述の笠縫の里を詠んだ「旅人は蓑打ち払ひ夕暮の雨に宿かる笠縫の里」があり、地名の掛詞と対照的な表現とを組み合わせることで非歌枕の地名を新たに歌のことばとして位置づける手法が二首に共通する。また、この二首は、地名と風景の中に対立する要素が共存するおかしさを表すことば遊びも共通する。

さて、水にまつわる対照的表現は、十七日の近江国の醒が井の歌にも見いだせる。

結ぶ手に濁る心をすすぎなばうき世の夢や醒《さめ》が井の水

「濁る」と「すすぎ」、「夢」と「醒」という二組の対照表現がみられる。この歌がふまえる先行歌として指摘されているのは、『古今集』離別404貫之「むすぶてのしづくに濁る山の井のあかでも人にわかれぬるかな」（残月抄の指摘）と、『源氏物語』明石巻の「むつごとを語りあはせむ人もがなうき世の夢もなかば覚むやと」（三角洋一の指摘）である。明石巻の歌は光源氏が明石の君との初夜に贈った歌で、その物語の人物関係と阿仏歌は関わらない。阿仏歌の発想の順序を考えると、醒が井という地名の掛詞「覚め」から対義の「夢」を引き寄せ、その二語を含む『源氏物語』歌の下の句のことばだけを借り、同時に醒が井から山の井を詠む貫之歌を連想して同歌の「濁る」をもらい、対義の「すすぎ」を取り合わせたのであろう。

この阿仏歌の「夢」と「醒」、「濁る」と「すすぎ」の対照表現の先行例は、

さめがゐにて

思ひゆくその面影に袖ぬれてむすばぬ夢もさめがゐの水　（『明日香井和歌集』1499）

天王寺のかめ井の水を御覧じて　上東門院

にごりなきかめ井の水をむすびあげて心のちりをすすぎつるかな　（『新古今集』釈教1926）

が見いだせる。しかし、阿仏歌は対照表現を二組重ねるのが独特であり、旅路の地名と旅人の心との対照性を誇張する戯れをはらんだことば遊びの歌である。

以上、雨・水にまつわる対照表現の歌は、主に対立・矛盾を誇張することばの組み合わせを楽しむ点で、ことば遊びの性格を有する例が多い。路次記のことば遊びには、旅路の地名や風景を歌のことばの世界で対照化し、対比をな

す二つのことばの流れを行き来することを楽しみ、土地土地の興趣も際立たせる志向が見いだせる。

三　隣接二首間の対照性①　―都回帰と旅路のことば遊び―

いままで論じてきた対照性は一首内の表現にみられたが、路次記の歌は、隣り合う二首間にも対照性を作り出すべく、配列されている部分があると思われる。二首間対照性を捉えるためにまず、一首内の雨をめぐる対照表現を論じた守山詠とその前の一首を取りあげよう。

野路といふ所、来し方行く先、人も見えず、日は暮れかかりて、いと物悲しと思ふに、時雨さへうちそそく。

　うちしぐれ故郷思ふ袖ぬれて行く先遠き野路の篠原

今夜は鏡といふ所に着くべしと定めつれど、暮れはてて、え行き着かず。守山といふ所にとどまりぬ。ここにも時雨なほ慕ひ来にけり。

　いとど我が袖ぬらせとや宿りけむ間なく時雨のもる山にしも

一六日に都を発って逢坂の関を越えた後の行程における二首であり、いずれも時雨に袖を濡らす表現を有する。守山詠は前述のように、雨が「漏る」山に「宿り」、袖を「濡らせ」と矛盾を誇張して戯れ、対照性を作ることば遊びの歌である。一首目の野路の篠原詠は郷愁の涙に袖を濡らす哀調を帯びている点で、守山詠の旅路の地名を楽しむことば遊びとは対照的であろう。

野路の篠原詠は、先行研究[7]によれば、為家が建長五年（一二五三）十月に鎌倉へ下向した際の歌「いかにとよ野路の篠原しばしだにゆけど程ふる旅の長路を」（『為家集』1309）を意識し、阿仏歌の「行く先遠き」が為家歌の「旅の長路」と同じく前途遼遠であることを嘆く。よって、阿仏歌の偲ぶ「故郷」のイメージにはまず、亡夫の存在と歌の思い出が浮かんでいると考えられる。

また、故郷の都には出立前に別れの贈答を交わした子供達も在り、その涙の表現が「慕はしげなる人々の袖のしづくも、なぐさめかねたる中にも、侍従・大夫などの、あながちにうち屈じたるさま、いと心苦しければ、さまざま言ひこしらへ」とあり、為相・為守の母を慕う涙とそれを慰める阿仏を描き、為相の兄の定覚も「涙のこぼるる」まま阿仏の旅立ちを見送るさまを語っていた。この故郷の子供達の涙と呼応するように、阿仏の望郷の涙を歌った野路の篠原詠を配している。

このように野路の篠原詠に色濃い郷愁を、続く守山詠のことば遊びがユーモアを醸し出すことで相対化し、旅の気分を転換する点が、この二首間の対照性である。郷愁だけを表し続ける単調を避け、旅路の地名や風景と戯れることば遊びの歌を交え、旅の情緒を悲喜こもごも織り交ぜて表すバランス感覚がはたらいている。

そして、この二首間対照性は、一首目の郷愁において昔住んだ都での家族とのきずなへと遡ろうとする都回帰の志向を示し、二首目のことば遊びによって今の旅路を歌うことを楽しむ志向を示している。この二つの志向に留意しつつ、他の二首間対照性を探ってゆきたい。

一首内対照性を論じた不破の関詠と、その前の関の藤川詠にも、対照性が考えられる。

十八日、美濃国、関の藤川渡る程に、まづ思ひ続けらる。

　我が子ども君に仕へんためならば渡らましやは関の藤川

不破の関屋の板庇は、今も変らざりけり。

　ひま多き不破の関屋はこの程の時雨も月もいかにもるらん

不破の関詠は地名「不破」と対照的な景物（「ひま多き」関屋、「漏る」時雨と月）を重ねることば遊びの歌であったが、その前の関の藤川詠はどう捉えるべきであろうか。関の藤川詠は岩佐美代子によれば、従来の『十六夜日記』注釈で底本とされてきた流布本系本文では第三句が「ためならで」で、旧来の解釈は、我が子らが歌道を以て主君に仕えるために、関の藤川を渡って鎌倉に下る、という「歌道家の「母」としての重大決意表明の歌」とみなしてきたが、九条家本は第三句が「ためならば」であり、「為家の付託にこたえるために東下する」意志を示す歌と読みかえられ、概して九条家本のほうが阿仏本来の表現を伝える古態性を有するという。

この指摘をふまえて本書で依拠している新全集の本文（底本は九条家本）に従って、関の藤川詠は阿仏が亡夫のために旅する意志を表明していると捉えると、都の家族とのきずなを旅する志の原点として確認する都回帰志向の歌と考えられる。この都回帰志向は、仮に流布本系本文に基づくとしても、子とのきずなを旅の原点に据える歌とみなすなら、認められるだろう。

関の藤川詠が都回帰志向によって旅の原点へ遡る歌とすると、続く不破の関詠はその原点から現在の旅路に立ち戻り、不破の地名と景物を対照的に組み合わせることば遊びによってユーモアを漂わせている。不破詠は関の藤川詠の真剣な使命感から気分を転換して、今の旅路が喚起することばを楽しんで心を解きほぐすことを志向する。

次に、三河国の旅の歌二首にも対照性が見いだせる。

廿二日の暁、夜深き有明の影に出でて行く。いつよりも、物いと悲し。

住みわびて月の都は出でしかど憂き身離れぬ有明の影

とぞ思ひ続くる。供なる人、「有明の月さへ笠着たり」と言ふを聞きて、

旅人の同じ道にや出でつらん笠うち着たる有明の月

この二首は二二日に渡津から出立した折の歌で、一首目は「月の都を出たのに月が身を離れぬという発想」（学術文庫の注[11]）が、「出で」と「離れぬ」という対照表現に示されている。一首目は、つらい旅をする我が身に有明の月がついてきて、安住できなくなった都のことを思い出させる、という郷愁を示す点で、都回帰志向である。一首目に続き、供人が「有明の月まで、旅する私達と同じく笠を着ている」と、月暈を擬人化したユーモアに阿仏は共感して二首目を詠み、旅人と同道する有明の月の笠姿を空想して戯れる。二首目の月は今の道行きを共に楽しむ旅仲間とみなされている。

この二首は郷愁とユーモアが対照的であり、都回帰志向と旅の今を楽しむ志向の対照性が認められる。同じく旅の今を楽しむ志向の守山詠や不破詠は地名の掛詞を用いたことば遊びであったが、この二二日の二首目は月の擬人化による戯れであり、今の旅路を楽しむ表現の手法は変えている。

以上、三組の二首間対照性を検討し、郷愁や家族への想いを示す都回帰志向が全ての二首の対の一方に看取され、他方ではユーモアを求める遊び心によって今の旅路から引き出したことばを歌にすることを楽しむ志向が見いだせた。

四　二首間の対照性②　―恋の仮構と無常観―

二首間対照性は、次の一九日の洲俣川をめぐる二首にも、前節で述べた志向とはやや異なる形で考えられる。

洲俣とかやいふ河には、舟を並べて、正木の綱にやあらむ、かけとどめたる浮橋あり。いとあやふけれど渡る。

この河、堤の方はいと深くて、片方は浅ければ、

片淵の深き心はありながら人目つつみのさぞせかるらむ

仮の世の行き来と見るもはかなしや身のうき舟を浮橋にして

一首目における、洲俣川が堤に堰かれて深い淵をなしているさまと、二首目の旅人が川の浮橋を往来するさまは、川の停滞を示す「せかる」と、人の流動を示す「行き来」が対照的である。

一首目の川の凝滞を示す「片淵」、「つつみ」、「せかる」などについて、先行注が「「片淵」「堤」という語から浮かんだ、即興の恋の歌、とみればよいのである。恋をしない身でいながら恋の歌を詠むことは、昔の歌人にとって決して珍しいことではない」（詳講）、「人目を忍ぶ苦しい片思いの恋を連想する」、「恋の心に遊ぶのが旅の心やり」（新全集）などと、恋歌を仮構する遊びと解しているのが適切と思われる。

一首目について、先行注には「作者が「深き心」で「人目」を包んで（忍んで）いることを寓した」（新大系）[12]と、作者の心情を重ねて読むものもみられるが、その作者の心中を説明せず、不明瞭である。旅する阿仏の心情は該歌の忍ぶ恋の表現とは関わらないだろう。

一首目の右の表現は恋歌に先例があり、『古今集』恋三660詠み人知らず「たきつせのはやき心を何しかも人めつつみのせきとどむらむ」（残月抄に指摘）は一首目の下の句の典拠である。また、『隣女和歌集』巻一131「恋」、

しらせばやあふせもしらぬかたふちのやがてもふかきこひのこころを

も阿仏歌の「片淵の深き心」に近似する同時代例として注目すべきである。『隣女和歌集』巻一は巻頭に「正元年中」と注されており、一二五九〜六〇年頃の詠歌を集めるから、弘安二年（一二七九）の路次記の旅の該歌より先行する例であり、飛鳥井雅有と阿仏は歌交があるため（『嵯峨のかよひ』）、影響関係があるだろう。

阿仏歌は洲俣川の堤の淵を題材にして忍ぶ恋心のよどみ深まるさまを仮構し、旅する阿仏の心情から一時離れて、恋歌を仕立てる遊びを楽しんでいる。いままで論じてきたことば遊びは主に対照的表現を用いたものであったが、こ

の洲俣川詠のように旅の景物を捉えることばから恋歌を仮構するのも、ことば遊びの一種と捉えられる。なぜなら、阿仏の旅の愁いや望郷をしばし忘れ、今の旅路の風景から触発されることばを用いて恋歌を仕立てることに興じる遊び心は、前節で論じた二首間対照性におけることば遊びと同じく、旅の今を歌うことを楽しむ志向に根ざしているからである。

この一首目の恋歌は川の「せかる」さまを捉えたが、対照的に二首目の「仮の世の行き来と見るもはかなしや身のうき舟を浮橋にして」は人が「行き来」する旅を描き、「仮の世」、「はかなしや」などが無常観を表している。「身のうき舟」において漂う浮舟に阿仏自身の旅愁（「身の憂き」）を重ね、浮橋を渡って往来する旅の世を無常と観じる二首目は、一首目が恋する主体を仮構して戯れ、旅する阿仏の自己像を離れたのと対照的である。

この二首目のような無常観は、前述した二首間対照性の都回帰志向とことば遊び志向のいずれとも異なる。無常観の歌は路次記にどう位置づけられているのだろうか。路次記では無常観の顕著な歌が該歌を含め四首見いだせ、一首内の対照性が認められる歌は二首ある。その第一首は、都を発ってすぐの逢坂の関詠である。

定めなき命は知らぬ旅なれど又逢坂と頼めてぞ行く

該歌は、阿仏が無常の命を携えてゆく旅でも都の子供と再会を約束したことを詠む。「定めなき」無常と、再会を子に「頼めて」（頼みに思わせて）期することが対照されている。子をはじめとする都人との再会の誓いは、前節で述べた都回帰志向に通じるが、対置されている無常観はその都回帰が実現するか定めないことを示す。無常観は都回帰志向を時に揺さぶる不安要素として表されている。

他の無常観の歌では、二二日の浜松の引馬の宿での詠にも対照性が見いだせる。

親しと言ひしばかりの人々なども住む所なり。住み来し人の面影も、さまざま思ひ出でられて、又めぐりあひて見つる命のほども返す返すあはれなり。

浜松のかはらぬ陰を尋ね来て見し人なみに昔をぞとふ

浜松に阿仏は若い頃、父の平度繁とともに一時住んでいたことがあり[13]、年を経てなじみある地を再訪した感慨にひたる記事である。該歌は、「浜松の様とそこの松は変わらないのに、かつて住んでいたゆかりある人は亡くなっており、その生前の昔を追想する」という大意である。該歌は松の不変と人の無常の対照が眼目だが、先行注の中には「かはらぬ影を尋ね来て」を「海岸の松と同じように昔と変わらない知人の姿を尋ねて来た」（詳講）[14]と訳し、人まで不変のものに含める解釈をしているものがみられ、それでは第四句「見し人なみに」という人の変化と矛盾する。

さて、該歌の松と人の対照性は、次の『後拾遺集』雑四1045を参考にしているのではないか。

もと住みはべりける家を、ものへまかり侍りけるに、過ぐとて、松のこずゑの見えはべりければ、よめる

左衛門督の北方

年をへて見し人もなきふるさとに変はらぬ松ぞあるじならまし

詞書における、作者が旧居の松を見て詠んだという状況が阿仏の浜松再訪と重なる。この『後拾遺集』歌は、歳月が流れて馴染んだ人もいなくなったことと不変の松を対比する傍線部の表現が、阿仏歌の人の無常と松の不変を対照する表現に重なり合う。ただ、阿仏歌は下の句の「なみに昔をぞとふ」という波に昔を問いかける追想が『後拾遺集』歌にはない表現で、波を眺めて返らぬ昔を反芻する感慨が深い。

以上の対照性を有する無常観の歌三首のうち、洲俣川の無常観の歌は、その前の歌における、恋を仮構することば遊びを、阿仏が身を置く旅の世のはかなさへの詠嘆に転じていた。一首内の対照性を示す無常観の歌は、逢坂詠が都回帰は実現するか不確かである不安を感じさせ、浜松詠が今は亡き人への追想を表す点で、旅の今を詠むことを楽し

むことば遊びの歌とも異質である。総じて無常観の歌は少ないものの、都回帰志向とことば遊び志向の歌々のあわいに稀に現れて、二つの志向を相対化する要素として、路次記に位置づけられている。(15)

なお、残る一首の無常観の歌は、浜松に続く天竜川での詠「水の泡のうき世を渡る程を見よ早瀬の瀬々に棹も休めず」である。浜松詠とつながる無常観を、水泡と急流を渡る舟のイメージで表すが、特に対照性は見いだせない。

五　恋歌の表現性

前節で論じた洲俣川詠の二首では無常の歌の前に仮構の恋歌が対照的に配されており、本節では恋歌の表現性をなお考えるために、まずは次の清見潟の歌から読む。

暮れかかる程、清見が関を過ぐ。岩越す波の、白き衣を打ち着するやうに見ゆるもをかし。

清見潟年経る岩にこととはん波のぬれぎぬ幾重ね着つ

この二六日の記事で、歌の前文は波を衣に見立てて興じる表現が、その波の衣をまとう岩の擬人化を示しており、続く歌も擬人化を主眼とする。該歌は上の句で岩に問いかけることを表しており、似た表現の先例として見いだせるのは、『拾遺愚草』274皇后宮大輔百首・寄名所恋十首「清見がた関もる浪にこととはんわれよりすぐる思ひありやと」である。この定家歌の擬人化したものに問いかける表現を阿仏歌はふまえ、擬人化の対象は定家歌の波から岩へ変えている。

阿仏が擬人化の対象に語りかける表現を恋歌に用いる例は、この清見潟詠の前の興津の浜での歌、

なほざりに見る夢ばかり仮枕結びおきつと人に語るな

にもみられる。該歌は「黄楊の小枕」に阿仏が寝ながら詠み、かりそめの旅枕での恋を仮構して、その恋を枕が人に告げないように口止めするという戯れであり、第四句「結びおきつ」に興津の地名を掛ける点に、今の旅路を歌うことを楽しむことば遊び志向も認められる。

清見潟の阿仏歌に立ち戻ると、第四句「波のぬれぎぬ」にも恋歌の先例があり、残月抄は『伊勢物語』六一段の女の歌「名にし負はばあだにぞあるべきたはれ島浪の濡れ衣着るといふなり」を挙げる。しかし、同歌は『後撰集』羇旅1351にも詠み人しらずの「たはれ島をみて」の歌として載り、「名にし負はばあだにぞ思ふたはれ島浪の濡れ衣幾夜着つらん」と、第五句が阿仏歌の第五句「幾重ね着つ」により近く、『後撰集』が直接の典拠であろう。いずれにせよ、たはれ島は恋多き浮気者だという濡れ衣を着ていると見なす擬人化表現を阿仏歌はふまえ、島ならぬ岩は浮気の濡れ衣を何度着たかと問いかけて戯れる。

この「波のぬれぎぬ」のように波にまつわる恋歌の句を引用する阿仏歌は、二三日の遠江の高師の浜を詠んだ、

わがためや風も高師の浜ならむ袖のみなとの波はやすまで

もある。該歌の第四句は『伊勢物語』二六段の歌「おもほえず袖にみなとの騒ぐかなもろこし舟の寄りしばかりに」（残月抄に指摘）を引き、旅路の恋の涙を仮構する。「高師」という地名と風音が高いことを掛け、その風が立てる波から恋物語の涙の表現を引き込み、今の旅路を恋歌に仕立てることに興じることば遊びは、清見潟詠や興津詠とも共通する志向である。

阿仏の「清見潟年経る岩にこととはん波のぬれぎぬ幾重ね着つ」に立ち返ると、該歌は定家歌と『後撰集』歌における、擬人化したものが恋しているかのように見なす表現をふまえる点から、旅する阿仏の心情から離れた仮構の恋に戯れることば遊びの歌である。詳講は清見潟詠について恋歌の先例は検討していないが、「あくまでも戯れに詠ん

だ即興の歌として、受け取れる」と指摘し、「ぬれぎぬ」を作者の訴訟などの境遇に結びつける解釈を批判する。該歌を作者の境遇に重ねる解釈をする注は、「岩に聞いてみたい、わたしは今まで何度も無実の罪を着たが、お前はどうだったかと」(学術文庫)と訳し、岩と同じく阿仏も濡れ衣を着たことを「告白」する歌と捉える。しかし、清見潟詠は擬人化した岩に恋の濡れ衣を着る役を演じさせる虚構に興じることば遊びであり、阿仏の境遇とは関わらない。

そして、阿仏の清見潟での恋歌と、その次に配される歌は対照性が考えられる。

夜もすがら風いと荒れて、波ただ枕に立ちさわぐ。

　ならはずよよそに聞きこし清見潟荒磯波のかかる寝覚は

該歌は、馴れない旅宿で荒々しい浪音に脅かされて寝覚めする阿仏の愁いを表す。初めての清見潟で旅愁を抱く阿仏を表す該歌は、住み馴れた都への郷愁も漂わせており、前述した対照的な二首のうちの都回帰志向の歌ほど明確に都人を偲ぶ表現はないが、都を懐かしむ志向を有する。この清見潟詠の郷愁は、前に置かれた恋歌が旅路の今の景物を擬人化するユーモアと対照的である。

また、清見潟の二首目は、一首目の岩を恋の濡れ衣を着る主体とすることば遊びと対照的に、阿仏を主体とする旅愁を表す。洲俣川の対照的な二首も、一首目が恋する主体を仮構することば遊びであり、二首目は旅する阿仏の無常観を示し、二首の主体を虚構から旅人阿仏へと転じる手法が清見潟の二首と共通する。

以上、四・五の節では恋を仮構することば遊びの歌の表現性を考えるとともに、無常観の歌については恋歌と対照的に並べられる例と、一首内の対照性を示す例を指摘した。

おわりに

本章では路次記の歌の対照性について一首内の例と二首間の例を論じた。路次記は旅立ち前の阿仏の子との贈答も含むが、本章で指摘した対照性はこれらの贈答には該当しない。出立直後の逢坂詠から鎌倉入り直前の歌までの阿仏の旅の歌全五六首（九条家本の総数）[16]のうち、一首内対照性を有する歌は一〇首、二首間対照性のある歌は五組、一〇首見いだせた。

一首内対照性の表現は主に、旅路の地名と雨・水にまつわることばを組み合わせて対照性を誇張することを楽しむことば遊びの志向を有することを明らかにした。そして、二首間対照性の志向の一つは、現在の旅路の風景から触発されることばを歌にすることを楽しむ志向であり、その歌にはユーモアも交えていた。二首間対照性のもう一つの志向は、阿仏が都の家族とのきずなを旅の原点として偲ぶ郷愁であり、その都の昔へ遡ろうとする都回帰であった[17]。

以上の対照性という観点から、路次記の歌々は、①旅の今を詠むことを楽しむことば遊びと、②都の昔を偲ぶ郷愁、という両極を行き来する動態として把握出来る。①は阿仏の心情を離れて旅先の地名や景物と戯れ、恋も仮構することばの運動であり、反対に②は旅路の現在から離れて阿仏の原点である都へ立ち帰る心の声であった。この両極の歌々を作って路次記に配した阿仏は、今と昔、旅路と都を往還しつつ、ことばのユーモアと心の哀愁を織り交ぜた旅の世界を創り出したといえよう。

そして、次章で論じる鎌倉滞在記では、路次記のようなことば遊びは影をひそめるが、郷愁は都人との贈答において阿仏が都を偲ぶ表現にもみられる。

注

（1）岩佐美代子「『十六夜日記』はなぜ書かれたのか」（『國文學　解釈と教材の研究』三八―二、一九九三年二月）参照。
（2）田渕句美子『阿仏尼』（人物叢書、吉川弘文館、二〇〇九年）参照。
（3）三角洋一「紀行のありよう―十六夜日記の場合―」（『ミメーシス』七号、一九七七年四月）参照。本章で参照する三角洋一の指摘は全て同論文による。
（4）高田与清・北条時鄰『十六夜日記残月抄補註』（国文註釈全書、國學院大學出版部、一九〇九年）参照。同書は津本信博編『日記文学研究叢書一四巻　十六夜日記』（クレス出版、二〇〇七年）にも収録。
（5）武田孝『十六夜日記詳講』（明治書院、一九八五年）参照。
（6）定家歌の解釈は久保田淳『藤原定家全歌集　上下』（筑摩書房、二〇一七年）参照。
（7）森井信子「『安嘉門院四条五百首』と為家―阿仏尼の為家歌享受―」（『国文鶴見』四二、二〇〇八年三月）、田渕句美子『阿仏尼』（注2前掲）参照。
（8）岩佐美代子「『十六夜日記』考察と翻刻」（『宮廷女流文学読解考　中世編』笠間書院、一九九九年）参照。
（9）岩佐美代子校注「十六夜日記」（『中世日記紀行集』小学館、一九九四年）参照。
（10）江口正弘『十六夜日記校本及び総索引』（笠間書院、一九七二年）参照。
（11）森本元子『十六夜日記・夜の鶴』（講談社、一九七九年）参照。
（12）福田秀一『中世日記紀行集』（岩波書店、一九九〇年）参照。
（13）田渕句美子『阿仏尼』（注2前掲書）参照。
（14）詳講と同じく「松のように変わらない人」と解する注は学術文庫、新大系、『中世日記紀行文学全評釈集成第二巻』（勉誠出版、二〇〇四年）の祐野隆三の注などで、従えない。それに対し、玉井幸助『十六夜日記評解』（有精堂、一九五一年）や『十六夜日記・夜の鶴全釈』（和泉書院、一九八六年）の簗瀬一雄の訳注は、不変の浜松とその松を昔なじみの死という変化と対照すると捉え、新全集の訳は変わらぬ浜松や松と対照的に「そこに住んだ父も亡い」と解し、私見はこれらの解釈をふまえている。

(15)　無常観を示す逢坂詠や浜松詠については次章の二節の鎌倉滞在記論でも別途検討する。

(16)　流布本系は九条家本にみえる熱田での歌「契りあれや昔も夢にみしめ縄心にかけてめぐりあひぬる」を欠き、路次記の阿仏の旅歌は全五五首。

(17)　本章で論じた対照性があてはまらない路次記の歌の中にも、ことば遊び志向の歌にみられた地名に掛詞を見いだす興味がはたらいている歌が、「誰か来て見附の里と聞くからにいとど旅寝ぞ空恐ろしき」、「渡らむと思ひやかけし東路にありとばかりはきく川の水」など見いだせ、また都回帰志向の歌は、「言問はむ嘴と脚とはあかざりし我が来し方の都鳥かと」、「雲かかるさやの中山越えぬとは都に告げよ有明の月」、「思ひ出づる都のことはおほ井川いく瀬の石の数も及ばじ」などもみられる。なお、景物の色彩を対照する歌「しぐれけり染むる千入のはては又紅葉の錦色かへるまで」（宮路山）と「白浜に墨の色なる島つ鳥筆も及ばば絵にかきてまし」もある。

第三章　『十六夜日記』の鎌倉滞在記について　—贈答歌を中心に—

はじめに

『十六夜日記』の鎌倉滞在記が近年注目されている。滞在記では鎌倉の阿仏尼と都人が交わした消息文が紹介され、主にその文《ふみ》に記された贈答歌が連ねられる。文は、都人との「失われた対話を回復せしめる、重要な手段」として、会話以上に真情を表しうる媒体であり、文の贈答歌も対話の一環であると指摘されている(1)。

研究史では個々の贈答歌に関する注釈はなされているが、贈答歌が集成されることで生じる滞在記特有の表現性については検討が十分ではない。各贈答の呼応によって築かれる阿仏と都人の関係性や、複数の贈答にわたる表現の反復・照応についての検討が必要である。贈答のことばをくり返し、重ね合わせて連ねることで、滞在記は何を表そうとしているのか、その志向を捉えたい。

また、滞在記の贈答歌と、阿仏尼が鎌倉で勝訴を祈願しつつ関東の五社に奉納した百首を集めた『安嘉門院四条五百首』（以下、『五百首』と略称）の関連性も検討する。『五百首』と贈答歌に通底する表現の志向を考察する。

さらに、文と歌の集成によって一編にまとめられた滞在記の形式についても考える。類似する先例を勘案しつつ、滞在記の様式の独自性を検討する。

贈答歌を焦点として、滞在記の表現の志向と形態について考察を試みたい。

一　紀内侍との贈答

滞在記は、路次の記で阿仏尼が十月二十五日に宇津の山から都にいる娘の紀内侍へ送ったとされる文と歌に対し、娘の返事が届いたことから語り出される。文と歌の往返によって路次記と滞在記が呼応、接続している。

紀内侍との贈答が冒頭に記されるのは、彼女が最も尊重すべき娘だからであろう。路次記によれば、後深草院の姫宮を生んだ貴女であり、「心づかひもまことしき」、即ち誠実で成熟しており、留守中に子の為相・為守の後見を任せるに足る存在であった。

紀内侍の返信には、月の歌が添えられていた。


ゆくりなくあくがれ出でし十六夜の月やおくれぬ形見なるべき　(A)

阿仏尼の出発日の十六日にちなむ歌であり、「ゆくりもなく、いさよふ月に誘はれ出でなむとぞ思ひなりぬる」(序)と、出立を決意したものの、都に残す子を想い、たゆたっていた阿仏尼の旅をいたわる。路次記末尾の二十九日条で、酒匂から鎌倉に入る際、

浦路行く心細さを波間より出でて知らする有明の月

と、痩せた月を仰いだ阿仏尼が、到着後まもなく届いた紀内侍の月の歌Aを「いと優しくあはれ」と感じ、心細さの和らぐさまを描く。路次記末から滞在記の始発へと、月の歌の反復による二人の心の照応が語られている。

紀内侍詠Aの月の「形見」に関する諸注の多くは、(2)①阿仏尼を思いやるよすがと解するが、②阿仏尼に「ついて行く都の形見」と訳し、阿仏尼にとって都を偲ぶ形見と捉える注もある。②は路次記における月の描写と合致する解釈であろう。

　住みわびて月の都は出でしかど憂き身離れぬ有明の影　（二十二日、渡津）

阿仏尼の「憂き身」を「離れぬ」月が都の形見として描かれていた。紀内侍の歌は、十六夜以降の月をみて都を偲ぶ阿仏尼の旅路に思いを馳せ、無事を祈る。それは月を阿仏尼の形見とすることでもあり、①②は相通じ、月を眺める双方の視線が読みとれる。加えて紀内侍詠は、阿仏尼に「おくれぬ」月と対照的に都に残されて寂しい自らの姿も伝えている。

阿仏尼のまなざしと、それを思いやる都人の心を受けとめる月は、二者が相慕うための形見として、文で幾たびも歌われる。本論では個々の月の歌を検討し、月に関する贈答全体の照応関係を捉え、月の歌を多く配する滞在記の表現の志向を考察する。

滞在記では阿仏尼は年を越して春を迎え、紀内侍に再び送った文に、

　おぼろなる月は都の空ながらまだ聞かざりし波のよるよる　（B）

という歌を添え、上句で朧月は都と変わらないとする。月に都を偲ぶ点は、『五百首』の「月」題の歌、例えば「鹿島社百首」（弘安四年八月詠作）、

　はるる夜は旅の空こそわすらるれ月の都にすむ心地して　（456）

等に通じることが指摘されている。(3)456歌は月に望郷の念を託し、帰京を祈願する歌である。『五百首』には『十六夜日記』と共通する阿仏尼の境遇を表す歌が多いことは論じられているが、弘安三年（一二八〇）から同四年にかけて

詠まれた『五百首』と、同時期の弘安三年秋以降に書かれた滞在記の贈答表現の志向との関わりは把握されておらず、検討を要する。

滞在記の歌Bは下の句で、聞いたことのない波音がする夜を表し、同工の先例として『千載集』羇旅515俊成の歌「浦づたふ磯の苫屋の梶枕聞きもならはぬ波の音かな」が見いだせる。B歌は都と同じ朧月をながめると共に、鎌倉の海辺で耳慣れない波音に苛まれる夜毎の違和感をかこつ。鎌倉を厭い、帰京を祈る思いがこもる。

滞在記では波風が鎌倉に在る阿仏の不安をくり返しかき立てる表象として描かれる。劈頭から、阿仏尼の住む月影の谷で「風いと荒し」、「すごくて、波の音、松の風絶えず」という波風につれて都恋しさが募る折しも、紀内侍の文が届いた。また、歳暮に阿仏尼が姉に文を書く時も「例の波風はげしく」響き、贈歌で、

夜もすがら涙も文もかきあへず磯越す風に一人起きゐて　（C）

と、波風に募る寂寥に、文を書くことにいそしむことで耐える阿仏尼の姿を描く(4)。

阿仏尼のB歌への紀内侍の返歌、

寝られじな都の月を身にそへてなれぬ枕の波のよるよる　（D）

は阿仏尼が波に眠りを破られることを気づかうが、『続古今集』羇旅924大宰大弐高遠の「筑紫に下りける時、須磨のむまやにて」、「浦風に物思ふとしはなけれども波のよるこそ寝られざりけれ」が波枕の不眠を嘆くのと同じ発想である。

D歌は波枕よりもやはり月の詠み方が特徴的であり、「都の月を身にそへて」と、阿仏尼が月に都を偲ぶさまを思いやって安眠を祈り、A歌でも「月やおくれぬ形見なるべき」と、月を仰いで都を想う阿仏尼の無事を祈っていた。いずれも、月を媒介として阿仏尼の旅を追体験し、共感することで、旅の安寧を祈る姿勢で詠まれている。その姿勢

は以後の月に関する贈答にも共通する基調である。

二　「めぐりあひ」と「命」

十六夜の月にまつわる紀内侍詠Aに対する阿仏尼の返歌、

めぐりあふ末をぞ頼むゆくりなく空にうかれし十六夜の月　(E)

は、自らを十六夜の月によそえ、月の巡行のように紀内侍と再びめぐりあうことを祈る。『拾遺集』雑上470の、橘忠幹が遠方に赴く際に女に贈った歌(『伊勢物語』十一段では東下りする男が友に贈った歌とする)、

忘るなよ程は雲居になりぬとも空ゆく月のめぐりあふまで

をふまえ(5)、雲の彼方の紀内侍とめぐりあう願いを月に託した。

『拾遺集』歌は式乾門院御匣(安嘉門院に仕える「御方」)(6)との贈答にもふまえられる。

消えかへりながむる空もかきくれて程は雲居ぞ雪になりゆく　(阿仏尼、F)

かきくらし雪降る空のながめにも程は雲居のあはれをぞ知る　(御匣、G)

阿仏尼は、御匣に対する文で、旅先で歳末を過ごす不安をかこち、Fを詠む。Fの「程は雲居ぞ雪になりゆく」は本歌の「程は雲居」の距離感をふまえつつ、本歌ではめぐりあいを導く月が、雪にかき消された不安を表す。御匣詠GはFと同じ第四句で本歌を共有し、いつ再会できるかわからない不安に共感する「あはれ」を表して、再会を共に祈った。

再会の願いは、遡って路次の記からも読み取れる。

定めなき命は知らぬ旅なれど又逢坂と頼めてぞ行く

阿仏尼は子女と別れを惜しんで旅立ち、我が「命」の不定を危ぶんで無常を観じつつも逢坂の関で再会を祈った。再会のための「命」を慮ることは浜松の引馬の宿における二十二日の記事にもみられる。

親しと言ひしばかりの人々なども住む所なり。住み来し人の面影も、さまざま思ひ出でられて、又めぐりあひて見つる命のほども返す返すあはれなり。

浜松のかはらぬ陰を尋ね来て見し人なみに昔をぞとふ

その世に見し人の子、孫など呼び出でてあひしらふ。

阿仏尼が若い頃、父の平度繁と共に遠江に下向した際に滞在した浜松を再訪した。[7]阿仏は五十代後半の老年に達し、昔と変わらぬ曽遊の地にめぐり来たり、[8]今まで生きながらえた自らの「命」の宿縁に思いをいたす。この命への感慨は周知の西行詠、

年たけてまた越ゆべしと思ひきや命なりけりさやの中山（『新古今集』羇旅987）

に通じるだろう。阿仏尼は浜松の次に天中川、さやの中山など西行ゆかりの地を通っており、西行の跡をふんで命への感動を表したと考えられる。[9]

浜松では、阿仏尼の命とは対照的に、歌で「見し人なみ」と、今は亡き浜松の縁者を偲んで無常を想い、故人の子孫と語らう。死者への追想と背中合わせに、めぐりあいが命あっての賜物であることへの感慨が示されている。その感慨には、阿仏尼が旅の末に都の子供達と再会するまで保つべき己が命のほどを思いやる心も込められているだろう。

命にまつわる感慨は滞在記の三月末の記事にもみられる。阿仏尼が瘧病を患ったことを権中納言為子に伝える文面で、

「旅の空にて、たまきはるまでやと、あやふき程の心細さも、さすがになほ保つ御法のしるしにや、今日までは
かけとどめてこそ」

と、度重なる発作で客死の恐れもあったが、読経の験で一命をとりとめたという。命の危うさを感じ、ひいては命あるうちに都人と再会できるかを案じる阿仏の自己像が表されている。

『十六夜日記』の旅は弘安二年十月のことであり、滞在記には翌年秋までの記事がある。阿仏尼は、訴訟が決着しないまま、弘安六年四月八日に六十歳前後で亡くなっており、『五百首』の「新日吉社百首」（弘安四年三月の詠）の「ききのこしみのこすこともあらじかしむそぢのゆめのあかつきのかね」（387「暁」）という阿仏尼の老年意識を示す歌も知られている。(10)阿仏尼が都へ帰ることがあったかは不明であり、鎌倉で客死した可能性もある。鎌倉で『十六夜日記』を書いている折にも余命を慮ることがあったと思われ、作中で命の無常を想う自己像を焦点として表している。

命への意識は『五百首』にも歌われ、鎌倉の亀谷に於ける「新日吉社百首」、

めぐりあふ命のほどのあやうきは同じ世ながら遠き別れ路　（399「別」）

は遠隔地に赴き、再会するまでの命が危ぶまれる境遇を表す。一方、「鹿島社百首」、

たちかへり関こえぬべき命かな又あふさかもあやうかりしを　（495「関」）

では危ぶまれた再会も命永らえて果たせると信じる。これらの歌の危惧と期待が入り交じる作中主体の心は『十六夜日記』の阿仏尼像と重なる。

紀内侍への阿仏の返歌Eに立ち戻れば、「めぐりあふ末をぞ頼むゆくりなく空にうかれし十六夜の月」と、定めない命を保って再会することを願う祈念を、月を介して娘と分かち合う。再会できるか定かでないからこそ、めぐりあいを歌で予め言挙げし、その実現を祈願するのであろう。

同じ祈願は右の『五百首』詠にも込められているが、『五百首』は阿仏尼独りで詠まれ、それに応答することばを欠く。都人との贈答であれば、祈願や心意はことばの呼応において共有される。贈答による心願の共有を描くことが、滞在記の表現の志向として重要である。

その志向を示す鍵語として、「めぐりあふ」と「命」は『十六夜日記』における阿仏尼と都人の心を領することばである。特に滞在記では、めぐりあいの願いにも増して、命の無常への意識に発する祈願を深く込めた贈答歌が要所要所に配されていることを明らかにしたい。

三　為子との贈答

春月に関する紀内侍との贈答BDの次に、大宮院権中納言為子[11]（京極為教女）との贈答歌が配される。為子との一連の贈答が、『十六夜日記』における、死を想う故の祈願という志向に深く関わることを捉えたい。

「海いと近き所なれば、貝など拾ふ折々も、名草《なぐさ》の浜ならねば、かひなき心地して」など書きて、

いかにしてしばし都を忘れ貝なみのひまなく我ぞくだくる　（阿仏尼、H）

阿仏尼が文に記す「名草の浜」は、『後撰集』雑三1223読人不知の歌「きのくにのなぐさの浜は君なれや事の言ふかひありとききつる」を引用する[12]。この歌は、紀伊介の男の訪れが絶えた女の嘆きを男の姉が慰めた消息に対する女の返事である。阿仏尼は、「名草の浜」ならぬ鎌倉の海浜では慰めもなく、『後撰集』歌は「かひあり」だが、鎌倉では「かひなき心地」であり、生き甲斐を見失いそうだと嘆いた。『後撰集』と反対の境遇をかこつことで、為子が『後撰集』の「君」の如く慰めの言葉をかけてくれることを期待した。続く阿仏尼詠Hでは「忘れ貝」がないので都を常に

偲んで心が千々に砕けると悲しむ。

為子との贈答と『五百首』の関わりを考えると、亀谷に於ける「新賀茂社百首」（弘安四年三月詠作）で、

かくばかり都を恋ひぬ旅ならばあづまもしばしなぐさみやせん　（298「旅」）

と、都が常に恋しくて東国滞在につかのまの慰めも感じないと歌い、「名草の浜ならねば」やHの「しばし都を忘れ貝なみ」と同じ心境を示す。また、「鹿島社百首」、

同じ世にあるかひなくて別れてふ文字さへ今は聞くもうらめし　（499「別」）

は大切な人々と別れたままでは同じ世に生きる甲斐がないと嘆き、鎌倉での「かひなき心地」に通じる。『五百首』で、鎌倉に独り在る虚しさを各社に訴歎し、勝訴の末に都人と再会することを祈願したのであろう。併せて、滞在記では、虚しさを為子にかこつ贈答の営みにおいて、生き甲斐を取り戻そうとするさまを表している。

為子からは貝・波をめぐる返歌がある。

たのむぞよ潮干に拾ふうつせ貝かひある波の立ちかへる世を　（I）

Iの「うつせ貝」は身のない空虚な貝であり、直後に「空し」を起こすことが多く、

波のうつみしまの浦のうつせ貝空しきからに我やなりなん　（『続後撰集』雑下1226曾禰好忠）

おきつかぜうらうつなみのうつせがひ空しきからぞかずまさりゆく　（『為家七社百首』678無常・住吉社）

の如く、死（亡骸）を表す例もある。為子歌Iは、阿仏尼の「かひなき心地」、即ち生き甲斐を欠いて死に通ずる虚しさを、「うつせ貝」で一旦受けとめたのであろう。しかし、「空し」と続けて虚しさを反芻するのではなく、「かひある」へ転じた。為子詠Iは『後撰集』歌のように慰めるべく、阿仏尼が「かひなき」、「忘れ貝なみ」と重ねた「なし」を「あり」へ翻し、鎌倉滞在の甲斐があることを祈る。阿仏尼の訴えが通って帰京が叶い、二人がめぐりあう日

を予祝、祈願した。I歌には、阿仏尼の虚しさと再会の祈念を為子も共有したことが表現されている。

この贈答と同様に、虚無感を訴える阿仏尼を為子が励ます贈答が、続く三月末の記事にもみられる。阿仏尼が瘧病を患ったことは既述したが、その際、

いたづらに海人の塩焼く煙とも誰かは見まし風に消えなば[13]　（J）

と、虚しい客死の果てに荼毘の煙も鎌倉の浦風に吹き消される恐れを詠んだのに対し、為子から即座に返歌があった。

消えもせじ和歌の浦路に年を経て光をそふる海人の藻塩火　（K）

「和歌の浦」は、路次記でも阿仏尼が熱田神宮で歌っていた。

鳴海潟和歌の浦風隔てずは同じ心に神もうくらむ

該歌は、玉津島明神の加護を仰ぐ歌道家を為相らに継承させるために、訴えが容れられることを熱田の神に祈る奉納歌である。「和歌の浦」は、『五百首』でも「新賀茂社百首」「和歌の浦にとめしかたみとのこりけりあしべにすだつつるの子どもは」（291「鶴」）などと歌われ、阿仏尼が子に継がせようと祈願している歌道家の意であることが指摘[14]されている。

その「和歌の浦」の意義を為子も弁えてKを詠んでいるだろう。為子は阿仏尼と「歌の事ゆゑ朝夕申し馴れ」（滞在記）た仲であり、同じ御子左家の歌人として連帯していた。それ故、K歌で、阿仏尼の命の灯は病で消えることなく、歌道家を子に継がせる使命を帯びて光り輝くと勇気づけ、歌道継承を祈る。阿仏尼の祈願を共有する為子がK歌でその祈りを思い起こさせたことで、阿仏尼は死の恐れを越えて歌の家のために生きる意志を新たにしたと捉えられる。

滞在記には為子との贈答が四季折々に最も多く記され、為子は歌によって阿仏尼の命を鼓舞する、良き文通相手と

して描かれる。

四　為相との贈答

為相との贈答も、無常を想う故の祈願という志向と響き合うと思われる。

滞在記の八月二日の記事によれば、為相から「当座」詠五十首の「清書もしあへ」ぬ草稿が届いた。阿仏尼はその詠みぶりの成長を喜んで二十八首に合点し、評語を加えるが、中でも羇旅歌が目にとまり、返歌を添える。

心のみ隔てずとても旅衣山路重なる遠の白雲　（為相、L）

恋ひしのぶ心やたぐふ朝夕に行きては帰る遠の白雲　（阿仏尼、M）

為相詠Lは、阿仏尼の「旅の空を思ひ」つつ詠まれたことに阿仏尼は気づく。該歌は次の二首をふまえていると思われる。

別れても心へだつな旅衣いくへかさなる山路なりとも
　　（『千載集』離別497定家）

みちのくにへまかりける人によみてつかはしける

白雲の八重にかさなるをちにても思はむ人に心へだつな
　　（『古今集』離別380貫之）

Lの「心のみ隔てず」は、定家詠・『古今集』歌の「心へだつな」をふまえる。Lの「旅衣山路重なる」は定家詠の第三句以下に学ぶ。滞在記によれば、為相・為守らは路次記（又はその原作）と目される、「下りし程の日次の日記」という東下りの旅日記を贈られた。Lの「山路重なる遠」には、阿仏尼の旅日記や文に語られた東海道の山々の彼方にいる阿仏尼を思いやる真情が込められている。Lの結句「遠の白雲」は『古今集』歌の上三句を約めた表現であり、Ｌは本歌二首を取り合わせた習作である。本歌二首が旅人に遠距離を越えた心の通い合いを求めるのをふまえ、Ｌは「旅ゆくあなたと心の隔てはないとはいえ、あなたの身は山と雲の遙か彼方だ」と、改めて遠距離を強調し、寂しさを訴える歌に仕立てた。

Ｌに対する阿仏尼の「返し」の歌Ｍは「あなたを恋い慕う心が雲に連れ添って鎌倉と都を明け暮れ行き来する」という趣旨である。人を恋う心が雲に「たぐふ」というＭの表現は、指摘されているように、(15)

遠き所に行きわかれにし人に
心をばそなたの雲にたぐへても猶恋しさのやるかたぞなき　（『拾遺愚草』2643）

が先蹤である。為相詠が定家詠をふまえたのに応じ、阿仏尼も定家詠にならう歌を返し、歌の家を守り継がんとする母子が共に父祖を仰いで贈答するさまが表される。

また、Ｍは阿仏尼の子を思う心が雲とともに朝夕「行きては帰る」と歌い、雲の彼方にいる為相の寂しさへの慰めを表す。行き来する雲と心の歌Ｍは為相詠の「傍ら」に「書き添へ」られ、詠草は贈答歌を有する文として鎌倉と都を現実にも往来する。往還する雲・心は、往復する文・歌そのものの喩えでもある。阿仏尼の身は為相とすぐにはめぐりあえずとも、心を込めた文と歌が往き帰ることを表し、共に歌道家を担う絆の強さを示した。

贈答ＬＭの呼応関係はおよそ右のように捉えられるが、『五百首』との関わりからすれば、別の表現性も見えてくると思われる。贈答ＬＭにおける、「山」に「朝夕」浮かぶ「雲」の情景は、そこに風が吹きつけるならば、『五百首』の「無常」の歌、「稲荷社百首」(16)（弘安三年一月詠）、

よしやただ夕べの空のうき雲に山風はやくうつりゆく世を　（4）

や、「荏柄宮百首」（弘安三年五月詠）、

立つとみる雲も煙もかつ消えてしばしとどめぬよもの山風（204）

における、荼毘の煙と紛う雲が山風にかき消される風景に変じうる。[17] ＬＭは死と隣り合う風景をも暗示しているのではないか。前述した阿仏尼の客死を恐れる歌Ｊでも「風に消えなば」と荼毘の煙を吹き消す無常の風が詠まれており、鎌倉の荒い波風も滞在記に折々描かれていた。滞在記の表現に底流する阿仏尼の死を想う心はＬＭにも影を落としている。また、右の『五百首』詠も阿仏尼の命の不安を反映し、無常の風に吹かれる恐れを示し、それに抗して他の『五百首』（前掲399「別」、495「関」他）で為相ら都人と再会することを祈ったのであろう。同時に滞在記では、阿仏尼の死の恐れと背中合わせに、贈答ＬＭで歌道家の親子の交感を表すことで、阿仏尼の命の無常を越えて歌の家が継承されることを祈願したのである。

そして、阿仏尼は為相詠草の末尾に「昔人」、亡夫の為家を偲ぶ歌を添えた。

これを見ばいかばかりとか思ひ出づる人にかはりて音こそ泣かるれ（Ｎ）

為相の稽古ぶりを見たら喜ぶであろう為家を思い、亡夫に代わって指導する自らの孤独を感じて涙したことを歌う。この歌を読む為相に亡父の存在を喚起し、その跡をふむための修練を促す意図もあるだろう。阿仏尼は為家の遺命に従い、歌道家を継ぐ為相らを育てている。[18]

その為家の遺言は序文に明記されている。

「道を助けよ、子を育め、後の世をとへ」とて、深き契りを結びおかれし細河の流れも、故なくせきとどめられしかば、跡とふ法の灯も、道を守り家を助けむ親子の命も、もろともに消えをあらそふ年月を経て、あやふく心細きながら、何としてつれなく今日までながらふらむ。

亡夫の遺命に基づいて歌道家を支える使命を帯びる「親子の命」が所領問題で脅かされたことが、阿仏尼の旅の発端であった。

同じ「命」の意識は、流布本系『十六夜日記』で滞在記の後に付されている阿仏尼の長歌（弘安五年〈一二八二〉春頃の詠作）にも歌われている。

代にも仕へよ　生ける世の　身を助けよと　契りおく　須磨と明石の　続きなる　細川山の　谷川に　わづかに命を　かけひとて　伝ひし水の　みなかみも　せきとめられて　今はただ　くがにあがれる　魚のごと　かぢを絶えたる　舟に似て　よるかたもなく　わび果つる（後略）　　（永青文庫蔵本）(19)

長歌は、亡夫の遺言に拠る所領相伝が妨げられ、所領とともに歌の家を継ぐべき親子の「命」が困窮していることを訴える。

阿仏尼は親子の命を守るために鎌倉に在って、子・亡夫との紐帯を示す贈答歌(20)を滞在記に書き込むことで、歌の家が存続することを祈願した。為相も阿仏尼の返歌MNを読み、祈願を共有したに違いない。これらの贈答歌は、死者と共に生きている親子の命の絆を深め、家の継承を祈るための媒体として、滞在記に刻み込まれている。

五　月の照応

滞在記の末尾には、再び為子との贈答が記される。

又、権中納言の君、いとこまやかに文書きて、下り給ひにし後は歌詠む友なくて、秋になりてはいとど思ひ出で聞ゆるままに、一人月をのみながめ明かして。

など書きて、

東路の空なつかしき形見だにしのぶ涙に曇る月影　（為子、Ｏ）

この御返り、これよりも「故郷の恋しさ」など書きて、

通ふらし都のほかの月見ても空なつかしき同じながめは　（阿仏尼、Ｐ）

滞在記は冬の贈答から始まったが、春・夏の為子らとのやりとりを経て、秋を迎えて四季が一巡したところで、改めて為子との贈答で結ばれる。為子はＯで「東方の空にのぼる月をあなたの形見と慕うが、都に独り在る身が寂しくて流す涙に月は曇る」と悲しむ。阿仏尼は返歌Ｐで「都から遠い東国にいても、同じく月をながめて涙しつつ、あなたを偲ぶ心は通う」と共感を示して、為子を慰めた。

冬の十六夜の月をめぐる紀内侍への阿仏の返歌Ｅ「めぐりあふ末をぞ頼む」では月に再会の祈願を託していたが、為子らは再会が一向に叶わない悲哀に覆われた秋月をながめる。阿仏は三月の為子への贈歌Ｊで客死を恐れていたから、この秋の歌Ｐが示す為子への恋しさには、命あるうちに再会できるかを案じる思いもまじるだろう。この贈答ＯＰで、なかなか再会できないことを嘆き合うことも、翻せば、再会を共に祈願する営みである。

秋月の歌の類例として、『五百首』の「新日吉社百首」(21)、

いくたびか都の月をうつすらん関のこなたの秋の涙に　（356「月」）

は、都を偲ばせる秋の月を鎌倉でながめては涙に映すことを歌い、為子との贈答ＯＰで歌われた秋月と涙に等しい。この356歌における、今後「いくたび」鎌倉で秋の月を見るかわからない不安は、滞留の末に都人とめぐりあうまで保てるかおぼつかない命に対する阿仏尼の危惧につながる。命あるうちに帰京することを祈る思いが356歌に込められている。『五百首』で独り述懐、祈願する営みと、滞在記の贈答で祈願を都人と共有したことを表す行為が補い合い、

月をめぐる祈りを深めている。

月を共にながめることは、春の為子との贈答でも歌われていた。

晴れ曇りながめぞわぶる浦風に霞ただよふ春の夜の月　（阿仏尼、Q）

くらべ見よ霞の中《うち》の春の月晴れぬ心は同じながめを　（為子、R）

右の贈答は、生き甲斐のない虚しさについて「うつせ貝」等を詠んだ贈答HIに次いで配される。阿仏尼はQで「鎌倉の浦風に漂う霞によって月が陰晴定まらず、それをながめる私の心も照り陰る」と歌い、風が霞と月のながめを乱す春の不安を表す。この贈答歌群の次に配される為子への消息で病を案じて、J歌で「風に消えなば」と無常の風を恐れることの予兆として、Qの浦風に吹き乱される月は阿仏尼の命の不安をも暗示しているだろう。

為子はRで「都でも月は霞み、独りで寂しく心が晴れないのはあなたと同じだ」と返した。Rの「月晴れぬ心は同じながめ」は、滞在記末の贈答OPの「曇る月影」（為子詠）、「同じながめ」（阿仏尼詠）と重なる。いずれの贈答でも、離れて在ることの悲哀に曇る月のながめを共有し、孤独を慰め合い、阿仏尼の命の不安を和らげている。二人は、春と秋の月をめぐる贈答の照応において、無常を想いつつ絆を深め、再会を祈る歌友として描かれる。前述のように、紀内侍とも月の贈答を冬と春にくり返し、月を互いの形見にして再会を祈り（AE）、波音響く鎌倉での無事を願い（BD）、連帯感を培っていた。

滞在記の月の用例を全て検討したが、総じて月は、文を書く者たちが共有するめぐりあいの祈願が持続していることを証す合言葉であった。月の歌が冒頭の紀内侍との贈答から末尾の為子との贈答に至るまで集成されることで、相照らす心の祈願が終始息づいていることが表現されたのである。

また、滞在記の首尾に配された月の歌A「ゆくりなくあくがれ出でし十六夜の月やおくれぬ形見なるべき」（紀内侍の歌）と為子詠Oは共に月を阿仏尼の「形見」とするが、「形見」は哀傷歌では故人を偲ぶよすがとして詠まれることが多く、月の「形見」も死に関して詠まれる例がある。

わづらふ事侍りける頃、もろともに月見ける人のもとより、月ゆゑ思ひ出づるよし、とぶらひて侍りければ

藤原顕綱朝臣

世の中になからん後に思ひ出でば有明の月を形見とは見よ

この『続後撰集』雑下1229歌は、病により死を覚悟した者が、共に月を見た者に、自らの死後の「形見」として月をながめることを願っている。

滞在記の月の「形見」の歌AとOは、紀内侍と為子の詠出意図としては、鎌倉の阿仏尼を偲んで再会を祈ることの表現である。しかし、滞在記の表現に阿仏尼の死の意識が影を落としているとすれば、月の歌を死後の「形見」として遺す意図もあるのではないか。月に始まり、月に終わる滞在記を都人や後の世の読者が阿仏尼の「形見」(22)にすることを、阿仏尼は望んだのであろう。月に祈りながら死を見つめた阿仏尼の生の「形見」が滞在記であり、その死を越えて滞在記が読み継がれることを願ったのである。

六　消息・贈答集成の先例

滞在記の表現とその志向を探ってきたが、その形式、つまり、旅先に滞在する者と都人の間の消息・贈答集成という様式に類比しうる先例を検討したい。

まず、『源氏物語』須磨巻では、周知のように光源氏が須磨でわび住まいをしつつ、都の女君たちと文・歌のやり

とりをする場面がある。

松島のあまの苫屋もいかならむ須磨の浦人しほたるるころ　（光源氏）

いつとはべらぬなかにも、来し方行く先かきくらし、汀まさりてなむ。（中略）

しほたるることをやくにて松島に年ふる海士もなげきをぞつむ　（藤壺）

光源氏が贈歌で須磨の浦に在る身の悲哀をかこって涙し、藤壺の返歌も悲嘆を共にする。他の女君との贈答でも共有される海辺の表現は、阿仏尼と妹の安嘉門院美濃の贈答にもみられる。

いたづらに藻《め》刈り塩焼くすさみにも恋しやなれし里のあま人　（阿仏尼、S）

（中略）「人恋ふる涙の海は、都にも枕の下にたたでこそ」など（妹は）書きて、

もろともに藻刈り塩焼く浦ならばなかなか袖の波もかけじな　（妹、T）

海辺に住む阿仏尼の無聊に、妹の尼が同情して涙する贈答は、右の須磨巻の贈答に通う趣がある。この妹との贈答前後にも、姉への贈歌C「夜もすがら涙も文もかきあへず磯越す風に一人起きゐて」や、紀内侍からの返歌D「寝られじな都の月を身にそへてなれぬ枕の波のよるよる」などは、阿仏が鎌倉の海の風や波音で独り寝られずに涙する夜を表し、須磨巻の「関吹き越ゆると言ひけむ浦波、夜々《よるよる》はげにいと近く聞こえて」、「ひとり目をさまして、枕をそばだてて」、「涙落つともおぼえぬに、枕浮くばかりになりにけり」などの源氏が須磨の浦風、浪音に独り寝覚めて涙するさまと重なる。

須磨巻には文通が歌を核に前後の文面の一節を引く形で語られており、その形式に阿仏尼は学んだのであろう。但し、須磨巻は須磨と都の動向について歌・文以外にも多様な語り口を持つのに対し、滞在記が歌・文のみで約一年間のことを描くのは特異な様式である。

次に、鎌倉に限らず、東下りした者と都人の贈答歌群の先例も検討する必要がある。[23]『後拾遺集』雑五に次のような贈答がある。

東に侍りけるはらからのもとに、たよりにつけてつかはしける　　源兼俊母
にほひきや都の花はあづまぢにこちのかへしの風につけしは　（1133）
返し　　康資王母
ふきかへすこちのかへしは身にしみき都の花のしるべと思ふに　（1134）

姉妹の贈答であり、源兼俊母が「西風に託した都の花のさまは東に伝わったか」と問い、康資王母は「あなたのお便りは身にしみ、都の花を偲ぶよすがだ」と返す。阿仏尼も姉妹と贈答しており（C、ST）、為子とは「都の花」に関する贈答を春に交わしている。

都人思ひも出でば東路の花やいかにとおとづれてまし　（阿仏尼、U）
東路の桜を見ても思ひ出でば都の花を人やとはまし　（為子、V）

UとVは東と都の花を偲ぶ便りを求め合っており、為子らは境遇の重なりから康資王母の贈答を連想したであろう。康資王母は康平四年（一〇六一）頃、夫の藤原基房の常陸介任官に伴って常陸へ下り、同七年まで滞在した。[24]自撰家集『康資王母集』は滞在時の歌群（96〜106）を有し、滞在記と同様に都と東で共に月をながめることを詠む贈答がある。

夕月夜のいとおもしろきほど、いづこよりともなくて、京より文ありて、経信大納言のなり
東路の旅の空をぞ思ひやるそなたに出づる月をながめて　（98）
かへし

おもひやれ知らぬ雲路も入るかたの月よりほかのながめやはある　(99)

この贈答は『後拾遺集』恋三(725・726)にも入る。経信が「東国を旅するあなたを想って東の空に出る月をながめる」と歌い、康資王母は「西の空に入る月ばかりながめて都を偲んでいる」と返す。都と東で月を介して相想う点は、為子との贈答OP他の月の贈答と等しい。

『康資王母集』には四条宮下野との贈答も収められている。

宮の下野、かきたえて文もおこせねば

あづま路の道の冬草しげりあひて跡だにみえぬ忘れ水かな　(102、『新古今集』冬628)

返し

よそながら心を人につくま川ふかきに跡はみゆるものかは　(103)

共に四条宮寛子に仕えた同僚女房らが心を通わせる歌交は、阿仏尼と御匣が共に安嘉門院に仕える同輩女房の仲で贈答(FG他)したことを思い起こさせる。

康資王母の母、伊勢大輔との贈答もみられる。

待ちかねて、母のもとより

息の緒の絶えなんのちは君来てもあはれいづくと我を尋ねん　(104)

返し

息の緒の生きて見るべき君なれば限る別れはあらじとぞ思ふ　(105)

子と再会する前に命絶えることを危惧する老母に対し、康資王母は再会を誓って慰める。母が都に、子が東に居る点は阿仏尼親子と逆だが、母が命を案じつつ子と再会を願う点は阿仏尼に通じる。

伊勢大輔や康資王母は重代の歌の家、大中臣家の歌人であり、親から子へと歌道を継承する家の意識を有すること(25)も、阿仏尼から子への歌道家継承と通うものがある。阿仏尼は康資王母を、東下りをした歌の家の歌人の先例として、意識していたと思われる。

以上のように、康資王母の常陸滞在時の贈答歌群は、花月を介した交感や近親知己との交流の面で、滞在記との共通性がある。康資王母の贈答は滞在記に先行する都・東間の贈答歌群として注目される。

同時に、二者には径庭もある。康資王母の贈答では、歌に伴う文面が紹介されることはない。贈答の数も康資王母は五組にとどまり、滞在記は四季を通じた贈答二十二組で一編にまとめられている。康資王母の歌群には同一人物との贈答の反復・照応もない。

中世の鎌倉下向を描く作品では、『海道記』、『東関紀行』や、阿仏尼と親交のあった飛鳥井雅有の『最上の河路』、『都の別れ』、『春の深山路』、家集などの鎌倉滞在の記事に、贈答集成と往復書簡で一編を構成する類例は見いだせない。

滞在記は、行き交う歌と文のことばが鎌倉と都の人々の心を結い合わせるさまを表す様式において、独自性が認められる。稀有な形式を採ったのは、阿仏尼と都人が分かち持つ祈願という志向に促されたためであろう。阿仏尼は心願を表すべく、首尾一貫して贈答を配し、その反芻と呼応を図り、滞在記を構築したのである。

おわりに

滞在記の贈答歌を読んできたが、再会と歌道家継承の祈願を分かち合う人々の連環が表現されていた。贈答を連ねた滞在記によってのみ、共同の祈願の場が創り出された。現実の鎌倉では訴訟がはかどらない状況で、阿仏尼は都人の助力を仰ぎ、京鎌倉を往還する歌による祈りの空間を築いたのである。
路次記と同様に滞在記も為相ら都人に贈られただろう。[26] 滞在記が読まれ、その祈願は確かめられ深められたに違いない。阿仏尼が鎌倉で命尽き、都人と再会できなかったとしても、滞在記に込められた歌道家継承の祈念は子に受け継がれ、他の読者にも伝わる。鎌倉に、そして今生にいつまで留まるかわからない阿仏尼は、滞在記を書き残すことで、命の無常を越えて、祈願を後の世にも伝えたのである。

注

（1）中野貴文「『十六夜日記』鎌倉滞在記の消息的性格について」（『中世文学』五三、二〇〇八年六月→中野貴文『徒然草の誕生―中世文学表現史序説』岩波書店、二〇一九年、に収載）参照。
（2）①の解をとる注は、玉井幸助『十六夜日記評解』（有精堂、一九五一年）、森本元子『十六夜日記・夜の鶴』（講談社、一九七九年）、武田孝『十六夜日記詳講』（明治書院、一九八五年）、簗瀬一雄・武井和人『十六夜日記・夜の鶴全釈』（和泉書院、一九八六年）、福田秀一『中世日記紀行集』（岩波書店、一九九〇年）など。②は岩佐美代子校注「十六夜日記」（『中世日記紀行集』小学館、一九九四年）の解釈。
（3）田辺麻友美「『安嘉門院四条五百首』攷―『十六夜日記』との関わりを中心に―」（『和歌文学研究』75、一九九七年一二月）は『五百首』が『堀河百首』題による題詠ながら、月・関・旅・別題等の歌が阿仏尼の帰京の願いや旅の悲哀を表すと指摘し、森井信子「安嘉門院四条五百首について」（『鶴見日本文学』2、一九九八年三月）も『五百首』にみる阿仏尼の心境を指摘する。『五百首』の成立、日記との関連は夙に島津忠夫「安嘉門院四条五百首と十六夜日記」（『国語国文』三一―一、一九六二年一月　同論は『島津忠夫著作集八巻』〈和泉書院、二〇〇五年〉にも収載）が指摘する。猶、『五百首』本文は冷泉家蔵本（『冷泉家時雨亭叢書三一巻　中世私家集七』朝日新聞社、二〇〇三年）に拠るが、表記は私に改め、歌番号は新編国歌大観に拠る。

（4）阿仏尼詠Cへの姉の返歌「玉章を見るも涙のかかるかな磯越す風は聞く心地して」は、諸注に指摘をみないが、『千載集』冬415読人不知「たまづさに涙のかかる心地してしぐるる空に雁のなくなる」をふまえて阿仏尼の文に涙し、共に波風に耳を傾けて寂寥をなだめ、無事を祈る。

（5）『拾遺集』歌は高田与清・北条時鄰『十六夜日記残月抄補註』（国文註釈全書、國學院大學出版部、一九〇九年）が挙げる。

（6）安嘉門院女房としての阿仏尼につき、久保貴子「『十六夜日記』「鎌倉滞在記」考―安嘉門院女房としての視座―」（『日記文学研究誌』七、二〇〇五年三月）参照。

（7）遠江下向時の歌が、『続古今集』羇旅933安嘉門院右衛門佐（阿仏尼）「さても我いかになるみの浦なれば思ふかたにはとほざかるらん」。同下向は『うたたね』後半の遠江下向記の素材となっている。下向年次は不明だが、同歌の『続古今集』詞書「思ふこと侍りける頃」や『うたたね』から、恋の物思いをした若年時と思われる。

（8）路次の記の二十一日条の阿仏尼詠「待ちけりな昔も越えし宮路山同じ時雨のめぐりあふ世を」も、昔の遠江下向時も越えた宮路山が再会を待っていてくれたと歌い、めぐりあいの感慨を示す。

（9）『十六夜日記』における西行のさやの中山詠受容については第三部第一章の四節で再検討する。

（10）田辺麻友美論文（前掲注3）参照。

（11）為子の経歴は、岩佐美代子「大宮院権中納言―若き日の従二位為子―」（『和歌文学新論』明治書院、一九八二年→『岩佐美代子セレクション2和歌研究　附、雅楽小論』笠間書院、二〇一五年、にも収録）、安田徳子「『十六夜日記』鎌倉滞在の記について―大宮院権中納言と和徳門院新中納言をめぐって―」（『岐阜聖徳学園大学国語国文学』一八、一九九九年三月）参照。

（12）この『後撰集』1223歌の詞書は「きのすけに侍りけるをとこのまかりかよはずなりにければ、かのをとこのあねのもとにうれへおこせて侍りければ、いと心うきことかなといひつかはしたりける返事に」。該歌は簗瀬一雄（注2前掲書）、岩佐美代子『中世日記紀行集』（注２）等の注が挙げる。

（13）三角洋一「『十六夜日記』の「鎌倉滞在の記」について」（『論集日記文学』笠間書院、一九九一年）は、阿仏尼詠Ｊと為子詠Ｋが、『後拾遺集』羇旅503花山院「旅の空よはの煙とのぼりなば海人の藻塩火たくかとや見ん」を本歌として共有し、心を通わせると指摘する。

（14）島津忠夫論文（注３）、田辺麻友美論文（注３）を参照。但し両論文は為子詠Ｋや路次記の奉納歌については未検討である。

（15）田渕句美子『十六夜日記白描淡彩絵入写本・阿仏の文』（勉誠出版、二〇〇九年）の注を参照。

（16）該歌は冷泉家蔵本に見えず、新編国歌大観（底本は松平文庫蔵本）に拠る。該歌は田辺麻友美（注３）によれば、鎌倉の佐助稲荷社への百首の残欠歌である。

（17）この『五百首』の「無常」題の歌二首（４、204）における浮雲の比喩は、『維摩詰所説経』方便品第二の十喩の一である「是身如二浮雲一須臾変滅。」（大正新修大蔵経第十四巻五三九頁）をふまえる。『維摩経』の浮雲の比喩を歌った類歌として、『赤染衛門集』462「維摩経十喩」「うかべる雲のごとし」「行衛なく空にただよふうき雲にけぶりをそへんほどぞかなしき」（『続後撰集』雑下1232に入集）があり、雲に茶毘の煙を添える点は『五百首』204「雲も煙もかつ消えて」と共通する。『五百首』４「夕べの空のうき雲」は、『源氏物語』夕顔巻の光源氏詠「見し人の煙を雲とながむればゆふべの空もむつましきかな」が茶毘の煙を夕雲とみなすように、茶毘の煙に通じる無常の表現であろう。

（18）今関敏子『中世女流日記文学論考』四章二節（和泉書院、一九八七年）は、阿仏尼は「夫の代行」として家を継ぐ子を育み、子への思いの前提に夫との深い絆があることを指摘する。

（19）永青文庫蔵「いさよひの日記」は、江口正弘『十六夜日記校本及び総索引』（笠間書院、一九七二年）の影印によるが、表記は一部私意で改めた。

（20）為相との贈答ＬＭの前に配される和徳門院新中納言との贈答でも、阿仏尼は「それゆゑに飛びわかれても葦鶴の子を思ふかたはなほぞ恋しき」と子を恋い、次いで、夢に現れた亡夫を「はかなしや旅寝の夢に通ひ来て覚むれば見えぬ人の面影」と偲び、歌の家の絆を強調する。

(21) 当該の『五百首』356の「関のこなた」は、滞在記の為子との四月の文通で、阿仏尼が都では時鳥の初音は聞けたかと問うたのに対し、為子が「実方の中将の、五月まで時鳥聞かで、陸奥国より、「都には聞きふりぬらむ時鳥関のこなたの身こそつらけれ」（『続後撰集』夏191）とかや申されたる事」を先例として連想したことをふまえ、阿仏尼が実方と同じく東国にわび住まいすることを表す。

(22) 中野貴文（注1）は、月の「形見」詠を含む滞在記が阿仏尼死後の「形見」として読まれることを阿仏尼が望んだことを、消息文テクストの特性として指摘する。

(23) 三角洋一（注13）は、陸奥の実方と都人の贈答（『後拾遺集』雑五1138 1139、『続後撰集』夏191 192）が為子との贈答にふまえられていることを指摘する。なお、『橘為仲集』122以下も陸奥守為仲の下向歌群であり、都人との贈答を含むが、滞在記の贈答との表現の接点は乏しい。

(24) 森本元子「康資王母と常陸介基房」（『古典文学論考』新典社、一九八九年）参照。常陸歌群につき、森本元子『私家集の女流たち』（教育出版センター、一九八五年）参照。『康資王母集』の本文・歌番号は新編私家集大成に拠るが、表記は私に改めた。

(25) 大中臣家歌人の歌の家意識につき、久保木哲夫「『後拾遺集』と撰者」（『折の文学　平安和歌文学論』笠間書院、二〇〇七年）を参照。

(26) 岩佐美代子「『十六夜日記』考察と翻刻」（『宮廷女流文学読解考　中世編』笠間書院、一九九九年）は、九条家本には為相の子孫の下冷泉持為が所蔵した本を祖本とする旨の奥書が存すると指摘する。

第二部　『とはずがたり』の表現

第一章　二条の父の死をめぐる物語性と託宣

はじめに

『とはずがたり』に対する作り物語の影響が研究史において[1]は繰り返し指摘されてきた。『とはずがたり』は『源氏物語』を始めとする平安・鎌倉期の作り物語の表現や人物関係を模倣して、二条と人々の身の上を語っている事が明らかにされた。

本章では作り物語に拠って語られる二条の身の上を検討すると共に、物語とは異なる二条固有の境涯の表現に注目したい。物語と比較しつつ検討するテーマは、二条とその父、源（久我）雅忠の関係性であり、特に父の死が二条の生に与えた影響である。主に巻一で物語との関連によって描かれる父の死のありかたと、巻四で想起される石清水八幡の託宣に基づく父の死のとらえ方を比較し、二者の接点と差異を考察する。父の死を背負って生きる二条像の語り方が、『とはずがたり』前編（巻一～三までの宮仕え）から後編（巻四・五の出家後の半生）にかけて、どう変遷するのかを把握したい。

一 父の臨終に関する物語との比較

雅忠は巻一冒頭で後深草院の二条に対する寵幸を内諾し、それと知らない娘に対して院に従順に仕えるように諭す。二条は父の後見のもとで院の寵を受ける身となるが、後嵯峨院の発病、崩御があり、雅忠は主君の死に殉じるかのごとく俄に体調を崩して重篤に陥り、後深草院の見舞いがある。雅忠は院の皇子を身ごもっている二条を院に託し、院は二条を庇護することを約束する。

雅忠は「おのれ一人に三千の寵愛も、みな尽くしたる心地」と、二条への深い恩愛を吐露した上で、遺戒を垂れる。まず院に一心に仕えることを命じ、もしも院との間に遺恨が生じて出仕がかなわなくなれば即座に出家して自らの後世を祈り、亡き二親の恩に報いて追善回向し、一蓮托生を祈るように勧める。そして、出家せずに院以外の二君にまみえたり、他家に身を寄せて世過ぎをすれば不孝にあたることを訓戒する。

この遺戒に関する研究史によれば、父が娘の処世を危ぶんで遺戒を垂れることの先蹤は『源氏物語』椎本巻の八宮の娘に対する遺戒だが、娘に対する出家の勧めは八宮の遺戒にはみられないことが指摘(2)されている。むしろ、『阿仏の文』が主君の寵を失した時には出家するよう勧め、亡き親を弔うべく諭す処世訓と、雅忠の遺戒との同時代的共通性が指摘(3)されていることは、第一部第一章で述べた。

遺戒を終えた雅忠は臨終に向けて行儀を整え念仏を唱え続けるが、不意に昏睡しかけた所を傍らの二条に揺り起こされ、二条を見つめて「何とならんずらむは」と呟き、遺される二条を案じつつ事切れる。「念仏のままにて終はらましかば、行末も頼もしかるべきに、よしなくおどろかして、あらぬ言の葉にて息絶えぬるも心憂く」と、雅忠は臨終正念を全うすることができず、往生が危ぶまれる。二条は自らの存在が父に恩愛を感じさせ、父の正念を乱したことを深く悔やみ、自責の念に苛まれる。遡って二条の皇子懐妊が判明した時点でも、重篤の雅忠は皇子出産を見届けるために延命を祈願しており、二条は父に愛執を抱かせたことを「罪深く」感じていた。

恩愛により臨終が乱れた父とその往生を妨げた娘の先例はやはり、八宮とその娘である。総角巻で阿闍梨の夢に現れた八宮は、「いささかうち思ひしことに乱れてなむ、ただしばし願ひの所を隔たれる」と、娘への懸念のために往生を遂げられなかったことを告げる[4]。大君は「かの世にさへさまたげきこゆらむ罪」、つまり父の往生を妨げた自らの罪に苦しむ。

宇治十帖の影響[5]を受けている『いはでしのぶ』巻二にも同様のことが語られる。宇治の八宮像をふまえる伏見の入道式部卿宮は病が重篤になり、宇治の姉妹に対応する娘の大君・中君のことを憂慮する。

> 父みこ（伏見入道）むげにたのみもなくなり給て、中々いまはいたうことにいでぬものから、なのめならず（大君を）心ぐるしげにおぼいて、「さりとも」などやうに、かすめて御けしきとり給へる程、はちすのうへののぞみもさしをかれてみゆるも、（内大臣は）いみじうあはれにつみえがましければ、あさはかならずきこえ給。

伏見入道は自分の亡き後に遺される大君のことを心配するあまり、自身の往生の願いも二の次になっている。入道が亡くなった直後には、「いまはのとぢめにしも、とりわきわれゆへこころをみだし給し事のかなしさ」と、大君が父の正念を乱した故に自責の念に駆られる。その後、入道は「今はの期にしも（大君を）心ぐるしうおぼしをきてしほどに、しばしなれどにごりにしづみ給へる」と、八宮同様に娘への恩愛が往生の妨げになったとされる。

『いはでしのぶ』は他の場面の描写と『とはずがたり』の類似が指摘され[6]ており、成立[7]は所収歌が採られている『風葉和歌集』成立（文永八年〈一二七一〉）以前、十三世紀中葉と目されているから、ほぼ同時代を生きた二条（生年は正嘉二年〈一二五八〉は『いはでしのぶ』を読み得たであろう。父の死を宇治十帖になぞらえるとともに、その影響下の『いはでしのぶ』をも意識していた可能性がある。

　これらの物語の父の死と雅忠の臨終の相違を検討すれば、宇治の八宮は遺戒ののちに阿闍梨の山寺に参籠して最期を迎えており、姉妹は八宮の死を後に伝え聞くばかりで、「いみじきこと（死別）も、見る目の前にておぼつかなからぬこそ、常のことなれ、おぼつかなさ添ひて、おぼし嘆くことことわりなり」（椎本巻）と、死に目に立ち会えなかったことを深く嘆いたと語られる。『いはでしのぶ』の伏見入道の臨終も事後に正念を乱して亡くなったことが明かされるだけで、具体的な死に様の描写はない。

　それに対し、二条は父の臨終に寄り添って、父の死に際をまざまざと自らの目で看取るさまが語られている。

　　これ（二条）はそばに居たれば、（雅忠）「手の首とらへよ」と言はる。（中略）日のちとさし出づるほどに、ちと眠りて、左の方へ傾くやうに見ゆるを、なほよくおどろかして、念仏申させたてまつらむと思ひて膝をはたらかしたるに、きとおどろきて、目を見開くるに、過たず見合せたれば、「何とならむずらむは」と言ひも果てず、文永九年八月三日辰の初めに、年五十にて隠れたまひぬ。

二条は死にゆく父の身体、手首、膝に触れて揺さぶり、念仏を勧め、父が今はの際に二条と目を合わせながら洩らした娘の将来を案じる一言が耳底に残る。死の直後には、「ただそのままにて、なり果てむさまをも見るわざもがな」と、二条は父の亡骸を荼毘に付さずにその変じてゆくさまを見届けたいと願いさえする。父を荼毘に付した後の二条の歌、

　　わが袖の涙の海よ三瀬川に流れて通へ影をだに見む[8]

は、三途の川を渡る父の面影をも幻視しようとするほどの恋慕を表す。前述の物語の女君たちと異なり、二条が父の

死を凝視する姿に『とはずがたり』は焦点を当てている。

また、臨終直後の二条の悲嘆の語りでは、「生を享けて四十一日といふより、初めて膝の上にゐ初めけるより、十五年の春秋を送り迎ふ」と、二条が父の膝下で鍾愛を受けた年月と、その「養育扶持」の「恩」の深さを強調する。雅忠も遺戒の前に「(二条の)愁へたる気色を見ては、ともに嘆く心ありて、十五年の春秋を送り迎へて、今すでに別れなむとす」と、二条と悲喜を共にした歳月を愛惜する。さらに、遺戒直後には雅忠は「今は近づきておぼゆれば、何もよしなし。何まれ、まづこれに食はせよ」と、臨終の自らの治療を拒み、傍らの二条の食事を心配し、懐妊中は「芋巻」を食べさせないよう注意したという。死にゆく自身よりも娘とその皇子を案じる雅忠の恩愛を描く。以前にも雅忠は、見舞いに来た院に対し、「ただにさへはべらぬを見置きはべるなむ、あまたの愁へにまさりて、悲しさもあはれさも、言はむ方なくはべる」と、二条の産む皇子の後見ができずに先立つ無念を訴えていた。雅忠と二条・皇子の間の深い恩愛を語ることで、それ故に父娘が離れがたく身を寄せ合って臨終を乱したことの哀切さを喚起する。

以上のように『とはずがたり』は、二条が身をもって父の死に触れたことを独自に描き、父の正念を乱した二条の負い目を語っている。主に巻四以降で二条が亡父の後生を祈るさまが描かれるが、その後半生の原点として父の死を乱したことが表されている。

二　二条・後深草院・雪の曙の関係における物語性

父を亡くした娘に関する物語と『とはずがたり』の比較を続ける。

宇治の八宮は「亡からむのち、この君たちを、さるべきもののたよりにもとぶらひ、思ひ捨てぬものに数まへたまいる。

へ」（椎本巻）と、自らの死後に遺される姉妹の後見を薫に託していた。『いはでしのぶ』巻二の伏見の入道も前掲の重篤の場面において、往生の願いもさしおいて、大君と既に契りを結んでいた内大臣が夜離れせずに通ってくることを求め、内大臣は入道の往生を安んずるために応諾する。死を覚悟した父から娘の後見を委ねられる男君の造型が、薫から内大臣へと受け継がれている。薫は宇治の姉妹を弔問して追善法要を差配し、内大臣も「御仏事のこと、なにかの事も、いとこまかに、よろづはとぶらひたてまつり給へば」と、弔問と仏事の手配をして伏見の姉妹を慰撫している。

『とはずがたり』で薫や内大臣と同じ役割を担う人物として造型されているのが、雪の曙である。雪の曙は二条を弔問して「一年の雪の夜の九献の式、「常に逢ひ見よ」とかやも、せめての心ざしとおぼえし」と、雅忠から二条の面倒を見るように委託されていたことを明かす。二条は父の意を体した雪の曙に心を許して契りを結び初めた。二条は皇子懐妊中の身で雪の曙と忍び逢い、後深草院への後ろ暗さに戦きながらも、雪の曙への想いを深めてゆく。一方、院も雅忠に二条の庇護を約束しており、雅忠を手厚く弔う。二条は父の死の哀しみを雪の曙と院によって陰に陽に慰められた。二人の父代わりから同時に愛され、一身を二者のあわいにたゆたわせる二条像が語られている。

父の死を契機とする雪の曙・院との三者関係が語られるのだが、男君・女君・帝の三者関係は『いはでしのぶ』にも描かれている。大君は父の死後に叔母の尚侍のもとに身を寄せた折に帝に見出されて寵を受けることになる。

（帝が）けしからぬまで涙をつくしあかさせ給御気色も、（大君は）ゆめかうつつかとあきれたる心ちのみし給ひつ、のちのよとだにちぎらずひきわかれ給し人（内大臣）のおもかげのみ、うきはものかはと、たえがたう恋しうかなしき（後略）（巻二）

にわかに帝に迫られた大君は惑乱しつつ内大臣の面影を慕い、帝寵が厭わしく、二者の間で板挟みとなってしまう。

その後も帝は一途に大君を寵して、内大臣を偲ぶ大君の心を靡かせてゆく。

この『いはでしのぶ』の三者関係は、『しのびね』とそれに類する物語群にみられる定型的な人物関係（以下、「『しのびね』型」と呼称）に等しいといわれる(9)。『しのびね』では男君が故中務卿の宮の娘である女君と結ばれるが、男君の親の意向で権門の姫君と結婚し、悲嘆する女君は帝に寵されて、「恋心を深める帝と男君への慕情の板ばさみになって苦しみ嘆く(10)」。『しのびね』と二条・雪の曙・院の三者関係の類似も示唆されており、雪の曙と忍び逢いながら院に寵される二条像が、「男を慕いながらも帝に愛される物語の女君によそえて(11)」描かれる。

『しのびね』の三者関係は次のように語られている。

（帝）「もし、この我が心かくる人（女君）のことをや（男君は）思ふらん。また、ここなる人（女君）も、いといたう思ひしづみたるは、もしあかぬ（男君との）別れなれば、思ひ離れがたきにや。（中略）靡がいふことに（女君が）なびかぬも、これ（男君）に強く心をとどめけるにこそ」

帝は女君が引き離された男君を慕っているために寵に靡かないことを知るが、男君が女君との悲恋を諦めて遁世した後、女君はようやく帝寵を受け入れる。

この現存本『しのびね』は南北朝期以降成立の改作本と目されているが、散逸した古本『しのびね』から『風葉和歌集』に入集した歌が知られている。

内侍のかみ、つれなきさまに見えたてまつりければ、七日のたまはせける

しのびねの帝の御歌

今日さへやただに暮らさん七夕の逢ふ夜は雲のよそに聞きつつ　（秋上220）

せちに思ひける女に、心にもあらず隔たりにければ、世を背かんとて、いささか立ち寄りて

行く末を何契りけん思ひ入る山路に雲のかかりける世を　（雑三1371）
しのびねの中将

右の220歌の詞書によれば、古本ではつれない尚侍の女君を靡かせんとする帝が描かれ、1371歌の詞書によると、女君と隔てられる悲恋故に遁世する男君が登場したことがわかる。女君をめぐる三者関係を描いたと思しい古本『しのびね』が『風葉和歌集』成立の頃には存し、それを二条は読んで知っていた可能性があるだろう。

『しのびね』型の物語の女君と二条の身の上は軌を一にしているのだが、二者の間に生じる差異について、次節以降で考えたい。

三　出産場面における物語との差異

二条の皇子出産は、それを危惧しつつ亡くなった雅忠の服喪中になされた。

（亡父が）あらましかばと思ふ涙は。人に寄りかかりて、ちとまどろみたるに、昔ながらに変らぬ姿にて、心苦しげにて、後ろの方へ立ち寄るやうにすと思ふほどに、皇子誕生と申すべきにや、事故なくなりぬる（後略）

二条は見守ってくれるはずの父を喪った悲しみがこみ上げ、まどろんだ幻覚のうちに生前と変わらぬ姿の父が背後から支えてくれているように感じ、出産を果たしたという。雅忠の幻影は、二条が父の庇護を求める思いの反映であるとともに、皇子出産を見届けようとして果たせなかった雅忠が死後も余執を抱いて二条の身を擁した姿とも捉えられよう。皇子出産を介助する雅忠の幻には、巻一における二条の心に負い目として刻まれている、二条・皇子に執する雅忠像が投影されているだろう。

また、この御産時の二条の背に雅忠の幻が寄り添うさまは、雅忠の臨終に二条が「そばに居」て父の手首を握り、膝を揺するさまと、身を寄せ合う父娘の姿において重なる。父と娘が幽明境を異にしながら、父の死苦も娘の産みの苦しみもいたわり合おうとする姿が哀れ深く象られている。

さて、父の後見を欠く二条の皇子出産と対照的に語られているのが、その二年前の東二条院の御産である。夫の後深草院、後嵯峨院の差配のもとで「大法秘法残りなく」修され、盛大な加持祈祷に雅忠も奉仕していた。善美を尽くした御産の盛儀に感動した二条は、「人間に生を享けて、女の身を得る程にては、かくてこそあらめと、めでたくぞ見え給ひし」と、女性と生まれたからには東二条院のように后の位に昇り御産をすることを理想として夢見ていた。しかし、実際の皇子出産では父は既に亡く、東二条院の顕栄に遠く及ばず、孤独を感じる二条の姿が語られる。

二条は皇子出産に続き、雪の曙の子を懐妊する。それを後深草院には皇子懐妊と偽ったため、院が着帯を手配した際、二条は「故大納言の、「いかにか」など、思ひさわがれし夜のこと思ひ出でられて」と、雅忠が死の前日に二条の皇子懐妊に対して院から帯を頂いて喜んだことを想起した。雅忠没後の現在は院の目を盗み、父の与り知らない雪の曙の子を産むことを二条は恐れたのであろう。隠密の出産故に介助する者も少なく、二条は「(亡父が)あらましかば」と、再び父の助けを希求する。

雪の曙の子の出産時には、雪の曙は皇子出産時の父の幻と同じように二条を擁して支えた。生まれた子のさまは次のように語られる。

ただ一目見れば、恩愛のよしみなれば、あはれならずしもなきを、そばなる白き小袖におし包みて、枕なる刀の小刀にて、臍の緒打ち切りつつ、かき抱きて、人にも言はず、外へ出で給ひぬと見しよりほか、又二度その面影見ざりしこそ。

子の臍の緒が絶たれ、雪の曙が子を二条の手元から引き取る。
この出産場面と描写が類似する物語として、新大系の注釈は(12)『海人の刈藻』を指摘する。『海人の刈藻』巻三では藤壺女御が新中納言との密通により懐妊し、秘かに出産する。

しばしありて、（女御は）身じろき給ひて、少し震ひ給ふに、こと成りぬ。殿の上、御臍の緒押し切りて、単に押しくくみて、少将が懐に押し入れ奉り給ふ。急ぎ下り、差し奉れば、（新中納言は子を）御懐に引き入れて出で給ふ。

新中納言は雪の曙と同じように出産に立ち会い、臍の緒が絶たれた新生児を即座に懐に抱いて出て行き、その子は父である新中納言方で養育される。藤壺女御が帝の寵を受ける身でありながら他の男と通じ、その子を産む境遇は、雪の曙の子を産む二条像と重なる。

『海人の刈藻』の現存本は研究史(13)では改作本とみなされており、散逸した古本『海人の刈藻』については『無名草子』に批評があり、『風葉和歌集』にも古本の作中歌が採られている。現存の改作本の成立は南北朝期に下るが、散逸物語の復元考証(14)において現存本は古本と筋立・登場人物がほぼ同一であり、作中歌とそれに関わる描写のみ改変されたと推定されている。前掲の現存本における藤壺女御の出産の描写が細部まで古本と同じであったかは定かでないが、『無名草子』の古本に対する批評で、女御と新中納言の間の子が父母を知らず、誤認する場面に言及しており、現存本巻四にも同場面があるため(15)、二人の密通で子が生まれる点は古本も現存本も共通すると考えられる。『風葉和歌集』の成立した時代を生きた二条が現存本と大筋等しい古本を読んでいて、その人物像をふまえた可能性はある。少なくとも、雪の曙の子を産む二条の境遇は、女御の境遇への連想を誘う物語性を帯びているといえよう。

現存本『海人の刈藻』は「按察使大納言の三姉妹の幸いの物語(16)」であり、特に三の君にあたる藤壺女御は帝に愛される『しのびね』型の女君である。藤壺女御は巻二で入内して厚い寵を受け、女御を垣間見て懸想した新中納言との間の子を巻三で出産するが、その後も密通を知らない帝の寵はまさり、巻四では立后の宣旨を受けて一の宮を産み、国母として栄える結末に至る。

『海人の刈藻』巻三の出産場面に戻れば、女御の密通・出産については姉たちのみが知り、父親の按察使大納言は一切関知しないが、子供が連れ去られた後に「今ぞ按察殿に苦しがらせ給ふよし聞こえ給へば、わたり給ひて、御修法・読経など騒ぎ給ふ」と、大納言は女御の容態が悪いと知らされ、手厚く祈祷・看護する。二条と同じく密通の子を産んだ女御だが、産後には父親に労られる点で、父のいない二条の孤立とは対照的である(17)。

『海人の刈藻』の女御と父親の関わりを辿ると、巻二の女御入内の場面では、「按察殿、おりたちつかうまつり給ふ女御の御ありさま、なのめならんや」と、一族と父の大納言の後見に恵まれた華々しい参内が描かれる。大納言が重病に罹った折には、見舞いに駆けつけた女御に対し、「近しと思ひ聞こゆるなん頼みある」と言い、大納言は寄り添う娘への恩愛に力を得て快方に向かう。

巻四では女御は中宮として、後に春宮となる一の宮を産む。

夜に入りては、（中宮の）御息も絶え絶えにて、いたく弱らせ給へば、山・三井寺、奈良東大寺・興福寺、東寺・西寺と分かちて、御祈り隙なし。八幡・春日へ神馬奉らせ給ふ。御誦経こちたし。（中略）十三日、内大臣殿（父）、七観音造りあらはし奉り給ふ。

夥しい加持祈祷・造仏が父大臣その他によって繰り広げられる点は古本も同様だったようであり、『無名草子』は「中宮の御産の御祈りの仏の多さこそ、まことしからね」と非現実的な誇張を批判する。父大臣は現存本巻四結文で娘の産んだ一の宮の立坊までを見届ける長寿を保った事を、「御命さへ御心のままなりける」と讃歎される。

以上のように、『海人の刈藻』における、父の後見のもとで御産をして国母に至る女御は、后妃として皇子を産むという二条の望みを達した人物像である。それに対し、二条は父を喪ったがためによるべなく皇子を産み、その子は翌年に夭折し、巻二の女楽の際には再び皇子を懐妊するが、その後の皇子の消息は語られない。二条は巻三までの宮廷出仕期に皇子を育む母としての地位を後深草院に認められることはない。この巻二、三の展開まで見渡すと、国母に昇る女君の幸いを描く物語とは対照的な二条固有の生をこそ『とはずがたり』は語っているのである。

四　寵愛に関する物語との落差

前節でみた『海人の刈藻』の女御には父の庇護があったのに対し、現存本『しのびね』の女君は故中務卿の宮の遺児であり、二条と同じく父の後見を欠くが、女君に対する帝寵は終始厚い。『しのびね』終盤では女君が皇子を産み、后に立つ様が次のように語られる。

若宮をさへ生み奉り給へば、（帝は）いまだ皇子もおはしまさぬことを口惜しく思し召すに、いとうれしく思し召されて、御幸ひのめでたきことかぎりなし。やがて承香殿の女御と聞こゆ。若宮は二つにて春宮に居させ給へば、女御、后にたち給ひぬ。

現存本『しのびね』末尾で女君は女院になり、古本では尚侍に止まるが（前掲『風葉和歌集』秋上220詞書）[18]、いずれにせよ帝寵に与る。

『いはでしのぶ』の大君も先述の巻二で帝の寵を得た後、巻三以降は断片的な本文[19]からあらすじを辿ることになるが、大納言との密通により懐妊し、それと知らない帝は皇子懐妊と勘違いして慶び（巻三）、大君は不義の子である女一の宮を出産し、変わらぬ帝寵によって尚侍から皇后になる（巻四）。『しのびね』型の女君は、父が存するにせよ亡くなるにせよ、帝の厚い寵に浴する幸いを得るが[20]、二条の境遇はどうであったか。『とはずがたり』巻一では、雪の曙の子の出産に続く記事で、雪の曙との密かな契りという「あやまち」の報いのように二条の産んだ皇子はあえなく夭折する。「前後相違の別れ、愛別離苦の悲しみ、ただ身一つにとどまる」と、父母のみならず皇子をも喪う「愛別離苦」は、上述の物語とは異なる二条の身の上の苦しみである。加えて、雪の曙との間の女子は北の方腹の妃がねとして育まれ、二条は母たることを許されない。

皇子夭折直後の記事によれば、雪の曙との逢瀬は世を忍び後深草院の目を盗む、後ろ暗い「苦しみ」であり、院との契りについては「よそに積もる夜な夜なを恨み、我が身に疎くなりましますも悲しむ」と、院はあまたの女性に寵を分かつため、二条はしばしば遠ざけられる。院の二条に対する寵はそもそも、二者が契り初めた折の院の言で「形は世々に変るとも、契りは絶えじ。逢ひ見る夜半は隔つとも、心の隔てはあらじ」とあるように、来世まで続くえにしを誓うと同時に、二条に対し夜離れをして他の女性を寵することもあるという留保条件付きのものであった。このように院の寵の移ろいに悩む二条は、帝の寵を専らにする物語の女君とは異質な存在として語られている。

父なき娘が帝に寵される物語としては、父按察使大納言を亡くした桐壺更衣が帝に寵される桐壺巻の影響も指摘されているが[21]、更衣一人を厚く寵する桐壺帝と多情な後深草院では径庭がある。更衣は源氏を産むが二条は皇子を喪っている。弘徽殿女御に類する東二条院から二条への嫉視、迫害に対し、巻一末では後深草院は「（雅忠が）最後終焉に申し置き候ひしを、快く領掌し候ひき」と、死ぬ前の雅忠との約束に則って二条を庇い、「いかが御所をも出だし、行方も知らずも候ふべき」と、二条を御所から追い出さずに擁護することを誓ったが、巻三では破約して二条の御所出仕を止める。その要因は東二条院の勘気だけでなく、後深草院の二条への心変わりである。院以外の男たちとの契りが重なり、亀山院と親昵して後深草院から離反しているという中傷にもみまわれた二条を院は突き放した。二条は御所退去直後に「「隔てあらじ」とこそあまたの年々契りたまひしに、などしもかかるらむ」と、二条を遠ざけずに寵することを誓ってきた院の違約を恨む。以上のように、巻三までの『とはずがたり』前編を通じて、物語において寵愛を集める女君とは異なる途を歩む二条像が示されている。

五 巻四の八幡の託宣

巻三までの前編は院の寵や他の男との恋に悩む二条の生が主軸として語られるが、二条が亡父を弔おうとするさまも点描されている。巻一では父の遺戒で「二つの親の恩をも送り、一蓮の縁と祈るべし」と親の供養が命ぜられており、父が亡くなった年の末に二条は「父母の後生をも弔ひ、六趣を出づる身ともがな」と、親の弔いと出離を願い始めた。

父の後生菩提を祈る二条像は、巻四の『とはずがたり』後編の始発部分において新たに焦点化される。遺戒で危惧された通りに院に仕え通すことができずに出家した二条の東国下向が巻四から語られ、二条が鶴岡八幡宮に参拝した記事（正応二年〈一二八九〉、二条三二歳頃）では、八幡大菩薩の託宣が想起される。

「他の氏よりは」とかや誓ひ給ふなるに、契りありてこそ、さるべき家にと生まれけめに、いかなる報いならむと思ふほどに、まことや、父の生所を祈誓申したりし折、「今生の果報に代ゆる」とうけたまはりしかば、恨み申すにてはなけれども、（後略）

「他の氏よりは」は、新大系によれば、八幡の託宣「人の国よりは吾国、人の人よりは吾人」（『八幡愚童訓（乙本）』

「氏人事」）をふまえ、「他氏よりは氏子の源氏を守護しよう」と解される。二条は源氏（村上源氏）でありながら不遇にさすらう身は何の応報かと嘆き、亡父の後生を八幡に祈願したところ、二条の「今生の果報」、つまり現世での幸福と引き換えに、父の後生善処を叶える、という託宣が降った事が思い起こされる。

神託が降ったのは、巻一の文永十年（一二七三）の年始の記事で二条が父の服喪中、皇子の懐妊中に石清水八幡に参詣した折に、「祈誓申しつる心ざしより、むば玉の面影は、別に記し侍れば、これには洩らしぬ」と、見た夢を別記に書き残したので『とはずがたり』では省筆する、とした時点と推定されている。[22]現存本文ではこの時の夢が八幡の託宣である可能性が存する唯一の記事と思われるが、夢の別記が現存しない以上確証はなく、託宣の時期は未詳である。

三角洋一は、託宣された「今生の果報」の喪失が、父の死から院との別れに至る前半生の不幸として実現し、二条は八幡の定めに従って父のために果報なき今生を生きる「運命」を自覚してゆくと指摘する。[23]

二条の望んだ「今生の果報」は、前述した巻一の東二条院の御産への羨望や二条の皇子出産の記事に即せば、後深草院の寵を受けて后妃として皇子を生育することであろう。その果報は、既述した『しのびね』型の物語において女君が帝の寵に浴する幸いとも重なる。その物語とは対照的に、果報に恵まれなかった二条の前半生が語られていた。

それに対し、巻四の託宣想起の記事においては、物語とは異なる不幸な二条の身の上を、父の往生のために不遇に耐える宿命を担った主体として捉え直し、二条の今生の意味づけを転換することが企図されている。出家後に新たな人生観を自覚して引き受ける転機を迎えた二条像を託宣に拠って表している。巻三までの半生の意味を裏付ける託宣の内容を巻四前半で、作中では初めて明かすという展開が図られている。

この託宣の想起に続いて、二条は小野小町の落魄を連想する。

袖を広げむをも嘆くべからず。また、小野小町も衣通姫が流れといへども、簣を肘にかけ、蓑を腰に巻きても、身の果てはありしかども、我ばかり物思ふ（後略）

二条は今生の果報を失って物乞いに身を落とすとしても嘆くまいと自らに言い聞かせ、小町の落魄を引き合いに出す。小町落魄は『玉造小町子壮衰書』に語られる。

唯有下献二王宮妃一之議上、専无下与二凡家妻一之語上。而間、十七歳而喪二悲母一、十九歳而殞二慈父一。（中略）今見寡独、而跰二道路一。無レ益廻二人界一、従レ懐二生前之恥一、不レ如、帰二仏道一、欲レ播二死後之徳一。

小町は王妃として献ぜられる議もあったが、父母を失い零落して孤独に仏道に帰依する点で、(24)二条の身の上と重なり合う。前述の作り物語で親なき娘が帝の寵を受けたのとは裏腹に、出家して旅に出た二条は小町のごとき落魄に瀕したことを語る。失意の底にある二条になお生き続ける意味を授けたのが、託宣である。小町は独り落魄する一方だが、二条は託宣に基づき、今生の我が身が果報を失ってさすらうのとひきかえに、父を往生へ導こうとする。父の往生という希望に底支えされて初めて、小町のごとき落莫の今生を嘆きながらも受け容れる二条像が示されている。

六　後編の託宣と亡父に関する記事・歌

巻四の託宣の想起以降、託宣の影響と父への孝養がどう語られているのかを検討する。

託宣想起の直後に、二条は鎌倉で病に臥す。「慣らはぬ旅の苦しさに、持病の起こりたるなり」と、巻三までには語られなかった「持病」に苦しむ最中に父を想い起こした。生前の父は二条が軽い風邪を引いても手厚く加持祈祷してくれたが、今は孤独な旅路で「持病」を患っている無援の身であると語る。

病の床に臥して、あまた日数は積もれども、神にも祈らず、仏にも申さず、何を食ひ、何を用ゐるべき沙汰にも及ばで、ただうち臥したるままにて明かし暮らすありさま、生を変へたる心地すれども、（後略）

二条は父の生前とは「生を変へたる心地」、即ち一身に二生を経る思いであると嘆く。生前の父の庇護と父没後の半生の苦境との対比において巻四で初めて語られる「持病」は、託宣に基づいて果報を父に捧げたために二条の後半生に背負わされた苦しみの表現だと思われる。

持病は熱田社に参拝した折にも「例の大事に病起こり、わびしくて」と再発して、「宿願」の五部大乗経供養の一環である華厳経書写を二条は中断するが、参詣を重ねて供養を果たす（巻四）。遡って巻四冒頭で熱田に二条が初めて参じた場面では、父が熱田に例年「わが祈りのため」に奉納していた神馬が「最後の病」の年には頓死し、祈願を斥けられたまま父が亡くなったことを、「神は受けぬ祈りなりけり」と回想した。この神馬の死は、巻一で重病の雅忠が二条の皇子懐妊を知り、その後見をすべく諸社に延命を祈願した記事と近い頃のことであろう。巻一では皇子のために命を惜しむ執着を雅忠に抱かせた二条が「罪深く」感じたと語られており、父の臨終正念を乱した負い目が巻四でも想起される。二条への余執を抱いたまま逝った父の記憶を宿す地である熱田における写経供養の宿願は主に父の孝養であろう。持病に耐えながら亡父供養の宿願を果たしてゆく二条像が語られている。

ところで、先に掲げた鎌倉での持病の記事の後に、二条が小町殿（将軍〈惟康親王〉家の女房）と、石清水八幡の放生会の話をきっかけに、贈答する記事（正応二年頃）がある。

（八月）十五日の朝、小町殿もとより、「今日は都の放生会の日にてはべり。いかが思ひ出づる」と申したりしかば、

思ひ出づるかひこそなけれ石清水同じ流れの末もなき身は　（二条）

返し、

ただ頼め心の注連の引く方に神もあはれはさこそかくらめ　（小町殿）

二条詠の「石清水同じ流れの末」は、先述の託宣「他の氏よりは」と同じく、二条が八幡を氏神と仰ぐ源氏の末裔であることを表す。二条は源氏でありながら今生の不遇に耐えねばならず、その苦衷が二条詠の「末もなき身は」に表されているのではないか。

この「末もなき身は」に関する諸注は多く、「行く末の頼みもない私」（新大系）、「行くあてもなく落ちぶれさすらっているこの身」（集成）[25]など、落魄の表現と解するが、久保田淳[26]は「子孫もないわたし」と訳す。

私見では、二条詠の「石清水同じ流れの末」の類似表現として、『玉葉集』神祇2764、

題しらず　後深草院御製

いはし水ながれの末のさかゆるは心のそこのすめるゆゑかも

が、皇統を継ぐ子孫の意で「末」を用いる[27]ことから、二条詠の「末」も子孫の意があるだろう。特に院の皇子を育むという果報を託宣のために恵まれなかった二条の不遇を「末もなき身は」が表すと解する。

二条詠に対する小町殿の返歌は、深く祈願すれば八幡も憐れみを示してくれるはずだと歌う。小町殿詠はこの場面では不遇をかこつ二条を慰める歌であるが、後の展開をも予言するように配されていると思われ、八幡の憐れみは同贈答の約三年後（正応五年頃）に伏見御所で二条と後深草院が対話する場面（巻四末）において感得されることになるだろう。

伏見殿では、二条の旅先での男性関係を疑った院に対し、二条が男との契りはなかったことを、八幡をはじめとする神に誓うことばにおいて、託宣を再び想起する。

石清水の流れより出づといへども、今生の果報頼む所なしといひながら、東へ下り始めにも、まづ社壇を拝したてまつりしは、八幡大菩薩のみなり。近くは心の内の所願を思ひ、遠くは滅罪生善を祈誓す。

二条は「果報頼む所なし」と託宣の一節にふれ、果報を望めない苦境をかこつ。鶴岡八幡を拝した折の「心の内の所願」は、院に対して明言されないが、託宣との関わりからすれば、亡父の菩提の祈願であろう。

伏見殿で二条は続いて、父母を亡くした身に寵を賜った院に厚く謝恩の意を表し、親への追慕にもまさる院への慕情を伝える。御所を退いて院と別れた悲しみを訴えると、院は次のように答えた。

（二条が）母に後れ、父に別れにし後は、我のみはぐくむべき心地せしに、事の違ひもてゆきし事も、げに浅かりける契りにこそと思ふに、かくまで深く思ひそめけるを、知らず顔にて過ぐしけるを、大菩薩、知らせ初め給ひにけるにこそ、御山にてしも見出でけめ、など仰せある（後略）

院は亡き父母に代わって二条を育むつもりであったが果たせず、二条とは浅い契りであったと思いこんでいたが、今は八幡のさとしによって二条の院への深い想いに気づいたという。「御山にてしも見出で」は、伏見殿での対話の前年に、男山で後深草院が二条と再会したこと（巻四）を指す。院が石清水八幡への御幸の折に同じく参拝した二条を呼び寄せ、「年月隔たりぬれども、忘れざりつる心の色は思ひ知れ」と二条への情愛を示した。八幡と関わる局面で院が二条への愛情を示すことは、巻二の女楽から二条が出奔した折にもみられ、出家しようとした二条をひきとめる院の言で「この後もいかなることありとも、（二条を）人におぼしめし落とさじ」と、「大菩薩引き掛け」つまり八幡の名にかけて、寵を誓っていた。巻四の男山での再会でも、八幡の神域で院は「（二条が）いはけなかりし世のことまで、数々仰せありつる」と、二条との契りを懐古した。このように、二者のえにしの確かめ合いを照覧する存在として八幡を描いている。

特に伏見殿の対話では、二親を亡くして院から一度は突き放された二条に対し、八幡が憐れみを垂れ、二人のえにしを再び結びつけたことが示されている。院に寵される果報を失っても父の後生を祈願した二条を、託宣の試練に耐えた者として嘉し、院へと導く八幡の神意が語られていると捉えられよう。

続いて、託宣に関わる巻五の二条の父に対する孝養の記事を検討する。亡父の三十三回忌（嘉元二年〈一三〇四〉）が「形のごとく仏事など営み」と短く語られ、「つれなくぞめぐりあひぬる別れつつ十づつ三つに三つ余るまで」と歌われる。該歌は、三十三回忌に至るまで二条が父を弔うために積み重ねてきた歳月をふりかえり、その月日が父の菩提につながることを祈願する。該歌には、託宣を受け容れて父を弔ってきた半生の意義を信じ恃む思いが込められているだろう。

三十三回忌の翌年に、二条は「君の御菩提にも回向し、二親のためにも」と、亡き後深草院と親の追善のための五部大乗経書写に必要な費用を捻出すべく、二親の形見を売る。二条は「三十三年」間大事にしていた亡父の筆跡をとどめる硯を手放すにあたって、次の歌を詠んだ。

　するすみは涙の海に入りぬとも流れむ末に逢ふ瀬あらせよ

該歌は「するすみ」即ち硯を惜しんで涙しつつ再びめぐりあうことを願った歌である。久保田淳や新大系の注釈[28]は「するすみ」に「無一物」の意を掛けると解する。注では「するすみ」の用例は挙げられておらず、「無一物」の意を「するすみ」に込める類歌は見いだせない。散文では『海道記』冒頭に旅人が自らを「単己《するすみ》ガ有為ヲ厭フ、貧己弥ヨ座禅ノ窓ニ忩ハシ[29]」という身一つの貧しい遁世者であるとする例がある。貧しさという点は、二条が写経のための布施にする「身の上の衣」もなく、「命を継ぐばかりの」資財も乏しいために形見を売ることと合致する。よって、「するすみ」は父の形見を手放して身一つになっても親を弔う二条の篤い志を表すと考えられる。

二条が後半生で貧しさをかこつことは、巻四の託宣想起に次いで「持病」が鎌倉で発した記事にもみえる。生前の雅忠は二条の病の平癒祈願のために「家に伝へたる宝、世に聞こえある名馬まで」寺社に奉納したが、雅忠没後の今はその家財を神仏に奉って祈ることもないと嘆いていた。この巻四（正応二年、二条三二歳頃）で父を亡くした自らの不如意をかこちつつも託宣を信じて父の後生を願っていた二条像は、巻五の「するすみ」の歌を詠んだ時点（嘉元三年、二条四八歳頃）でも、貧窮に耐えて父の菩提を弔う姿勢において一貫している。託宣に従って前半生の果報を諦めたことに加え、後半生での親の供養にあたっても持てる物を全て捧げた二条の姿が、『とはずがたり』の終わり近くに歌われている(30)。

このように父を三十三回忌まで供養し、写経を粛々と続けてゆく二条像は、その孝養によって父が往生することへの信念に裏打ちされているだろう。そして、父の菩提のために生きてきた二条の今生への自恃が、この孝養の表現の基底に在ると思われる。

おわりに

二条の父の死をめぐる物語性と託宣の関わりを考察した。父の死を受けとめて生きる二条像について、その前半生は作り物語の人物像に重ね合わされると共に物語とは異なる悲境が描かれ、転じて後半生ではその悲運を託宣に基づいて父の後生のための運命として甘受するさまが語られた。

『とはずがたり』は父の死を背負う二条像を、作り物語を模して語り起こすとともに、物語と異なる途を歩む身の上として描き、二条が到達した固有の人生観を語り通した。父の死をめぐる二条の自己像の変貌を表すことが、『とはずがたり』の表現の重要な志向である。父の死と向きあう自己像を『とはずがたり』に書くことで確かめ、肯おうとする志向があると思われる。

注

（1）福田秀一『中世文学論考』第一章Ⅰ（明治書院、一九七五年）、清水好子「古典としての源氏物語―『とはずがたり』執筆の意味―」（『源氏物語及び以後の物語研究と資料』武蔵野書院、一九七九年）、辻本裕成「同時代文学の中の「とはずがたり」」（『国語国文』五八巻一号、一九八九年一月）、三角洋一『とはずがたり（古典講読シリーズ）』（岩波セミナーブックス、岩波書店、一九九二年）、三角洋一『とはずがたり　たまきはる』（新日本古典文学大系、岩波書店、一九九四年）など参照。

（2）清水好子「古典としての源氏物語」（前掲注1）、向井たか枝「『庭の訓』（めのとの文）と『源氏物語』―女子教訓書と遺言―」（『平安文学研究』七一、一九八四年六月）参照。なお、向井たか枝論文は父の娘への遺言の例として、『栄花物語』巻八はつはなで伊周が二人の娘を案じる遺言を挙げるが、伊周の遺言は娘の宮仕えと出家を望まない点で雅忠の遺戒と異なり、伊周死後に大姫君が頼宗（道長男）と結婚して子を産み（巻八、九、三二）、中の君が中宮彰子に宮仕えする（巻八）境遇は二条の身の上とは異なる。

（3）松本寧至『中世女流日記文学の研究』（明治書院、一九八三年）参照。

（4）河添房江「女流日記における父親像―『とはずがたり』を中心に―」（『女流日記文学講座　第一巻』勉誠社、一九九一年）は、雅忠が愛娘の行く末を案じて往生できない点で宇治の八宮と共通すると指摘する。

（5）小木喬『いはでしのぶ物語　本文と研究』（笠間書院、一九七七年）、伊井春樹「いはでしのぶ物語構想論―伏見宮の姫君たちの運命をめぐって―」（『源氏物語論考』風間書房、一九八一年）参照。なお、『いはでしのぶ』本文の引用は小木喬・前掲書に拠る。

（6）辻本裕成「同時代文学の中の「とはずがたり」」（前掲注1）参照。
（7）小木喬・前掲書（注5）参照。
（8）この「涙の海」を詠む二条歌については第五章の三節で再検討する。
（9）伊井春樹「いはでしのぶ物語構想論」（前掲注5）参照。
（10）神野藤昭夫「『しのびね物語』の位相—古本『しのびね』・現存『しのびね』・『しぐれ』の軌跡—」（『散逸した物語世界と物語史』若草書房、一九九八年）参照。
（11）三角洋一『とはずがたり（古典講読シリーズ）』七二頁（前掲注1）参照。
（12）三角洋一『とはずがたり　たまきはる』（前掲注1）脚注は「参考」として『海人の刈藻』巻三の出産場面を掲出する。本章の拙論の初出稿（『国語と国文学』八四—九、二〇〇七年九月）でも、この『海人の刈藻』（現存本）の出産と雪の曙の子を産む二条像の類似を論じ、現存本と同じ筋立ての古本『海人の刈藻』を二条が参照した可能性を指摘した。同時期に、阿部真弓「『とはずがたり』の恋—物語る二条—」（『文学』八—五、二〇〇七年九月）も同様に『海人の刈藻』の出産と二条の出産の類似や、古本『海人の刈藻』を『とはずがたり』が「踏襲」した「可能性」を指摘する。
（13）樋口芳麻呂『平安・鎌倉散逸物語の研究』第二章九節（ひたく書房、一九八二年）、妹尾好信『中世王朝物語全集2』解題（笠間書院、一九九五年）参照。
（14）樋口芳麻呂・前掲書（注13）、妹尾好信「『海人の刈藻』私見」（『国文学攷』一二六、一九九〇年六月→妹尾好信『中世王朝物語　表現の探求』笠間書院、二〇一一年）参照。
（15）『無名草子』の古本『海人の刈藻』評に「若君の、大将をば父、斎宮をば母とおぼしたる」とある場面が、現存本巻四にも「てては」と問ひ給へば、（若君は）大将に向かひて高やかに笑ひ給ふ。「母は」と聞こえ給へば、斎宮の御方へ指を差し」とあり、合致することを、樋口芳麻呂（注13前掲書）が指摘する。
（16）三角洋一「『海人の刈藻』の文学史的位相」（『王朝物語の展開』若草書房、二〇〇〇年）参照。
（17）松本寧至『中世女流日記文学の研究』（前掲注3）が『夜の寝覚』巻二の大納言と寝覚上の子、石山姫の出産は、雪の曙と二条の子の出産と類似することを示唆する通り、密かに出産された子が父方に引き取られる点は共通するが、寝覚上は産後に広沢の父入道に会いに行き、入道は衰弱した娘を庇護する点で、父を亡くした二条とは異なる。また、桑原博史『とりかへばや四』七一頁（講談社、一九七九年）は『とりかへばや』巻四で女春宮が密かに出産した大将の子が父方に引き取られる場面と雪の曙の子の出産場面の類似を指摘するが、女春宮にも父の朱雀院がおり、父院は出産を知らぬまま鍾愛の娘を看護する。

(18) 神野藤昭夫「『しのびね物語』の位相」（前掲注10）参照。

(19) 小木喬・前掲書（注5）、冷泉家蔵本（『冷泉家時雨亭叢書第四三巻』朝日新聞社、一九九七年）など参照。なお、冷泉家蔵本については、横溝博「冷泉本による『いはでしのぶ物語』補訂攷―三条西家本の他巻記事についての復元と考証―」（『平安朝文学研究』復刊七、一九九八年一一月）を参照。

(20) 『しのびね』型に属する物語群では、『石清水』（『風葉和歌集』以前、鎌倉期成立）の末尾で木幡姫が伊予守を慕いながらも帝に寵されて一の宮を産むこと、『むぐら』（『風葉集』以前成立）で女君が夫の大将を想いつつも帝の寵を受けて皇子を産み女院になること、『あきぎり』で女君が三位中将と子をなすが帝の寵に与って中宮となり皇子を産むことが描かれる。

(21) 村田紀子「『とはずがたり』における東二条院について」（『文芸と批評』六巻八号、一九八八年一〇月）参照。

(22) 三角洋一『とはずがたり（古典講読シリーズ）』一六六頁（前掲注1）参照。同様の推定は早く、玉井幸助『問はず語り研究大成』（明治書院、一九七一年）の注（三五六頁）にもある。

(23) 三角洋一「『とはずがたり』後篇の意図と構成」（『ミメーシス』二、一九七二年六月）や『とはずがたり（古典講読シリーズ）』一六六頁（前掲注1）を参照。

(24) 小町落魄説話の影響については、寺尾美子「『とはずがたり』に於ける心情的基盤についての一考察―父と娘の心の交流をめぐって―」（『駒沢国文』二一、一九八四年二月）、細川涼一「小野小町説話の展開」（『女の中世　小野小町・巴・その他』日本エディタースクール出版部、一九八九年）、寺尾美子「『とはずがたり』の旅における小町幻想とその現実」（『日記文学研究　第一集』新典社、一九九三年）など参照。

(25) 福田秀一『とはずがたり』（新潮社、一九七八年）参照。

(26)　久保田淳訳注『とはずがたり二』(小学館、一九八五年)、『建礼門院右京大夫集　とはずがたり』(小学館、一九九九年)参照。
(27)　岩佐美代子『玉葉和歌集全注釈下巻』(笠間書院、一九九六年)は、この後深草院詠を「応神天皇を祀る石清水八幡、その皇統を受けついだ末々まで、皇室が栄えているのは、歴代天皇の心の底に邪念がなく、澄み切っているからだろうか」と訳す。
(28)　久保田淳の注(前掲注26)と三角洋一『とはずがたり　たまきはる』(前掲注1)参照。なお、玉井幸助(注22前掲書)も「するすみ」が「身に一物の貯えもなき世捨て人」の意を兼ねると注する。
(29)　大曾根章介・久保田淳「海道記」(『中世日記紀行集』岩波書店、一九九〇年)が「単己」に「体一つしかないこと。無一物。「スルスミ」(色葉字類抄)」と注するように、『色葉字類抄』に「単己」を「スルツミ・スルスミ」とよむ。中田祝夫・峯岸明『色葉字類抄研究並びに総合索引　黒川本影印篇』(風間書房、一九七七年)六五四頁を参照。
(30)　この「するすみ」の歌については、第五章の二・三の節で再検討する。

＊引用本文は、『風葉和歌集』『玉造小町子壮衰書』は岩波文庫、『しのびね』『海人の刈藻』は中世王朝物語全集、『八幡愚童訓』は日本思想大系、『海道記』は新日本古典文学大系に拠る。各本文の表記、返り点は私に改めたところがある。

第二章　巻二の「傾城」と二条

はじめに

『とはずがたり』の巻一から三にかけて、二条は厭世の念、遁世の願いをしばしば口にする。その契機の一つは、後深草院の寵愛に悩まされることである。時に厚く、時に酷薄な寵に心を惑わされるのは、二条だけでなく、院に関わる多くの女たちである。その女たちは作中で、「傾城」と呼ばれる。二条は傾城たちと共に院と渉り合ううちに、ある傾城が院に別れを告げて遁世するさまを目にする。

本章では、傾城の遁世のふるまいに関する表現を、中古中世の物語・説話にみられる遁世譚と比較して、検討する。中古と中世の遁世譚では、ある種の類型が共有されるとともに、女の遁世に対する把握には変化も生じる。女の遁世譚の系譜に傾城の遁世を位置づけることで、その境遇を見定めたい。

そして、傾城の遁世に対する二条の思いがどう描かれているのかを考察する。傾城と二条は共感で結ばれる面があるとともに、傾城とは異なる二条独特の院とのつながりも存すると思われる。『とはずがたり』が語る傾城の遁世と、二条の主君への思いや厭世の念との関連性を考察したい。

一　「傾城」の遁世

『とはずがたり』巻二で、後深草院はある「傾城」を雨夜に召し寄せるが、待たせたまま忘れ去り、別の女を寵愛した。夜が明けてから院が傾城の様子を二条に見に行かせると、傾城は雨漏りする「破れたる車」のなかでずぶ濡れになっており、着替えて院のもとへ参上するように二条が勧めても、傾城は「泣くよりほかのことなくて、手をすりて、「帰せ」」と願うので帰したという。

その後の記事を掲げる。

このよしを申すに、「いとあさましかりけることかな」とて、やがて文遣はす。御返事はなくて、「浅茅が末にまどふささがに」と書きたる硯の蓋に、縹の薄様に包みたる物ばかり据ゑて参る。御覧ぜらるれば、「君にぞまどふ」と、だみたる薄様に髪をいささか切りて包みて、

数ならぬ身の世語りを思ふにもなほ悔しきは夢の通ひ路

かくばかりにて、ことなることなし。「出家などしけるにや。いとあへなきことなり」とて、たびたび尋ね仰せられしかども、つひに行き方知らずなりはべりき。

年多く積もりて後、河内国更荒《さらじ》寺(1)といふ寺に、五百戒の尼衆にておはしけるよし聞き伝へしこそ、まことの道の御しるべ、憂きはうれしかりけむと推しはかられしか。

後深草院が遣った文に対して傾城が献じた硯の蓋に書かれた「浅茅が末にまどふささがに」は、諸注が指摘するように賢木巻の紫上詠「風吹けばまづぞ乱るる色かはる浅茅が露にかかるささがに」を匂わせ、源氏の移り気に心乱れ

る紫上になぞらえて、院の心変わりに惑う傾城の境遇を示す。傾城の薄様に描かれた「君にぞまどふ」は浮舟巻の匂宮詠「峰の雪みぎはの氷踏みわけて君にぞまどふ道はまどはず」をほのめかすことで、浮舟を想って心惑いつつ通ってきた匂宮に、院のもとに参上して心乱れた傾城をよそえた。

傾城の歌は、『続古今集』恋三1191の、

おなじこころを（寄夢恋）　　　式乾門院御匣

憂かるべき身の世語りをおもふにもなほ悔しきは夢の通ひ路

という歌の引用であることも諸注が説く通りである。該歌を初句のみ「数ならぬ」と変えて引用した傾城の歌は、寵愛を受ける女の数にも入らなかった傾城が、世の語りぐさになるほどみじめに雨晒しにされ、寵愛を求めて参上したことを後悔する、という趣意である(2)。傾城は該歌で院への恨みを述べるとともに、切った髪を添えて出家の決断をも告げている。その後、傾城は失踪し、後年に二条はその出家の消息を伝え聞いたという。

右の記事では、傾城の身元は明示されていない。「傾城」はどのような者を指す語なのだろうか。『とはずがたり』の「傾城」の例をみると、巻一で、後深草院が写経の精進中は「傾城」を遠ざけたとあり、この「傾城」は限定されておらず、院が召し寄せて寵愛する女性全般を意味する。同巻で、院は今様の宴で二条が実兼に酌をするのを捉えて、「傾城」と呼ぶ。巻二の女楽後には、二条が琵琶の緒を断つ際に詠んだ歌を、亀山院が「傾城の能には歌ほどのことなし」と褒める例もある。この「傾城」は諸注、歌を宗とたしなむべき女性全般と解するが、直接には亀山院が女房の二条を指す語である。亀山院は巻三で二条を寵するため、この「傾城」も「上皇の寵人たるべき女」の含みがある。また同巻で、後深草院の今様伝授の酒宴に参上した白拍子姉妹が「傾城」と呼ばれる。巻五では、二条は備後国を旅する途次に、元「傾城」即ち「遊女」であった尼たちが修行しているのを羨む。以上の例からすると、「傾城」は主

に上皇の寵人を意味して二条のような女房を含むが、遊女を指すこともある。

一説に「傾城」は、原義の「美女」に加え、鎌倉期の用例では遊女の呼称としても使われているため、巻二の雨夜の傾城も遊女と類推されている。(3)

また、小川寿子は雨夜の傾城のふるまいが『撰集抄』巻三の三の遊女のさまと類似すると捉え、傾城を遊女とみなす。(4)『撰集抄』(『閑居友』下二も同話)の説話のあらすじを辿ると、室の遊女が顕基に捨てられ、生業を廃し、顕基の関係者の船に向かって、「髪を切りて、陸奥国紙に引きつつみて」と、髪と次の歌を投入する。

つきもせず憂きを見る目の悲しさにあまとなりても袖ぞかはかぬ

該歌は尼になっても尽きない哀しみを顕基に愁訴する(『閑居友』同話は歌を欠く)。その後、女は心機一転、念仏に励んで往生を遂げたという。該話の遊女の髪切りと詠歌が雨夜の傾城のふるまいと類似することが指摘されている。

二　髪切りと詠歌

巻二の雨夜の傾城を遊女と捉える研究史に対し、疑義が存する。二条は遊女と雨夜の傾城に対して異なる態度を示していると思われる。

『とはずがたり』巻五で、備後国たいか島に庵居する元遊女の尼たちにつき、次のように語られている。

六つの道にめぐるべき営みをのみする家に生れて、衣装に薫物しては、まづ語らひ深からむことを思ひ、わが黒髪を撫でても、誰が手枕にか乱れむと思ひ、暮るれば契りを待ち、明くればなごりを慕ひなどしてこそ過ぎ来しに、思ひ捨てて籠り居たるもありがたくおぼえて、「勤めには何事かする。いかなる便りにか発心せし」など申せば、ある尼申すやう、「我はこの島の遊女の長者なり。あまた傾城を置きて面々の顔ばせを営み、道行人を頼みて留まるを喜び、漕ぎゆくを嘆く。また知らざる人に向ひても、千秋万歳を契り、花のもと、露の情けに、酔ひを勧めなどして、五十に余りはべりしほどに、宿縁やもよほしけむ、有為の眠り一度覚めて、二度故郷へ帰らず。

客と契る愛執の罪を重ねて六道に輪廻するはずの遊女でありながら、その営みを捨てて発心したことを二条は「ありがたく」、即ち稀有と捉えて尊んだ。雨夜の傾城も後深草院の寵の移ろいに悩む愛執を捨てて発心したが、その遊女としての営みは描かれない。二条は巻一で院の寵を受け始めた頃から、院が召し寄せる寵人たちの「道芝」(取り持ち役)をしていたため、寵人たちの素性は察しがついたはずで、雨夜の傾城を遊女と把握しているならば、その遊女としての営みに言及があってもよいだろう。

また、雨夜の傾城譚の類話は『撰集抄』の遊女譚以外にも見いだせ、概ね女が、A疎遠になった男を恨んで嘆き、B手ずから髪を切り、(5) C髪と歌を男に贈る、という三要素から成る。中古には『大和物語』一〇三話があり、同話は『平中物語』三八話や『今昔物語集』巻三〇の一、『十訓抄』五ノ一二にも載る。共通のあらすじを『大和物語』から抜き出すと、平中が市で見初めた女房(武蔵守の女)と一夜逢うが、その後数日は女のもとに行かない。Aにあたる展開として、女の侍女は音沙汰のない平中をなじり、女も逢ったことを悔やむ。女は悲嘆の余り、Bにあたる行動として、「長かりける髪をかいきりて、手づから尼になりにけり」。そして、髪に添えて、平中に、

あまの川空なるものと聞きしかどわが目の前の涙なりけり

の歌を贈ったのがCにあたる。女の該歌は、よそごとと思っていた出家が我が身のこととなった悲哀を平中に訴える歌である。

Bの髪切りと、Cの詠歌は雨夜の傾城と共通だが、相違点はAの男が女に対し疎遠になった事情である。平中の音信不通は、亭子の帝の御供など、よんどころない徴用故であり、平中は「女のがり行かむ」、「恋しき」、「文もやらん」と、女に文を遣って逢おうとする気持ちがあった。それに対し、傾城を忘れて別の女を召し寄せた後深草院の移り気は、女に対して酷で放恣なところがある。(6)

類話は『今物語』二三話にもある。ある「女房」が松殿基房と「かれがれになり」(A)、独り愁いに沈む月日の果てに、再び松殿から誘いを受ける。しかし、女は「丈に余りたりける髪を押し切りて、(7)白き薄様に包み」(B)、その髪を、

いまさらにふたたび物を思へとやいつもかはらぬ同じ憂き身に

という歌と共に松殿に送りつけて(C)、誘いを拒んだ。歌には、既に長い仲絶えの間に物思いの限りを尽くし、それを今更誘いに応じてくりかえすまい、という恨みがこもる。女は出家し、「みそ野の尼」と呼ばれたという。この女のふるまいは、雨夜の傾城が一夜の後に院から再び声を掛けられても、歌と髪を贈るだけで振り切り、出家したのと類似する。

以上のように、髪と歌を贈るのは、男を恨んで出家する女のふるまいの一類型と考えられ、遊女に限らず、女房も中古中世を問わず行うことであった。(8)髪切りと詠歌という点に徴する限り、雨夜の傾城の身分は決定できず、前述の『撰集抄』との類似を以て遊女とみなす説は一面的である。

三 傾城と『なよ竹物語』の里人

雨夜の傾城の身元につき、三角洋一の注釈は「里人か。鳴門中将物語参照」と示唆するが、同物語との比較はしていない。同物語は別名『なよ竹物語』（以下『なよ竹』と略称）であり、「今の後嵯峨の帝」（跋）を主人公とする物語である。後嵯峨帝が御前の蹴鞠の見物衆のなかに見初めた女を蔵人に追わせるが、女は古歌の一句「くれ竹の」を示して蔵人を撒く。後嵯峨帝は古歌につき藤原為家に下問し、

たかくとも何にかはせむくれ竹の一夜ふたよのあだのふしをば

という古歌と判明する。

同歌は『大和物語』九十段に載り、『新勅撰集』恋二735にも入り、『元良親王集』117にもみえる。『大和物語』によれば、修理の君に「兵部卿の宮」（元良親王）が来訪の意向を消息で伝えたところ、修理の君は同歌によって、高貴とはいえ浮気な宮とかりそめの契りを結んでも空しいと拒んだ。

同歌を引いた『なよ竹』の女は、後嵯峨帝を宮によそえ、その移り気を暗に咎め、逃れ去ったと考えられる。女が物語歌、又は勅撰集の歌を引いて帝に思いを告げるのは、雨夜の傾城が『源氏物語』や『続古今集』を引いたのと通ずる歌の素養である。『なよ竹』の後嵯峨帝と、『とはずがたり』の後深草院は、二代とも移り気な帝王として語られる。

『なよ竹』では、後嵯峨帝が女を探し出して召し寄せる。女は「三条白河に某の少将」という「隠者」の妻であり、宮仕えしていない里人である。女は夫ある身で帝の寵愛を受けるのを「わづらはしうてなげく」と厭い、「かなうま

じきよし、返々いなび」と帝の召しを拒もうとする。しかし、少将は、寵を被るのは「名聞」であり、召しに応じないと「悪しざま」に咎められ、「我身も置き所」がなくなると、参上を勧めたため、女は心ならずも帝のもとに参った。

後嵯峨帝の寵は、「漢武の李夫人にあひ、玄宗の楊貴妃を得たるためしも、これには勝り侍らじ」と、李夫人・楊貴妃に対する武帝・玄宗の寵に比類される。「李夫人」の末尾に、

生亦惑　死亦惑　尤物惑レ人忘不レ得　人非二木石一皆有レ情　不レ如不レ遇二傾城色一

とあり、また、「長恨歌」冒頭に、

漢皇重レ色思二傾国一　御寓多年求不レ得　楊家有レ女初長成　養在二深窓一人未レ識
天生麗質難二自棄一　一朝選在二君王側一（中略）漢宮佳麗三千人　三千寵愛在二一身一

とあるように、君主の寵愛を一身に受ける「傾城」、「傾国」の李夫人や楊貴妃に、『なよ竹』の女がよそえられている。

後嵯峨帝は女を「三千の列」、つまり後宮に加えようとするが、女は「まめやかになげき申て、さやうならば、中々御なさけにても侍らじ。淵瀬を逃れぬ身のたぐひともなりぬべし」と辞退した。『なよ竹』から抄入された同話を有する『古今著聞集』好色331話の同場面の「淵瀬を逃れぬ身」への注は、[11]『古今集』雑下933詠人知らずの「世の中は何か常なる飛鳥川昨日の淵ぞ今日は瀬になる」を引き、「天皇の寵愛の移り変りに一喜一憂する身」と解する。常ならぬ寵愛によって浮沈する恐れは、女が「くれ竹の」という古歌の引用において帝の浮気を危ぶんでいたことと呼応する。女は終始、後嵯峨帝の寵愛が疑わしく、厭わしい点で、寵愛を専らにする楊貴妃などとは異なる。[12]

女は後嵯峨帝の後宮には身を置かず、夫の住まいに戻り、帝から「時々ぞ忍びて召され」る寵人となる。主君の召

しで参上する境遇は雨夜の傾城の姿に重なる。『なよ竹』の女は当面寵愛が厚く、雨夜の傾城が院に忘れられたのと一見対照的だが、二者は移ろいやすい寵愛に心を惑わされる点では同類の傾城と捉えられる。(13) 雨夜の傾城はこの里人の女と重なり合う存在である。

四　『今物語』二四話

里人の女が帝の寵を受ける類話は、『今物語』二四話にもある。同話の主人公の里人は、「東山の片隅」の「あばら屋」に住む「いとやさしく、いまだ人なれぬ女」である。女は清水詣での時に、「いたらぬくまなかりし御世に、ただ一夜の夢の契りを結びまゐらせ」と、さる帝の寵を被る。帝を形容する「くまなし」は、例えば『源氏物語』夕顔巻で、源氏の命令で夕顔との逢瀬の手引きをする惟光を「隈なき好き心」と評するように、抜け目なく女を探す好色を意味する。同義の「くまなし」は『なよ竹』にもみられ、後嵯峨帝の命で蔵人が女を探す場面で、「蔵人いたらぬくまなく、もしやあふと求めありきて」とある。『なよ竹』において寵愛すべき傾城を隈なく探し求める好色な帝像は、『今物語』の帝に通ずる。さらに、『とはずがたり』巻一でも、前斎宮（愷子内親王）に恋する後深草院の好色が「隈なき御心」と評され、前斎宮もまた院に寵される点で、傾城に類する存在である。

『今物語』二四話と『なよ竹』『とはずがたり』の女性像の共通性をさらに検討する。二四話では女に対する帝の寵は一夜限りで絶えてしまう。同じく、雨夜の傾城が放置されている間に、後深草院が別に召し寄せた女の場合も、一夜で寵は冷めた。女は、二条が扇紙を張るよう頼んだ「ある人」の娘であり、扇に「絵をうつくしう描く人」とされる。扇絵に興味を持った院が、二条を介して三年間誘い続けた末に、女は参上した。女は、衣の着こなしがぎこちない上に、「いと御答へがちなるも、御心にあはずや」と、院に対する受け答えの口数が多い。その点で、院のお気に召さないと傍らに控える二条が推測した通り、女は早々に帰された。この女も『今物語』二四話の女も、『なよ竹』の女が引いた歌「くれ竹の…」の下句「一夜ふたよのあだのふし」が示すかりそめの寵愛への危惧が現実のこととなった例である。また、前斎宮への院の寵も一夜で薄れ、二条の督促による再度の逢瀬では、「公卿の車を召されて、師走の月のころにや、忍びつつ参らせらる」と、前斎宮が車で院のもとに密かに参上する姿が、雨夜の傾城や扇絵の女、『なよ竹』の女と重なる。これらの女たちは全て、寵に翻弄される傾城である。

『今物語』二四話を読み進めると、女はその後、寵愛の途絶えを嘆く余り、出家を決意し、歌を一首帝に贈る。帝は歌を見て女を思い出し、使いを遣ったが、女は天王寺で母とともに出家していた。帝は女を忘れ去り、発心へと追い込んだことを後悔した。話末評は、

あはれにも、やさしくも、長き世の物語にぞなりぬる。みそのの尼の心と、いづれか深からん。

と、前話（二三話）のみその野の尼と対にして、女が失恋を機に世を厭う心を深め、その思いを歌に詠んで遁世したことに同情する。

この評につき、久保田淳[14]は『源氏物語』帚木巻の雨夜の品定めで馬の頭が話す女の出家譚と比較する。品定めでは、女が男との不仲を機に、「あはれなる歌を詠みおき」、失踪するのは、「軽々しく、ことさらびたること」と謗られる。女が勢いで中途半端に出家して、男への未練や後悔に苛まれる「なまうかび」が悪しきものとされる。『今物語』の両話の女のふるまいは、品定めで批判される女の出家に類似するが、『今物語』の話末評では非難されていない。王朝では女が「激情に任せて髪を切る」遁世が嫌われたが、中世では「遁世という行為そのものの持つ意義を認めようとする」傾向があると指摘する。

五　和歌・散文の「憂きはうれし」

中世の女の遁世をめぐる評価を、『今物語』二四話の女が帝に贈った歌に注目して、検討する。

なかなかにとはぬも人のうれしきは憂き世を厭ふたよりなりけり

該歌は、女を「とはぬ」「人」、つまり寵の冷めた帝とのはかない縁が「憂き世を厭ふたより」、即ち俗世を厭離する契機となった点で、かえって「うれしき」ことであったと捉える。女が、帝に忘れられた「憂き」身を仏道に振り向け、遁世の「うれしき」機縁が生じたと強いて思いなし、転身する踏ん切りをつけるべく自らに言い聞かせ、その決意を帝に告げる歌である。

該歌の「憂き」悲恋が仏道に入る「うれしき」因縁になるという発想は、出家した雨夜の傾城の消息を後年に伝聞した二条の「まことの道の御しるべ、憂きはうれしかりけむ」という評にもみられる。『とはずがたり』の「憂きはうれし」は、指摘(15)されているように、『千載集』雑中1146の寂蓮の歌、

世の中の憂きは今こそうれしけれ思ひ知らずは厭はましやは
（同歌は『別雷社歌合』（治承二年〈一一七八〉）述懐・十八番右156）

をふまえる。一首は、「憂き」世を思い知ることを、出家遁世の「うれし」き機縁と捉える歌である。

この歌の背景に、源信『横川法語』の、

世の住み憂きは厭ふたよりなり。人数ならぬ身の卑しきは菩提を願ふしるべなり。

や、『宝物集』巻七の「善知識」に関する論に、前掲の寂蓮詠を引く部分で、

あるひは貧しく、あるひは世を恨み、或は憂き事にあふ、みな善知識の因縁なり（後略）

とあるように、貧賤・不遇などの「憂き」逆縁が、世を厭う「善知識」となるという発想が指摘されている。[16]『宝物集』当該部分には、出家の善知識に関する本朝の説話が配される。花山院の出家を機に惟成とともに遁世した義懐の例は、主君の出家を善知識とした近臣の遁世である。次に、夫婦の愛別離苦を善知識とする例として、源兼長や大江定基が妻に先立たれて発心した話が並べられる。[17]

前掲の寂蓮詠の類歌として、『山家集』1349恋百十首、

なにごとにつけてか世をば厭はまし憂かりし人ぞ今日はうれしき　（同歌は『西行法師家集』527「述懐の心を」）

は、冷たくて恨めしかった恋人こそ、遁世の機縁となり、かえって嬉しい存在とみなす歌である。これらの歌をふまえた『今物語』二四話や雨夜の傾城譚は、「中世に流通していた〝王との契り故に出家遁世を遂げる女人〟の逆縁の物語を、「憂きはうれしき」の決まり文句を軸に展開させた応用」と把握されている。[18]

「憂きはうれし」という表現を有する類歌を集めると、院政期以降に用例が見いだせ、まず恋歌として詠まれた例を挙げる。

年を経てつれなく侍りける女に、

うらみかねそむきはてなんと思ふよも憂き世につらき人ぞうれしき　（『忠度集』78　同歌は『玉葉集』恋一1290にも入集）

思ひいりて後にぞおもふ吉野山憂かりし人もうれしかりけり　（『拾玉集』1459当座百首・寄山恋）

おもひわび憂き世の中をそむきなば人のつらさやうれしかるべき　（『正治初度百首』恋1877静空〈藤原実房〉）

これらは概ね、西行歌と同じく、つれない恋人が遁世の善知識となることを歌う。

また、述懐の歌に同表現がみられる。

数ならぬ身こそおもへばうれしけれ憂きにつけてぞ世をもいとはむ
（『住吉社歌合』（嘉応二年〈一一七〇〉）述懐141朝宗）

憂きことのかぎりをみるもうれしきは世をいとふべきみちぞしらるる
（『隣女集』巻四2537雑・述懐）

世の中のうきはうれしきものぞともいつすてはておもひあはせん
（『風雅集』雑下1830権律師有淳）

これらは、寂蓮詠と同じく、憂き世に生きる身の不遇を嬉しき遁世の機縁と受けとめようとする発想を共有する。

この「憂きはうれし」という表現の流布が、中世の女の遁世への同情的評価の一因であろう。同表現が不遇や恋の恨みを逆縁として尊ぶ合言葉になるにつれ、女の悲恋遁世にも共感する傾向が生じたのである。

「憂きはうれし」の散文作品の用例も検討しよう。同句はまず、『うたたね』にも見いだせる。『うたたね』で「我」と称する女は、その旅が阿仏尼の遠江下向を素材として書かれている点では阿仏尼の自己像の一端を表すが、女の恋は物語と和歌の表現をふまえて創作された点が多い。

女は恋人の心変わりに悩み、「鋏」で髪を「削ぎ落とし」、

なげきわび身を早き瀬のそこととだにしらずまよはんあとぞかなしき

という入水せんばかりの悲嘆を表す歌を残して出奔した。恋人に髪と歌を贈らない点を除き、女のふるまいは前述の平中の物語以来の遁世譚の類型に属する。女はその後、雨夜の山路をさまよい行き、さる尼寺で「本意とげにしかば、一筋に憂きもうれしく思ひなりぬ」と仏門に入った。この表現は、「憂き」恋人との別れを「うれし」き善知識としたことを示す点で、西行などの恋歌と同じ発想である。

しかし、女は仏道に縁を結んだとはいえ、恋人に対して後ろ髪引かれ、文のやりとりも途絶えていることを嘆く頃、

「おし明け方ならねど、憂き人しもと、あやにくなる心地」がしたという。この表現は、注釈[19]が指摘するように、『新古今集』恋四1260詠人知らず、

天の戸をおしあけがたの月みれば憂き人しもぞ恋しかりける　（『源氏物語』賢木巻にも引用）

の引歌であり、つれない恋人に限って偲ばしいことを表す。『うたたね』では、「うれしき」仏縁を得ながら、ただちに「憂き」恋人を想い返し、道心から恋心への循環を止められない女のさまが描かれている。

「憂きはうれし」は、『いはでしのぶ』巻二にもみられる。伏見の入道式部卿の宮が妻を喪った悲しみから出家して、伏見に隠遁した心境を「憂きもうれしうたのもしき心地」と評する部分は、寂蓮詠の影響が指摘[20]されている。

なお、物語における、死別を機に出家することを示す同表現は、『風葉和歌集』哀傷639の、

八月十五日、三位中将の母に後れ侍りて、一巡りの果てに出家し侍らんとて　かやが下折れの大将

限りなく憂かりし秋の半ばこそかつはうれしき月日なりけれ

という散逸物語『萱が下折れ』の歌もある。

『古今著聞集』和歌223話も同表現を有する。西流琵琶師範家の藤原孝時が、父孝道の勘気を受け、相伝の笛を取り上げられたことを、「憂きはうれしき善知識」として、出家した話である。

以上のように、中世における「憂きはうれし」は、主に男女・夫婦の悲恋・死別、親子の勘当など、えにし深い人と人の間柄に生じた亀裂、もつれを恨み嘆く者が遁世する時の合言葉と捉えられる。

六　『とはずがたり』の「憂きはうれし」

「憂きはうれし」は、『とはずがたり』では雨夜の傾城の遁世譚以外の記事でもくり返し用いられており、その意義を検討したい。

まず、巻三に有明の月に関わる例がある。後深草院は、有明の月と二条の契りを知り、「逃れがたからむ契りぞ力なきこと」と、有明の月の愛執を許容し、二条が懐妊した有明の月の子を引き取って育むことを有明の月に告げた。この時、有明の月は「憂きはうれしき方もや」と二条に言う。有明の月にとっての「憂き」ことは、後深草院に告げたことばに、

　悪縁に遇ひける恨み忍び難く、三年過ぎゆくに、思ひ絶えなむと思ふ念誦、持経の祈念にも、これよりほかのことはべらで、せめて思ひの余りに誓ひを発して、願書をかの人のもとへ送り遣はしなどせしかども、この心なほやまずして、またあめぐりあふ小車の憂しと思はぬ身を恨みはべる（後略）　（巻三）

とあるように、二条との「悪縁」にとらわれた自らの愛念である。巻二で起請文を二条に送りつけて、今生の契りを断念しようとしたが、巻三で再び契りを結んでしまう、抜きがたい愛執が有明の月の「憂き」ことである。

巻三では前掲文に続き、有明の月は「深き山に籠り居て、濃き墨染の袂になりてはべらむ」と、深山への隠遁を望む。有明の月の隠遁願望は、巻二の二条との最初の逢瀬後も、「濃き墨染の袂になりつつ、深き山に籠り居て、いくほどなきこの世に物思はでも」と吐露された。巻三の当該場面の後にも、二人の契りが世の噂になり、有明の月は「身のいたづらにならむもいかがせむ。さらば片山里の柴の庵の住みかにこそ」と、自暴自棄になりながら隠遁を考

える。

有明の月は、二条との「憂き」契りや子を院に掌握されたことを「うれしき」善知識にして、仁和寺御室の身を捨てて隠遁しようと一時は考えた。しかし、有明の月は既に「七歳にて髪を剃り、衣を染め」（巻二、起請文）て以来、仏道修行をする「うれしき」縁を結びながら、二条との「憂き」契りに執着し続けている。そのありようは、俗人の出家の機縁を表す通例の「憂きはうれし」と逆行する。有明の月は隠遁をくり返し願いつつも実行せず、むしろ口にするたびに「憂き」愛執を深めてゆき、急死する間際まで二条に執した（巻三）。

次に、二条に関わる「憂きはうれし」の巻一の例を検討する。巻二の傾城遁世譚の前年の記事である。

御所ざまにも世の中すさまじく、「後院の別当など置かるるも、御面目なし」とて、太上天皇の宣旨を天下へ返しまゐらせて、（中略）「御出家あるべし」とて人数定められしにも、「女房には、東の御方、二条」とあそばされしかば、憂きはうれしき便りにもやと思ひし（後略）

亀山帝は後院の別当を定め、皇子（後宇多帝）への譲位後に院政を執る意向を示した。後深草院は、亀山帝の皇統による治世が続くことに憤懣を抱き、出家せんとした。その供に東の御方（藤原愔子、熙仁親王の母）と二条が指名された際、二条は「憂きはうれしき便り[21]」と感じた。後深草院にとっては、自らの皇統が弟の皇統に圧せられる骨肉の争いの「憂き」事態が善知識であり、二条は院の命令を善知識と受けとめる。

この場面直前の記事によれば、同じ頃、二条は産んだ皇子が夭折し、二親も既に亡く、「愛別離苦」にうちひしがれていた。皇子の死の語りに続き、二条は「よそに積もる夜な夜なを恨み」と、院の寵が他の女に移ろうことを悲しむ。寵の移ろいは既に二条が寵を受け初めた頃から生じており、「夜離れ」の「積もる日数」（巻一）が悩ましく、他の寵人、傾城の「道芝」をさせられるのも厭わしいと二条はかこっていた。

皇子夭折と寵の移ろいに因り、二条は幼い頃から「西行が修行の記といふ絵」に描かれた西行の遁世と和歌に憧れていたことを思い起こして、「憂き世を厭ふ心のみ深く」なったことが語られ、続いて前述の院の出家騒動が描かれる。二条の身辺における「憂き」ことの積み重なりによって厭世の念が強まったのと機を同じくして、後深草院も皇統をめぐる「憂き」ことに因って出家を考えた。主従の公私にわたる出家の機縁が、「憂きはうれし」という合言葉において共有されている。

この巻一の時点では、幕府の「なだめ」によって、後深草院の皇子（煕仁親王）の立太子という諷停が成立し、院の出家は沙汰止みとなる。二条は、「よろづ世の中物憂ければ」と、厭世の念が残ったが、それ以上に「宿執なほ逃れがたき」と、俗世の主君のもとに止まる執着のほうが根強い。後深草院の皇統の一陽来復により、主が世を捨てず健在である以上、その「召し」に二条は応えて仕え続けることとなり、ひとりで世を遁れる踏ん切りがつかないさまが語られる。二条は院の出家の供に選ばれたため、院に近侍する宿縁を頼む思いが強まったのだと思われる。

院と離れがたい二条の宿世は、巻一に遡れば、院との契りの始まりの場面でも語られており、院は二条に「形は世々に変るとも、契りは絶えじ」と来世に及ぶ契りを誓い、二条も「これや逃れぬ御契りならむ」と感じていた。院とのえにしは、巻一で院が大宮院や東二条院に対し二条を擁護しつつくり返し語るように、二条の父と母（大納言典侍）が後深草院に近侍し、いずれも亡くなる際に二条を「形見」として院に託したことに由来し、親の代から定められたことでもあった。巻一を通して、俗世では院の寵を受ける契りを頼み、院の出家とその中止にもつき従う宿縁を痛感する二条像が語られている。

俗世・遁世のいずれにおいても院と共に在る二条にまつわる「憂きはうれし」は、「憂き」世と主君を厭い捨てることの難しさを表す。二条にとって、「憂き」世を厭う要因の一つが院の移り気であり、従うべき「うれしき」善知識も院の命令であり、さらに出家のほだしも院であるため、いずれにせよ院からは逃れがたいえにしが描かれている。二条は西行の遁世に憧れており、西行は前掲の『山家集』1349歌で「憂かりし人ぞ今日はうれしき」と、冷たかった恋人を善知識にして遁世した喜びの境地を示すが、二条は巻一の時点ではまだ西行の歌境からほど遠い。遁世の合言葉はむしろ、遁世への道のりが愛執に阻まれ、遠く険しいことを二条に教えている。

二条と対照的に、雨夜の傾城が後深草院の寵に見切りをつけて世を捨てた決断に、二条は心打たれたのであろう。傾城は歌を院に贈った後に、「たびたび尋ね仰せられしかども、つひに行き方知らずなり」と、院がしきりに出家を引き留めようとしても、振り切って行方をくらまし、遁世を遂げた。

傾城とは異なり、『今物語』二四話の女は出家後、天王寺で帝の使いに見いだされた際、

いと若き尼（女主人公）の、殊にたどたどしげなるがあり。この心知り（帝の使い）を見つけて、あさましと思ひげにて、ただ、やがてうつぶして、泣くよりほかの事なし。

と、うろたえて泣き崩れており、帝に対する心の揺らぎが残っている。同話の話末評は女の発心に同情的だが、女の道心の揺らぎは、雨夜の品定めで批判されていた「なまうかび」に近い。馬の頭の話の中で、男が女の出家を惜しんでいることを女が知り、「心細ければ、うちひそみぬかし。忍ぶれど涙こぼれ」と、動揺して泣くさまは、二四話の女の涙に通じる。

二四話の女に比べ、傾城は雨夜に泣き明かした後は、潔く思い切った遁世を果たす。傾城は、寵の移ろいを嘆く「憂き」身の悲哀を二条と共有するが、それを逆手にとって「うれしき」機縁に変えた。傾城の遁世に対する二条の評言「まことの道の御しるべ、憂きはうれしかりけむ」には、転身を遂げた傾城の意志の強さへの敬意が込められている。二条は巻一以来、院への執心が強く、傾城のように院と別れることをにわかに望んでおらず、むしろ、寵を失

うことを怖れていただろう。しかし、同時に、気まぐれな院に仕える日々に、やり場のない厭世の念も抱いており、傾城の遁世に憧れをも覚えたのではないか。傾城のように遁世すれば、寵の厚薄に左右される出仕の憂悶を脱することができるかもしれないという望みも感じたであろう。後深草院の統べる世の中を傾城の如く遁れ出ることへの恐れと憧れがせめぎあう二条のまなざしが傾城譚に投影されていると思われる。

おわりに

『とはずがたり』巻二における雨夜の「傾城」の遁世につき、類話と比較しつつ論じた。『とはずがたり』における「傾城」は主に後深草院の寵人を意味し、雨夜の傾城は遊女ではなく、『なよ竹物語』、『今物語』二四話との類似から、里人であると考えられる。

二条も傾城の一人として、院の寵を頼む心と、移り気を厭う心を併せ持ち、俗世で仕える院への執心が深いものの、遁世の願いもきざした。院に対する両極の思いは、傾城の遁世への両価的なまなざしにつながった。そして、二条は他の傾城と異なり、俗世の寵人に止まらず、院の遁世にも臣従すべく命ぜられる宿縁を有することが語られている。

遁世をめぐる定型表現「憂きはうれし」は、主に人と人の間の亀裂を機に遁世する者たちの合言葉であったが、それを唱えた『今物語』二四話や『うたたね』の女は愛執により道心が揺らいだ。有明の月は愛染に身を沈め、二条も院に執したのに比べ、雨夜の傾城は後年まで修行を続けて道心を貫いた点で尊ぶべき存在として描かれている。

注

（1）傾城が入った寺、「更荒寺」は実態を伝える史料がなく、冨倉徳次郎『とはずがたり』（筑摩書房、一九六九年）は、「更荒寺《さらし》」は「土師《はし》」の誤りであり、道明寺（土師寺）が正しいとする。二条が磯長太子廟を訪れた際（巻四五）、その近くに在る道明寺の尼となった傾城の後日談を伝聞した可能性を指摘する。細川涼一「鎌倉時代の尼と尼寺」（『中世の律宗寺院と民衆』吉川弘文館、一九八七年）は、道明寺が当時律宗の尼寺であり、傾城も律宗の比丘尼となり、二条は、同じ律宗の尼寺、法華寺の寂円房尊恵に会った時（巻四）に、傾城の消息を聞いた可能性があると指摘する。道明寺説に蓋然性があると思われるが、「更荒寺《さらし》」の本文にしばらく従う。

（2）雨夜の傾城の該歌は次章の四節でも再検討する。

（3）加賀元子「『とはずがたり』における「遊女」—その意義—」（『武庫川国文』42号、一九九三年一二月）参照。同論文は、『角川古語大辞典』が挙げる鎌倉期の『極楽寺殿消息』『嵯峨のかよひ』などの「傾城」が遊女を指す例や、『とはずがたり』の「傾城」が遊女や二条を指す例から類推し、巻二の雨夜の傾城も遊女で、二条は『とはずがたり』で自らを「遊女の代名詞」の「傾城」に類する存在として描くと把握する。この加賀元子論文をふまえた服藤早苗『古代・中世の芸能と買売春』第四章（明石書店、二〇一二年）は、『とはずがたり』の「傾城」が「共寝」相手の女性たちを表し、遊女と二条の傾城としての共通性を指摘する。しかし、辻浩和『中世の〈遊女〉—生業と身分』第七章（京都大学学術出版会、二〇一七年）は遊女と女房の親近性、互換性を強調する服藤早苗などの史学者の従来の議論を批判し、二者の行動様式（歌謡、男との距離など）の差異を指摘する。

（4）小川寿子「後深草院二条と遊女発心譚—その今様環境と興味に触れて—」（『梁塵　日本歌謡とその周辺』桜楓社、一九八七年）参照。なお、同論文における、『とはずがたり』巻四の赤坂の遊女や巻五のたいか島の遊女に二条が共感しているという指摘は首肯され、赤坂の遊女については次章の「おわりに」で言及する。

（5）勝浦令子「尼削ぎ攷」（『女の信心』平凡社、一九九五年）によれば、「髪切り」は、僧による受戒・剃髪を伴う「尼削ぎ」とは区別され、道心を起こした女の突発的なふるまいである。平安期の尊子、定子などの例が指摘されている。

（6）『十訓抄』同話は、平中不訪の事情説明を欠き、平中は女をすぐに捨てた「あだ」な「すきもの」として描かれる。この平中像は後深草院の移り気に一脈通う。

（7）三木紀人『今物語』（講談社、一九九八年）二三話の語釈に、髪切りの先例として前述の平中譚を指摘する。

（8）類話として、延慶本『平家物語』第五末の十三「時頼入道々念由来事」では、横笛が、出家した滝口に再会を拒まれたことを恨んで髪を切り、「剃ルマデハ浦見シ物ヲアヅサ弓誠ノ道ニイルゾウレシキ」と詠んで、出家する。『雑談集』巻六、実朝の近習の葛山五郎（藤原景倫）は、実朝の命で渡宋することになり、「志深キ女房」とわざと仲違いをして、出帆する。女房は切り髪を葛山五郎の船に投げ入れて去り、遁世した。

（9）三角洋一『とはずがたり たまきはる』（岩波書店、一九九四年）脚注、参照。

（10）久保田淳「二つの説話絵巻―『なよ竹物語絵巻』と『直幹申文絵詞』―」（『中世文学の時空』若草書房、一九九八年）は、『なよ竹』が語る出来事は建長三年（一二五一）に実際にあったことで当時の後嵯峨院を『なよ竹』が帝と呼ぶのは偽装であると指摘する。

（11）西尾光一・小林保治『古今著聞集 上』（新潮社、一九八三年）頭注、参照。

（12）君寵や人心の移ろいは、『白氏文集』巻三「太行路」でも主題とされる。「太行路」は『阿仏の文』に引用され、女房が人心、特に主君の移り気に気をつけるべきことを諭す意図があることを第一部第一章で論じた。

（13）加賀元子「後深草院二条と雨夜の〈傾城〉―『とはずがたり』小考」（『武庫川国文』62号、二〇〇三年一一月）は、雨夜の傾城の身元を未詳とし、『なよ竹』の検討を欠き、『なよ竹』の女と「〈傾城〉の身の上に明確な共通点は見いだしえない」とする点で、拙論と見解を異にする。

（14）久保田淳「女人遁世」（『中世文学の時空』若草書房、一九九八年）参照。但し、『今物語』のように女の突発的な遁世に同情的な態度とは別に、出家にあたっては慎重な熟慮と時間を要するという考え方も存する。第一部第一章で論じた『阿仏の文』は、女房は寵愛が芳しくなく、宮仕えに恨みがあっても、「五とせ六とせのほどは忍びて」、その上で出家を考えるように諭す。

（15）久保田淳『とはずがたり 一（完訳日本の古典）』（小学館、一九八五年）参照。

(16) 三角洋一『とはずがたり（古典講読シリーズ）』（岩波書店、一九九二年）参照。
(17)『宝物集』当該部分には、源満仲の子の法眼源賢が父の殺生などの罪を悲しみ、源信らとともに満仲を教導し、発心させた説話も載る。同話は、「妙壮厳王の二子の例なり」と、『法華経』妙壮厳王本事品の、妙荘厳王が子の浄蔵・浄眼の教化により発心し、「此二子者、是我善知識」と、子が父王の善知識になったという故事になぞらえられている。三角洋一（注9）は「憂きはうれし」が、『法華経』同品「善知識者、是大因縁」などに「由来するか」と注する。『法華経』同品の故事は順縁だが、善知識を重んじる傾向の源に在る経典であろう。
(18) 阿部泰郎「王の導師―『とはずがたり』における唱導のことば」（『國文學　解釈と教材の研究』46巻14号、二〇〇一年一二月）参照。
(19) 次田香澄『うたたね』（講談社、一九七八年）参照。
(20) 市古貞次・三角洋一『鎌倉時代物語集成別巻』（笠間書院、二〇〇一年）引歌索引、参照。
(21)『とはずがたり』当該記事をふまえた『増鏡』でも亀山帝の後院別当のこと（あすか川）、後深草院の出家の意向とその中止（草枕）が語られるが（時枝誠記・木藤才蔵『神皇正統記・増鏡』岩波書店、一九六五年、参照）、「憂きはうれし」の表現はみられない。

＊本文は、『撰集抄』（松平文庫本）は『西行全集』（久保田淳編）、『大和物語』は日本古典文学大系、『今物語』は講談社学術文庫、『なよ竹物語』は鎌倉時代物語集成、「李夫人」は『神田本白氏文集の研究』、「長恨歌」は『金澤文庫本　白氏文集』、『横川法語』は恵心僧都全集、『宝物集』は新日本古典文学大系、『風葉和歌集』『法華経』は岩波文庫、『阿仏の文』は陽明文庫蔵本、『雑談集』は中世の文学、『いはでしのぶ』は『いはでしのぶ物語本文と研究』、『平家物語』は校訂延慶本平家物語にそれぞれ拠ったが、表記・句読点・訓点などを適宜私に改めた。

第三章　巻二の女楽　―琵琶の「思ひ切り」―

はじめに

第一部第一章で論じた『阿仏の文』では、紀内侍に対して、彼女が幼い頃から得意とする管絃（琴・琵琶）の技能を極めるように勧める。特に箏の琴を紀内侍は五歳から習い初めて上達著しく、初出仕以降、御前演奏や春宮（後の亀山帝）の弾く琵琶との合奏で名を揚げたという。

女房が管絃を介して主君に仕えるありかたは、『とはずがたり』にも描かれる。鎌倉期の女房の宮仕えの表現を考える上で、管絃は重要な意義があると思われる。『とはずがたり』の琵琶の記事に着目し、琵琶にまつわる二条の身の上の表現について検討する。

特に、巻二に描かれる女楽の催しでは、二条が後深草院から琵琶を弾くよう命ぜられるが、拒んで琵琶の緒を断つという場面がある。琵琶を断った理由と、その切断の表現を分析する。琵琶を断つふるまいは、二条の生家、主君、出家への思いと絡み合っていると思われる。また、前章で論じた巻二の「傾城」の遁世譚も、二条の琵琶や出家をめぐる表現と関わり合うだろう。

二条の身の上と深く結ばれた琵琶をめぐる表現を、第一に琵琶にまつわる説話の類似表現と比較し、第二に中世和歌における同表現とも比較することで、『とはずがたり』の表現の特性を明らかにしたい。

一　久我家と琵琶

二条と琵琶の関わりが最初に示されるのは巻一で、父の雅忠が重篤になり、後深草院が見舞いに来る場面である。死を覚悟した雅忠は、二条への恩愛を吐露し、院の皇子を身ごもった二条の後見ができない無念を訴えた。院は二条の庇護を約束し、雅忠はその返礼として、「久我太政大臣の琵琶」、即ち雅忠の父、久我通光所持の琵琶を院に献上する。

通光は琵琶の名手であったことが、『文机談』(1)第四冊「孝敏十念等事」に記されている。

　久我太政大臣通光のおとど、これも孝道に習はせ給ふ。（中略）おとど、いみじく御数寄ありて、御琵琶もめでたくきこえさせ給ひき。御嫡子右大将通忠と申す、これも御琵琶あそばされき。その御おとうと、中納言雅光とておはします、尾張守孝行に習はせ給ふ。又、姫君も少々聞こえさせ給ふ。

西流琵琶の藤原孝道に通光が師事して以来、久我家には琵琶をたしなむ者が多い。『琵琶血脈』(2)に、「木工頭藤原孝道―太政大臣号久我源朝臣通光」とあり、通光は孝道から秘曲を伝受したことが確認される。また、通光は後鳥羽院の近臣であり、秘曲を伝受した院からも琵琶を習ったことが指摘(3)されている。

孝道の『残夜抄』にも通光への琵琶教授の記事がある。

　我からの天性よくおはしましし上に、世に琵琶弾き少なくて、程なく要に立つべき人にておはしましかば、公家の御遊のわざばかりを、まづよくよく功を入れてとの儀にてありしかば、まことにも程なく晴れの所作ども、めでたく承りにき。

通光は楽才があり、習得も早く、御遊の演奏も巧みにこなしたと、孝道が認めていた。

通光は黄菊という琵琶を秘蔵しており（『文机談』四「黄菊事」）、後鳥羽院が琵琶の名器を番えて優劣を判じた『琵琶合記』に記事がある。

六番〈左 大鳥 甲木同前、同作 右 黄菊 花梨木甲、孝道作、判詞云、紫藤甲云々〉（中略）黄菊、依為志藤甲、音色尤すめる所あり。九の名物に入ぬべき琵琶也。尤為勝。共新造琵琶也。

黄菊は音色の澄んだ名器として勝と判ぜられる。黄菊は後に通光の手を離れるため、雅忠が後深草院に献上した琵琶は別物だが、他ならぬ通光の物であったことは看過できない。(4)

『とはずがたり』巻一の、後深草院の消息によれば、二条が四歳で院に初めて出仕する際、雅忠はいまだ権大納言で位が低いため、「祖父久我太政大臣が子」、すなわち通光の猶子として二条が仕えることを望み、院は「五緒の車・数袙・二重織物」などの殊遇を二条に許したという。(5)雅忠・二条父娘は、太政大臣の子孫として、久我の家柄に誇りを抱いていたことが知られる。琵琶も通光以来、久我家が誇る芸能であり、雅忠は通光の琵琶を贈ることで、久我の家柄を院に強調し、通光猶子としての二条への寵愛を願ったのであろう。二条の身の上は、久我家の矜持が宿る琵琶とともに、父から院へと託されたことを語っている。

二 女楽と琵琶

二条の琵琶へのこだわりは巻二の女楽の催しで顕わとなる。後深草院と亀山院は小弓の競技を行い、負けた後深草院が『源氏物語』若菜下に描かれる六条院の女楽を女房に再現させ、亀山院に披露しようとする。紫の上役に東の御方（春宮〈後の伏見帝〉母）、明石の女御役に西の御方（花山院太政大臣通雅女）、女三の宮役は、二条の外祖父である四条隆親の希望を容れ、その娘の識子とした。識子は「今参り」で、箏の琴に堪能であり（『秦箏相承血脈』[6]）、『阿仏の文』で紀内侍が「今参り」の時に御前で箏の琴を演奏したのと同じことをしている。この頃、女房が初出仕の際に管絃の芸能を御前で披露する習わしがあったとも考えられる。

二条は明石の上役で琵琶を弾くよう後深草院から仰せつかり、強い不満を抱くが、それは幼い頃から琵琶を学んできた生い立ちに由来する。

琵琶は、七つの年より雅光の中納言に、初めて楽二つ、三つ習ひてはべりしを、いたく心にも入らでありしを、九つの年よりまたしばし御所に教へさせおはしまして、三曲まではなかりしかども、蘇合・万秋楽などはみな弾きて、御賀の折、白河殿荒序とかやいひしことにも、「十にて、御琵琶を頼りて、いたいけして弾きたり」とて、花梨木の直甲の琵琶の紫檀の転手したるを、赤地の錦の袋に入れて、後嵯峨の院より賜はりなどして（後略）

（巻二）

二条は七歳から雅光に習い始めたという。雅光は通光の子で二条の叔父にあたり、『琵琶血脈』によれば、孝道の子、孝行（孝経）から秘曲を伝授された。『文机談』四「可求礼楽事」にも「灌頂の後、いくほどなくてうせ給ひにき。御琵琶がらあしからず」とあり、三曲を伝えるに足る、筋の良い奏者であった。通光・雅光・二条という久我家三代の芸の継承が確認される。

また、二条は九歳から後深草院に琵琶の手ほどきを受けたとある。院も管絃に堪能であり、『秦箏相承血脈』、『琵琵琶血脈』に載り、孝道の孫娘にあたる名手の博子に師事して秘曲を伝受した。(7) 二条が後深草院に教わったことは、通光が後鳥羽院に琵琶を習ったことと、琵琶教授を介した久我家と主君のつながりという点で重なる。二条は二人の秘曲伝承者に習い、三曲伝受までは至らなかったものの、琵琶の技能には自負があったと考えられる。二条は琵琶の習得に努めた点で、前述の『阿仏の文』が管絃の技能を磨くことを勧めた教えにも適うだろう。

さらに、二条は後嵯峨院の五十の賀の折には、十歳で琵琶を弾いて、後嵯峨院のお褒めに与り、琵琶を頂いたという。琵琶を主君に習い、披露した幼時の誉れに比し、明石の上役は、琵琶の上手とはいえ、二条には「人よりことに落ちばなる明石」と感じられた。明石の上は他の女君に比べて身分が低く、周りに「卑下」(若菜下) しなければならない点が、二条にはあきたりない配役であったと思われる。

二条の不満をよそに、識子は四条家の家紋の入った車で女楽に参上するが、二条は識子に「わが身の昔」を重ね合わせた。二条も四歳の今参り、十歳の御前演奏の頃は後見の父が健在であり、今参りをする識子が父の隆親の後見を受けるさまと重なる。同時に、識子と対照的に、二条が父を亡くした今の自らの不如意を痛感するさまも示されているだろう。

続いて、女楽の席次が定められ、東の御方と西の御方は上座に並ぶ。二条は後深草院の意向で一旦は識子よりも上位の席に座るが、隆親が異議を唱えた。

兵部卿 (隆親) 参りて、女房の座いかにとて見らるるが、「このやう悪し。まねばるる女三の宮、文台の御前なり。今まねぶ人の、これは叔母なり。あれは姪なり。上に居るべき人なり。隆親、故大納言 (雅忠) には上首なりき。何事に下に居るべきぞ。居直れ、居直れ」(後略)

叔母の識子のほうが姪の二条よりも上座に居るべきであり、それぞれの父の官位も、隆親のほうが雅忠よりも「上首」（上位）[8]であったと主張し、二条を識子の下座に降す。二条は、父が生きていれば、「大臣は定まれる位」（巻一）であり、大臣に昇るはずの久我の家格を意識していた。そのため、大納言が極官の四条家[9]の隆親に亡父を見下されたことが、屈辱的であったと思われる。さらに、雅忠亡き後に二条の後見であった隆親が娘の識子を優先し、孫娘の二条を蔑ろにしたことに、立つ瀬のない悔しさを覚えたと捉えられる。

三　琵琶の「思ひ切り」

二条は、明石の上役と隆親のふるまいに対し、「これほど面目なからむことに交じろひて詮なし」と憤り、女楽の席を蹴る。

　参らせおく消息に、白き薄様に琵琶の一の緒を二つに切りて包みて、
　　数ならぬ憂き身を知れば四つの緒もこの世のほかに思ひ切りつつ　（巻二）

二条は後深草院に書き残した消息に、切った琵琶の緒と歌を留めて立ち去ったため、女楽が中止された。歌で琵琶の緒の切断を「思ひ切り」と表現し、「長く琵琶の撥を取らじ」と「誓ひ」を立てる。

　この二条の琵琶の「思ひ切り」と関連すると思われる説話が、『文机談』（伏見宮本）二「験争事」の、師長が保元の乱で土佐に流されていた時の話である。

（師長）「蟷螂の験くらべといふなる事ぞ、興ある事にてあるなれ。いざこの事こころみん」とて、いもむしりといふ虫を召しよせて、御文机の上に置かせ給ひて、「孝定と博玄と、琵琶を弾きて雌雄を決すべし」と御気色ありければ、孝定はさる人にて、心得ずはおぼえけれども、主君の仰せなれば、御定にまかせて弾きけり。博玄ま

た身命を捨ててこれを弾く。蟷螂この両弾を聞きて、ややかしらをうごかして耳をそばだつ。この気色を見るに、いとど御興ありて、「弾けや弾けや」と仰せらる。蟷螂よくよく聞き定めて後、孝定が弾ずる琵琶の海老尾よりよぢのぼりて、左の指の𠕋《ぼう》の上に座せり。博玄色を失ひて、弾をとどめつ。仰せていはく、「この事まことなりけり、もちろんもちろん」とて入らせ給ひぬ。

孝定、宿所へ帰りて申しけるは《孝道が十八のとし也》、「この道をせぬ孝定ならば、何事をもてか博玄ほどの物には対揚せらるべき。(10)主命といひながら、面目なき事なり」。師子丸といふ琵琶と、譜入れたるかわご一合をば、孝道を呼びて給ひわたしていはく、「我は今日より後、この琵琶をば思ひ切りぬるなり。汝に弾かんとも弾かじとも心ぞ」とて、やがて爪を切り終りぬ。その後六年、手を触れ肘をかけず。妙音院苦々しくおぼしめされけれども力なし。

師長は、孝道の父孝定と、師長に「恪勤」の「数寄者」である博玄に、琵琶の腕比べをさせる。結果、孝定のほうが優れていると蟷螂が判定した。孝定は「この道」、つまり西流琵琶の芸の道を伝える師範家の当主でありながら、楽の家の人間でもない一介の数寄者博玄と「対揚」、すなわち同じ土俵で競わされたことが、「面目なき事」と感じる。孝定は琵琶を弾くことを「思ひ切り」、つまり断念して爪を切り、長らく演奏しなかったという。(11)

孝定は西流当主としての自覚が強い人物である。『文机談』二「孝定文申曲事」では、師長が孝定の養父孝博から伝受した西流の秘曲を孝博の門弟博業に勝手に伝授しようとするが、孝定は当主の許可なく伝授することを制止した。「子孫を思ひ、家を久しく守らしめん」とした孝博の跡を継ぐ孝定は、西流「本主」(12)として、秘曲などの芸の「道」を守り伝えることを第一義とした。秘曲を伝授した貴顕の庇護のもとに家の存続をはかり、秘事口伝の流出を防ぐためには、主の師長に物申す気骨を孝定は有した。

管弦を専門の家業とする師範家と、その弟子筋で非専門の久我家という差はあるものの、孝定も二条も西流琵琶の芸に携わる家の者であり、その「思ひ切り」には共通性があると思われる。家の芸に誇りを持つ二者は、「面目」をつぶされた屈辱に耐えず、琵琶の「思ひ切り」を断行した。琵琶は弾く者の抱く家柄意識を表す媒体である。二人は家の芸の器である琵琶を「思ひ切る」ことで、家芸を辱められた憤懣を表明し、辱めた者に抗議したのである。孝定は西流を門外漢と競わせる師長に抗議し、二条は自らを下座に追いやった隆親や、明石の上役を配した後深草院に対して抗議した。いずれも、家格と不相応の待遇で芸の披露を強いる者や主君に、不面目を訴える罷業である。

二条にとっての琵琶は、西流琵琶と接点を有するとともに、久我家の芸の流れを汲む証しでもあった。また、琵琶を後深草院に教わることで、院との縁が深まった点では、琵琶は二条と院を結ぶ媒であった。家と主君につながる媒である琵琶を断つことは、宮仕えにおけるよるべの一つを切断するふるまいであろう。その痛みと引き替えに、女楽の場における宮廷社会と主君に対し、家柄を蔑ろにされた恨みを訴えることが、二条の「思ひ切り」の目的なのである。

以上のように、『とはずがたり』における琵琶の「思ひ切り」は、二条の家・主君にまつわる矜持と、宮仕えでの不遇感との葛藤を示す表現である。その葛藤を書くことが、琵琶をめぐる表現の志向の一つとして重要だと思われる。

四　傾城との比較

二条は琵琶を断って女楽から出奔し、「憂き世を逃れむ」と、出家を思い立つが、後深草院の二人目の皇子の懐妊中であり、出産を終えてから決行しようと考える（巻二）。出家の願いについては既に巻一で、一人目の皇子の夭折によって二条が「愛別離苦」を痛感して出家を望んだことが語られていた。

巻二では、二条は琵琶を弾かないと誓い、前述の後嵯峨院恩賜の琵琶を石清水八幡に奉納する。併せて亡父の遺文紙背に法華経を書写して納め、「この世には思ひ切りぬる四つの緒の形見や法の水茎の跡」という歌を添えた。巻一以来の亡父追善の願いを写経によって実践し、父の孝養のために出家する意志を確かめたのであろう。父はかつて祖父の琵琶と共に二条を後深草院に委ねたが、二条は今や琵琶を断って手放し、院から離れて出家しようとしている。その今昔の転変に悲傷を禁じ得ない二条像が示されている。

この巻二における二条の出家願望は、女楽の二年ほど前の記事である「傾城」の遁世譚と関連すると思われる。傾城の出家と二条の出奔の共通点が指摘されている(13)。第一に「どちらも屈辱を受けたことを契機に」失踪すること、第二に二者の歌の表現の重なり、第三に「髪を切る行為と琵琶の弦を切る行為」の三点から、「傾城の潔い出家に感動していた二条が、その行為に追随」、「同調」したと把握されている。

第一の失踪の共通性については、傾城が雨夜に後深草院に忘れられたことを機に「行き方知らず」になり、二条も乳母の母のもとや醍醐寺に籠もって「行方知らず」となり、探索する院から身を隠す点が等しい。私見として類似点を加えるなら、二条が出家を願って身を潜める行動は巻三でもくり返される。二条が院から出仕さし止めの命令を受けて退出するに際し、かつては寵愛を誓った院の変心を恨みながら、「世になき身にもなりなばや」、「いづ方へも行き隠れなばや」と隠遁を願う。そして、祇園に参籠して、「三界の家を出でて解脱の門に入れたまへ」と、出家を遂げることを祈願した。寵を失したが故の隠遁衝動は、傾城の遁世に通じる。

第二の歌の共通性につき、傾城と二条の歌を比べる。

数ならぬ身の世語りを思ふにもなほ悔しきは夢の通ひ路　（傾城）

数ならぬ憂き身を知れば四つの緒もこの世のほかに思ひ切りつつ　（二条）

二者に共通する「数ならぬ」は、先行研究[14]によれば、二条自身にくり返し用いられ、巻二では後深草院の寵妃や他の女房に比して父の後見を欠く宮仕えの不遇感を表し、二条以外にはこの傾城にのみ使われる。

傾城の歌は、諸注が指摘するように、『続古今集』恋三（寄夢恋1191）の式乾門院御匣の歌、

憂かるべき身の世語りをおもふにもなほ悔しきは夢の通ひ路

を引いたものであり、御匣詠の初句「憂かるべき」のみが「数ならぬ」に変えてある。

御匣詠は、『続古今集』の注釈[15]によれば、『源氏物語』若紫巻の藤壺の歌、

世語りに人や伝へむたぐひなく憂き身をさめぬ夢になしても

をふまえ、男の立場の歌と解されているが、御匣詠の作中主体「憂かるべき身」は、藤壺詠の藤壺自身を指す「憂き身」に即して、女と捉えるべきである。御匣詠は、光源氏との逢瀬が世の語りぐさとなるのを恐れて悔やむ藤壺の心境を想像している。

しかし、御匣詠を引く傾城の歌は、藤壺詠と異なり、院との逢瀬がなかったことをきっかけに院に贈られている。傾城詠の「夢の通ひ路」は現実に院のもとに参上したが、逢瀬は夢でしかなく、実現しなかったことを意味する。傾城が引いた御匣詠は藤壺詠にはない「悔しき」「通ひ路」ということばを有する。それが、院のもとに通ってきた傾城の悔恨を代弁するため、御匣詠を引いたのであろう。

一方、二条詠の「数ならぬ憂き身」は、女楽で下座に置かれた二条自身を表す。東の御方以下、院の寵妃・女房への配役の優先順位上、二条は相対的に寵遇の薄い女房であることを思い知らされた怨嗟が込められた表現である。傾城の「数ならぬ身」は一夜、院の寵人としての存在が忘却された己を表し、二条と程度は異なるが、両者は院の寵が薄い身の不遇をかこつ。二者は「数ならぬ」寵人の身の悲哀を歌で院に訴え、幸薄い契りに区切りをつけ、その身の

上から遁れ出る意志を固めようとしたのである。

しかし、前章で論じたように傾城は雨夜に院に忘れられた「憂き」ことを機に「うれし」き遁世を遂げたのに対し、二条は女楽から出奔した後も出家を断行するわけではない。二条詠の「数ならぬ憂き身」の自覚は、例えば「数ならぬ身こそおもへばうれしけれ憂きにつけてぞ世をもいとはむ」（『住吉社歌合〈嘉応二年〉』述懐・二一番左141、藤原朝宗）のように「うれし」き遁世を遂げる機縁となりうるが、二条にはやはり「憂き身」を捨てきれない迷いがあると思われ、そのことを示す表現を次節以降で検討したい。

五　「思ひ切り」の歌

前節で挙げた第三の論点、つまり傾城の髪切りと二条の琵琶断ちの共通性は、いずれも切断した上で出家しようとすることである。

琵琶断ちを表す二条の歌の「思ひ切り」という動詞は、『とはずがたり』中に全七例あり、巻二に五例、巻五に二例ある。巻二では前掲の二条詠の二例と、女楽から出奔した二条が雪の曙と後深草院になだめられて出家を思いとどまる場面の二例、その後、近衛大殿（鷹司兼平）が、女楽で二条が琵琶の弾奏を断念したことを「むげに若きほどにてさぶらふに、苦々しく思ひ切られさぶらひける」と惜しむ例がある。巻五では、巻二の女楽での琵琶断ちを回想する例や、二条が愛蔵する亡父の形見の硯について「中有の旅に伴ふべきことならずなど思ひ切りて、またこれを遣はす」と、手元に置くことを断念し、売却を決断したことを意味する例がある。

さて、「思ひ切る」の和歌における用例の数は限られ、ほぼ中世、大部分は院政期から鎌倉期の例である。(16)「思ひ切る」の歌は概ね、何らかの物の切断を表し、刀や松、髪などが詠み込まれる。物の切断に伴い、心の切断、つまり断念や決断も表す。

刀の歌では『東北院職人歌合』十二番本11、鍛冶の「わが恋はなまし刀のかねあまみ思ひ切れども切られざりけり」のように恋心を鈍刀では断ち切れないとする例や、除目の望みの断念、又は断念しがたい思いなどが詠まれる。[17]松の歌では『覚綱集』60「年の暮れの恋」、「門松を何いそぐらん恋といふなげきぞ今年思ひ切るべき」のように恋の嘆きに踏ん切りをつけようとすることが詠まれる。[18]

その他、『建礼門院右京大夫集』220では、資盛から右京大夫への最後の消息で、「思ひとぢめ思ひ切りてもたちかへりさすがに思ふことぞ多かる」と、断念しようとしても裏腹にこみ上げる右京大夫への恋しさや今生の万感が詠まれる。逢瀬の断念をめぐる心の揺れを表す恋歌[19]も比較的多い。

なかんずく、傾城の髪切りに関わるのが、『信生法師集』の信生と某女の贈答歌群の「思ひ切る」の例である。

物申し侍りし女、親はらからに諫められて、心ならず遠き所へ立ち離れ侍りしに、思ふ心や有りけむ、さみえ侍る気色のみえ侍りしかば

めぐりあはむしばし憂き世に影とめよ誰も思ひは有明の月　(177)

かの女、道より髪を切りてつかはすとて

一筋に思ひ切れども黒髪の乱れて物ぞ悲しかりける　(178)

返事

大方は思ひ切るとも黒髪のもとゆひ置きし契りたがふな　(179)

さまかへてのち、つかはし侍りける

よしさらば苦しき海に舟出してわれをも渡せ須磨のあま人　（180）

返事

あま人と身はなりぬれど舟出して渡すばかりはのりもならはず　（181）

177歌の詞書によれば、信生と契りを結んだ女が、親に信生との仲を反対され、遠方へ向かう。その道中から女が切った髪と共に信生に贈った歌178は、「思ひ切れ」に「黒髪」の切断の意と、信生への想いの断念の意を重ね、[20] 髪は断ったが、心はなお乱れる悲しみを表す。180 181の贈答から女は尼となったことが知られ、「思ひ切れ」には出家遁世の断行の意も込められている。[21]

同様の髪の歌として、『閑谷集』130、

涅槃講のついでに、人々歌よみ侍りけるに、始発道心

黒髪の長き乱れを法のため今日ひとすぢに思ひ切るかな

は俗情に乱れる黒髪を断つ発心、出家の歌である。また、『新撰和歌六帖』1665「髪」の真観の、

うきすぢと思ひ切りにし黒髪の乱れは今も心なりけり

は『信生法師集』の女の歌178に似ており、切った髪と共に心がなお乱れることを表す。この真観の歌と女の歌は、出家を断行したものの、切った髪には俗情がまつわりつき、道心はいまだ定まらないと詠んでいる。前掲の刀や恋の歌でも、断念しがたい心が詠まれていたように、[22]「思ひ切る」は、物と心を断ち切ろうとする時に、かえって自覚される執着の断ちがたさを表すことがある点にも留意したい。

以上の歌の「思ひ切る」が物と心の切断を表すことをふまえると、二条詠「数ならぬ憂き身を知れば四つの緒もこの世のほかに思ひ切りつつ」の「思ひ切り」は、琵琶の緒の切断と、その弾奏の断念を意味する。さらに、二条が

「思ひ切り」と歌うと同時に出家を願うのは、『信生法師集』などの「思ひ切る」が髪切り・出家を表すのと共通する。傾城の後を追うように出家を望むことからすれば、二条が真に「思ひ切り」たい物は自らの髪であり、併せて断念すべき心は、俗世で仕える院への愛執である。しかし、二条の主君への執心は出奔後も断ちがたいものであり、その点でも『信生法師集』他の歌の「思ひ切る」が断ちがたい執着を表したことと共通する。

琵琶の緒は二条の髪につながるものであり、緒を断つことで、自らの心が出家に耐えるのか、髪を断つ覚悟があるのか、己の心身に問いかける二条像が描かれている。出家の願いと、院への執心という両極から引っ張られてたゆたう二条の心身が、琵琶の「思ひ切り」の歌に表されているのではないか。

六　遁世のほだし

琵琶断ち、出奔後の二条の帰趨を検討する。二条は伏見や醍醐の寺に参籠するが、追って雪の曙、後深草院の来訪があり、出家を慰留される。二条は「思ひ切りにし道なれば、二度帰り参るべき心地もせぬ」と、出家を決断した以上、院のもとへ帰参しないつもりであったが、雪の曙が「御心ざしのおろかなるにてもなし」と院の二条に対する寵がなお厚いことを諭し、帰参を勧めたため、二条は「一筋に思ひ立ちぬる道も、また障り出で来ぬる心地する」と、出家を断行する「思ひ切り」が鈍り、主君と恋人への愛執が再び募る。

次いで来訪した院は「この世のほかに思ひ切ると見えしより、尋ね来るに」と、二条の歌「数ならぬ…」を見て慰撫しに来ており、二条詠の「思ひ切り」は院を招き寄せて遁世の断行をとどめることばとして作用する。「思ひ切り」ということばに漂っていた二条の院への執心は院の慰留によって強まり、二条は宮廷へと連れ戻されることになる。

同場面で院が「この後もいかなることありとも、人におぼしめし落とさじ」と、二条を他の女性より軽んずることはないと寵愛を誓ったことに二条はほだされて、出家を思い止まった。琵琶を断って家の不面目を訴え、出家を志したものの、院に説き伏せられると帰順してしまう二条の「心弱さ」を描いている。雨夜の傾城は院の寵に見切りをつけて出家したが、二条はそれほどの決意を固められず、再び院の寵を頼む女房の身に甘んずるさまが語られている。

巻一に遡ると、院の出家中止によって二条も「憂きはうれしき」遁世を果たせなかった時点で、西行の「なにごとにつけてか世をば厭はまし憂かりし人ぞ今日はうれしき」（『山家集』1349恋百十首）が示す、冷たい恋人を遁世の善き機縁とした境地からは遠かったことを前章で述べた。巻二の出奔の顛末でも、院の寵の誓いを聞いて出家を止めた二条は、「憂き世出づべき限りの遠かりけるにやと心憂き」と歎いており、この西行詠の境涯からはなお遠い。

ただ、西行は『山家集』恋百十首で右の歌の一つ前に配される歌1348で、

とにかくに厭はまほしき世なれども君が住むにもひかれぬるかな

と、厭世の念しきりであるにもかかわらず、「君」への恋情がほだしとなって俗世につなぎとめられている状態を詠む。この歌は、出奔後の二条が厭世の念を抱きつつも主君への愛執によって俗世に引き留められる状況を代弁している趣がある。

そして、二条にとって、もう一つのほだしは、二人目の皇子の懐妊である。巻二では出奔後、二条は院に連れ戻され、「御所にて帯しぬる」と、着帯をする。着帯は懐妊した子の父が行い、巻一でも一人目の皇子の懐妊の帯を院が贈り、雪の曙となした子の着帯記事もある。表向きは皇子として院が帯をはからうが、内々に実父の雪の曙も帯を結び、二条と子に対する「心ざし」（恩愛）を表した。着帯により、二条は子とその父に結びつけられ、恩愛を深めてゆく。

巻二の皇子の着帯の直後に、二条は巻一で雪の曙との間に生まれた娘と密かに再会する。娘は重病であったが、それは生母の二条が子を思う「恩愛」のなせるわざであると診断され、母子が対面することになる。巻一の娘の出産で雪の曙と二条が娘の「産髪黒々」としたさまを一瞥して、「恩愛」が萌すや否や、娘は雪の曙に引き取られ、北の方の子となって以来の再会である。

紅梅の浮織物の小袖にや、二月より生ふされけるとて、いこいことある髪姿、夜目に変らずあはれなり。

（巻二）

幼い娘の生え揃う「髪姿」の「あはれ」さは、二条が髪を断ち世を捨てるのをひきとめるほだしである。

以上のように、院とその皇子や雪の曙とその子というほだしにより、女楽後の二条の出家は頓挫した。琵琶の緒を断ったものの、ほだしの絡み合いをほどけず、出家を断行する「思ひ切り」を果たせない二条像が語られている。

おわりに

巻四の始め、美濃国赤坂の宿で、二条は遊女に出合う。「涙」を「撥」で隠しながら琵琶を弾く遊女のさまから回想される二条の「昔」は、女楽の琵琶の記憶と思われ、不遇を嘆いていた自らの「身のたぐひ」、つまり似姿を遊女に見てしまう。出家後の旅の初めに再び琵琶が現れ、かつて断った緒から響く音が二条を過去の悲しみへと連れ戻したことを語る。

巻五の讃岐の松山でも、琵琶のことが回想される。

いまだ幼かりし頃、琵琶の曲を習ひたてまつりしに、賜りたりし御撥を、四つの緒をば思ひ切りにしかども、御

手馴れ給ひしも忘られねば、法座のかたはらに置きたるも、

　手に馴れし昔の影は残らねど形見と見れば濡るる袖かな

二条は後深草院に琵琶を習った時に賜った撥をいまだに持っており、撥を手馴らした院への愛執がよみがえった。琵琶本体はもはや手元にないが、「形見」の撥が身の上の思い出を喚起してやまないことを表す。

琵琶をめぐる回想は、生まれた家、仕えた主君、出家の願いなど、『とはずがたり』を形造る二条の生の重要な局面に渉る。家の不面目、寵人としての不遇、厭世の念をかこちつつも、主君との契りに執する自らの心身を反芻せざるを得ない二条の生が象られた。その執心を体現する琵琶は両価的な存在であり、断ち切った時の怨嗟を呼び覚まして厭わしく、家の誇りや院との絆を思い出させる形見として手放しがたく偲ばしい。琵琶への愛憎半ばする執念は、歳月を経ても二条の内でおさまりがつかず、自身の生の「思ひ切り」のつかないもの全てを思い起こさせる。琵琶は、断ち捨てられたことでむしろ存在感を増し、二条の身の上の回想を促す触媒と化したのである。琵琶を媒に書かれた二条の生は述懐に満ちているが、琵琶への執心は二条を書くことへと駆り立てる力の源でもある。琵琶をめぐる不遇を糧にして、『とはずがたり』を書くことへの執心をかき立て、己の生に対峙する二条の姿が浮かび上がる。

注

（1）本文は岩佐美代子『文机談全注釈』（笠間書院、二〇〇七年）によるが、表記を私意により改めたところがある。

（2）琵琶に関する資料は、『琵琶血脈』、『琵琶合記』は『伏見宮旧蔵楽書集成一（図書寮叢刊）』（明治書院、一九八九年）、『残夜抄』は『伏見宮旧蔵楽書集成三』（一九九八年）によるが、引用文は表記を私意で改めたところがある。

（3）通光の琵琶の事跡につき、望月俊江「源通光―その歌人としての生涯―」（『立教大学日本文学』50号、一九八三年七

月）参照。後鳥羽院と琵琶は、豊永聡美『中世の天皇と音楽』第一部第二章（吉川弘文館、二〇〇六年）参照。

（4）須田亮子「『とはずがたり』後深草院二条と五部大乗経の書写供養―祖父通光の影響をめぐって」（『国文論藻』三、二〇〇四年三月）は、通光が黄菊を石清水に祈祷（未詳）のため奉納した事（文机談）が、二条が巻二で琵琶を石清水に奉納した事の「前例」である可能性を指摘する。

（5）標宮子『とはずがたりの表現と心』三編一章（聖学院大学出版会、二〇〇八年）によれば、院による猶子待遇は恣意的で一貫せず、宮廷で公認されず、二条・雅忠の家柄の誇りは傷つけられたという。拙論はその誇りと不遇意識が、琵琶の記事に表れていると考える。

（6）『秦箏相承血脈』（『伏見宮旧蔵楽書集成二』明治書院、一九九五年）は、「孝弟前」（博子）と「従三位識子〈権大納言定教室　大納言隆親女　大納言三位〉」の師弟関係を記す。

（7）相馬万里子「『代々琵琶秘曲御伝受事』とその前後―持明院統天皇の琵琶―」（『書陵部紀要』36号、一九八五年二月）参照。後深草院と博子につき、阿部泰郎「『とはずがたり』の今日的課題―琵琶秘曲伝受をめぐりて―」（『とはずがたり』の諸問題』和泉書院、一九九六年）、阿部泰郎「芸能王の系譜」（『天皇と芸能（天皇の歴史10）』講談社、二〇一一年）参照。

（8）隆親は建長二年（一二五〇）以来、大納言であったが、雅忠は文永八年（一二七一）に大納言（極官）とされ、翌年に没しており（『公卿補任』）、生前の雅忠に対し、隆親は「上首」意識を有していたと考えられる。

（9）四条家につき、松本寧至『とはずがたりの研究』三章「作者研究」（桜楓社、一九七一年）参照。三角洋一『とはずがたり（古典講読シリーズ）』（岩波書店、一九九二年）は、二条と隆親の確執が「久我家と四条家との家格の違い」に因り、雅忠が大臣として二条を後見していれば、二条は識子よりも格が上の女房であったことを指摘する。

（10）岩佐美代子『文机談全注釈』（前掲注1）補注は、師長土佐配流の時期にまだ生まれていない孝道が登場するのは不審で、「孝道が十八のとし」という傍注は「孝定が十八のとし」の誤りかと指摘する。

（11）『文机談』によれば、孝定は六年後、後白河院の如法経供養の伎楽に召された「面目」により琵琶を再び弾き始める。「面目」の有無が琵琶を弾くか否かを左右することが知られる。「思ひ切り」の例は『文机談』三「後鳥羽院御位時被奏事」にもある。後鳥羽院の芸能の近臣、水無瀬家の二条定輔が、院の琵琶始の御師が別人に決まることに抗議し、「道のため家のため面目候はず。長く思ひ切り」と、琵琶を断つと言って院を説得し、御師に納まった。芸の「道・家」の「面目」の失墜を主君に訴える点は孝定や二条に通じる。定輔につき、豊永聡美『中世の天皇と音楽』第二部第三章（前掲注3）参照。

(12) 高橋秀樹「『文机談』にみる音楽の家」（『日本文学』五二―七、二〇〇三年七月）参照。

(13) 松村雄二『『とはずがたり』のなかの中世』（臨川書店、一九九九年）参照。

(14) 加賀元子「「数ならぬ身」考」（『『とはずがたり』の諸問題』和泉書院、一九九六年）、加賀元子「『とはずがたり』における「遊女」」（『武庫川国文』42号、一九九三年一二月）参照。

(15) 木船重昭『続古今和歌集全注釈』（大学堂書店、一九九四年）は御匣詠の「作者は男性に仮託して詠み」と注する。

(16) 新編国歌大観、新編私家集大成に徴し、鎌倉期までに『とはずがたり』の二例を含め、十七例を数え、全てを本稿に挙げた。

(17) 『有房集』410

除目のころ、望むことありて、ほそだちひらを八幡へまゐらすとて、包み紙に、

男山たむくる太刀のかひなくはこの世のことを思ひ切れとや

『新撰和歌六帖』

かぢやなるたちのやきばのはやくより思ひ切りてしこの世ならずや（1823たち、知家）

かたぎこるたつきの斧のえをよわみ思ひ切られぬ世こそつらけれ（582斧の柄、為家）

(18) 松の切断を表す『粟田口別当入道集』の次の例もある。

同じ頃、東山にありしとき、全真法眼のもとより松木一本切りてと言ひ遣はしたりしかば、

思へただまだ花さかぬ山里に心のまつをいかが切るべき（17）

返し

さかぬまの花まつほどの苦しきにうらみがてらに思ひ切れかし（18）

(19)　『覚綱集』「あふことを思ひ切れとやとふたびに山すげうらのつづかざるらん」（56占ふ恋を）、『東北院職人歌合』「あふ事はやがてたかねのはかみ草いざさば人を思ひ切りてん」（五番本6鍛冶）、『雲葉和歌集』「かたいとのくるすのをののひとすぢにあふべきふしや思ひ切るらん」（991恋の心を、平兼盛）等。その他、『政範集』「われもさぞ思ひ切らなくうきことをしのぶの岡の春のあは雪」（7岡残雪）。

(20)　外村展子『宇都宮朝業日記全釈』（風間書房、一九七七年）、外村南都子「信生法師日記歌集部」（『中世日記紀行集』小学館、一九九四年）参照。

(21)　出家に関する散文の「思ひ切り」は、『西行物語』（久保家旧蔵本）「（西行は）心強く思ひ切りて、自らもとどりを切りて、持仏堂になげいれ、かどのほかへいでける」と、遁世の断行を表す例がある（久保田淳編『西行全集』〈日本古典文学会、一九八二年〉参照）。その他、「思ひ切り」は軍記（保元物語、平治物語、平家物語）や説話（発心集、古今著聞集、十訓抄、沙石集）などに決断・断念の意で用いられる。

(22)　断じ難い執着を表す「思ひ切り」の、散文の例として、『平家物語』（覚一本）巻十一「副将被斬」で、宗盛が「恩愛の道はおもひきられぬ事にて候也」と、子への恩愛の断ちがたさを言う。『平家物語』は日本古典文学大系による。

第四章　歌語表現の反復について　―いつまで草・なるみ・心の色―

はじめに

第二章で論じた「憂きはうれし」、第三章で検討した「思ひ切り」のように、『とはずがたり』には一定の表現の反復が多く、特に和歌に関する表現、歌語や引歌がしばしばくり返される。一部の歌語につき、その反復によって二条と後深草院の契りを追懐する表現性が指摘[1]されているが、多くの歌語は大意と他の作品の用例が個別に注釈されるにとどまる。

歌語を執拗なまでにくり出すことは、二条の身の上の表現といかに結びつくのだろうか。個々の歌語は他の作品でも用いられて一定の表現の傾向を有するが、それを『とはずがたり』が反復する時、二条の生涯を語る固有の表現へと変容することを捉えたい。

本章では、「いつまで草」、「なるみ」、「心の色」という歌語の表現性を明らかにする。三つの歌語は、院を始めとする人々と二条の関係性を示す表現として相互に関わり合いながら反復されている。これらの歌語に関する鎌倉期までの和歌や関連作品の表現史を跡づけ、その影響をおさえつつ『とはずがたり』独特の表現性を解明したい。

一　「いつまで草」の表現史

ただにもなきなどおぼしめされて後は、ことにあはれどもかけさせおはしますさま、何も、「いつまで草の」とのみおぼゆるに、御匣殿さへ、この六月に産するとて失せたまひにしも、人の上かはと恐ろしきに、大納言の病のやう、つひにはかばかしからじと見ゆれば、「何となるみの」とのみ嘆きつつ、（後略）

右は『とはずがたり』巻一の「いつまで草」の第一の例である。後深草院が皇子を懐妊した二条をいたわって「あはれ」を示すが、二条は「いつまで草の」と感じたという。この表現に関する諸注は「いつまで続くことやら」という不安・疑問と解するか、「いつまでも続くように」という願望と解する。「いつまで草」は和歌・物語に用例があり、結論からいえば、疑問表現として「いつまで続くか」と解すべき例、または「いつまでも続かない」という反語の含みがある例のいずれかであり、願望と解せる例はない。

現存する最も早い時期の和歌は、諸注にも引く『堀河百首』雑廿首「山家」（異伝歌52）の藤原公実の詠である。

かべに生ふるいつまで草のいつまでかかれず問ふべきしの原の里

該歌は、「いつまで草」がいつまで枯れないか不安なように、篠原の里にいつまで人の訪れが続くかと心細い山里の風情を表す。この例からすると、『とはずがたり』の「いつまで草」は、院の寵愛が「いつまで続くのか」という危惧を表すと解するべきであろう。

ところで、平安期の散文作品では、『枕草子』「草は」（角川文庫六三段）が「いつまで草」のありかたをよく示す。

あやふ草は、岸の額に生ふらむも、げに頼もしからず。いつまで草は、またはかなくあはれなり。岸の額よりも、これは崩れやすからむかし。まことの石灰などには、え生ひずやあらむと思ふぞ、わろき。

「いつまで草」は「はかなく」、「岸の額」に生えるあやふ草よりも「崩れやすからむ」ものとされる。「岸の額」は『和漢朗詠集』無常・羅維「観身岸額離根草　論命江頭不繋舟」をふまえており、脆い「いつまで草」は無常を観じさせる草として語られている。

無常を象徴する「いつまで草」は中世和歌でも歌われることが多い。『新古今集』雑下1789皇嘉門院、

なにとかやかべにおふなる草の名よそれにもたぐふわが身なりけり

は無常を表す歌群に配されており、いつまで草のようにわが命もいつまでも続かないという無常観を表す。同様に『続古今集』哀傷1421雅成親王の「虫のなくをききて」、

かべにおふる草のなかなるきりぎりすいつまで露の身をやどすらん

も、いつまで草に宿るきりぎりすと同じくはかない露命を思う無常観の表現である(4)。

『とはずがたり』の前掲場面では、御匣殿（後深草院の女房、久明親王の母）が御産で亡くなったように二条も出産で死ぬ恐れを抱き、二条の父も死に至る病勢であることを嘆く。その記述の前に用いられる「いつまで草」は、『枕草子』や和歌と同じく無常観の表現でもあるだろう。

「いつまで草」の歌は無常に限らず恋の不安を表す例も稀少ながら存する。『久安百首』恋廿首1075待賢門院堀河、

夢ばかりおもはぬ人はかべにおふるいつまで草のいつまでかみむ

は、冷たい恋人といつまで逢えるかという不安を表し、契りの持続性を疑う点は、院の寵を危ぶむ二条の心と通じるだろう。

『とはずがたり』の「いつまで草の」という表現は、右の『堀河百首』『久安百首』以外の和歌や物語にもみられ、

直接の典拠を限定しがたい。広く和歌・物語によって培われた「いつまで草」のイメージをふまえた表現として解釈することとする。

『とはずがたり』の新大系の注釈では(5)『栄花物語』や『苔の衣』に「いつまで草」の例があることが指摘されているが、その表現性の検討や『とはずがたり』との比較はなされていない。

『栄花物語』には堀河女御、延子に関わる二例の「いつまで草」がある。

①高松殿におはしましたれば、たとしへなきことども多かり。こたみの絶え間いとこよなし。女御今はただ、この嘆きは、わが身のなからんのみぞ絶ゆべきと、御心一つにとなしかうなし、「いつまで草の」とのみ思し乱る。（巻十三ゆふしで）

②堀河の女御殿は、ただ「いつまで草の」とのみ、あはれにものを思して明かし暮らしたまふ。院もおろかならず思しきこえさせたまふことも、しばしこそあれ、男の御心、やうやう月日ごろ隔たりゆくままには、うとくこそなりまさらせたまへ（後略）（巻十四あさみどり）

①は小一条院が道長女の寛子と結婚し、延子の所へ通ってこなくなる場面である。延子が夫の心変わりの嘆きは死ぬまで絶えないと胸を痛める局面で「いつまで草」が語られる。②は①と同様の例であり、小一条院の「男の御心」が移ろい、延子とはますます疎遠になってゆくさまを語る。『栄花物語』諸注は「いつまで草の」は引歌とおぼしいが、『栄花物語』よりも早い例は未詳とする。『堀河百首』の例を挙げ、①の「いつまで草の」を「この嘆きはいつまで続くことだろうか」の意と解する。(6)また、『枕草子』を挙げ、「崩れやすい壁に生えるので、頼りないとする。小一条院に頼ることのできない自身をたとえた」と解する注もある。(7)

延子は夫の変心の後に嘆き、二条は主の変心を予め危ぶむという差はあるが、「いつまで草」が男の心変わりに関わる点は共通する。また、延子は夫の変心に悩むうちに病に臥せり急死する（巻十六もとのしづく）。「いつまで草」と共に語られた延子像は命の無常を観じさせ、二条が自らと父の死を恐れたことにも通じる。さらに、延子像を「いつまで草」のくり返しで表すことも、『とはずがたり』の歌語の反復による人物像の表現と共通する。

『栄花物語』と同様の用例が『苔の衣』にもある。『苔の衣』秋の巻では、苔の衣の大将は北の方と相思相愛であったが、帝の意向で弘徽殿の宮が大将に降嫁することが決まる。降嫁を夫から告げられた北の方は、「何事も「いつまで草」とのみかりそめに思ひ給ひつつ病にもなりぬ」と、今までの夫婦仲はいつまでも続かないとはかなみ、病臥する。同場面の北の方の心内語によれば、北の方への大将の愛情が深いことは弁えているが、大将が宮に通うようになれば二人の妻の間で心を労し、北の方も二人きりの夫婦仲が崩れることが心細いという。その後北の方は急逝し、大将はそれを嘆いて遁世し、降嫁は実現しない。

以上のように『苔の衣』は、夫に新しい妻が現れ、元来の妻が世をはかなみ、急死するという点が『栄花物語』に等しい。二作の「いつまで草」は夫婦仲の定めなさと、それを嘆く妻の命の無常を表す点が共通する。(8)

二　『とはずがたり』の「いつまで草」

物語の女君たちは「いつまで草」の表現に伴って夫婦仲の変化と急死が語られたのに対し、二条はその後も生き続け、後深草院の変心を危ぶみつつも仕え続けるさまが、同表現の反復によって独自に描かれる。

『とはずがたり』の第二の「いつまで草」は、巻一の大宮院と後深草院の母子対面の場面にみえる。後深草院は二条をその亡き父母の「形見」として庇護して宮仕えをさせる旨を大宮院に告げ、大宮院も賛同して二条に恩情をかける。

（大宮院）「まことに、（二条を）いかが御覧じ放ちさぶらふべき。宮仕ひはまた、し馴れたる人こそ、しばしもさぶらはぬは、便りなきことにてこそ」など申させたまひて、「何事も心置かず、我にこそ」など、情けあるさまにうけたまはるも、「いつまで草の」とのみおぼゆ。

宮仕えのより所である主がたの恩顧を「いつまで草」と疑い、宮仕えがいつまでも続かない恐れを語り、のちの後深草院の変心（巻三）を予感させる。

主君の寵への疑いは、二条の父、源雅忠の遺戒（巻一）と関わるだろう。

思ふによらぬ世のならひ、もし君にも世にも恨みもあり、世に住む力なくは、急ぎて真の道に入りて、わが後生をも助かり、二つの親の恩をも送り、一つ蓮の縁と祈るべし。世に捨てられ、便りなしとて、また異君にも仕へ、もしはいかなる人の家にも立ち寄りて、世に住むわざをせば、亡き跡なりとも不孝の身と思ふべし。

雅忠は後深草院への出仕に遺恨が生じれば出家せよといい、二条が「世に捨てられ」、院に寵されなくなる場合を想定する。父が教えた主従関係の定めなさを覚悟して院に仕える二条の態度が、主君の恩顧を疑う「いつまで草」の表現に示されている。

さて、巻三にも「いつまで草」に準じる表現が見いだせる。有明の月の子を懐妊した二条が身を潜める四条大宮の乳母の家に、後深草院が見舞いに来た場面である。

荒れにけるむぐらの宿の板廂さすが離れぬ心地こそすれ　（院）

とあるも、いつまでと心細くて、

あはれとて訪はるることもいつまでと思へば悲し庭の蓬生　（二条）

見舞いの翌朝の院の歌は、荒廃した宿で会った二条に対し、有明の月との仲が取り沙汰されているとはいえ、離れがたい情愛を改めて感じたと告げる。二条の返歌は、院の「あはれ」も「いつまで」続くことかと危惧しつつ陋屋にいるわが身を描く。この二条詠は、諸注「いつまで草」との関わりを指摘しないが、巻一の第一の「いつまで草」の例で二条への院の「あはれ」がいつまでかと危ぶんでいたことと重ね合わせた反復表現である。

二条詠が表した寵の途絶えの予感はその後の展開で現実化する。該歌に続けて有明の月の子の出産記事があり、その直後に有明の月が病によって急死すると同時に後深草院は二条に出仕を以前ほど求めなくなり、心変わり（「色変はりゆく御事」）が始まる。院以外の男達との契りが度重なり、亀山院と懇ろだという噂や東二条院の二条への勘気も手伝い、後深草院は二条の出仕を禁じた。この物語展開を予言するはたらきが二条詠の「いつまで」には認められる。

第三の「いつまで草」は、出仕禁止後、北山准后九十賀に大宮院の要請で二条が参仕した巻三末の記事にみえる。

事始まりぬるにや、両院・春宮・両女院・今出川の院・姫宮・春宮大夫（実兼）うちつづく。（中略）舞を奏す。気色ばかりうちそそく春の雨、糸帯びたるほどなるを、厭ふ気色もなく、このもかのもに並みゐたる有様、いつまで草のあぢきなく見渡さる。左、万歳楽・楽拍子・賀殿・陵王、右、地久・延喜楽・納蘇利。（賀の第一日）

九十賀に列席する後深草院、大宮院、東二条院などの主がたや、西園寺実兼（雪の曙）などの廷臣の名を書き連ね、舞楽の次第を坦々と記録する合間に、賀宴に列なる宮廷の人々のさまが「いつまで続くことやら」と冷めた目で眺める二条を描く。盛儀に参仕していても祝意に溶け込めず、宮廷の華やぎをかりそめのものと感じる二条の心を表す。賀の第三日には「世の中の華やかにおもしろきを見るにつけても、かき暗す心の中は、さし出でつらむも悔しき心地」と、参仕を後悔したとも語る。

その感慨は九十賀の前の記事で二条が出家を思い立ったことと関わる。出仕停止後に祇園に参籠し、「今はこの世には残る思ひもあるべきにあらねば、三界の家を出でて解脱の門に入れたまへ」と祈願していた。宮廷から一度斥けられ、世を捨てる心づもりの二条が、宮廷の宴と、それに仕える女房としての自己をもはや終わりの近い存在と諦観したことを「いつまで草」は表している。

賀の第三日には、後深草院が二条に再び寵意を示す文を届け、船楽への出仕を命じ、自ら二条の装束を整えた。「いつよりまたかくもなりゆく御心にか」と、出仕を止めたことを忘れたかのごとく豹変する院の心が描かれる。九十賀の記事の末尾では院から「たびたび御使」があったが、二条は「さし出でむ空なき心地」がしたという。主君の移り気を厭い、再出仕の誘いに応じる気になれなかったことを巻三結尾に語る。

以上のように、「いつまで草」は、主君の寵を頼む宮仕えがかりそめのものであり、いつかは捨て去らなければいけないという二条の予期を示す表現として、巻三までの記事に反復された。出家後を描く巻四以降には用いられない表現であり、二条が後深草院への宮仕えに見切りをつけて世を捨てるまでの軌跡を語る上で重要な表現である。

三　「なるみ」（一）―身の行方と死の不安―

「いつまで草」は宮仕えの行く末の不安と予感を表したが、同じく二条の身の行方への危惧を表す歌語表現を検討する。巻一における「いつまで草」の第一例の場面に立ち戻る。

「いつまで草の」とのみおぼゆるに、御匣殿さへ、この六月に産するとて失せたまひにしも、人の上かはと恐ろしきに、大納言の病のやう、つひにはかばかしからじと見ゆれば、「何となるみの」とのみ嘆きつつ、（後略）

「何となるみの」は、諸注指摘するように次の『続古今集』羇旅934歌による。

鳴海寺にてかき付け侍りける　藤原光俊朝臣
あはれなり何となるみの果てなればまたあくがれて浦伝ふらん

この光俊詠の第二句が身のなりゆきを不安と共に自問するのをふまえ、二条が院の寵を疑いながら出産による死と父の死を恐れて身の行く末を自問するさまを表す。該歌は鳴海の浦をさまよう旅の歌であり、第二句以外は二条の境遇とは異なる。既成の歌の一部を引いてそれ以外の部分の表現・内容をも重ね合わせる引歌とは違い、該歌の一句のみをふまえる表現である。『とはずがたり』は引歌によって、引いていない部分や引歌の詠者（物語の人物や西行などの歌人）の境遇をもふまえることが多いが、既成の歌のフレーズだけを借り、またはその歌句を変形して用い、固有の境遇を語ることもある。ここでは「なるみ」に関わる表現の反復が二条の身の上を語る独特の方法と化すことを捉えたい。

さて、『続古今集』では右の934歌の前の933歌が、阿仏尼の鳴海の歌である。
思ふこと侍りける頃、父平度繁朝臣、遠江の国にまかれりけるに、心ならず伴ひて、鳴海の浦を過ぐとて、詠み侍りける　安嘉門院右衛門佐
さても我いかになるみの浦なれば思ふかたにはとほざかるらん

阿仏尼が物思いを抱いて遠江に下向した際にわが身の行方を自問した歌であり、第二句は934の光俊詠と似るため、『とはずがたり』は阿仏尼詠も連想していたのではないか。

阿仏尼詠は『うたたね』でも遠江に下向した女が詠んだとされている。

鳴海の浦の潮干潟、音に聞きけるよりもおもしろく、（中略）思ふことなくて、都の友にもうち具したる身ならましかば、人知れぬ心の中のみ様々苦しくて、

これやさはいかになるみの浦なれば思ふかたには遠ざかるらん

女の歌は「思ふかた」即ち都を離れ、都で別れた恋人とも遠ざかり、鳴海をさまよう身の先が見えない不安を表す。該歌に限らず、『うたたね』は女が身の行く末を自問する表現が多い。恋人の訪れが途絶えがちな頃、来訪を予告する文が届いて期待を抱く女は「あだなる身の行方、ついにいかになり果てんとすらむ」と、はかない恋にすがる身の行方を自問する。遠江へ出立する日にも「いかにさすらふる身の行方にか」と、あてもなくさまよい出る身の行く手を自問し、旅先でも身の行く末を思い定められない。都の旧居に戻っても、「なりゆかん果ていかが」と、身の行方への疑問を抱いたままの女の姿が結尾に描かれる。『うたたね』と『とはずがたり』は身の行方を追尋する表現を有する点で同じ系譜に位置づけられる。

「なるみ」に関する前掲歌を意識して二条の身のなりゆきの不安を語る表現は、巻一で雪の曙の子を懐妊して着帯をする場面にも見いだせる。

（雪の曙は）帯を手づから用意して、「ことさらと思ひて、四月にてあるべかりしを、世の恐ろしさに今日までになりぬるを、御所より、十二日は着帯のよし聞くを、ことに思ふやうありて」と言はるるぞ、心ざしもなほざりならずおぼゆれども、身のなりゆかむ果てぞ悲しくおぼえはべりし。

雪の曙の子を皇子と偽ったため、後深草院と雪の曙による二重の着帯がなされる場面で、二条は「身のなりゆかむ果て」を案じる。院に対する後ろ暗さ、産む子の処置に関する心配、雪の曙との契りの不安を抱いて、身のなりゆきを危惧する表現である。

この「身のなりゆかむ果て」は、『続古今集』の光俊詠の「何となるみの果て」を響かせた表現であろう。同歌が引かれたのは皇子懐妊の場面であり、当該場面も雪の曙の子の懐妊中である。皇子懐妊時の二条は父の死後に遺される身の行く末を危惧し、雪の曙の子の懐妊中も、院による着帯に際し、皇子懐妊中に着帯を院の配慮でなした時の父の喜びを思い返して哀しんだ。父の死の影を帯びた懐妊場面で身のなりゆきを案じる表現が反復されている。

そして、雪の曙の子を密かに産んだ記事の直後に、皇子の夭折が語られる。

身の過ちの行く末はかばかしからじと思ひもあへず、神無月の初めの八日にや、「しぐれの雨の雨そそき、露とともに消え果てたまひぬ」と聞けば、かねて思ひまうけにしことなれども、あへなくあさましき心の内、おろかならむや。

雪の曙の子を産んだ「過ち」が悪い事態につながる予感が当たり、雪の曙の子とひきかえのように皇子を喪った二条の「愛別離苦」を語る。雪の曙の子の着帯時に危惧した「身のなりゆかむ果て」は皇子の死という事態に至った。このように、身のなりゆきに関する表現は、二条が恩愛を抱く者たちの死の予感を表す傾向があり、「いつまで草」が無常を表し、二条の父の死の恐れを表していたことと共通する。

四　「なるみ」（二）―巻三から巻四へ―

「なるみ」に関する表現を以後、「なるみ」表現と呼ぶが、同表現は巻三の有明の月との逢瀬の場面にもみられる。

明日はこの御談義結願なれば、今宵ばかりの御なごり、さすがに思はぬにしもなきならひなれば、夜もすがらかかる御袖の涙も所せければ、何となりゆくべき身の果てともおぼえぬに、かかる仰せ言を（有明の月は）つゆ違はず語りつつ、「なかなかかくては便りもと思ふこそ、げになべてならぬ心の色も知らるれ。不思議なることさへあるなれば、この世一つならぬ契りも、いかでかおろかなるべき。（院）『一筋に我撫でおほさむ』とうけたま

はりつるうれしさも、あはれさも、限りなく。さるから、いつしか心もとなき心地するこそ」（後略）

後深草院が有明の月と二条の仲を許し、産まれる子の世話まで引き受けるという「仰せ言」を有明の月は二条に告げる。子までなした契りに感じ入った有明の月が「心の色」即ち愛執を深めてゆくのに対し、二条は「何となりゆくべき身の果て」と危惧した。この表現は光俊詠に拠るか、と注釈[9]されている。巻一の皇子懐妊時の同歌引用と同じく二条が懐妊中に行く末を危ぶむ表現であり、光俊詠による「なるみ」表現と捉えてよいだろう。当該場面では有明の月の愛執に加え、院が二条を待って独り寝をしていたと妬み、三つ巴の愛憎が描かれる。二条が愛執の渦中で惑乱する身の上を自問する「なるみ」表現である。

「なるみ」表現に伴い、巻一では父の重病について「つひにはかばかしからじ」と危惧し、雪の曙の子の出産について「身の過ちの行く末はかばかしからじ」と危ぶんだように、有明の月に関する右掲場面直後でも、二条は院の嫉妬に苦しみつつ「つひにはかばかしかるまじき身の行く末」の予感に襲われる。予感は死につながる傾向があり、有明の月の子を産んだ直後にも有明の月の急死が語られる。有明の月の子が院の手配で表向きは死産とされ、院の某寵人の子として引き取られたのが十一月六日であり、続く十三日の記事では有明の月が流行病で死ぬことを自ら予感し、十八日には発病、二十五日に死去という急展開となる。「なるみ」表現によって不安を示した後に子が産まれ、同時に死者が生じるという展開は、雪の曙の子の出産記事と同じである。以上のように、「なるみ」表現は、二条が男との契りと出産においてくりかえしみまわれた愛別離苦の予兆を示すのである。

巻三までの「なるみ」表現をみてきたが、巻四においては二条が鳴海を旅した折の歌がある。巻四冒頭、熱田社の御垣の内の桜が盛りなのを見て、歌を書いた札を社の杉に打った。

御垣の内の桜は今日盛りと見せがほなるも、誰がため匂ふ梢なるらむとおぼえて、

春の色も弥生の空に鳴海潟今いくほどか花も杉村
社の前なる杉の木に札にて打たせはべりき。

この歌では晩春の空に「成る」につれ花の盛りが過ぎゆくのを惜しんでおり、巻三までの「なるみ」表現が我が「身」のなりゆきを問うたのとは異なる。巻四の二条の眼は旅路の桜が示す時の移ろいへと開かれている。
また、伊勢で二条が外宮祠官の度会常良と別れて熱田へ向かう時の贈答にも鳴海が歌われる（巻四）。

立ち帰る波路と聞けば袖濡れてよそに鳴海の浦の名ぞ憂き　（度会常良）
かねてよりよそに鳴海の契りなれど返る涙には濡るる袖かな　（二条）

伊勢で歌交をした二人が別れを惜しむ贈答であり、「鳴海」に「成る身」（疎遠になる身）を掛ける。諸注は関連する歌を挙げないが、「よそに鳴海」や「袖」を濡らすという恋歌的表現は、松屋本(10)『山家集』「恋の歌五首よみけるに」、

思ひきやよそになるみのうらみして涙に袖をあらふべしとは

という西行の歌をふまえているだろう(11)。この西行歌の疎遠になる恨み故の涙で袖を濡らすという恋の情緒を、二条らの贈答は旅路の惜別の情の表現に漂わせている。
巻三までの「なるみ」表現から、これらの鳴海の歌への推移は、宮仕え期に自己の行く手を恐れて問い返していた二条像から、旅路で季節の移ろいを感じて人と心を通わせる二条像への変容を示す。

五　有明の月・雪の曙の「心の色」

有明の月に関する「なるみ」表現がみられた前掲巻三の場面で、有明の月が二条に示した愛執を「心の色」と表し

ていた。

何となりゆくべき身の果てともおぼえぬに、かかる仰せ言を（有明の月は）つゆ違はず語りつつ、「なかなかかくては便りもと思ふこそ、げになべてならぬ心の色も知らるれ。（中略）我も通ふ心の出で来けるにや。これ、逃れぬ契りとかやならむなど（二条は）思ひ続け（後略）

「心の色」は作中に六例あり、概ね後深草院・雪の曙・有明の月が二条に思いのたけを語る場面で「情愛」を表す。「いつまで草」や「なるみ」など、院らとの契りの不安を表す歌語に加え、「心の色」も契りを表す歌語として検討したい。

まず、『とはずがたり』以外の「心の色」の例を検討する。『うたたね』にも一例あり、女が法金剛院で「木々の紅葉色々に見えて、松にかかれる枝、心の色もほかには異なる心地して」という例である。「心の色」は勅撰集の恋歌に用例が多く、『うたたね』の例も紅葉の色とともに女の恋心を表すことが指摘(12)されている。

歌語辞書の「心の色」の解説(13)は「本来無色である心をあえて色あるものに見立てる語」とし、勅撰集では『後撰集』が初出で、飛んで『千載集』以下に例があり、慈円、西行、定家など新古今歌人が多用したと指摘する。

『後撰集』恋三735、

　五節の所にて、閑院のおほい君につかはしける　　師尹の朝臣

ときはなる日かげのかづらけふしこそ心の色にふかく見えけれ

は『古今和歌六帖』「ひかげ」3932と同歌であり、恋の深い「心の色」を伝える点は『とはずがたり』の用法と共通する。

中世の勅撰集では、「心の色」の歌は『千載集』から『続後撰集』まで各一、二首ずつ例がみられるのに対し、『続

古今集』には八例あり、以降の『新後撰集』四例、『玉葉集』二例と比べても突出して多いことが注目される。[14]『続古今集』入集歌には『とはずがたり』に登場する人物や関係者の歌があり、[15]例えば後嵯峨院も贈答で「心の色」を詠む。

しぐれのみおとはのさとはちかけれど都の人のことづてはなし（雑上1610山階実雄）

とはずともおとはのさとのはつしぐれ心の色はもみぢにもみよ（1611後嵯峨院）

『とはずがたり』がふまえる勅撰集は、『新古今集』、『古今集』の歌が多いのはもとより、二集に次いで『続古今集』歌の引用も多いことが指摘されており、[16]「なるみ」表現も『続古今集』歌に拠った。「心の色」も典拠の歌は限定できないが、『続古今集』に頻出する「心の色」の影響が考えられる。

『とはずがたり』巻一では雪の曙が二条に「年月の心の色をただのどかに言ひ聞かせむ」と思いを訴え、初めて契りを結ぶ。雪の曙が語った「心の色」の内容は述べられていないが、巻一冒頭から二条に恋文を送り、二条の父の四十九日中の弔問でも恋情を示しており、その思いのたけを「心の色」と表したのであろう。

恋の「心の色」を相手に告げる類例として、『続古今集』恋一951土御門院の「初恋の心を」、

くれなゐのこぞめの衣ふりいでて心の色をしらせつるかな

は濃い紅の衣のように深い恋の「心の色」を知らせたとする。

「心の色」は、散文では中世以降の作品に用例が見いだせ、[17]『十訓抄』八序の忍ぶ草に関する説話に、

花園左大臣、かの草の紅葉につけて、心の色をあらはし給ひけむもやさしくおぼゆ。

と、恋心を知らせる類例がある。この説話は『新古今集』恋一1027源有仁「わが恋もいまは色にやいでなまし軒のしのぶも紅葉しにけり」を「心の色」の告白の歌とする。

また、前述した有明の月の「心の色」の例（巻三）にも関連する歌が存する。有明の月は仁和寺御室、性助法親王

に比定されており、性助の「心の色」の歌が『続千載集』雑上の亀山院との贈答に見いだせる。

雪のふかくつもりて侍りけるに、性助法親王のもとにつかはされける

昔より今もかはらずたのみつる心の跡ぞ雪にみるべき（1800）

御返し　　入道二品親王性助

たのみつる心の色の跡みえて雪にしらるる君がことのは（1801）

亀山院が性助を信頼する「心の色」を性助は歌う。該歌を二条が知っていたかは不明だが、性助の和歌の口吻と重なる有明の月の「心の色」に応じ、二条は「通ふ心」、「逃れぬ契り」を感じ、身のなりゆきを恐れつつも契りを深めてゆく。(18)

六　後深草院の「心の色」

後深草院に関する「心の色」が巻三から四にかけて四例あり、「いつまで草」が巻三の院の心変わりに至る予感を表したのに対し、「心の色」はその変心から巻四の院と二条の再会に至る宿縁を示す表現として重要である。

巻三で院は二条に対する「心の色」、つまり寵愛を語る。

「人より先に見初めて、あまたの年を過ぎぬれば、何事につけてもなほざりならずおぼゆれども、何とやらむ、わが心にもかなはぬことのみにて、心の色の見えぬこそいと口惜しけれ。わが新枕は故典侍大にしも習ひたりしかば（中略）（二条が）腹の中にありし折も、心もとなく、いつかいつかと、手の内なりしより、さばくりつけてありし」

院の「心の色」語りは有明の月の二条に対する愛執に院が気づいたことを契機とする。院は二条に有明の月の愛執に応えるように命じた後に右の「心の色」を語る。院の「心の色」語りは、二条を「人より先に見初めて」と、有明の月よりも誰よりも先に寵愛したと切り出される。院は有明の月の愛執を許容しながら、それに半ば対抗して、自らの「心の色」を語った。その後、有明の月が「心の色」を語る既掲場面に至り、二人の「心の色」の板挟みとなった二条の不安が「なるみ」表現で示されることになる。

院の「心の色の見えぬ」という言葉づかいは、前掲『後撰集』735「心の色にふかく見えけれ」、『続古今集』恋二1072大納言通成「なかなかにさても心の色見えばあふにはかへて身をやすてまし」等とある歌語表現であり、二条への寵を十分に伝えきれない憾みを示す。

院は二条に対する「心の色」が、新枕の相手であった二条の母の「典侍大」（四条隆親女、大納言典侍）への思慕に由来すると明かし、二条が生まれる前から寵する意向であったことを告げる。院の「心の色」語りは二条の生い立ちまでさかのぼる昔語りを特徴とする。雪の曙や有明の月の「心の色」語りでは二条の母の代まではさかのぼれず、院は他の男よりも根深い宿縁を二条と結んでいることが対比的に描き分けられている。

しかし、巻三の院の「心の色」は、有明の月への対抗心によって語られたが故に、有明の月の急死とともに移ろう。その変心は既述したように「いつまで草」の表現で予感された通り実現した。巻四では旅する二条が都の後深草院を追慕するさまが武蔵野紀行などで描かれ、その思慕に呼応するように院との再会が石清水八幡で実現したことが語られる。

石清水における院の語りで再び「心の色」が示される。

「ゆゆしく見忘られぬにて、年月隔たりぬれども、忘れざりつる心の色は思ひ知れ」などより始めて、昔今のことども、移り変はる世のならひあぢきなくおぼしめさるるなど、さまざまうけたまはりし（中略）はしたなく明けぬれば、「さらばよ」とて引き立てさせおはしましぬる御なごりは、御跡なつかしく匂ひ、近き程の御移り香も、墨染の袂に留まりぬる心地して、人目あやしく目立たしければ、御形見の御小袖を墨染の衣の下に重ぬるも、便なく悲しきものから、

重ねしも昔になりぬ恋衣今は涙に墨染の袖　（巻四）

院の「心の色」語りは「昔今」の思い出語りを含み、その内容は詳述されないが、「いはけなかりし世のことまで数々仰せありつる」ともあり、巻三の「心の色」語りと同様に二条との契りを懐古するものであっただろう。別れ際に院から「御肌に召されたる御小袖を三つ」、「形見」として下賜された二条は、語らいの「なごり」を惜しみ、院の「移り香」を慕い、歌で院と「恋衣」を重ねた「昔」を偲ぶ。

この別れの描写は、遥か昔の巻一で、二条が父の喪に服している頃に籠もった醍醐寺に後深草院がお忍びで訪れ、二条の哀傷を慰めて寵愛を施した際の後朝の表現を反芻しているだろう。

今宵はことさらこまやかに語らひたまひつつ、明けゆく鐘にもよほされて、立ち出でさせおはします。（中略）「またよ」とて出でたまひぬる御なごりは、袖の涙に残り、うち交はしたまへる御移り香は、わが衣手に染みかへる心地して、（中略）明けぬれば、文あり。「今朝の有明の名残は、わがまだ知らぬ心地して」などあれば、御返しには、

君だにもならはざりける有明の面影残る袖を見せばや　（二条）　（巻一）

巻四の二条は「墨染」の衣の尼であるにも関わらず、巻一の「昔」の「恋衣」を再びまとって院と逢瀬を持ったかのごとく表現されている。その逢瀬の回想表現を引き出したのが巻四の院の「心の色」を示す昔語りであった。巻三

で院の「心の色」が変じた後、巻四の旅を経て再び院の「心の色」にふれて昔の契りに立ち帰る二条の心が描かれている。

七　二条の「心の色」

巻四の石清水での後深草院の「心の色」語りに呼応して、二条の側からも院に対する「心の色」が伊勢の内宮における詠歌で示される。

「この御社の千木は、上一人を護らむとて上へ削がれたる」と聞けば、何となく、「玉体安穏」と申されぬるぞ、我ながらいとあはれなる。

　思ひそめし心の色の変はらねば千代とぞ君をなほ祈りつる

石清水から熱田を経て伊勢に参った二条は、院の玉体のつつがなきことを祈願して右の歌を詠んだ。一首は院への思慕を「心の色」と表し、院の長久の栄えを祈る。

二条詠の上の句は、西行の『御裳濯和歌集』秋上290の歌と類似する。

　おもひそむる心の色もかはりけりけさあきになるゆふぐれのそら

西行詠の第三句が立秋にともなう変化を表し、二条詠が不変の主君思慕を表すのは対照的だが、二条は西行を意識して該歌を詠んだのではないか。西行の「心の色」の歌は多く(19)、二条詠に類似する例として、松屋本『山家集』「恋の歌五首よみけるに」、

　君に染めし心の色のうらまでもしぼりはてぬるむらさきの袖

や、『山家集』恋百十首1342、

君にそむ心の色のふかさにはにほひもさらに見えぬなりけり

も見いだせる。これらの西行詠が「君」への恋に染まった「心の色」の深さを表したのをふまえ、二条は主君への思慕に染め上げられた「心の色」を歌ったのであろう。[20]

二条詠以外の「心の色」の作中例は全て二条に対する男の思いを表すが、伊勢では例外的に二条から院への「心の色」が歌われた。石清水で院の「心の色」に接して募った思慕を伊勢で主君の守護神に誓うに至る二条の心の高揚が表されている。

伊勢からの帰京に続けて、巻四末に伏見殿における後深草院との語り合いの記事が配され、「心の色」の最後の例は対話末尾にみられる。院が二条の修行中の男との関わりを疑い、二条は契りを結ぶことはなかったことを誓い、院一人を慕う衷情を訴える。二条は「(院の)御陰に隠されて、父母に別れし恨みも、をさをさ慰みはべりき」と、父母を亡くした身に寵愛を賜った恩に謝した。院の返答は次のように語られる。

何にも、人の思ひ染むる心はよしなきものなり。まことに、母におくれ、父に別れにし後は、我のみはぐくむべき心地せしに、事の違ひもてゆきしことも、げに浅かりける契りにこそと思ふに、かくまで深く思ひそめけるを知らずがほにて過ぐしける(中略)還御の後、思ひかけぬあたりより、御尋ねありて、まことしき御訪ひおぼしめしよりける、いとかたじけなし。思ひかけぬ御言の葉にかかるだに、露の御情けも、いかでかうれしからざらむ。いはんや、まことしくおぼしめしよりける御心の色、人知るべきことならぬさへ、置き所なくぞおぼえはべりし。

院は二条の親代わりを果たせなかったことを悔やむ昔語りとともに二条の思いに気づかなかったことを詫び、「まことしき御訪ひ」（二条の修行・生活への援助）まで施す「心の色」を示した。

以上のように、院と二条の「心の色」の呼応によって宿縁の確かめ合いを描くことが巻四の表現の重要な志向である。旧主の「心の色」に染められて昔の契りを思い出し、自らも「心の色」を祈誓し、一度断たれたえにしを結び直す二条の心の旅が巻四に描かれている。

おわりに

『とはずがたり』で反復される歌語表現について検討した。「いつまで草」は後深草院の変心の予感を表し、「なるみ」表現は懐妊中の身のなりゆきの不安を表して愛別離苦につながり、両語は男たちとの契りにおける二条の苦難を予示した。そして、苦しみを予期しながらも男たちが示す情愛を受け容れ、自らも示し、その宿縁を感じる二条像が「心の色」によって表現された。三つの歌語は『とはずがたり』がこだわる二条と人々のえにしや死別という枢要なモチーフを担った表現なのである。

注

（1）岩佐美代子「『とはずがたり』読解考　五　小夜衣」（『宮廷女流文学読解考　中世編』笠間書院、一九九九年）は、歌語「小夜衣」について表現史と作中和歌で反復される意義を指摘する。同論文については序章でもふまえている。

（2）福田秀一「「いつまで草」と「安の河原」―『とはずがたり』注解補正その二―」（『解釈』二七巻一号、一九八一年一月）は諸注の解釈を不安と願望に二分し、文脈上不安と解するべきと指摘する。三角洋一『とはずがたり　たまきはる』（岩波書店、一九九四年）、久保田淳『建礼門院右京大夫集　とはずがたり』（小学館、一九九九年）は不安・疑問と解する。

（3）『新編国歌大観第四巻』（角川書店、一九八六年）の『堀河百首』解題（橋本不美男・滝澤貞夫）によれば、該歌は雑廿首「山家」1489公実「霜がれの草の戸ざしのあだなれば賤の竹がき風もたまらず」の異伝歌である。

（4）いつまで草を詠む和歌はきりぎりすと併せて晩秋の情趣や無常観を表す例が多く、鎌倉期までに『月詣集』九月「暮秋聞蛬」773覚延法師、『千五百番歌合』秋二1269源通親、『東撰六帖』抜粋本・秋247源光行、『夫木抄』「夏虫」3737順徳院、『光経集』572無常、『隣女集』「壁底虫」2058、『宗尊親王百五十番歌合』159時直、『現存和歌六帖』「きりぎりす」342式乾門院御匣がある。『山家集』「雨中虫」461「かべにおふるこぐさにわぶるきりぎりすしぐるるにはのつゆいとふべし」もいつまで草を詠む。なお、久保田淳「和歌植物誌⑯」（和歌文学大系月報16、二〇〇二年七月）は歌のいつまで草をマンネングサと推定する。

（5）三角洋一（注2前掲書）は「引歌あるか」とし、『枕草子』や物語の例を挙げる。

（6）松村博司『栄花物語全注釈三』（角川書店、一九七二年）参照。

（7）山中裕・秋山虔・池田尚隆・福長進『栄花物語二』（小学館、一九九七年）参照。

（8）市古貞次・三角洋一『鎌倉時代物語集成別巻』（笠間書院、二〇〇一年）の引歌索引に、『浅茅が露』のいつまで草の例を指摘する。物語冒頭の三位中将の紹介で、道心深い中将は現世を「かりそめなるもの」と観じ、常々「壁に生ふる草の名」即ちいつまで草のようにいつまで現世に在るか定かでないと言うため、父大臣は出家を恐れて道心を制したという。『苔の衣』と同じくいつまで草は「かりそめ」の世の象徴だが、他の物語と違って夫婦仲には関わらない。

（9）久保田淳『とはずがたり二』（小学館、一九八五年）、三角洋一（注2前掲書）の注を参照。

（10）本文は久保田淳編『西行全集』（日本古典文学会、一九八二年）所収「松屋本書入六家集本」により、清濁・表記を私意で改めた。該歌は松屋本にのみ存する。

（11）「よそになるみ」という句は、『新古今集』冬649藤原秀能「風吹けばよそになるみのかたおもひ思はぬ波になく千鳥かな」の他、『建保名所百首』恋・鳴海浦の歌などにもあるが、それに加えて「袖」が濡れるという表現は西行詠と二条らの贈答の共通点として特徴的である。

(12)　渡辺仁作「心の色」（『解釈』三三巻九号、一九八七年九月）参照。

(13)　松村雄二「心の色」（『歌ことば歌枕大辞典』角川書店、一九九九年）参照。

(14)　『続古今集』以外の勅撰集の「心の色」歌は『千載集』（恋一643河内、恋四892小侍従）、『新古今集』神祇1891慈円、『新勅撰集』（秋上205通親、雑二1154西行）、『続後撰集』（恋四922資季、雑上1097前太政大臣）、『新後撰集』（春上66隆衡、秋上429前関白太政大臣、釈教640為方、恋五1150行念）、『玉葉集』（春下169清輔、雑四2359西行）。なお、『拾遺集』恋一634邦正「いかでかはしらせそむべき人しれず思ふ心の色にいでずは」のように「心」が「色に出づ」とする例も『続拾遺集』恋一820典侍親子、『玉葉集』雑一1938澄覚法親王にある。

(15)　雪の曙こと西園寺実兼の祖父実氏の歌「このはるぞ心の色はひらけぬるむそぢあまりの花はみしかど」（賀1867→正元元年〈一二五九〉大宮院一切経供養時の詠〈『増鏡』おりゐる雲〉）もある。その他の『続古今集』入集歌は、春下106藤原行家、恋一951土御門院、恋一953前大納言忠良、恋一964宗尊親王、恋二1072大納言通成、恋三1193紫式部、雑上1611後嵯峨院。

(16)　渡辺静子「『とはずがたり』における和歌摂取の位相」（『中世日記文学論序説』第二章第二節、新典社、一九八九年）、久保田淳『とはずがたり二』（小学館、一九八五年）の「引歌一覧」、田渕句美子「『とはずがたり』と宮廷歌壇―内包された意識と表現」（『女房文学史論―王朝から中世へ』岩波書店、二〇一九年）参照。

(17)　『無名草子』消息文論「うち向かひては思ふほども続けやらぬ心の色もあらはし」、『徒然草』二四〇段「くらぶの山も守る人滋からむに、わりなく通はん心の色」（無理に通う程の情愛）等。

(18)　有明の月と性助の和歌の関わりは、「心の色」は検討されていないが、冨倉徳次郎『とはずがたり』四一三頁（筑摩書房、一九六九年）が「有明の月」の名は性助が「有明の月」を詠んだ『続拾遺集』恋三956「はかなしやいひしばかりのかたみだにおも影つらき有明の月」などに由来すると推定し、次田香澄『とはずがたり　下』四九一頁（講談社、一九八七年）は性助和歌と二条との恋の関連性を示唆する。

(19)　『山家集』616「月待つと…」（恋部の「月」）、785「重ね着る…」（雑）、1322「なつかしき…」・1342（恋百十首）、『西行法師家集』72「今の我も…」（春）、273「立田山…」（秋）、276「初時雨…」（冬）、514「花をしむ…」（雑）、543「たのもしな…」（雑）、『聞書集』144「ひとすぢに…」等、全十二例。『聞書集』107詞書で某男が深く契った女の死後、「心の色変りて」

弔わなかったという例もある。

(20) 二条の後深草院への思慕の表現における西行の恋歌の受容は第三部第四章でも論じる。

＊引用本文は、『徒然草』は新日本古典文学大系、『苔の衣』『浅茅が露』は中世王朝物語全集によったが、各本文の表記は私意で改めた所がある。

第五章　巻五の故人追想の和歌

はじめに

本章では、巻五で二条がゆかり深い故人を追想して詠んだ和歌を検討する。巻五の後半は主に後深草院の崩御を語り、亡き院に対する二条の追想と弔いを描き、それを表す歌を要所要所に配する。院を弔うにつれ、二条が亡き父母の形見を惜しみつつも手放して二親を弔うことも語られ、二親とのえにしを追想する二条の歌が添えられている。

これらの二条歌は、故人との関係性を回想し、その死を受けとめる二条像をいかに表現しているのか。故人追想の歌は、多くの人々との死別を経てきた二条の生の表現として、どのような意義を有するのだろうか。

この巻五の二条歌について研究史では大意の注解は備わるものの、関連する類歌との比較は十分にはなされていない。本章では二条詠が先行歌をふまえる側面を検証するとともに、二条独特の故人への追想を表現する手法を考察する。巻五に関する従来の注釈は概ね歌を一首ずつ個別に解釈するにとどまるが、巻五は『とはずがたり』の最終巻であり、その二条歌は故人をめぐる作中の先行表現を最後に再び想起しつつ故人を追慕する傾向があると思われる。二条歌の追想表現が作中の他の歌などのことばと重なり合い響き交わして、そのことばに宿る故人と二条のえにしを浮かび上がらせる方法を明らかにしたい。

一　母の形見「玉くしげ」をめぐる歌

亡き後深草院の百箇日までに大集経（五部大乗経の一）の写経を果たしたい二条は、そのための資財に困窮し、二親の形見の品を売却することにする。

我二人の親の形見に持つ、母におくれける折、「これに取らせよ」とて、平手箱の、鴛鴦の丸を蒔きて、具足、鏡まで同じ文にてし入れたりしと、また梨地に仙禽菱を高蒔に蒔きたる硯蓋の中には「嘉辰令月」と、手づから故大納言の文字を書きて、金にて彫らせたりし硯となり。

亡き母の四条隆親女が二条に遺した形見の平手箱と、亡き父の久我雅忠の筆跡をとどめる硯への愛着が語られる。二条はこれらの形見を一生大事にするつもりで、形見をみれば「二人の親に会ふ心地して、手箱は四十六年の年を隔て、硯は三十三年の年月を送る」と、親を亡くして以来の歳月も偲ばれた。しかし、「三宝に供養して、君の御菩提にも回向し、二親のためにも」と、亡き院と二親の菩提のために形見を写経の資に代えることを二条は決意する。

母の手箱は東国へ縁づく者が嫁入り道具として高額で引き取ることになる。

をりふし、東の方へよすが定めて行く人、かかる物を尋ぬとて、三宝の御あはれみにや、思ふほどよりもいと多くに人取らむといふ。思ひ立ちぬる宿願成就しぬることはうれしけれども、手箱を遣はすとて、

二親の形見と見つる玉くしげ今日別れゆくことぞ悲しき　（A）

二条は手箱を手放すにあたり、Aの歌を詠んだ。Aにまつわる二条の亡き母への思いと、Aに関わる和歌の先例に

ついて考察したい。

二条の母は、幼少の後深草天皇に大納言典侍として仕え（『弁内侍日記』建長二年〈一二五〇〉の記事）、従三位となった(1)（『尊卑分脈』）。『とはずがたり』中の二条の母に関する回想は、巻一の父が亡くなった直後の悲嘆の語りに「母には二つにておくれにしかども、心なき昔はおぼえずして過ぎぬ」とあり、母との死別は二条が二歳（正元元年〈一二五九〉頃）の折で、物心もつかない頃なので父との別れほどに悲しむよしもないという。また、巻二に「五月五日は、たらちめの跡弔ひにまかるべき」（建治三年〈一二七七〉頃）と、二条が母の命日の供養をするさまが一言だけ語られている。亡き母への二条の思いは父とのきずなほど強調されず、言及も限られる。しかし、二条が二歳で母と死別してから巻五の当該場面までに四六年ほど経ったにも関わらず、母の形見と別れる折の愛惜をA歌で詠むからには、母へのこだわりも深いものがあったと考えられる。

二条詠Aが意識したと思われるのが、次の『金葉集』（二度本）雑下610の歌である。

　律師実源がもとに女房の仏供養せんとて呼ばせ侍りければ、まかりて見ければ、こともかなはずげなるけしきを見て、いそぎ供養して立ちけるに、すだれのうちより女房てづからきぬ一重と手箱とをさしいだしたりければ、従僧してとらせてかへりてみれば、しろかねの箱のうちにかきていれたりける歌　読人不知

たまくしげかけごにちりもすゑざりし二親ながらなき身とをしれ

ある貧しい女房が布施とした手箱に添えた歌で「二親」を亡くした身を憂えることから、これは親の追善の折の詠歌であろう。同歌は『袋草紙』上巻にもみえ、概ね同じ詠歌状況が語られ(2)、手箱は「硯筥」とされる。『宝物集』巻一の子を宝とする論では、親への報恩や供養、哀傷を表す子の歌を連ねる文脈で該歌が引かれ、「さほどにかなはぬ人も、親に孝養の志ふかく侍りけり」と、二親供養の際の歌と捉えられている。

該歌が「たまくしげ」と「二親」を共に用いるのは二条歌Aと同表現であり、該歌の「ちりもすゑざりし二親」は、親に愛育された記憶と結びつけて手箱を表す点でも、親の形見の手箱を愛惜する二条歌と響き合う。詠者である女房の不如意も、二条が二親の形見を売る理由として、写経の資財に乏しいことを「身の上の衣なければ、これを脱ぐにも及ばず、命を継ぐばかりのこと持たざれば、これを去りてとも思ひ立たず。思ふはかりなく嘆きゐたる」と語る貧窮と重なるため、A歌は該歌をふまえたと考えられる。A歌は、該歌における、親を弔う志の篤い貧女像を二条に重ねることを企図している。

しかし、A歌は該歌にはない「形見」という表現を明示しており、その形見を通して二条独特の母との関係性をも回想しているのではないだろうか。二条自身は顔も覚えていない母は生前、大納言典侍として後深草院に近侍したことが、『とはずがたり』巻一で院のことばとして再三語られている。まず、東二条院に出仕を禁じられた二条を後深草院が庇護する意向を母の大宮院に語る場面で、その理由として「故典侍大と申し、雅忠と申し、心ざし深くさぶらひし、『形見にも』など申し置きし」と、二条の亡き父母が後深草院に忠実に仕え、いずれも亡くなる際に自らの「形見」として二条を後深草院に託したことを明かす。また、後深草院の二条への特別待遇に抗議する東二条院に、後深草院が返事をした消息文の冒頭にも、二条がその母の形見であることを記す。

故大納言の典侍あり、そのほど夜昼奉公し候へば、人よりすぐれて不憫に覚え候ひしかば、いかほどもと思ひしに、あへなく失せ候ひし形見には、いかにもと申し置き候ひしに、領掌申しき。

後深草院は大納言典侍を側近く仕えさせて可愛がり、引き立てようと思ったのに典侍が亡くなり、その今はに自らの形見として二条に目をかけるよう願ったことを院は容れ、二条に情けをかけているという。同じ院の消息末尾でも、大納言典侍の「形見」として二条を幼少の頃から召し使っていると念を押す。

このように二条は母の「形見」として院に仕えるべく母に定められ、その母の「形見」の手箱を二歳の頃から四六年間、「親に会ふ心地」で大事にしてきた。また、二条は四歳の頃（弘長元年〈一二六一〉）から院に仕え始めたことが、巻三で院への出仕を停止された折や、巻四の入間川を旅しつつ半生をふりかえる場面で回想される。よって、二条が幼くして母の形見となって院の側近く生きてきたというえにしへの追想を、二条歌Aの母の「形見」は喚起しているのではないか。

母が二条と院のえにしを結んだことは、巻三では後深草院が二条に対する「心の色」即ち情愛はその母への想いに由来することを二条に説き知らせる発言にも示される。

わが新枕は故典侍大にしも習ひたりしかば、とにかくに人知れずおぼえしを、いまだいふかひなきほどの心地して、よろづ世の中つつましくて明け暮れしほどに、冬忠・雅忠などに主づかれて、隙をこそ人悪くうかがひしか。腹の中にありし折も、心もとなく、いつかいつかと、手の内なりしより、さばくりつけてありし。

まだ幼かった院の新枕に仕えた大納言典侍は雅忠との間に二条を身ごもり、院は大納言典侍への想いを二条に移して目をかけた。二条が母の「腹の中」にいて生まれる前から寵を受ける宿縁は結ばれており、母は二条と院のえにしの媒として語られている。

その母の形見の手箱を手放すことを哀惜する二条歌Aは、母から院へと導かれた二条自身の運命への愛惜をも表し、そのえにしに彩られた二条の人生も院が亡くなった時点でひとつの終わりを迎えたことへの哀感も込められていよう。院に愛される二条のえにしを定め置いて亡くなった母は形見の手箱を遺し、二条がそれを資にして院を弔いつつ院とのえにしの果てまで仕え通すことをも促した。二条の母は二条と院の宿縁の始終を草葉の陰から見守り導き続けた存在として語られている。よって、二条歌Aには、院に仕える二条の生を定めた母とその形見への愛惜をこらえて形見を手放すことで、二条の存在の根に在る母と院を弔う哀愁が表されているのである。

二　父の形見「するすみ」をめぐる歌

巻五で、亡き後深草院の一周忌（嘉元三年〈一三〇五〉七月十六日）を迎える前の五月に、二条は父の形見も、五部大乗経（大品般若経）の写経の資として売ることにした。母の形見を売った折と同じく、院と二親の菩提のための写経であろう。

をりふし筑紫の少卿といふ者が鎌倉より筑紫へ下るとて、京にはべりしが、聞き伝へて取りはべりしかば、母の形見は東へ下り、父のは西の海を指してまかりしぞ、いと悲しくはべりし。

するすみは涙の海に入りぬとも流れむ末に逢ふ瀬あらせよ　（B）

など思ひつづけて、遣はしはべりき。

二条は父の形見の硯を筑紫へ下向する者に売る際にBの歌を詠んだ。Bの大意は「硯との別れを惜しむ涙が海となり、硯は西海道へ流出しても、その末にまた硯とめぐりあえるようにしてほしい」と解することができる。

Bの「するすみ」が「無一物」の意を掛け、二条が父の追善のために持てる物を全て捧げて身一つになった境遇を表すことは、第二部第一章の六節で論じた。ここでは、硯や墨を詠んで恋情を表す歌とB歌を比較したい。

故人の硯は『和泉式部続集』の帥宮挽歌群の一首にも歌われる。

つかはせ給ひし御硯を、おなじ所にてみし人のこひたる、やるとて

あかざりしむかしの事をかきつくるすずりの水は涙なりけり　（84）

（『続古今集』雑下1762「すずりを人のもとにつかはすとてよめる」と入集）

この和泉式部歌が、故人の形見の硯を手放す際に生前の「むかし」への恋慕が募って「涙」で「すずり」を満たすと詠むのは、二条歌Bが亡父の形見の硯を愛惜して流す「涙」を詠むことと重なるところがある。二者にとって硯はえにし深い死者を恋い偲ぶ涙を誘う器であり、追慕に伴う哀感を歌うこと、書くことをも促す形見である。

二条歌Bのように「するすみ」と「涙」を詠む例は恋歌が見いだせ、例えば、『金葉集』（二度本）恋下443、

　女のがりつかはしける　　藤原永実

するすみもおつる涙にあらはれてこひしとだにもえこそかかれね

は、墨が涙に濯がれて女への消息に「恋しい」と書けない、と嘆き、『長明集』81、

　恋のこころを

するすみをもどきがほにもあらふかなかくかひなしと涙もやしる

は、涙が恋文を書く墨を咎めるように洗い流し、書いても甲斐が無いと知っているのか、と詠む。いずれも「するすみ」が主に墨を指す点は二条歌Bの示す硯と異なるのだが、「するすみ」に伴う涙で恋慕を表す手法は、Bが「するすみ」への愛惜を涙で示すのとつながり、Bは「するすみ」を介した亡父への恋歌として読めるのではないか。

B歌の恋歌的な表現性に注目しつつ、Bの注釈史を検討する。まず、角川文庫(3)はBを「涙ながらに手放した父の形見が、西海に流れ去っても、墨が硯の海で落ち合うように、西方浄土でまた父と会える機会を与えて下さい」と訳す。この訳は、B歌直前の「父のは西の海を指してまかりし」の「西の海」を西方浄土と関わらせた解釈であろう(4)が、この「西の海」は父の形見を買った者が下る西海道の「筑紫」を指し、「母の形見は東へ下り」と東西の対をなす修辞であり、西方浄土の意味はない。そもそもB歌には「西」など西方浄土に関する表現は見いだせず、前後の文でも西

方浄土への言及はない。

次に、Bの下の句「流れむ末に逢ふ瀬あらせよ」に関する集成の注は「「流れても逢ふ瀬ありやと身を投げて虫明の瀬戸に待ち試みむ」（『狭衣物語』巻二）を本歌としている」と指摘する(5)（桜楓社注も同歌を掲出）。しかし、『狭衣物語』歌は飛鳥井姫が入水する前に詠んだ歌であり、二条の父の形見売却と状況が異なる。

また、Bの下の句の類似表現は『狭衣物語』歌に限らず多く見いだせ、例えば『後撰集』恋五949、

左大臣河原にいであひて侍りければ　　　内侍たひらけい子

たえぬとも何思ひけん涙河流れあふせも有りけるものを

は別れた恋人と再会して詠んだ歌で、恋が終わったと思い込んで流した涙の末に再会の機会もあったという感慨を示す。『後撰集』歌との類似が指摘されている(6)『山家心中集』84「恋」（伝西行自筆本）、

ものおもへば袖にながるる涙河いかなる水脈に逢瀬ありなん　（『山家集』663「恋」歌群にも載る）

は、物思い故の涙を川の水脈のように流しつつ逢瀬を望むことを表す。

二条歌Bはこれらの「涙・流れ・逢瀬・あり」の連合する恋歌表現の類型に則っており、特定の本歌は持たないと考えるべきだろう。Bは恋歌の類型を借りて、父の硯との別れをあたかも恋人との別れのように惜しんで泣きつつ再会を切望する二条の亡き父とその形見への恋慕を表している。

三　巻一の「涙の海」詠の反芻

巻五の二条歌B「するすみは涙の海に入りぬとも流れむ末に逢ふ瀬あらせよ」の下の句については、さらに別の解

釈もあり、学術文庫(7)は硯と「いつか三途の川ででも逢えるようにして下さい」と訳し、新大系(8)は硯との「三途の川での再会を思い描いた歌か」と注する。三途の川と関連づける根拠はこれらの注釈では示されておらず、Bの歌だけを読む限り、三途の川を示す表現は見いだしがたい。

しかし、Bと類似した表現を有する『とはずがたり』の他の歌を併せ読むと、三途の川との関連性がみえてくると思われる。Bに相似するのは、巻一の雅忠の死（文永九年〈一二七二〉直後における二条の歌である。

神楽岡といふ山へ送りはべりし。空しき煙にたぐひても、伴う道ならばと、思ふもかひなき袖の涙ばかりを形見にてぞ、帰りはべりし。空しき跡を見るにも、夢ならではと悲しく、昨日の面影を思ふ。今とてしも勧められしことさへ、かへすがへす何と言ひ尽くすべき言の葉もなし。

わが袖の涙の海よ三瀬川に流れて通へ影をだに見む　(C)

雅忠は亡くなった八月三日の翌日夜に神楽岡で荼毘に付され、二条は父の後を追いたいと願ってもかなわず、涙にくれてCの歌を詠んだ。Cは、哀傷の涙が海となり、三途の川へ流れ込み、川を渡る亡父の面影を見ることを願う。

C歌の涙を三途の川に結びつける発想の源にある歌は、『古今集』哀傷829の、

いもうとの身まかりにける時、よみける　　小野篁の朝臣

なく涙雨とふらなむわたり河水まさりなばかへりくるがに

であろう。該歌は雨のイメージや死者が帰還することを願う点はCと異なるが、哀傷の涙があふれて三途の川に及ぶことや、川を渡る死者との再会を望むのはCと同想である。

さて、CとBの関連性を考えると、Cの「涙の海」はBの「涙の海」と重なり、同表現は『とはずがたり』中でこの二例のみである。Cの「涙の海」は下の句「流れて通へ影をだに見む」と合わせて、涙の海の流れにおいて亡父と

の再会を願う表現である。「涙」の「海」と人を「見る」ことを合わせて歌う類例は、

題不知　　　　　　　　　　　　　　　　　　　　相摸

なみだこそあふみのうみとなりにけれみるめなしてふながめせしまに（『後拾遺集』恋四830）

崇徳院に百首歌たてまつりける時、恋歌とてよめる　　　上西門院兵衛

我がその涙やにほの海ならんかりにも人をみるめなければ（『千載集』恋四855）

中納言家成家歌合に　　　　　　　　　　　　　藤原通憲

きみこふるなみだは海となりぬれど見るめはからぬそでのうらかな（『続後撰集』恋二740）

などの恋歌に見いだせる。これらの恋歌の、恋人に逢えない嘆き故の涙が海と化す類型をCは転用して、二条が恋しい亡父に現世では二度と会えない悲嘆を「涙の海」で表したのではないか。そして、これらの恋歌が表す、逢えない恋人をなおも慕う心をCは転じて、亡父の面影を見ることを望む二条の恋慕を表したのであろう。

Cの下の句「流れて通へ影をだに見む」は涙の海の流れで亡父との再会を願う点が、Bの「流れむ末に逢ふ瀬あらせよ」が涙の海の流れの果てに父の形見との再会を望むことと響き合う。Bは、Cの示す亡父への恋慕を反芻し、三途の川を渡った父に続いてその形見も離れてゆくことへの二条の強い愛惜の情を表す。

ところで、B歌とC歌のあいだには、作中で三十三年の月日が流れている。巻五で、父の形見を売ってB歌を詠んだ記事の前年（嘉元二年〈一三〇四〉）のこととして、亡父の三十三回忌の仏事の短い記事と二条の歌がある。

さても故大納言身まかりて、今年は三十三年になりはべりしかば、形のごとく仏事など営みて、例の聖のもとへ遣はしし諷誦に、

つれなくぞめぐりあひぬる別れつつ十づつ三つに三つ余るまで

三十三回忌まで父を弔うべく写経・修行してきた末に父の形見を手放す二条を描くにあたり、B歌においてC歌を回想して、亡父を恋い偲びつつ悼んだ原点に立ち帰る二条の心を表したのだと思われる。巻一のCの詠歌に至るまでの記事で、臨終の雅忠が念仏しつつ眠りに落ちたのを二条が揺すり起こし、雅忠は二条と目を合わせて「何とならむずらむは」と娘の行く末を案じつつ亡くなり、正念が乱れたことが語られていた(9)。Cには父の死を乱した二条の悲哀も込められており、その哀傷とともに父を恋うことを表す「涙の海」を三十三年後のBで反芻することで、父の形見とひきかえに父を弔う志を確かめる二条像を表しているだろう。Bで形見への愛惜と父への恋慕を歌いあげることは、形見や死の記憶にとらわれることではなく、むしろ、形見に別れを告げ、父の死の悲しみを越えて、その弔いのための写経に努める営みにつながっている。Bは亡き父への恋慕と哀傷を反芻することで鎮め、弔いへと昇華しようとする二条の父の死への態度を表現した歌なのである。

四　二条の「伏見山」詠

ここまで二条の父母の形見をめぐる歌を読み、A歌が詠ずる母の「形見」は、巻一から巻三の語る、二条が母の「形見」として院に愛されたえにしを追想しており、B歌は父とその形見への恋慕を示す「涙の海」が、巻一の父の死を悲しむ歌Cの「涙の海」における父への恋慕を反芻するはたらきがあることを論じた。これらの巻五の故人を追想する二条詠が、『とはずがたり』前編における故人と二条のえにしの表現を反芻する手法は、巻五が語る故人として最も重要な後深草院を追想する二条歌にも見いだせるのではないか。

巻五後半に亡き院を追想する二条歌は多く、次章でも論じるが、ここでは巻五の末尾に語られる院の三回忌（徳治元年〈一三〇六〉七月一六日〉後の歌に注目したい。

過ぎにし御所の御三回りにならせおはしますとて、伏見の御所に（遊義門院が）渡らせおはしませば、何となく御あはれもうけたまはりたく、（中略）十六日には、御仏事とて、法花の讃嘆とかやとて、釈迦、多宝二仏、一つ蓮台におはします御塔いしいし、御供養あり。

二条は伏見殿における三回忌を陰ながら聴聞し、遊義門院（後深草院皇女、姈子内親王、後宇多院妃）の居る伏見殿の側近くにしばし留まる。

御所ざまも御人ずくなに、しめやかに見えさせおはしまししも、そぞろに物悲しくおぼえて、帰らむ空もおぼえはべらねば、御所近きほどになほ休みて居たるに、久我の前の大臣はおなじ草葉のゆかりなるも忘れがたき心地して、時々申し通ひはべるに、文遣はしたりしついでに、彼より、

都だに秋のけしきは知らるるを幾夜伏見の有明の月　（D）

問ふにつらさのあはれも忍びがたくおぼえて、

秋を経て過ぎにし御代も伏見山またあはれそふ有明の空　（E）

また立ち返り、

さぞなげに昔を今と偲ぶらむ伏見の里の秋のあはれに　（F）

三回忌の仏事が果て、その余韻に浸る二条は閑散とした伏見殿の周辺に休らっていたところ、都にいる縁者の「久我の前の大臣」に遣わした消息の返事の歌が届いた。

この久我の前大臣にあたる人物について諸注[10]は揺れており、新全集は久我通基かその男の通雄かと併記し、通基は三回忌当時に六七歳で前内大臣、通雄は五〇歳で同じく前内大臣と注する。同様に角川文庫、筑摩叢書、桜楓社注、

集成、大成、新書、評釈集成も二者を併記する。『公卿補任』によれば、徳治元年の前内大臣に通基（従一位）、通雄（正二位）が並んでいる。

また、新大系は「源通基か。右大将通忠の男。」「その男通雄も前内大臣、五十歳であるが、中院を号したらしい」「通基は作者の従兄弟」と注する。学術文庫や全釈も通基とするが根拠は示さない。『尊卑分脈』によれば、通雄は「号中院相国」と記されている。通基は『とはずがたり』巻三の北山准后九十賀（弘安八年〈一二八五〉）に「右大将」として参列し、二日目の歌会での装束が描かれている。本稿では通基か通雄かを決する根拠を見いだせず、二者の歌歴を調べても当該の二条との贈答に関わる歌は見当たらない。(11)

久我前大臣の贈歌Dは、「わたしが都に居ても秋の哀愁を感じるのに、ましてやあなたは三回忌で後深草院を偲びつつ幾晩伏見に臥して有明の月を哀れ深く眺めたのか」と二条に問いかける。該歌のように「伏見」に「臥し」を掛ける歌は、『最勝四天王院障子和歌』「伏見里・山城」の、

ひとりねの名残も露ぞおきあへぬ伏見の月の明ぼののそら　（259具親）

をしか鳴く床の月影夢たえて独りふしみのあきの山かぜ　（260秀能）

などが大臣歌Dと同じく、臥している主体に月影を投げかけ、『建保名所百首』恋二十首「伏見里・山城国」の、

ひとりかもいく夜伏見の里遠み思ふ中さへ雲はへだてつ　（728忠定）

はDの第四句「幾夜伏見の」と同表現である。いずれの類歌も恋歌であり、恋人を想いつつ独り伏見に臥す主体は、大臣歌Dの詠む二条が院を偲びつつ独り伏見で月を眺める姿と重なる。大臣は二条との「時々申し通ひ」という文通によって二条の院への恋慕を知っていて、Dを恋歌のように詠んで二条の院への追慕を思いやったのであろう。

大臣歌Dの思いやりと問いかけを受け、二条は院を偲ぶ哀感に耐えず、返歌Eで「院の三回忌の秋を迎え、過ぎ去

った院の御代を偲びつつ三夜も伏見に臥して有明の月を眺めた哀れさが改めて感じられた」と答えた。E歌の第二句「過ぎにし御代」は、『とはずがたり』の語る二条が院に仕えて生きた時代であり、院と共に在った二条の半生がもはや過去の思い出となったことへの哀愁を漂わせている。

二条歌Eに対し、折り返し大臣の返歌F「さぞなげに昔を今と偲ぶらむ伏見の里の秋のあはれに」があり、二条が院の御代を偲んで伏見の山里で過ごす秋の哀れ深さに対して共感を寄せた。Fの第二句「昔を今と」は、次の『伊勢物語』三二段の歌をふまえるのではないか。

昔、もの言ひける女に、年ごろありて、

いにしへのしづのをだまきくりかへし昔を今になすよしもがな

と言へりけれど、何とも思はずやありけむ。

三二段の男が昔恋した女に別れてから時を経て贈った歌で、昔の恋を今に取り戻したいと願う。三二段の男が失われた昔の恋を今に再生させようとするのは叶わぬ願いであり、その哀れな願いは、二条が院生前の昔を偲んで今の心に院との契りを蘇らせても院は帰ってこないという哀しみと響き合う。該歌を引用した大臣歌Fは、二条が帰らぬ昔の院との契りを三回忌の今、追慕している哀愁を思いやりいたわったのであろう。

こうして大臣と二条の贈答で後深草院を偲ぶ思いが表されており、院を追想する舞台として歌われている「伏見」即ち伏見殿という場にも注目したい。(12)伏見殿は、領有する後深草院から東二条院を経て遊義門院に伝領され、遊義門院の没後は伏見院以下、持明院統の御所として受け継がれた。

伏見殿の『とはずがたり』における位置づけを検討しよう。伏見殿はまず、二条の宮仕え期には巻二の女楽（建治三年〈一二七七〉頃）と今様伝授（同年）の舞台となった。女楽は、後深草院の意向で「伏見殿にてあるべしとて、六条院の女楽まねばる」と、『源氏物語』若菜下巻の女楽を模した管絃の催しであった。二条は他の女房、寵妃に配された女君の役よりも格下の明石の上役として琵琶の演奏を院に命ぜられたこと等が不満で伏見殿から出奔し、出家を願ったが、院が他の寵人に劣らぬ寵愛を誓って連れ戻した。(13)また、今様に堪能な院が鷹司兼忠に秘事を伝授する場として、「京の御所はむつかし。伏見にて」と、伏見殿へお忍びで御幸した。参仕した二条は「筒井の御所」で近衛大殿（鷹司兼平）に懸想され、その夜伽をすることを院が容認したため、「死ぬばかり悲しき」思いを味わった。以上の前編の伏見殿は二条が院の気まぐれな寵遇に左右されて苦しんだ場といえよう。

後編の巻四では、二条は伏見殿の「下の御所」で後深草院と対話した（正応五年〈一二九二〉頃）。院が二条は院と別れた後に男との交わりがあっただろうと疑ったのに対し、二条は男と関わらなかったことを誓い、かつて父母を亡くした身を寵してくれた院の「憐愍」、「恩眷」、「御情け」を今も忘れずにいることを訴えた。院は疑いを改め、別れた二条とは「浅かりける契り」だと思い込んでいて、「かくまで深く思ひそめけるを知らずがほにて過ぐしける」と二条の思慕に気づかなかったことを侘びた。

この対話後、院から二条の修行生活への援助に対する感謝を記した上で、二条の内心として、院から殊遇を受けた「思ひ出で」が乏しいと一言付記する。巻三までに語られた院の心変わりに左右された宮仕えの恨みが一抹残るのだが、その恨みも含めた院との根深いえにしが、伏見殿での院の生前最後の語らいにおいて再確認された。

巻五の伏見殿は専ら亡き後深草院を弔う場であり、院の四十九日まで遊義門院が伏見殿に籠もる間の哀傷を二条が案じ申し上げ、四十九日当日や一周忌、三回忌の仏事も全て伏見殿で営まれ、二条は聴聞して追想に沈んだ。

このように『とはずがたり』の伏見殿は、二条が後深草院とのえにしの転変を経験した場である。三回忌での二条歌Eにおける「過ぎにし御代も伏見山」の「あはれ」に込められる院の御代に生きた二条の万感には、伏見殿における院との数奇な宿縁への追想も含まれるだろう。

五　巻二の後深草院の「伏見山」詠

巻五の二条歌E「秋を経て過ぎにし御代も伏見山またあはれそふ有明の空」は、伏見殿を指す「伏見山」が、巻二の伏見殿にまつわる歌の「伏見山」とも関連すると思われる。

御花果てて、松採《と》りに伏見の御所へ両院御幸なるに、近衛の大殿も御参りあるべしとてありしに、いかなる御障りにか、御参りなくて、御文あり。

伏見山幾万代か栄ふべきみどりの小松今日をはじめに　（G）

御返し、後の深草院の御歌、

栄ふべきほどぞ久しき伏見山生ひそふ松の千代を重ねて　（H）

中二日の御逗留にて、伏見殿へ御幸などありて、おもしろき九献の御式どもありて、還御。

九月の供花が新造の六条殿御所（長講堂）で行われた後、後深草院・亀山院は「松採り」に伏見殿へ御幸し、二条も従った。鷹司兼平（近衛大殿）は何かの支障があって参上しない旨を申し上げる消息に右の歌Gを添え、後深草院が歌Hを返した。この贈答の「伏見山」二例と巻五のEの「伏見山」を合わせ、『とはずがたり』の「伏見山」は全三例である。

贈答GHを検討するにあたり、歌われている松に関わる前文の「松採り」について諸注を確認する。まず、「松」を松茸と解する注が多く、大成は「松茸狩。松は「まつたけ」の女房言葉」とするが用例は示さず、全釈、集成、新全集も根拠は示さないが松茸狩りとする。一方、松の木と解する筑摩叢書は「六条殿に移し植える松を取るために」とし、学術文庫も松を取りに出たとする。松と松茸の両説併記の注は角川文庫「観賞用の小松。または松茸狩とも」、新大系、新書などで、特に根拠は示さない(14)。

この贈答GHは松をめぐる祝賀の歌の伝統をふまえた表現が多いことを後に検討するが、歌では「松」と詠みながら松茸を指す例として注意すべきなのが、次の『玉葉集』賀1082である。

山ぢの苔に松たけの十もとおひて侍りけるを、院いまだみこの宮と申しける時たてまつるとて

関白太政大臣

ためしなき君がちとせの十かへりもおひそふ松の数にみゆらん

岩佐美代子の『玉葉集』の注(15)によれば、詞書は松茸十本を東宮だった頃の伏見院に鷹司基忠が献上したことを示し、添えた歌の「十返り」の松は「百年に一度咲くという松の花が十回咲く、すなわち千年の齢を寿ぐ意」と解され、「松」は「松茸をさす女房詞「まつ」に、「松」をかける」と指摘されている。

作者の鷹司基忠は『とはずがたり』の当該の贈歌を詠んだ鷹司兼平の息であり、伏見院の東宮期（立太子は建治元年〈一二七五〉一一月五日、践祚は弘安十年〈一二八七〉〈『続史愚抄』〉）は『とはずがたり』巻二が語る当該贈答の時点、建治元年頃（諸注の推定）と近接する。

また、基忠の歌の第四句の「おひそふ松」は、松に寄せる賀の歌に用例の多い定型表現であるが、後深草院の歌Hの第四句の「生ひそふ松」と重なる(16)。基忠歌は主君に奉った松茸を「松」と表して君が代の長久を祝う同時代の例であり、『とはずがたり』の「松採り」についても、松茸狩りに伏見殿へ後深草院らが御幸して歌に松茸を「松」と詠んだと解し得る。

他の類例として、『中務内侍日記』下巻の弘安十年の「玄輝門院の御所、衣笠殿へ、九月十三日に参りたれば、人々多く「勝宝院の山にて松取らん」とて行く」という記事は、松茸の具体的な描写はないが、後深草院妃で伏見天皇生母の愔子に仕える女房らとともに中務内侍が松茸狩りに行った記事と解されている。[17]『とはずがたり』の「松採り」も松茸狩りを意味すると考えられ、女房詞[18]であろう。

ところで、『とはずがたり』の贈答GHの解釈についても、諸注は二説に別れる。第一が子の日の詠歌と捉える説で、学術文庫[19]は「新年の子の日の松に関する歌である。歌が何らかの事情で欠除し、後人が誤った歌を補入したか」とし、集成も「元来この時の作ではあるまい」とする。

第二は伏見山と松を後深草院と東宮の皇統の象徴と捉える説で、兼平歌Gの注で新全集は「伏見山は持明院統（後深草院の皇統）の象徴で、熙仁親王（伏見天皇）の立坊でこの皇統の将来に明るい見通しがついたことを、兼平は寿ぎ、松茸を、子日に野に出て引き抜いて遊ぶ「小松」になぞらえて歌うか」と指摘し、[20]新大系は「「伏見山」に後深草院、「小松」に皇子の東宮を寓してことほいだもの」と解する。

まず第一の子の日の歌とする説は、当該場面本来の歌が欠けた事情や子の日の歌を誤って後補した人、その理由などの説明を欠き、仮想の域を出ない。しかし、GHが子の日の松の歌と重なる表現を用いているのは事実で、兼平の歌G「伏見山幾万代か栄ふべきみどりの小松今日をはじめに」は、『拾遺集』春24、

入道式部卿のみこの、子の日し侍りける所に　大中臣能宣

ちとせまでかぎれる松もけふよりは君にひかれて万代やへむ　（『和漢朗詠集』上・春・子日にも入る）

に類似する。『拾遺集』歌は宇多帝の皇子敦実親王の子の日に、千歳の松も親王の万代の長寿にあやかることを詠じ、松に言寄せて貴人の長久の栄えを祝うのは、兼平がGを贈った後深草院の万代の栄えを祝うのと重なる。第一説の学

術文庫、集成もＧＨが後深草院の御代の長久を祝う趣旨は認めており、Ｇは子の日の松の表現を借りて主君の長久を寿ぐ歌と捉えられる。

次に第二の伏見山と松を後深草院と東宮の皇統のシンボルと取る説は、『とはずがたり』巻二が語る当該贈答の時点[21]から遡って前年にあたる巻一の記事で、煕仁親王の立坊を「東の御方（愔子）の御腹の若宮、位にゐたまひぬれば、御所ざまも華やかに」と語り、後深草院の皇統の一陽来復を描いたのを前提とする。この立坊直前に語られることとして、亀山帝の皇統による治世が続く中で、後深草院は自らの皇統が蔑ろにされていることに不満を抱いて太上天皇の尊号を返上して出家しようとし、その憤懣を幕府が「なだめ」て、立坊が叶ったという。[22]

第二の説はＧＨの松が後深草院の皇子の東宮を表すと解するが、松が皇子を表す類例は挙げていない。兼平歌Ｇ「幾万代か栄ふべきみどりの小松」の類例は、『新勅撰集』賀455の、

天暦御時、みこたちのはかまぎ侍りけるに　　中納言朝忠

おほはらやをしほのこまつ葉をしげみいとどちとせのかげとならなん

が見いだせる。朝忠歌の「小松」は村上帝の皇子であり、その皇統の千歳を祝うことから、兼平歌も後深草院とその皇統を継ぐ東宮の万代を祝うと捉えられる。また、後深草院歌Ｈの類歌は、『後拾遺集』賀436の、

故第一親王うまれたまひて、うちつづき前斎院うまれさせたまひて、内裏よりうぶやしなひなどつかはして、人々うたよみはべりけるに、よめる　　右大臣（顕房）

これも又千代のけしきのしるきかな生ひそふ松の二葉ながらに

がある。『後拾遺集』歌は第四句が院の歌Ｈ「栄ふべきほどぞ久しき伏見山生ひそふ松の千代を重ねて」の第四句と同じで、二首とも松が生い加わるさまによそえて皇胤の栄えが千代続くことを祝う。

以上のように、後深草院のH歌は「松」即ち東宮が皇統を継ぐことで、「伏見山」即ち院の御代も末永く栄えることを予祝した歌である。この院の歌は、巻五の院の三回忌後の二条歌E「秋を経て過ぎにし御代も伏見山またあはれそふ有明の空」と、詠出時点は遠く隔たるが、響き合うものがないだろうか。院が皇統の「千代」を自讃した「伏見山」の歌と、二条が院の「過ぎにし御代」を追想した「伏見山」の歌は、院の御代の長久の慶祝と、その御代が過ぎ去った哀傷との対比を示す点で、遥かに呼応しているだろう。院の賀の歌と二条の亡き院への追悼の歌が、高らかな祝いとしめやかな弔いの対比において、背中合わせに結びつけられている。二条歌Eは、院の歌Hとの対照によって、かつて伏見殿で皇統の栄えを謳いあげた院も遂には無常に帰したという栄枯盛衰の哀感を醸し出している。

二条歌Eは、久我の前大臣との贈答の一首であるだけでなく、巻二の院の盛時の御詠を遥かに追想するように位置づけられている。巻五末尾の二条歌Eは、後深草院の御代の出来事を語ってきた『とはずがたり』の終幕にふさわしく、院の「伏見山」詠を反芻することで、その御代の栄えから果てまでを伏見殿で見届けた二条像を描き出したのである。

おわりに

巻五の二条が故人を追想する和歌の表現性を考察した。その結論として第一に、二条の母の形見をめぐる歌は、古歌における、親を弔うために手箱を手放した貧女像を二条に重ねるとともに、独自性は母が自らの形見として二条を院に結びつけたえにしを追想する表現にあった。第二に、二条の父の形見についての歌は、硯への愛惜と亡父への恋慕を示し、その涙の表現は父の死直後の二条歌の同表現を反芻し、父を恋いつつ悼む思いを確かめて弔いに努める二条像を表していた。第三に、院の三回忌後の歌は、二条が伏見殿で過ぎ去った院の御代を追想するとともに、伏見殿での院の歌が御代の栄えを祝ったことも反芻し、院の時代の栄枯を見届けた二条の万感を表した。

以上、『とはずがたり』終局に置かれた二条の歌は、亡き母、父、後深草院という二条の生涯の基盤に存在する人々とのえにしへの追想を表した。父母や院が二条の身の上に投げかけた陰影を象徴することばを二条詠が反復することで、そのことばに結晶化した故人との宿縁を最後まで愛惜してやまない二条像を造型したといえる。

注

（1）二条の母の経歴について、松本寧至『とはずがたりの研究』第三章（桜楓社、一九七一年）参照。また、久保田淳校注『建礼門院右京大夫集　とはずがたり』（新編日本古典文学全集、小学館、一九九九年）の「解説」も参照。

（2）『袋草紙』では、某女房の同歌に対する律師実源の返歌「けさこそはあけてもみつれ玉くしげふたよりみより泪ながれて」が付記されており、この歌は二親亡き女房への哀憐を示し、『金葉集』（三奏本）雑下602にも律師実源の返歌として入る。

（3）松本寧至『とはずがたり下巻』（角川書店、一九六八年）の現代語訳を参照。

（4）「西の海」は、天王寺で詠まれた『新勅撰集』釈教623後白河院京極「西の海いる日をしたふかどでしてきみのみやこにとほざかりぬる」では天王寺西門と西方浄土を意味するが、『とはずがたり』の「西の海」は西海道を意味し、西方浄土の含意は認められない。なお、玉井幸助『問はず語り研究大成』（明治書院、一九七一年）も西方浄土の意を含むと注する。

（5）「集成」は福田秀一『とはずがたり』（新潮社、一九七八年）参照。「桜楓社注」は松本寧至『とはずがたり』（桜楓社、一九七五年）参照。

（6）『中世和歌集鎌倉篇』（岩波書店、一九九一年）の近藤潤一の『山家心中集』注釈を参照。『山家心中集』の本文・歌番号は久保田淳編『西行全集』（日本古典文学会、一九八二年）によるが、表記は改めた所がある。なお、Bの下の句と類似する措辞の歌は『金葉集』雑下612藤原知信「ながれてもあふせありけり涙河きえにしあわをなにたとへん」、『新勅撰集』恋五1017中納言朝忠「女につかはしける」「ながれてのなにこそありけれわたり河あふせありやとたのみけるかな」等もある。

（7）次田香澄『とはずがたり　下』（講談社、一九八七年）の訳を参照。

（8）三角洋一『とはずがたり　たまきはる』（岩波書店、一九九四年）の脚注を参照。

（9）雅忠の臨終については第二部第一章の一節でも論じた。

（10）諸注の略称は、「新全集」が久保田淳『建礼門院右京大夫集　とはずがたり』（小学館、一九九九年）、「筑摩叢書」が冨倉徳次郎『とはずがたり』（筑摩書房、一九六九年）、「大成」が玉井幸助『問はず語り研究大成』（明治書院、一九七一年）、「新書」が井上宗雄・和田英道『全対訳日本古典新書とはずがたり』（創英社、一九八四年）、「評釈集成」が標宮子・西沢正史『中世日記紀行文学全評釈集成第四巻とはずがたり』（勉誠出版、二〇〇〇年）、「全釈」が中田祝夫・呉竹同文会『とはずがたり全釈』（風間書房、一九六六年）。

（11）井上宗雄『中世歌壇史の研究　南北朝期（改訂新版）』（明治書院、一九八七年）参照。通基（享年は延慶元年〈一三〇八〉、六十九歳）の歌は『続拾遺集』夏155、弘長三年（一二六三）『亀山殿歌会』19の二首しか見いだせず、通雄（享年は元徳元年〈一三二九〉、七十三歳）の歌は『玉葉集』秋下662、『続千載集』春下152夏300秋下572恋一1089、元亨四年（一三二四）『石清水社歌合』5 21 37、正和四年（一三一五）『詠法華経和歌』5が管見に入った。

（12）川上貢「伏見殿の考察」（『日本中世住宅の研究〔新訂版〕』中央公論美術出版、二〇〇二年）参照。次田香澄『とはずがたり　下』（講談社、一九八七年）の補注（五一二頁）も参照。

（13）女楽については主に第二部第三章で論じた。

（14）この松採りに関する贈答は『増鏡』第十老の波にも載るが、『とはずがたり』とは異なる点が多い。『増鏡』は松採りの描写を欠き、鷹司兼平が「物忌」故に不参で、「五葉」の松の「枝」に付けて後深草院に贈った歌は「伏見山幾よろづ世も枝そへてさかえん松の末ぞ久しき」で、院の返歌も「さかふべき程ぞ久しき伏見山おひそふ松の枝をつらねて」という枝の表現が特異である。両歌は、井上宗雄『増鏡（中）』（講談社、一九八三年）によれば、「連枝、すなわち貴人の兄弟である両院が並び居る」ことを詠むと注釈されており、兼平の贈歌は「松が枝を茂らせて栄えるでしょうが、そのように君（両上皇）も永久に繁栄されることでありましょう」と訳され、後深草院の返歌も両院の繁栄を祝う歌と解されている。両歌は「『増鏡』作者の改作か、今はない資料によったのか」と推測されている。

(15)　岩佐美代子『玉葉和歌集全注釈中巻』（笠間書院、一九九六年）参照。同書の該歌の訳は「全く前例のない、我が君の、千年の御長寿をあらわす「十返りの松」のめでたい姿は、寄り集まって生えているこの松茸の数でも明らかに見ることができましょう」。

(16)　ただし、後深草院歌Hの第四句は底本の宮内庁書陵部蔵本（伊地知鉄男編『とはずがたり〈二〉』（笠間書院、一九七二年）の影印参照）が「おいその松の」であるが、『とはずがたり』諸注は校訂するものが多く、「生ひそふ松の」（新全集、新大系、学術文庫、筑摩叢書）または「老いそふ松の」（集成　角川文庫・大成も「おいそふ松の」）とし、新全集が「伏見山と近江の老蘇では離れすぎているので、誤写と見て改める」と注するのが妥当である。「おいその松」という表現は二例しか見いだせず、『夫木抄』8348権僧正公朝「鏡山はつ雪ふれりいつしかもおいその松のかげぞかなしき」という近江の歌枕詠と、『道助法親王家五十首』772松雪・公経「もろともに老その松は色かはることしもふかくつもるしらゆき」はいずれも嘆老の歌であり、『とはずがたり』の贈答GHが長久の栄えを祝う趣旨に「老いその松」は不適で誤写であろう。他方、「生ひそふ松」は賀の歌の定型表現であり、GHの趣旨に適う。

(17)　玉井幸助『中務内侍日記新注　増訂版』（大修館書店、一九六六年）、岩佐美代子『校訂中務内侍日記全注釈』（笠間書院、二〇〇六年）参照。両注は松茸狩りと解する理由や松茸の用例は示さない。『中務内侍日記』の本文は岩佐美代子校注「中務内侍日記」（『中世日記紀行集』、岩波書店、一九九〇年）による。

(18)　『日本国語大辞典』（第二版、小学館）が松茸を指す女房詞の「松」の例として挙げるのは、文明九年（一四七七）の『御湯殿上日記』の九月八日の記事「八わたのたなかまつ二をりまいる」（続群書類従・補遺三）から一六世紀頃までの例であり、鎌倉期後半に成立した『中務内侍日記』、『とはずがたり』の「松」採りは女房詞の早い例であろう。

（19）次田香澄『とはずがたり（日本古典全書）』（朝日新聞社、一九六六年）の注と解説（一五六頁）でも同じ見解を示す。

（20）久保田淳『とはずがたり一（完訳日本の古典）』（小学館、一九八五年）も新全集と同じ注である。なお、宮内三二郎『とはずがたり・つれづれ草・増鏡新見』一八三頁（明治書院、一九七七年）は小松が伏見御所に関わる年少者を意味し、それは伝領者の遊義門院かとするが、確たる根拠のない推測であり、巻二の伏見殿への両院御幸と松採りに遊義門院は関わらず、「伏見山」の小松が後深草院の皇統を継ぐ東宮（伏見院は遊義門院に次ぐ伏見殿の伝領者）を指す可能性を考慮していないため、従えない。

（21）巻二の伏見山の松の歌二首が詠まれた伏見殿の松採りについて、『とはずがたり』諸注の作中の出来事の年表は等しく、建治元年（一二七五）九月のこととする。作中ではその前年（文永十一年）の出来事として立坊を巻一で語り、新大系や新全集によれば、その東宮を巻二の伏見山の歌は松で表す。しかし、史料によれば立坊は建治元年十一月五日のことである点を諸注は指摘するため、松の歌は史実ではそれ以後の詠であろう。伏見殿の松採りは、直前に語られる「九月には御花、六条殿の御所の新しきにて」という六条殿の新造（建治元年四月）以後の長講堂での供花に続いて行われた。よって、この松採り直前の供花は六条殿新造、立坊（十一月）の翌年のことと考えられ、『勘仲記』（『史料纂集　勘仲記一』）で建治二年九月六日の供花が確認できるため、松の歌もその頃の詠であろう。建治三年七月十四日には六条殿が焼失しており、同年以後の供花・詠歌とは考えがたい（長講堂は弘安二年〈一二七九〉に正親町に移造）。『続史愚抄　前篇』参照。

（22）この巻一の後深草院の出家騒動については、第二部第二章の六節でも「憂きはうれし」との関わりで論じている。

＊『公卿補任』『尊卑分脈』『続史愚抄』は新訂増補国史大系による。

第六章 巻五の後深草院の御影をめぐる表現

はじめに

『とはずがたり』は巻四・五のいわゆる後編に至ると、二条がかつて女房として仕えた後深草院を旅路で偲び、院に再会して主従の契りを懐かしみ、院の崩御以後は哀悼と追慕に明け暮れるさまが描かれる。後編に流れる院への思慕というモチーフの表現を読み進めると、巻五末の『とはずがたり』結尾では、院の生前の姿を模した御影に二条が遭遇する記事につきあたる。

研究史では、院の御影がどのような形の物であったかという実態に関する考証はなされているものの、御影に向き合う二条の抱く自己像と後深草院像の表現性について、なお考察の余地があると思われる。御影の表現が、以前の二条と院の関係性の表現とどう連動し、二人の契りを象徴しているのか、という視点から考察したい。

御影の表現は二条の和歌二首を含み、この歌について研究史では諸注による大意の訳以外は踏み込んだ検討がない。そのため本論では、御影を詠む和歌の先例との比較を通じて二条詠の特性を考えるとともに、その二条詠の表現が後深草院との契りをめぐる他の表現とどう連鎖するのかについても考察を試みたい。

一　御影の「面影」への涙

後深草院の三回忌（徳治元年〈一三〇六〉七月十六日、於伏見殿）の前日の朝に、院の御陵である深草の法華堂に参った二条は新造の院の御影を拝し、同日夜には明静院殿に渡御した御影に再びまみえる。

十五日のつとめては深草の法華堂へ参りたるに、御影の新しく作られさせおはしますとて、据ゑまゐらせたるを拝みまゐらするにも、いかでか浅くおぼえさせおはしまさむ。袖の涙も包みあへぬさまなりしを、供僧などにや、並びたる人々、あやしく思ひけるにや、「近く寄りて見たてまつれ」といふもうれしくて、参りて拝みまゐらするにつけても、涙の残りはなほありけりとおぼえて、

露消えし後の形見の面影にまたあらたまる袖の露かな（A）

十五日の月いと隈なきに、兵衛佐の局に立ち入りて、昔今のこと思ひつづくるも、なほ飽かぬ心地して、立ち出でて、明静院殿の方ざまにたたずむほどに、「すでに入らせおはします」など言ふを、何事ぞと思ふほどに、今朝深草の御所にて見まゐらせつる御影、入らせおはしますなりけり。

この後深草院の御影は、考証(1)によれば、尊容を模した等身大に近い木像であり、胎内には遺骨が納められており、衣笠殿（伏見院生母の玄輝門院の御所、現・竜安寺付近か）の仏殿である明静院殿に祀られた。

深草で御影を初めて拝んだ二条の詠んだ歌Aは、院の露命が失われた後の「形見」の御影の「面影」を仰ぎ、悲しみを新たにして涙したことを表す。Aのように帝王の御影を詠んだ歌の類例を検討したい。

『隆信集』(2)雑四939の長歌には御影にふれる表現が見いだせる。同歌の詞書に、

故院の御えいなどをもかきとめまゐらせて、あさゆふの御おこなひなどをも、その御まへにてせさせ給ふよし、
ききければ

とある。藤原隆信は出家（建仁二年〈一二〇二〉）した頃に、亡き後白河院の御影を描き、その影前で皇女の宣陽門院覲子が勤行をしていたという。長歌冒頭では、

かけまくも　かしこきみ世に　つかへつつ　年経にし身は　とまりゐて　むなしきあとに　つきもせず　かくる
こころは　ふかき海　たかき山とも　あふぎこし　はこやの山の　面影を　いまもなごりの　君が世の　よろづ
よまでの　形見とて　かきとどめてし（後略）

と、隆信は仕えた後白河院を偲びつつ、院の御影を宣陽門院が永く形見とすることができるように描いたと詠む。隆信が亡き後白河院に近侍した身で御影を「形見」の「面影」と歌うのは、二条に比して、廷臣と元女房の差はあるものの、二条詠Aの表現と共通性がある。

しかし、隆信詠には二条詠の「袖の露」のような涙の表現はない。二条はAの前文でも御影を前にして「袖の涙」、「涙の残り」と泣いていたことが強調される。二条が後深草院の「面影」を恋い偲んで涙する表現は、御影に対するものだけでなく、生前の院に対しても用いられている。

例えば、巻四で二条が石清水八幡で後深草院と再会する記事（正応四年〈一二九一〉二月頃）で、

いはけなかりし世のことまで、数々仰せありつるさへ、さながら耳の底に留まり、御面影は袖の涙に宿りて、御山を出で侍りて、都へと、北へはうち向けども、わが魂はさながら御山に留まりぬる心地して帰りぬ。

と、院が二条の幼時以来の思い出を一夜語らった時の「面影」が別れ際の二条の「涙」に宿ったという。この折に、院が、

御肌に召されたる御小袖を三つ脱がせおはしまして、「人知れぬ形見ぞ。身を放つなよ」と小袖を二条に下賜し、二条はそれを「墨染の衣の下に」重ね着した。

重ねしも昔になりぬ恋衣今は涙に墨染の袖
空しく残る御面影を袖の涙に残して立ちはべる（後略）

二条は小袖に涙して院の「面影」を宿しつつ別れており、後朝にもまがう表現に纏綿たる余韻を漂わせている。

この形見の小袖は、御影の記事の直前に一言、「今は残る御形見もなければ」とふれられており、既に院の追善のための写経の布施として全て手放していた。小袖は院の存在の輪郭を偲ばせる形見であり、院に仕え、別れ、再びまみえた二条の半生の思い出も喚起するものであろう。小袖に代わる形見を求めていた二条の前に、院の存在全体を模した御影が現れ、院との深いえにしが偲ばれ、それを語り合った石清水の一夜も想起されたのではないか。その表れとして、石清水の院の面影と二条の涙を反芻するように、御影に対する歌Aの院の面影に注ぐ涙の表現を配したと捉えてみたい。この表現の反復によって、御影に対する二条の追慕が、かつて院と向き合った自らの心身の記憶、特に別れ際の愛惜の感覚を蘇らせるものであったことが示されているだろう。

このように、御影をめぐる表現を、後深草院生前の二条との関係性にまつわる表現との関連において作中世界に位置づける視点を保って、御影の記事を読み進めてゆきたい。

二　帝王の死後の孤独

（御影は）案とかやいふ物に据ゑまゐらせて、召次めきたる者四人して舁きまゐらせたり。仏師にや、墨染の衣着たる者奉行して、二人あり。また預一人、御所侍一、二人ばかりにて、継ぎ紙被ひまゐらせて入らせおはしましたるさま、夢の心地してはべりき。B十善万乗の主として百官にいつかれましましける昔はおぼえずして過ぎぬ。太上天皇の尊号をかうぶりましまして後、仕へたてまつりしいにしへを思へば、忍びたる御歩きと申すにも、御車寄せの公卿、供奉の殿上人などはありしぞかしと思ふにも、Cましていかなる道に一人迷ひおはしますらむなど思ひやりたてまつるも、今始めたるさまに悲しくおぼえはべる（後略）

明静院殿で僅かな者達に捧持された後深草院の御影の寂然たるさまを拝した二条は傍線部Cで、院の魂が孤独に迷っているだろうかと案じる。このCにつき、新大系の注[3]は「参考」として、『唐物語』の「長恨歌」説話の楊貴妃が殺された後で玄宗が彼女の魂のゆくえを案じる表現「いかなる中有の旅の空にひとりや闇にまよふらむ」を挙げる。この表現とCは確かに、死後の魂の孤独なさ迷いを案じる点は共通するが、玄宗の寵姫である楊貴妃と、帝王の後深草院では立場が異なり、Cの院の魂の状態は、その前文Bにおける生前の院の帝王としてのありかたと対比されている。つまり、Bで、院は天皇としては「百官」にかしずかれ、上皇となってからはお忍びのお出ましにも供奉する臣下が必ずいたのに、と回想し、Cで院の死後の魂は馴れない孤独な旅路に迷うだろうと案じる文脈である。

この帝王の生前の百官随行と死後の魂の孤独の対比は、二条の曾祖父である源通親の『高倉院昇霞記』の歌にも見いだせる。

死出の山といふ所は、霧深き朝のやうにて、過ぐる心細さもたぐひなきよし説経するを聞きて、

引き連れし百の官もうち捨てて死出の山路は悲しかるらん

この通親詠は、主君の高倉院（治承五年〈一一八一〉正月十四日崩御）が生前従えていた百官も全て捨てて独り行く死後の旅路の悲しみを案じる点で、BCと共通する。この歌とBCは共に、生前の主君に近しく仕えた者がその死後の

旅にはつき従うことのかなわない悲しみも表現している。

『高倉院昇霞記』の院の死を悼む和歌、特に堀河百首題を列ねた長歌は、堀河院（嘉承二年〈一一〇七〉七月十九日崩御）の一周忌頃に堀河院の叔父であり近臣の源国信が院在世の昔を偲んで詠んだ『源中納言懐旧百首』(4)（以後、『懐旧百首』と略称）をふまえると指摘(5)されている。

二作を、百官随行と死後の帝王の孤独との対比という本稿の観点で比べると、『懐旧百首』九十九首目「おもふこと」（述懐）題の

君一人先立つ空の諸人のいつもみゆきに遅れやはせし(6)

は、「亡き堀河院の魂が独り行く死出の旅の空には群臣も従えない。生前の行幸には常に遅れず供奉したが」という近臣の無念を表しており、『高倉院昇霞記』の右の歌と共通する。

通親も国信も村上源氏であり、二条は『とはずがたり』巻五で「竹園八代の古風」、つまり具平親王以来の村上源氏の文雅の伝統を継ぐ久我家に生まれたことを誇りとし、父の雅忠に至るまで勅撰集入集歌人を輩出してきた歌の家の一員たる意識を抱いていた。国信や通親から二条まで、帝王の死後の魂の孤独を案じる歌文を草する村上源氏の流れが一筋想定されるのではないか。

ただ、通親や国信などの廷臣とは異なり、二条は後深草院に寵愛された女房としての感慨を前掲文Bに込めていると思われる。Bで生前の院は「忍びたる御歩き」にも「御車寄せの公卿、供奉の殿上人」がつき従っていたと語る。このような院のお出ましとして作中に描かれる例は、巻一の一二月二十余日（文永九年〈一二七二〉頃）に醍醐寺で、

いと忍びて御幸あり。網代車のうちやつれたまへるものから、御車の後に善勝寺ぞ参りたる。

とある。以前から院の「御車寄せ」（巻一）を務めていた善勝寺大納言、四条隆顕（二条の叔父）がつき従う車で院が

醍醐寺に独り籠もる二条を慰問する場面である。

その頃、二条は父の雅忠の死（文永九年八月三日）にうちひしがれ、亡父の「面影もあそこここにと忘られず」にいた。その哀傷と孤独を院が「ことさらこまやかに語らひ」慰める逢瀬の明け方には、雪降る山寺で「無文の御直衣に同じ色の御指貫の御姿も、わが鈍める色に通ひて、あはれに悲しく」と、後嵯峨院崩後の諒闇による後深草院の無文の装いと二条の喪服の鈍色が重なり合う。

院からの後朝の文と二条の返歌は、

「今朝の有明のなごりは、わがまだ知らぬ心地して」などあれば、御返しには、

君だにもならはざりける有明の面影残る袖を見せばや　（D）

と、いまだかつてない愛惜の情を共有する。その流露として二条の歌Dは院の「面影」を「袖」の涙に宿しており、御影の歌A「露消えし後の形見の面影にまたあらたまる袖の露かな」に通ずる。御影の面影への二条の哀悼の涙には、かつて睦まじく語らった院の面影への愛惜の涙の記憶が幾重にも揺曳しているだろう。こうした読みを誘う手法として、「面影」や涙の表現が御影の歌に至るまでの院への思慕の文脈で反復されていると思われる。

さて、右の醍醐寺で隆顕を従えた院の行装に比して、名も知れぬ者に運ばれる御影の寥々とした姿は、Cによれば院の死出の旅の孤独を象徴する。かつては二条の孤独をなだめた院が死後は独りさ迷うかもしれないと案じた二条が、亡き院の独り旅に供することは出来ない代わりに、その孤独を思いやる心だけは寄り添わせようとする。そのような哀慕の表現として、Cを把握してみたい。

三　御影と月光の歌

『とはずがたり』の御影の記事は次の歌で結ばれている。

つとめて、万里小路の大納言師重のもとより、「近きほどにこそ。夜べの御あはれ、いかが聞きし」と申したりし返事に、

虫の音も月も一つに悲しさの残る隈なき夜半の面影　（E）

二条が御影を明静院で拝した翌朝、北畠師重（亀山院の近臣〈『増鏡』さしぐし〉）に御影のことを問われて詠んだ歌Eでは、十五夜の満月が照らす「隈なき」御影を仰いだ悲しみを表す。遡れば、後深草院が崩御した七月十六日夜（嘉元二年〈一三〇四〉）も二条は、

隈もなき月さへつらき今宵かな曇らばいかにうれしからまし　（F）

と、隈なき月が暗澹たる哀傷の心に応じて曇ればよいのにと恨んでいた。この崩御当夜以来、隈なき月は院の死と二条の哀悼を照らす円光として御影をも浮かび上がらせる。

さて、二条詠Eと同じく御影を月影と関わらせる歌は、『玉葉集』雑一1996に水無瀬の後鳥羽院の御影堂で詠まれた例がある。(7)

後鳥羽院御影堂一品経供養のついでに歌講ぜらるべしとて、女房の申し侍りけるに、月前雁と云ふ事を

藤原秀成《ママ》

なくなくもみし世のかげや思ひいづる月のみやこの秋のかりがね

後鳥羽院の追善の場で、藤原秀茂（藤原秀能男）が雁に託して、「みし世のかげ」即ち亡き院の面影を偲ぶ歌である。「かげ」は「「御影堂」にかけ、「月」の縁語」と指摘されており（8）、二条詠Eが月の照らす御影の「面影」を詠むのと共通する。ただし、『玉葉集』以外には見いだせない歌であり、詠作年次は不明である。『玉葉集』は『とはずがたり』の最終記事である徳治元年（一三〇六）の三回忌から六年後の正和元年（一三一二）に成立した。二条が存命であれば、『玉葉集』で秀茂詠を後年に読んだ可能性はあるだろう。

次に、御影を月と共に表す歌の平安期の先例を検討する。『後拾遺集』哀傷593に御影の歌がみられる。

　　菩提樹院に、後一条院の御影をかきたるをみて、みなれ申しけることなど思ひ出でて、よみ侍りける

出羽弁

　　いかにしてうつしとめけむ雲居にてあかず別れし月の光を

菩提樹院は長元九年（一〇三六）四月十七日に崩じた後一条院の御陵として上東門院彰子が建立し、長暦元年（一〇三七）に供養した（9）。同院に安置された後一条院の御影（画像）を拝した出羽弁が詠んだとされる歌である。該歌は亡き後一条院を月光によそえ、宮中で仕えた院と死別したことを哀惜し、その尊容を写した御影を拝して催された追慕の念を表す。二条詠Eも月影を帯びた御影に哀悼の念を新たにしており、二者は御影を月光と重ねて歌う手法が共通する。

後一条院の御影の歌は、『今鏡』「すべらぎの上・子の日」の院の崩御の記事でも出羽弁が詠んだとされる。

　菩提樹院にこの帝の御影おはしましけるを、出羽の弁がよめりける、

　　いかにしてうつしとめけむ雲井にてあかず隠れし月の光を

かの菩提樹院は二条院（章子）の御堂なれば、御こころざしのあまりに、父の帝の御姿をかきとどめて置きたて

まつらせ給ひけるなるべし。

後一条院の皇女である二条院、章子が菩提樹院に御影を置いて亡父を偲んだという。

菩提樹院のことは『栄花物語』巻四十「紫野」にもみえる。

二条院、故院（後一条院）の御墓所に御堂建てさせたまひて、菩提院とて、東山なる所に、三昧堂建てられたるかたはらに、御堂建てさせたまひて、御八講、五十講などせさせたまふ。故院、故宮（威子）おはしましあたりにてかくせさせたまへば、「御罪も滅びさせたまふらん」など申す、いと尊し。

章子が菩提樹院の傍らに新たに御堂を建て（寛治二年〈一〇八八〉）、亡き父と母威子の滅罪につながったと語る。

『栄花物語』巻四十は続いて、同御堂に後一条院の御影が置かれたとする。[10]

御堂には故院の御影をかきたてまつりたり。似させたまはねど、御直衣姿にて御脇息におしかかりておはします、いとあはれなり。

御女とて、女御殿の人の腹なりける中納言殿の、

いかにして写しとめけん雲居にて飽かず隠れし月の光を

乳母君

雲居にてすみけん世をば知らねどもあはれとまれる月の影かな

御前（章子）渡らせたまひて見たてまつらせたまふ。幼くおはしましほどにて、たしかにもおぼえたてまつらせたまはぬに、年ごろありて御かたにても見たてまつらせたまふ、いみじうあはれに思しめさる。

御影に関する歌二首に続き、章子が御影を拝して亡き父院を偲んだという。問題は、『後拾遺集』『今鏡』で出羽弁詠とされた御影の歌が『栄花物語』では傍線部の「中納言殿」の詠歌とされている点である。『栄花物語』の諸注は、[11]

後一条院の「御女」である「中納言殿」や、「女御殿の人」は未詳とし、次に配される歌の詠者「乳母君」も不明とする。乳母君詠は後一条院の尊容を描きとめた御影をやはり「月の影」にたとえる。

不明の「中納言殿」に対し、出羽弁は威子・章子に仕えた女房として『栄花物語』続編に特筆される存在であり、後一条院崩御に対する哀傷歌が『栄花物語』に多く記されている。例えば、巻三十三「きるはわびしとなげく女房」では出羽弁の歌が次のように語られる。

　暁の月の隈なきに、ものおぼえぬ心のうちにおぼえける、出羽弁、

　　めぐりあはん頼みもなくて出づべしと思ひかけきや在明の月

この出羽弁詠は、後一条院の崩御直後の四月二十一日頃に威子・章子が内裏から鷹司殿へ退出する際、「隈なき」月の下で詠まれ、亡き院に再会できないことを嘆く歌である。この月の表現は、二条が前述のように後深草院崩御の夜の哀傷歌Fで「隈もなき月」を詠んだことに似る。

出羽弁の歌の研究(12)によれば、右の「めぐりあはん…」の歌は月に絡めて哀傷を表す点が御影の歌に通じ、後一条院を偲ぶ出羽弁の立場からして、御影の歌も『後拾遺集』の伝える通り出羽弁の作であると指摘されている。御影の歌の詠歌年次は初出の『後拾遺集』成立（寛治元年〈一〇八七〉再奏）以前であり、前掲『栄花物語』巻四十の御堂建立時（寛治二年〈一〇八八〉）ではないと考証されている。

このように、出羽弁は、少なくとも『後拾遺集』『今鏡』によれば御影の歌を詠んだとされ、『栄花物語』でも月の哀傷歌を詠んでおり、亡き帝王を偲んで歌う女房像として二条に重なる存在である。

さらに、他の出羽弁詠を二条は別の哀傷歌でふまえていると思われる。『とはずがたり』巻五で後深草院の四十九日（九月五日）の後、二条は院の身代わりとなる祈願も空しく院が崩じたことを定めと受けとめるが、哀しみは尽き

ず、寝られない夜を過ごして、次の歌を詠む。

悲しさのたぐひとぞ聞く虫の音も老いの寝覚めの長月のころ　（G）

Gの「悲しさのたぐひ」は、次の『後拾遺集』哀傷の出羽弁の贈答歌をふまえているだろう。

出羽弁が親におくれてはべりけるに、ききて身をつめばいとあはれなることなど、いひつかはすとて、よみはべりける　　前大納言隆国

おもふらんわかれし人のかなしさは今日までふべきここちやはせし（556）

返し　　出羽弁

悲しさのたぐひに何をおもはましわかれをしれる君なかりせば（557）

出羽弁詠（557）は「悲しさのたぐひ」（哀傷を共有する同類）を贈答相手に見いだすのに対し、二条詠Gは独詠であり、「たぐひ」を「虫」に求めている。出羽弁詠（557）と後一条院の御影の歌（593）は同じ『後拾遺集』哀傷の部の歌であり、『とはずがたり』には『後拾遺集』歌の引用が他にもあるため、[13] 二条は哀傷の表現を共有する「たぐひ」として出羽弁を意識していたと考えられる。

四　虫と魂

前節で論じた後深草院の四十九日の二条詠Gや、院の御影に対する二条詠E「虫の音も月も一つに悲しさの残る隈なき夜半の面影」には、「虫の音」が詠まれていた。『とはずがたり』巻四・五では他にも、院への二条の思慕に関わる文脈に虫の表現が配されており、[14] 一見些細な添景のようだが、その反復は独特の表現性を有すると思われる。

院の四十九日後、九月下旬頃に二条が院の追善のために春日社へ写経を奉納した折の歌、

峰の鹿野原の虫の声までも同じ涙の友とこそ聞け　（H）

は虫を、哀傷を共にする同伴者とみなす点で、G歌の「悲しさのたぐひとぞ聞く虫の音」と同じ詠み方である。Hのように虫の音を哀傷の涙の「友」と聞きなす表現の類例は、『栄花物語』巻三六「根あはせ」で上東門院彰子が子の後朱雀院を亡くして白河殿に移った秋の歌、

夜もすがら鳴き明かすらん虫の声聞けば友来る心地こそすれ

がある。該歌は帝王の死を悼み共鳴する「友」である虫の音を表す点でHと等しい。

右の春日社の記事の直前に、二条は双林寺で九月十五日以降、写経をして院の菩提を祈り、「籬の虫の声々」が二条の「涙言問ふ」後夜に、

いかにして死出の山路を尋ね見むもし亡き魂の影やとまると　（I）

と詠む。該歌の院の魂を尋ね求める二条の願いに、やはり虫が共鳴している。御影の歌Eの虫も、前文Cで院の魂の孤独を案じる二条の心が語られていたから、I歌と同じく院の魂に思いを馳せる二条に伴う虫である。

院の魂を追う二条像と虫の相関は、前述の院の四十九日のG歌と後文にも見いだせる。

悲しさのたぐひとぞ聞く虫の音も老いの寝覚めの長月のころ　（G）

古きを偲ぶ涙は、片敷く袖にも余りて、父の大納言身まかりしことも、秋の露に争ひはべりき。かかる御あはれも、また秋の霧と立ち昇らせたまひしかば、なべて雲居もあはれにて、雨とやなりたまひけむ、雲とやなりたまひけむ、いとおぼつかなき御旅なりしか。

いづかたの雲路ぞとだに尋ねゆくなどまぼろしのなき世なるらむ　（J）

右のJ歌は諸注が指摘するように、『源氏物語』桐壺巻の桐壺の更衣の魂を想う桐壺帝の歌「尋ねゆく幻もがなつてにても魂のありかをそこと知るべく」をふまえ、亡き院の魂のゆくえを尋ねる方士が存在しないことを嘆く歌である。両歌の「まぼろし」はもとより「長恨歌」の楊貴妃の魂のありかを尋ねる方士の故事をふまえている。

虫の表現という観点から注目すべきなのは、桐壺巻で右の歌の後文に、「長恨歌」の比翼連理の契りを桐壺帝が更衣に誓ったのに更衣が亡くなったことを哀しむ情景に、「虫の音につけて、もののみ悲しう」と秋の虫が添えられていることである。

遡って、靫負の命婦が更衣の母を弔問して帰参しようとする場面にも虫が多く描かれる。

　鈴虫の声の限りを尽くしても長き夜あかずふる涙かな　（命婦）

　いとどしく虫の音しげき浅茅生に露置き添ふる雲の上人　（更衣母）

更衣の死を悼む人々の涙と虫の音が重ね合わされており、命婦詠は秋の長夜に泣き続ける哀傷を表す。桐壺帝の夜長の哀傷も、前掲「虫の音につけて、もののみ悲しう」の後文で「燈火をかかげ尽くして起きおはします。（中略）丑になりぬるなるべし」と、「長恨歌」(15)の「秋燈挑盡未レ能レ眠　遅々鐘漏初長夜」に拠って描かれる。これらの秋夜の虫と哀傷の表現は、院の四十九日の二条詠Gや、続く「古きを偲ぶ涙」など、二条が夜長に寝覚めしつつ虫と共に泣く表現と共通する。「長恨歌」には「夕殿螢飛思悄然」と蛍は出てくるが、他に虫とその声は描かれないことが指摘(16)されており、二条詠Gの虫は桐壺巻の影響と考えられる。

二条詠Gのように桐壺巻と関わる虫を詠んで帝王の死を悼む例は、『懐旧百首』に「虫」題で、

　送り置きし浅茅が原は虫の音も夜な夜なごとに声《こゑ》絶えもせず

と、堀河院を葬送した荒れ野原で夜ごと鳴きしきる虫に哀傷を託す歌がある。

また、『今鏡』「すべらぎの下・虫の音」では、近衛帝の崩御を悼む蔵人の平実重が葬送の夜に詠んだ「思ひきや虫の音しげき浅茅生に君を見すてて帰るべしとは」があり、第二・三句は桐壺巻の更衣母詠の二・三句と重なる。

更衣母詠に類する表現は、『高倉院昇霞記』の長歌にも、

虫の音しげき　浅茅生に　うつろふ菊は　もみぢ葉の　散りにし秋の　なごりのみ　尽き果てぬとも

とあることが注釈されており[17]、該歌は虫の音の表現に桐壺巻の哀傷の趣を添えて高倉院を悼む。

『高倉院昇霞記』には前掲の桐壺帝の歌「尋ねゆく…魂のありかをそこと知るべく」をふまえると注されている歌、

思ひやる方こそなけれ夢にだに魂のありかをそこと知らねば

もある。私見では、該歌の第三句「夢にだに」は、幻巻の源氏が亡き紫上の魂を想って詠んだ歌「大空をかよふ幻夢にだに見えこぬ魂の行方たづねよ」もふまえていると思われ、その典拠の「長恨歌」の「魂魄不㆓曾来入㆒夢」は、亡き高倉院を夢に見ないのを通親が嘆くくだりで「魂魄はかつて夢に入らずといふ長恨歌の詩」と想起される。このように『高倉院昇霞記』は桐壺巻などをふまえて亡き主君の魂の在りかがわからない悲傷を表す点が『とはずがたり』と通底する。

五　伏見の対話における虫と月

『とはずがたり』の虫の表現は、巻四に遡ると唯一の例が巻四末の伏見御所での二条と後深草院の対話（正応五年〈一二九二〉頃）中にみえる。長月に二条が院に招かれて積年の思いを語る場面である。院が二条の出家後の旅路での男との仲を「いかなる者に契りを結びて、憂き世を厭ふ友としけるぞ」と疑ったのに対し、二条がそのような契りは

結ばずに一人で旅してきたことを滔々と弁じることばの中に、「虫」が現れる。

さるべき契りもなきにや、いたづらに独り片敷きはべるなり。都の内にもかかる契りもはべらば、重ぬる袖も二つにならば、冴ゆる霜夜の山風も防ぎはべるべきに、それもまた、さやうの友もはべらねば、待つらむと思ふ人しなきにつけては、花のもとにていたづらに日を暮し、紅葉の秋は野もせの虫の霜にかれゆく声を、わが身の上と悲しみつつ、空しき野辺に草を枕として明かす夜な夜なあり。

傍線部は、二条の旅路の独り寝が霜夜に寒々しいさまと、晩秋の虫の声が嗄れて野も霜枯れた侘びしいさまを重ね合わせ、二条の自己像を虫に擬えている。この虫の表現に類似する和歌として、新全集の注[18]は、『新古今集』秋下518良経の周知の「きりぎりす鳴くや霜夜のさむしろに衣片敷きひとりかもねむ」を挙げる。『とはずがたり』に「きりぎりす」の例はないが、該歌の独り寝の寒々しさを虫の音と霜で表す点は確かに右の文と共通する。

虫と霜の表現の類例としては他にも、『和漢朗詠集』上巻・秋・虫・328の「霜草欲レ枯虫思苦　風枝未レ定鳥栖難」（『白氏文集』巻六十六「答二夢得秋庭独坐見一レ贈」）が見いだせ、この詩の霜に枯れゆく草の陰に鳴く虫の哀れな趣は、二条が自らを擬えた虫の状態に通ずる。また、『和漢朗詠集』でこの詩句の前に配される「切切暗窓下　喓喓深草中　秋天思婦心　雨夜愁人耳」（327）（『白氏文集』巻十四「秋虫」）も、草むらの虫の音を聞きつつ遠く離れた夫を偲ぶ妻の心を表し、伏見で語られる孤独な旅路で遠い院を想う二条像と重なる。

虫と霜の類似表現は『とはずがたり』巻五冒頭（乾元元年〈一三〇二〉頃）でも、二条が長月初めに須磨の浦を行く場面に「霜枯れの草むらに、鳴き尽くしたる虫の声絶え絶え聞こえて」とある。つづいて「波の枕をそばだてて聞くも悲しきころなり」と、諸注も指摘するように『源氏物語』須磨巻の「ひとり目をさまして、枕をそばだてて」という源氏が須磨で独り寝覚めをしつつ都人を恋うさまを引用し、二条の都の院への思慕をほのめかす。ここでは院思慕を誘う伴奏として虫の音が描かれている。

ところで、伏見における二条の院思慕の語りは、虫の表現に至る前に、二条が幼くして父母と死別した孤独感を院の寵愛によって慰撫され、院は父母以上に慕わしい存在であったことを強調する。続いて、院と別れた後の旅の悲哀を訴える文脈において、独り寝を続けてきた二条を虫に擬える表現を配する。

虫の表現が二条の幼年期の回想とつながる例は他にもあり、巻五の讃岐の松山で「長月の末のことなれば、虫の音も弱り果てて」と、須磨の旅と同じ晩秋に虫の音が絶えゆく傍らで二条は幼い頃に院から琵琶を習った時に頂いた撥をみて院を偲ぶ。このような虫は、幼少から院に育まれたといううえにしを偲ぶ二条像に寄り添う表象であろう。

伏見の対話に戻ると、虫の表現に次いで、院が都の男との契りを疑ったのを二条が否定した末に、院の返事は、親を亡くした二条を育むつもりだったが中途で別れ、「浅かりける契りにこそと思ふに、かくまで深く思ひそめけるを知らずがほにて過ぐしける」と、浅い縁と思いこんでいたのは心得違いだったと一言侘び、二条の深い思慕に気づいたという。

このように、伏見での虫は、孤独に耐えつつ院を思慕し続けた二条像の化身であり、虫に身をやつして寂寥を訴える表現が、院の疑いを晴らし、思慕を認めてもらうためのレトリックとして機能している。

さて、伏見の記事などの院生前の虫の表現は、御影の記事における虫の表現とどう関わるのか。御影の歌E「虫の音も月も一つに悲しさの残る隈なき夜半の面影」の虫と共に泣く二条が月の照らす院の面影を仰ぐ構図は、伏見における二者の関係性の表現と重なるところがある。

前述した伏見での問答の前の記述で、二条が九月の「隈なき月の影」に照らされる院の「面影」を拝し、院が二条と男の仲を疑う発言の始めにも、「かやうの月影」の夜には二条との再会を望むと言う。次いで、二条の虫の擬えを含む思慕の訴えを院が認めた直後にも、「西に傾く月は山の端をかけて入る」と、月が二人のえにしの確かめ合いの一夜を照らしていたことを示す。

月下の対話後の別れの明け方には、「涙は袖に残り、御面影はさながら心の底に残して出で侍りし」と、二条が院との宿縁を訴えた後の万感がこもる涙と、えにしを認めた院の面影が一対に描かれる。この涙と面影の表現は、御影の歌の一首目A「露消えし後の形見の面影にまたあらたまる袖の露かな」と重なることからして、御影は伏見で生前最後の語らいをした院の面影をも彷彿とさせ、途絶えてはつながる院とのえにしをめぐる無量の思いと涙を二条に喚起する表象として描かれているといえよう。

そして、伏見の月光を帯びた院の面影を思慕する二条像の象徴としての虫が、御影の歌Eにおける、月下の院の面影を哀慕する二条・虫という構図に重ね合わされている。院の魂の似姿である御影を拝した二条は、E歌で再び虫と化して、院の魂の寂寥に寄り添い、その孤独を慰撫しようとしている。そのような二条像を『とはずがたり』に描きだすことが、院の魂への二条なりの思慕と追悼の表現方法なのである。

おわりに

本論における御影の表現の位置づけを概括すれば、第一に、御影の面影に涙する二条像は、かつて契りを確かめ合った後深草院の面影への愛惜の記憶を反芻していることの表現であった。第二に、御影は帝王である院の死後の魂における孤独の表象であり、その魂の向かう先を案じ慕う二条像は父祖である村上源氏の流れにおける帝王追慕の表現の系譜に属するものであった。第三に、月の照らす御影に主君への哀慕を投影して歌う女房像において、出羽弁と二条の親近性が認められた。第四に、虫は孤独に院を偲ぶ二条像の象徴であり、御影に鳴く虫は院の魂を慕う二条の化身であった。

以上のように、御影は生前の院と二条のえにしの記憶を喚起する形見であるとともに、院の死後の魂の象徴でもあり、二条が『とはずがたり』終局で抱いていた院のイメージを集約的に体現する像として作中世界に造型されているのである。

注

（1）岩佐美代子「『とはずがたり』読解考」（『宮廷女流文学読解考　中世編』笠間書院、一九九九年）は、『花園院宸記』の伏見院の御月忌の記事に「依御月忌参衣笠殿如例、（中略）先々御月忌於明静院被行之、而後深草院御影内被籠御骨」（元応元年〈一三一九〉八月三日）（『花園天皇宸記二（史料纂集）』続群書類従完成会、一九八四年）等とある御影が『とはずがたり』当該記事の御影にあたることを指摘する。

（2）『隆信集』の解釈は、樋口芳麻呂『隆信集全釈』（風間書房、二〇〇一年）参照。『隆信集』本文は『新編国歌大観第四巻』（元久本『隆信集』）による。

（3）三角洋一校注『とはずがたり　たまきはる』（岩波書店、一九九四年）参照。

（4）橋本不美男『院政期の歌壇史研究』第五章（武蔵野書院、一九六六年）参照。『懐旧百首』本文は、冷泉家時雨亭叢書四十九巻『歌合集　百首歌』（朝日新聞社、二〇〇二年）所収の冷泉家本による。表記は片仮名を平仮名にし、漢字をあてる等、私意で改めた。なお、本稿に引く『懐旧百首』歌二首は冷泉家本と宮内庁書陵部本（桂宮本叢書二十巻、養徳社、一九六一年）の間で異同はない。

（5）久保田淳「源通親の文学（一）―散文」（『藤原定家とその時代』岩波書店、一九九四年）、久保田淳・大曾根章介校注

『中世日記紀行集』（岩波書店、一九九〇年）参照。『高倉院昇霞記』の本文は『中世日記紀行集』に拠る。

（6）この国信詠は円融院葬送の折の行成の歌「遅れじと常のみゆきはいそぎしを煙にそはぬたびの悲しさ」（栄花物語巻四みはてぬゆめ）（後拾遺集542哀傷ほか諸書に喧伝）をふまえる。

（7）水無瀬の御影堂の本尊であり、現在水無瀬神宮に伝わる後鳥羽院像（伝藤原信実筆）につき、村重寧『日本の美術　三八七　天皇と公家の肖像』（至文堂、一九九八年八月）参照。御影全般につき、宮島新一『肖像画（日本歴史叢書）』（吉川弘文館、一九九四年）参照。

（8）岩佐美代子『玉葉和歌集全注釈下巻』（笠間書院、一九九六年）参照。

（9）菩提樹院と後一条院の御影に関する考証は、佐藤久美子「後拾遺和歌集における出羽弁歌について」（『国文』69、一九八八年七月）参照。

（10）松村博司『栄花物語全注釈七』（角川書店、一九七八年）によれば、「紫野」の当該記事における二条院の御堂は、『師記』寛治二年八月十七日条に「今日中宮御堂供養也」「酉刻参件御堂〈菩提樹院東〉」「有曼荼羅供」とある御堂のことだが、「紫野」が同御堂に後一条院の御影が安置されたとすることを裏付ける史料は指摘されていない。山中裕・秋山虔・池田尚隆・福長進『栄花物語三』（小学館、一九九八年）頭注も『師記』の同記事を指摘するが、「紫野」が語る「法華八講や五十講が行われたという記録はみえない」とする。『師記』は『増補史料大成五』一五二頁（臨川書店、一九七五年）参照。

（11）『栄花物語全注釈七』（注10前掲）、『栄花物語三』（注10）を参照。松村博司「『栄花物語』と『後拾遺集』の関係」（『歴史物語研究余滴』和泉書院、一九八二年）、加藤静子「『栄花物語』続篇の出羽弁―「かけまくも思ひそめてし君なれば」―」（『王朝歴史物語の方法と享受』竹林舎、二〇一一年）も「中納言殿」は不明とする。

（12）佐藤久美子論文（注9前掲）参照。なお、加藤静子論文（注11）は、『後拾遺集』593の御影の歌の「あかず別れし」や、『栄花物語』巻三十三の後一条院を偲ぶ出羽弁詠が恋歌的表現であること等から、御影の歌は後一条院の寵愛を受けた可能性がある出羽弁が詠んだと推定する。出羽弁につき、松村博司「出羽弁の生涯」（『歴史物語考その他』右文書院、一九七九年）も参照。

(13)　例えば、『後拾遺集』390和泉式部「さびしさにけぶりをだにもたたじとてしばをりくぶるふゆの山ざと」が『とはずがたり』巻一の醍醐の情景描写に引かれ、485源道済「とまるべきみちにはあらずなかなかにあはでぞけふはあるべかりける」や729藤原惟規「しもがれのかやがしたをれとにかくにおもひみだれてすぐすころかな」が巻四の飯沼資宗との会話や入間川の場面に引かれていることが諸注に指摘されている。

(14)　『とはずがたり』前編（巻三まで）の「虫」は全三例で、巻一の二条の父の四十九日の「九月二十三日なれば、鳴き弱りたる虫の音も袖の露を言問ひて、いと悲し」という例や、巻二末で二条に近衛の大殿（鷹司兼平）が懸想する場面で八月頃の伏見御所にいる「人待つ虫」、「むつかしき虫」が点描されるが、後編の全七例が全て院思慕の表現であるのとは様相を異にする。

(15)　「長恨歌」（『白氏文集』巻十二）の本文は川瀬一馬監修『金澤文庫本白氏文集（一）』（勉誠社、一九八三年）に拠り、底本の返点は一部私改した。

(16)　上野英二「平安朝における物語―長恨歌から源氏物語へ」（『源氏物語序説』平凡社、一九九五年）参照。同論文は桐壺巻と同じく「長恨歌」を秋の虫と共に表す和歌は『後拾遺集』秋上270道命「ふるさとは浅茅が原とあれはてて夜すがら虫のねをのみぞなく」等多いと指摘する。

(17)　水川喜夫『源通親日記全釈』（笠間書院、一九七八年）参照。

(18)　久保田淳校注『建礼門院右京大夫集　とはずがたり』（小学館、一九九九年）参照。

＊参照した作品の本文は、『白氏文集』（長恨歌以外）は新釈漢文大系、『今鏡』は講談社学術文庫、『唐物語』は『唐物語校本及び総索引』に拠ったが、表記等は私意で改めた所がある。

第三部　日記と西行

第一章　『信生法師日記』、『十六夜日記』と西行の「命なりけり」の歌

はじめに

あづまのかたにまかりけるに、よみ侍りける　　西行法師

年たけてまた越ゆべしと思ひきや命なりけりさやの中山

（『新古今集』羈旅987）

西行晩年の絶唱として知られるこの歌は、『西行法師家集』476では「あづまのかたへ、あひしりたりける人のもとへまかりけるに、さやの中山見しことの昔になりたりける、思ひ出でられて」という状況で詠んだとされる。文治二年（一一八六）、六九歳の西行が奥州藤原氏の秀衡に対する砂金（東大寺再建用）の勧進のために陸奥へと旅した際に、さやの中山を越え、初度の陸奥旅行で同じ山を見た遥か昔を思い出して詠んだ歌と考えられている。初度陸奥旅行は、康治二年（一一四三）頃の西行二六歳の旅と推定する説[1]や、久安三年（一一四七）頃、西行三〇歳の旅とする説[2]があり、いずれにせよ再度の陸奥旅行の時から遡ると約四〇年前の旅であり、初度のさやの中山の歌は残っていない。該歌では老いた西行がさやの中山を思いがけず再訪できた感慨が歌われており、四〇年を隔てた二度の旅を貫いて生きてきた西行の命の軌跡が「命なりけり」の一句に凝縮されている。

本章では、このさやの中山の歌の表現性を検討するとともに、それが鎌倉期の東海道の旅を描く日記作品に与えた影響を考察する。西行の研究史では、さやの中山の歌が名歌として評釈されることは多いが、日記における該歌の受容についてはなお考えるべき問題がある。該歌の喚起する西行の旅が日記の描く旅にどこまで重ね合わされ、どこから日記独特の旅の表現へと転じられているのかを考えたい。この歌の特に「命なりけり」の表現性を他の西行歌との比較を通して考察し、その表現が『信生法師日記』や『十六夜日記』の歌に与えた影響を明らかにする。

これらの日記のさやの中山詠受容を考える上で、日記が書かれた時期には成立していたと思われる『西行物語』におけるさやの中山の歌の位置づけも検討する。日記の該歌受容について従来の注釈では西行歌のみを典拠として挙げるのが常だが、『西行物語』の該歌受容は日記の該歌受容と相関しないのだろうか。日記が『西行物語』の該歌の位置づけと接点を有する志向において、さやの中山を越える西行像を受容する表現性を解明したい。

一　西行のさやの中山詠の表現

さやの中山（以下、「中山」と略称）の歌の詠み方の歴史的変遷は既に指摘されている(3)。その概要は、平安期は『古今集』などで中山は主に恋歌の中に詠み込まれ、院政期に旅の歌枕として詠まれ始め、『千載集』の羇旅部に中山詠が入集したのを承け、『新古今集』でも羇旅部に西行歌を含む中山詠が集中するといわれる。

西行歌の中山は当時の東海道の難所であったと解説されることが多く、その難所の性格を表す院政期の旅の歌としては、『堀河百首』1364山・師頼「あらし吹くこぐれの雪を打ち払ひけふこえぬるやさやの中山」、『林葉和歌集』609雪朝越山「けさも猶あまぎる雪のなほふれば駒もなづみぬさやの中山」などの雪や嵐にみまわれる旅の苦難を歌う例が指摘されている。(4) 西行の再度陸奥旅行は、八月十五日に鎌倉に滞在していることが『吾妻鏡』から知られるから、中山を越えたのはそれ以前の秋頃と思われ、雪は降っていなかったはずだが、歌枕のイメージとしては風雪も厳しい難所であることを西行歌は意識し、それを老年に再び乗り越えられた感慨を示しているだろう。

また、西行歌は二度の中山越えを成し遂げた老いの命を表す点で一首がはらむ旅の時間は遥かに長く、同時代までの中山詠では西行歌ほどに長い時間を詠む例は見いだせない。例えば、『千載集』羈旅502行路初雪・八条前太政大臣（藤原実行）「よなよなの旅寝の床に風さえて初雪ふれるさやの中山」や、『長秋詠藻』547旅「日数ゆく草の枕を数ふれば露おきそふるさ夜の中山」等の旅の歌は、中山を一度過ぎる旅の時間しか含まない。西行の老いるまでの命の旅が中山へと回帰する時間を大観する視野は未曽有のものといってよい。

このように特異な西行歌は、第四句の「命なりけり」が前後の句から切れた形で迫り出すように現前する点でも独特である。しかし、この句には先例があることが知られており、それは『古今集』春下97題しらず・よみ人しらずの歌である。

　春ごとに花のさかりはありなめどあひ見む事はいのちなりけり

従来、この『古今集』97歌と西行歌の感慨の違いが指摘(5)されており、『古今集』の歌が、人は命を失うと毎年の春の花盛りを見ることはできないという「否定的」な「悲観」を含むのに対して、西行歌は自らの人生への「肯定」を表すと考えられている。確かに西行歌は西行の命が老後に中山を再訪できたことを望外の達成として肯う感動を表すが、『古今集』の同句のような命のはかなさへの感慨を含まないのだろうか。

西行歌の老年の感慨と、『古今集』97歌の示す花盛りにめぐりあう命、という二つの要素に関わる西行の他の歌に目を転じてみよう。『聞書集』の「花の歌十首人人よみけるに」という桜を詠んだ歌群（128～137）の一首（132）に注目したい。

　はるごとのはなに心をなぐさめてむそぢあまりのとしをへにける

132歌は老人の視点であり、毎春の桜に心を慰めつつ六十余年を経た命の重みを表す。該歌は、『古今集』97歌が歌うような毎春の花にめぐりあう命を長らく享受できた老境の深い感嘆を吐露している。

　西行には他にも命長らえて桜と向かいあえた感慨を示す歌がある。『西行法師家集』51、

　　春をへて花のさかりにあひきつつ思ひでおほき我が身なりけり　（「花」歌群の一首）

は『古今集』97歌に拠ることが注釈されており[6]、春の花盛りとのめぐりあいの思い出を多く蓄えた己が命に感無量となった作中主体は、多くの桜の歌を詠んだ西行の自己像でもあろう。

　花と向きあう命をめぐる西行歌は、『聞書集』花の歌十首のうちの131歌、

　　花よりはいのちをぞなほをしむべきまちつくべしとおもひやはせし

も見いだせる。『古今集』97歌と関連づけると該歌の趣意は「春毎に再生する桜花よりも、それを見る私のはかない命こそ愛おしむべきであり、開花まで待って生きていられるとは思いもしなかった」ということであろう。前掲の『聞書集』132歌の老人視点が131歌にも及ぶと解すれば、131歌は多くの春の桜を待ち迎えられた命の稀有な老いを愛惜する心を歌っている。その命への愛惜の裏には、遠からぬ死への予感も滲ませている。

　この131歌の「まちつくべしとおもひやはせし」は、中山詠の第二句・三句の「また越ゆべしと思ひきや」という反語表現と重なり、二首は心情も共通性がある。いずれも老年に死を覚悟して、再び桜や中山に臨む事は出来ないだろうと諦めていたが、意想外の幸いにめぐまれて、桜に、中山にめぐりあえたことに心を震わせる姿を喚起する。西行歌では桜も中山も、それに向き合う者の長命の重みを感受すべく触発する自然である。よって、命の老いをめぐる西

行歌の表現世界においては、桜と中山をつなぐ系譜が意識されていたと考えられる。
そして、『聞書集』の花の歌十首には、次の133歌も配されている。

ひとときにおくれさきだつこともなくきごとに花のさかりなるかな

この歌は、桜がどの木にも一斉に咲き誇り、開花に遅速がないことを賛嘆するのが主旨である。しかし、第二句には遍昭の『新古今集』哀傷757（『和漢朗詠集』無常798にも撰入）の、

末の露もとのしづくや世の中のおくれさきだつためしなるらん

という無常観の歌を引くことで、一斉の花盛りと、無常の世における人の死の遅速を対比している。(7)その無常観に132歌の老人視点を加味すると133歌は、花盛りを見ずに先立った同時代人たちを想い、その後も生き残って花を眺める六十路の己が命もまた無常と観じる老人像を想像させる。

命の無常の表現という観点から西行の中山詠の「命なりけり」を見直すと、西行には同句を用いた歌がもう一例みられる。松屋本『山家集』（下・雑）特有の歌、

野辺の露草の葉ごとにすがれるは世にある人の命なりけり

では野に茂る草の葉の露のような人の命の無常を観じることからすれば、中山詠の同句も、単に長命を喜び肯うだけでなく、無常と背中合わせでありながら稀有に長らえ旅を続ける命に感嘆しているのだろう。そして、中山詠は西行自身の長命だけでなく世人の露命にも思いを致し、特に亡くなった多くの同時代人たちをも追想しているのではないか。

中山詠における故人への追想について、久保田淳(8)は「鳥羽法皇も崇徳院も、待賢門院堀河、上西門院兵衛の才媛姉妹も、同行西住も、親しかった人々はほとんど故人となってしまった。そして自分だけは昔と同じ道筋を、昔のまま

の山坂を越えてゆく。」と述べる。挙げられた故人の多くは、その死を西行が悼んで歌を詠み弔った同時代人であり、鳥羽院に対しては西行がその葬送につき随うことで主従の深い契りを思い知り（『山家集』782）、崇徳院には配流先での崩御の無念を慰撫する歌を捧げ（『山家集』1355）、堀河・兵衛姉妹は共に西行に後生の導き手となるように願い（『山家集』750、『聞書集』229）、西住は臨終正念に至るまで西行がつき添った同行であった（『山家集』806）。他にも『山家集』中巻雑部の哀傷歌群にみえる同時代の故人は多く、中山詠は特定の誰かを偲ぶわけではないが、西行の命の長い旅路と対照的に既に旅を終えた故人たちを追想しているだろう。中山詠の表す西行像は旅を続ける己の命の孤独を感じ、死者たちの思い出を携えて旅する命の重みをうけとめ、まもなく故人たちと同じく死出の旅へ発つ予感も抱く存在と捉えられる。

二　『信生法師日記』の中山詠受容

『信生法師日記』（『信生法師集』前半部分）には西行歌の影響がみられる。源実朝に仕えた信生（塩谷朝業）が都で出家（承久二年〈一二二〇〉）した後初めて鎌倉へ戻る旅（元仁二年〈一二二五〉二月）で、さやの中山と宇津の山を通る際の詠歌に西行の中山詠がふまえられている。この日記の歌の注釈で既に西行歌が典拠として挙げられているが、(9)ここでは日記が西行歌をどう受容し、変奏して信生の旅を造型したのかを考える。

小夜《さよ》の中山を過ぐとて、

あはれなりこれや限りの旅ならん我が世も更けぬ小夜の中山

信生の中山の歌は、「限りの旅」、「我が世も更けぬ」とあるように、最後の旅になるかもしれないという晩年の意識があり、西行歌の「年たけて」という老年意識を受け継ぎながら死の覚悟をも感じさせる。

信生歌の死の予覚を示す上の句は、『新古今集』離別872の道命法師の「別れ路はこれやかぎりのたびならむ更にいくべき心ちこそせね」をふまえ、信生が最後の旅をしている哀感を表す。最後の旅の予感は西行歌にも漂うが、信生歌は死に向かう諦観の影がより濃い。

また、信生歌は「我が世も更けぬ」と、自らの生涯の終わりを意識しつつ、夜更けの意味も掛け、「小夜の中山」[10]にも夜の意を重ねる。中山の旅の歌で山名に夜の意を掛ける例は他にも多く、『新古今集』羇旅962旅宿嵐・有家「岩がねのとこに嵐をかたしきてひとりやねなんさよの中山」や、信生の旧主の実朝にも『金槐和歌集』（定家所伝本523）旅宿霜「袖枕霜置く床の苔のうへに明かすばかりのさよの中山」があり、嵐や霜にみまわれる夜の中山での旅寝のわびしさを詠む。しかし、信生歌のように夜の中山で己が命の終わりを意識する例は信生以前に見いだせず、西行歌にもなかった夜の闇のイメージの中に死を見すえる点が独自である。

死の意識は『信生法師日記』全体に色濃く、多くの死者と無常について語られている。例えば中山以前に鳴海で「いつかまた我もはかなく鳴海潟身のをはりには誰か逃れむ」と、信生自身の逃れ得ぬ死を歌い、「老少不定なる習ひ、かく逃れぬ無常ども、昔より今に至るまで、目の前に違はぬ」と無常を観じる。そもそも、信生が鎌倉へ下るのも実朝の七回忌の墓参のためである。信生は「御墓訪ふて通夜し侍るに、御面影は只今も向ひ奉りたる心地」と、墓前で実朝生前の面影が甦り、「昔今の事思ひ残さず」と、実朝に仕えた「昔」を偲び、実朝を失った後の「今」の悲哀に沈む。その後、信生は北条政子の急逝に遭い、「有為無常の理り」を観じて哀傷歌を連ねる。そして、信生は故郷の塩谷に帰り、亡妻の十三回忌に際して「後れ先立つ世のはかなさ」と遍昭の前掲の歌「世の中のおくれさきだつ」を引きつつ、「別れ路に露の命の消えやらで十と三年の秋に会ひぬる」と、死に遅れた我が身を歌った。このように日記は、主君や妻も亡くして独り生き残る身において死の意識を吐露する信生像を造型している。

日記の死の意識は、信生の宇津の山での詠歌にも影を投げる。

宇津の山を越ゆとて、路のほとりなる木に札を打ち侍りしに、「昔は花鳥の情にうそぶきて、馬に鞭打ち越えき。今は相霜のとぼそを出でて、僧に伴つて過ぐ」と書き付け侍りて、

思ひきや宇津の山辺の現にも夢にもかくてまた越えんとは

信生の宇津山での回想「昔は花鳥の情にうそぶき」は、後に鎌倉で亡き主君実朝を偲ぶくだりで「大和言の葉は、その道盛り、つと興りき。君となり臣となる契り、世々に深しといひながら、ことに忘れ難きは、花・郭公・月・雪の折々の御情なり」という歌交における実朝の信生に対する恩情を懐かしむことと関連し、歌を詠みつつ山を越えて実朝に仕えていた武士としての盛りの「昔」を想う。

その「昔」に対し、信生は「今」や主君を失って出家した後に旅する身であることを嘆き、宇津の山で歌を詠んだ。信生の歌の二句から四句にかけては、周知の『伊勢物語』九段の「駿河なる宇津の山べのうつつにも夢にも人にあはぬなりけり」という東下りの途次に夢にも都人と逢えない嘆きを詠んだ男の歌のことばを借りている。[11]『伊勢物語』の同歌は実朝もふまえた歌を詠んでおり、『金槐和歌集』628の上京した恋人と思しき某人に贈った歌、

都べに夢にもゆかむたよりあらば宇津の山風吹きも伝へよ

は都恋しさを伝える。信生は実朝と共に詠歌に励み、二者には類歌も指摘されており、[12]信生は宇津の山で実朝生前の「昔」を偲ぶうちに実朝のこの歌を連想したかもしれない。

しかし、信生は日記で右の宇津山詠に続き、

山中に山伏の会ひて侍れば、かの「夢にも人の」といひけること、思ひ出でられて、

思ふ人あらばや我は言づてん会ふ甲斐もなし宇津の山伏

と、『伊勢物語』のように山伏に出会うものの、歌では「私は偲ぶ都人などいないから山伏に都への言伝をしない」と詠む。信生にとって宇津の山は『伊勢物語』の表す都恋しさとはかけ離れたよそよそしい場であり、その距離感には『伊勢物語』に倣って都恋しさを歌った実朝と死別した喪失感が影を落としているのではないか。[13]

信生は『伊勢物語』から遠のくとともに、宇津の山での一首目の「思ひきや～また越えんとは」という表現が西行歌の「また越ゆべしと思ひきや」を踏襲する。西行歌が初訪と再訪を貫く命の旅路で同じ中山を越えられた自らの生涯を肯いつつ同時代人の死を追想するのに対し、信生歌は実朝生前の信生の意気揚々とした宇津の山越えから実朝没後の孤独な山越えへと激変した身の上の悲哀を表現している。

三　『信生法師日記』の西行像受容と『西行物語』の中山詠

『信生法師日記』の西行像受容について先行論文[14]では、日記末尾の信生が故郷塩谷で娘に再会して恩愛を抱きつつも今生の別れを告げる場面や、『信生法師集』(193～198)にみえる信生が娘への恩愛故に出家を逡巡しつつも遂行するさまが、『発心集』巻六の五話の西行が出家後も娘を気にかけ出家に導く説話や、『西行物語』における、出家を決意した西行の愛娘との別れに類似し、影響を受けたと指摘されている。示唆的な指摘だが、研究史では『西行物語』諸本の記事の配列や表現と『信生法師日記』との比較はなされておらず、本章では物語諸本の中山詠関連の記事を日記の中山詠受容と比較したい。

そのためにまず、『信生法師日記』と『西行物語』の成立年代を研究史に拠って確認し、信生が『西行物語』を読み得たか否かを考えよう。『信生法師日記』の成立は日記中の旅が行われた元仁二年（一二二五）以降、信生の没年までの間であり、没年は嘉禎三年（一二三七）または宝治二年（一二四八）と推定されている。[15]一方、『西行物語』は多様な諸本があり、本文によって成立が異なるが、徳川美術館と文化庁の所蔵する現存最古の『西行物語』絵巻（広本系に属する）は欠失した部分が多くて中山詠も欠くものの、一具の絵巻の巻一・二にあたり、承久から建長の間、特に一二三〇～一二四〇年頃の成立と推定されている。[16]この絵巻の成立期はおおよそ信生の晩年と重なるため、『西行物語』を信生が読んだ可能性はあるだろう。なお、『西行物語』の早い享受例として有名な『とはずがたり』巻一の後深草院二条が見た「西行が修行の記といふ絵」は古い『西行物語』絵巻にあたり、二条九歳頃、文永三年（一二六六）頃に見た絵と考えられているから、『信生法師日記』の成立期よりはやや遅い享受ということになる。

さて、『西行物語』諸本の中山詠の位置づけを検討する。参照する諸本は、研究史の系統分類を参考にして、[17]①広本系の文明本（文明十二年書写、宮内庁書陵部蔵）、西行一生涯草紙、②略本系の久保家旧蔵本（現在、サントリー美術館蔵）、正保版本、西行上人発心記、静嘉堂文庫本、③采女本系（明応九年海田采女佑原画絵巻の模本）の渡辺家旧蔵本（現在、文化庁蔵）、④永正本（永正六年書写）・寛永本（寛永十七年書写）、⑤松平文庫本などである。

広本系本文は略本系よりも先に成立し、古態をとどめる部分が比較的多いと考えられており、広本系のなかでも和歌・記事が多く備わる本文として論じられることが多い文明本を主に参照し、他の諸本も見比べつつ論じたい。

まず、中山詠自体は諸本で大きな異同は認められない。五句の山名は「さやの中山」とする本文が多く、「さ夜」とする文明本、「小夜」とする静嘉堂文庫本、「さよ」とする寛永本、西行上人発心記でも特に夜の意を掛ける意図は認められない。

次に、物語特有の中山詠の位置づけは、静嘉堂文庫本と渡辺家旧蔵本以外の諸本で共通に、[18]本来は初度陸奥旅行の歌「白河の関屋を月の」（『山家集』1126）などを中山詠よりも後に配し、西行が東海道を下って陸奥に至る旅を一度だけのこととして語ることである。物語では一度の陸奥旅行なのに中山詠が再訪の感慨を歌う理由や西行の老年について歌前後の文で説明しないため、中山詠が唐突に感じられる。

しかし、物語の中山詠は概ね諸本共通に、Ⅰ西行の伊勢から東国への出立、Ⅱ天竜川の挿話に次いで配列[19]される点に独特の意義があると思われる。出立の記事に遡ると、西行は伊勢の神官と別れを惜しみ、次の歌（静嘉堂文庫本、渡辺家旧蔵本以外の諸本共有）を詠む。

君もとへ我もしのばん先立たば月をかたみにおもひいでつつ　（久保家旧蔵本）

この歌は諸本で異同がなく（文明本は初句を「君もかく」と誤る）、西行と神官らいずれかが先に亡くなったら月をお互いの形見として弔い偲ぼう、と詠む。該歌は他には『西行法師家集』734にのみ載り、同家集の「追而加書西行上人和歌次第不同」という追加部分（599歌以降）の歌であり、西行真作か疑わしいが[20]、物語中では該歌によって西行は死の覚悟を持って東国へと旅立ったことが表されている。

この出発に続いて、『西行物語』諸本は天竜川の挿話を配する。

渡し舟に乗りたれば、ある武士来たりて舟に所なし。あの法師、降りよ、降りよと鞭を持ちて散々に打つほどに、西行のつぶり打ち割られて、血のおびたたしく流れけるを、この供なる入道、これを見て、あながちに泣き悲しむを見て、西行申ていはく、心よはくも泣くものかな。さればこそ連れじとは言ひしか。修行をせんにはこれにまさる事こそ多くあらんずれよなとて、少しも腹立つけしきもなく（後略）　（文明本）

天竜川で混雑する船に乗った西行が某武士に下船を強要され、頭を打たれて血を流しても耐え忍び、それにうろたえた供の入道をたしなめて袂を分かち、独り中山を越えて歌を詠む展開となる。この展開は、死を覚悟する西行が天竜川で身命への危害を乗り越え、中山では予期に反し長らえて旅を続ける我が命の重みへの感動を歌うという物語独自の文脈を生み出している。中山越えの歌の前提に旅ゆく者の死の覚悟を描くのは『信生法師日記』も共通であり、信生が中山とそれ以前の旅路を描く歌文で死を意識することは前に述べた。

また、『信生法師日記』の亡き実朝への哀悼をはじめとした死者への追想も、『西行物語』が中山詠以後の記事で西行ゆかりの人々の死を語ることと関わるだろう。先述のように、西行の中山詠は西行の長い命の旅路と裏腹に先立った同時代の人々への追想をはらんでいた。物語諸本は概ね、主要な同時代人の鳥羽院、崇徳院、西住などの死の記事を中山詠以後に配するため、中山詠において西行が特定の故人を偲んでいるわけではない。しかし、物語では中山詠を詠んだ東海道下りから陸奥への一連の旅の後に帰京した西行は、世の無常に直面する。

心にまかせぬ命なりければ、二度旧里にかへりて、都の事柄見めぐれば、おくれ先立つためし、末の露本のしづく、老少不定の理、誰も知りながら、この十よ年が間にまはりきて、なれしともがらを尋れば、死出の山路はるかにこえはてて、（中略）常に尋ねし門に葎のあとさしこめて、昔語りになりたる所、六十余家なり。（文明本）

西行の旅中に都の「なれしともがら」即ち知己（その個人名を物語諸本は挙げない）は多く亡くなっていた事を知り、既述の遍昭の「末の露もとのしづくや世の中のおくれさきだつためしなるらん」を引いて無常を観じる。『西行物語』は要所要所に無常の表現をちりばめており、この帰京時の知己の死と遍昭歌引用による無常観は静嘉堂文庫本、渡辺家旧蔵本以外の諸本に共有されている。遍昭歌による無常観は、一生涯草紙、略本系（静嘉堂本を除く）、永正本・寛永本などの中山詠直後に配される岡部の宿（駿河国）の説話でも、西行が都で別れた同行の客死を知った時に「おくれさき立つならひ、はや、もとのしづくと成りにける」（久保家旧蔵本）と表される。

このように『西行物語』は、歌いつつ旅をする西行の命が知己の死と背中合わせであることを執拗なほどに語る。

物語が西行の命と知己の死を対比する視点は、『信生法師日記』が信生の命の旅と契り深い人々の死を対照する視点と通底する。信生が旅路や故郷で詠んだ歌は、先立った人々を偲びつつ自らも死にゆくことを予感する無常観を表し、『西行物語』が無常に逢着する西行の旅を遍昭歌とともに語ることと重なり合うのである。

四　『十六夜日記』の中山詠受容

『十六夜日記』の東海道下りを描く路次の記は、十月二四日の中山越えの記事では簡略に紅葉が美しいことにふれ、「越えくらす麓の里の夕闇に松風おくるさよの中山」、「雲かかるさやの中山越えぬとは都に告げよ有明の月」と歌うが、西行歌の影響は認められない。

西行の中山詠の影響はむしろ、二一日の宮路山での歌、

　この山までは、昔見し心地する。頃さへ変らねば、

　　待ちけりな昔も越えし宮路山同じ時雨のめぐりあふ世を

の注釈(21)で該歌の「山をふたたび越える感慨」において中山詠が「思い出される」と評されている。確かに該歌の「昔も越えし」と中山詠の「又越ゆ」は重なり、『十六夜日記』の旅は弘安二年（一二七九）、阿仏尼の五十代後半の老年の旅であり、中山詠の老年意識とも重なる。

宮路山は三河国の歌枕だが歌われた例が稀少で、阿仏歌と同じく「昔」を詠んだ例は『信生法師日記』の「宮路山松の嵐も神さびて昔よりけに身にぞしみける」しか見いだせない。この信生歌の前文で、在俗の「昔」は宮路山に感慨はなかったが今は出家の身で山を越えて物寂しいと述べ、歌も松風が昔より一層身に染みると詠む。信生歌は昔と

違う感慨を強調する点で阿仏歌の昔と同じ山を再訪した感動と異なり、西行歌とは表現が重ならない。

さて、阿仏歌で回想される宮路山を越えた「昔」は、『十六夜日記』二十六日条で富士山を見た際に「昔、父の朝臣に誘はれて、「いかに鳴海の浦なれば」など詠みし頃、遠江国までは見しかば」と想起される遠江への旅である。この昔の旅で宮路山を詠んだ歌は残っていないが、鳴海を詠んだ歌が『続古今集』羈旅933に載っている。

思ふこと侍りける頃、父平度繁朝臣、遠江の国にまかれりけるに、心ならず伴ひて、鳴海の浦を過ぐとてよみ侍りける　　　安嘉門院右衛門佐

さても我いかになるみの浦なれば思ふかたにはとほざかるらん

この詞書は、物思いを抱えた阿仏が父の遠江への旅に不本意ながら同行したことを示す。その折の歌は、鳴海を行く自己の身の上がどうなるかと自問しても答えがないまま、思いを寄せる故郷から隔たる不安を表す。

この遠江旅行の実態を示す資料は乏しく、この旅を素材として阿仏尼が虚構を交えて書いた『うたたね』後半で、宮路山にはふれないが、「我」と称する女主人公の遠江への旅立ちを「神無月二十日あまり」頃とし、近江の野路では「雨かきくらし降り」と、『十六夜日記』と同じ神無月の時雨の季節の旅を描く。『うたたね』は雨と共に「何とて思ひ立ちけんと悔しきこと数知らず、とてもかくても音のみ泣きがちなり」と女が旅立ちを悔やみ都を偲んで涙するさまを語る。鳴海では、

思ふことなくて都の友にもうち具したる身ならましかばと、人知れぬ心の中のみ様々苦しくて、

これやさはいかになるみの浦なれば思ふかたには遠ざかるらん

と、女が都の友と離れた孤独感に苦しむさまを語り、前掲の鳴海の歌を初句だけ異なる形で配し、四句の「思ふかた」即ち都で女が別れた恋人への未練も滲ませ、鳴海を過ぎる女の行く末の漠たる不安を示す。

このように、阿仏尼の遠江旅行と、『うたたね』に女のあてどない旅路の涙と雨を書いた記憶が、『十六夜日記』の宮路山詠の「昔」と「時雨」において回想されているだろう。宮路山詠では、「昔」は物思いに目が曇り身のなりゆきも見えないまま旅したことを偲びつつ、老境に入った今、再び宮路山を越えた感慨を西行の中山詠に拠って表している。中山詠における、昔から今に至る旅の時の積み重なりの末に同じ山を再訪できた自らの命の持続への感嘆を阿仏の宮路山詠は受け継いでいる。

そして、阿仏歌独自の心情は、身の行方が定まらなかった昔の旅から一転、今や「道を守り家を助けむ親子」（日記序）、つまり歌道家を我が子に継がせる使命を帯びた旅路で、宮路山に「めぐりあふ」自らの命の道筋を見出した感慨である。宮路山は阿仏の再訪を「待ち」迎える昔なじみに擬えられ、その命の旅の道程を指し示すしるべとして歌われている。

宮路山を越えた日の翌日の二二日、浜松の引馬の宿の記事にも中山詠が影響するだろう。

親しと言ひしばかりの人々なども住む所なり。住み来し人の面影も、さまざま思ひ出でられて、又めぐりあひて見つる命のほども返す返すあはれなり。

浜松のかはらぬ陰を尋ね来て見し人なみに昔をぞとふ

その世に見し人の子、孫など呼び出でてあひしらふ。

阿仏は昔の遠江旅行の折と変わらぬ浜松の地を再訪し、同地に昔住んだ父や縁者などの故人を偲び、その子孫に会い、この「めぐりあひ」が自らの「命」[22]のえにしに導かれていることに思いをいたして「あはれなり」と感じる。この感慨は、西行歌が中山を再訪できた「命」の旅のめぐりあわせに感動し、長く生きた間には多くの知己の死を迎えたことに思いを馳せることと共通し、阿仏は中山詠の感慨を浜松の記事全体に響かせているだろう。

浜松に次いで二三日に天竜川を渡る記事が配され、阿仏が『西行物語』にのみ見える天竜川の挿話を想起する記述は、阿仏の『西行物語』受容の徴証として知られている。

二十三日、天中の渡りといふ。舟に乗るに、西行が昔も思ひ出でられて心細し。組み合はせたる舟ただ一つにて、多くの人の行き来にさしかへる、ひまもなし。

水の泡のうき世を渡る程を見よ早瀬の瀬々に棹も休めず

天竜川の西行を連想した阿仏が「心細し」と感じたのは、路次の記が描く天竜川の急流を扁舟に多くの人が乗り合い往き来する景が、『西行物語』の西行が乗った舟を彷彿とさせ、船上の阿仏の身命が西行のように危害を受けたら耐えられるか不安だからであろう。

心細さに駆られた阿仏は右の天竜川詠で、急流に浮く水泡を船上の人の生の無常の象徴として詠む。前日の浜松で亡き父や縁者を偲びつつその子孫への世代交代を知ったことも、天竜川を人々の命が生まれては死ぬ無常の時の流れの象徴と観る阿仏歌と重なり合う。さらに、阿仏は旅する自らの命の無常も、逢坂の関の旅立ちで「定めなき命は知らぬ旅なれど又逢坂と頼めてぞ行く」と歌っており、西行の中山詠や、それを含む『西行物語』の西行像が無常と背中合わせに旅する命を意識していたことと共通する。

以上のように、阿仏は宮路山・浜松・天竜川の旅を、中山詠と『西行物語』をふまえて描いている。『信生法師日記』も中山詠をふまえ、『西行物語』の中山詠前後の西行像とも重なる形で信生の旅を描いていた。信生自身とゆかりある人々の死への意識も、同日記は西行の歌・物語と同じ志向で表していた。契り深い故人を意識する傾向は『十六夜日記』も強く、そもそも阿仏の旅は序文の「道を助けよ、子を育め、後の世をとへ」という亡夫の為家の遺言、つまり歌道家を阿仏との子に継がせよ、為家の後世を弔え、という遺命に従うものである。阿仏は鎌倉でも「草の枕にも常に立ちそひて夢に見え給ふ」と、亡夫が夢枕に立つことを和徳門院新中納言への消息に書き、亡夫の遺念を背負う自己像を語る。

よって、阿仏と信生は共に、死者を偲びつつ曽遊の地を行く己が命の長い旅路を西行の中山詠に拠って表したといえる。その受容は、西行の歌と物語が宿す自他の死を想う心を受けとめ、西行が無常の世で多くの他者の死を見届けながら長く生きた我が命の旅の遥かなる道のりを見いだした感慨を深く受け継ぐものである。

おわりに

西行の中山詠は、『とはずがたり』巻四でも想起される。

面々に宿々へしだいに輿にて送りなどして、ほどなくさやの中山に至りぬ。西行が、「命なりけり」とよみける、思ひ出でられて、

越えゆくも苦しかりけり命ありとまた問はましやさやの中山

二条は鎌倉で歌交をした御家人に送られて帰京する途次、中山で西行歌を思い起こして歌を詠み、初めての山越えでさえつらく、西行のごとく生きながらえて再訪できるかどうかと思いを馳せた。二条はまだ三十代前半（正応三年〈一二九〇〉頃）で出家後初めて東国を旅しており、晩年の西行の再訪の感慨を後年に追体験することへの憧憬にとどまる。(23)それに対し、『信生法師日記』と『十六夜日記』は、中山詠における、命の旅を老いてなお続ける西行像を、信生と阿仏の旅を重ねる自己像に深く結び合わせて日記の表現を紡いだ点で、西行受容の表現史において重要な位置を占めるのである。

注

（1）久保田淳『新古今歌人の研究』一篇二章（東京大学出版会、一九七三年）参照。
（2）窪田章一郎『西行の研究』二篇三章2（東京堂出版、一九六一年）参照。
（3）中西満義「「小夜の中山」考―新古今的和歌世界の開示―」（『学海』一二号、一九九六年三月）参照。
（4）『鑑賞日本古典文学一七巻』（角川書店、一九七七年）の有吉保の『新古今集』注を参照。
（5）久保田淳『西行山家集入門』（有斐閣、一九七八年）参照。
（6）西澤美仁・宇津木言行・久保田淳『山家集／聞書集／残集（和歌文学大系）』（明治書院、二〇〇三年）参照。また、山木幸一「西行と伊勢物語」（『西行和歌の形成と受容』明治書院、一九八七年）は『聞書集』132「はるごとのはなに心をなぐさめて」と『西行法師家集』51「春をへて花のさかりにあひきつつ」に西行の中山詠の「「いのちなりけり」の感慨につながる老境の意識が見られる」と一言示唆するが、『伊勢物語』の西行歌全般への影響を主に論じ、拙論は『古今集』97歌と響き合う中山詠の表現性を『聞書集』131133も加味して考察している。
（7）遍昭歌を引く西行の家集の歌は、桜の咲き散る遅速を詠んだ『山家集』772「ちると見ればまたさく花のにほひにも遅れ先立つためしありけり」、同818の紀伊二位の死を悼む「きえぬめるもとのしづくをおもふにも誰かはすゑの露の身ならぬ」等、同834の寂然歌もある。
（8）久保田淳『山家集（古典を読む）』（岩波書店、一九八三年）参照。
（9）外村展子『宇都宮朝業日記全釈』（風間書房、一九七七年）、外村南都子「信生法師日記」（『中世日記紀行集（新編日本古典文学全集）』小学館、一九九四年）参照。
（10）信生の中山詠第五句は引用本文の底本の書陵部本（外村展子『宇都宮朝業日記』勉誠社、一九七八年）で「さ夜の中山」、その親本の冷泉本（『承空本私家集　中（冷泉家時雨亭叢書七〇）』朝日新聞社、二〇〇六年）で「サヨノナカ山」と表記され、共に夜の意を掛ける。
（11）『金槐集』623の詞書「ある人、都の方へのぼり侍りしに、便りにつけて、よみてつかはす歌」以下628までの歌群を参照。

『金槐集』の解釈は、樋口芳麻呂校注『金槐和歌集』（新潮社、一九八一年）参照。
(12) 外村展子・前掲書（注9）の「解説」を参照。
(13) 信生は思いを寄せる都人がいないことを、日記冒頭の都出立時点でも「逢坂の関に心や留めまし都に人を思ひ置きせば」と歌う。
(14) 田渕句美子「『信生法師日記』『信生法師集』の表現」（『中世初期歌人の研究』九章二節、笠間書院、二〇〇一年）参照。
(15) 祐野隆三『中世自照文芸研究序説』二章三節一（和泉書院、一九九四年）参照。
(16) 徳川義宣「「西行物語繪巻」の成立をめぐって」（『日本絵巻大成26西行物語絵巻』中央公論社、一九七九年）は主に当該絵巻の絵の様式比較から成立年代を推定する。
(17) 千野香織「「西行物語絵巻」の復元」（注16前掲書）、千野香織『日本の美術416号　絵巻西行物語絵』（至文堂、二〇〇一年一月）、山口眞琴『西行説話文学論』第二部第一章（笠間書院、二〇〇九年）、蔡佩青「松平本系「西行物語」の成立について」（『古代文学研究』21号、二〇一二年十月）参照。文明本・久保家旧蔵本・静嘉堂文庫本は久保田淳編『西行全集』（日本古典文学会、一九八二年）、西行一生涯草紙の宮内庁書陵部本（函号二一三・六一）は国文学研究資料館蔵マイクロフィルムの複写、西行上人発心記は礪波美和子「【翻刻】神宮文庫蔵『西行法師発心記』」（『日本古典文学における偽書の系譜の研究』二〇〇三年）、正保版本は桑原博史『西行物語正保三年刊本（版本文庫6）』（国書刊行会、一九七四年）と桑原博史『西行物語』（講談社、一九八一年）、渡辺家旧蔵本は小松茂美『日本の絵巻19西行物語絵巻』（中央公論社、一九八八年）、永正本は横山重・松本隆信『室町時代物語大成第五』（角川書店、一九七七年）、寛永本は山崎淳「慶應義塾大学附属図書館蔵『西行繪詞』」（『詞林』16号、一九九四年一〇月）、松平文庫本は蔡佩青・今井亨「松平文庫本『西行発心物語』の解題と翻刻（上下）」（『静岡英和学院大学紀要』一二号・一三号、二〇一四年三月・二〇一五年三月）と国文学研究資料館マイクロ複写を参照。
(18) 静嘉堂文庫本は省略本のため、東国旅行を相模国大庭で中断して陸奥へ至らない。渡辺家旧蔵本は西行の娘の出家の記事と、西住と家族の再会の記事の間に、中山越えの歌と記事を配する。その記事は西行が陸奥旅行の往路で中山を初めて通り、陸奥数年滞在後、都への帰路で再訪した中山を詠んだと位置づける。後に離れた記事で唐突に陸奥の実方墓訪問の歌を語る。渡辺家旧蔵本は時・場・人が別々の記事を脈絡なく列べる傾向がある。

(19) 一生涯草紙は錯簡が多く、伊勢から東国への旅立ちの記事・歌を天竜川譚・中山詠等の東国旅行記事群より後に置くが、錯簡を正せば、旅立ち→天竜川→中山詠の配列となる。

(20) 『西行物語』の該歌の下の句「月をかたみにおもひいでつつ」は、西行の『新古今集』恋四1267「月のみやうはのそらなるかたみにておもひもいでば心かよはむ」(同歌は『山家集』727雑「はるかなる所にこもりて、みやこなる人のもとへ、月の比つかはしける」)と類似する。

(21) 森本元子『十六夜日記・夜の鶴』(講談社、一九七九年)参照。

(22) 「めぐりあひ」と「命」の表現性は、鎌倉滞在記との関わりで第一部第三章の二節でも論じている。

(23) 『とはずがたり』については、西行の初度陸奥行の歌や再度陸奥行の歌「風になびく…」の受容を第三部第三章で論じる。

＊本章で引用した作品の本文は、松屋本『山家集』は久保田淳『西行全集』、『金槐和歌集』定家所伝本は新編私家集大成による。

＊『西行物語』諸本は、本章で参照した本文を第三部の他の章でも用いる。また、西行歌の通覧にあたり、久保田淳・吉野朋美校注『西行全歌集』(岩波書店、二〇一三年〈第10刷、二〇一八年〉)参照。

第二章　『うたたね』、『都の別れ』と西行の月の歌

はじめに

本章では、『うたたね』と飛鳥井雅有の『都の別れ』における西行の歌の受容を論じる。従来、『うたたね』と『都の別れ』が比較されたことはなく、前者は女の失恋とさすらいを語る作品であり、後者は雅有の京から鎌倉への旅を描く作品であり、一見接点は乏しいように感じられる。

しかし、二作が受容する西行歌は月を眺めて人を偲ぶ表現を特徴とし、その西行歌を起点に据えて二作の表現性を捉えたい。『うたたね』の月の表現が西行歌をふまえて女の失恋による孤独をどう語っているのか、また、『都の別れ』の月の歌が西行歌に拠って雅有の旅路での都恋しさをいかに表しているのかを考察する。そして、その二作の表現方法を比較することで、二作が原点の西行歌からどう分岐して各々の表現を展開したのかを明らかにする。

一　西行の月の歌の二側面

『うたたね』と『都の別れ』の西行歌受容を考えるにあたり、この二作の表現性に関わる西行の月の歌における表現の志向を探りたい。西行の月の歌のうち、『うたたね』は恋歌をふまえ、『都の別れ』は主に旅の歌にふまえるため、西行の恋と旅の歌における月の表現傾向を考える。

まず西行の月の恋歌が集まる『山家集』の恋部の「月」歌群に注目し、『うたたね』に関わる次の歌から検討する。

ながむるになぐさむことはなけれども月を友にて明かす頃かな　(648)

該歌は、慰めがたい恋の悩みを抱えたまま夜を明かす日々が続く作中主体にとって、夜通し眺める月が友と感じられることを表す。月を友とする表現の背景には、恋の物思いを慰めてくれる人間の友を得がたい孤独感も漂わせている。

この648歌と同じように夜な夜な月を眺める主体を描く恋歌は、同じ歌群では、

ものおもふ心のたけぞしられぬるよなよな月をながめあかして　(624)

が見いだせる。624歌は、物思う心の深さが、月を眺めて明かす夜の積み重なりを経て痛感されたことを詠み、その主体が月を見つめる夜の孤独を想像させる。

最初に挙げた648歌は月を眺めても慰められない物思いを詠み、その類歌として同歌群の、

こひしさやおもひよわるとながむればいとど心をくだく月影　(646)

がある。この646歌は、恋しさが弱まるかと月を眺めたら逆に心を千々に砕かんばかりに恋が高じたことを表す。該歌

も月を眺める主体は恋しさが満たされないという孤独感を抱く存在と捉えられよう。

これらの月の恋歌には孤独を表す志向が認められるが、西行の月の歌は旅を表す場合にはまた別の志向を有すると思われる。『都の別れ』の旅の歌に関わる次の『新古今集』羇旅938「題しらず」の歌に注目したい。

月見ばと契りおきてし古郷の人もやこよひ袖ぬらすらむ

該歌は「月を見たらお互いを偲ぶという約束通りに故郷の人は私と同じく今夜の月に涙しているだろうか」と想いを馳せる旅人主体の歌である。故郷の人の月見を介した旅人への思慕を旅人が推し量ることを示す助動詞「らむ」によって、月を介して二者が偲び合う連帯感を希求する志向が表出されている。

この『新古今集』938歌のように旅人が月を見て故郷の人を偲ぶ歌は、『山家集』1094にも見られる。

修行して、伊勢にまかりけるに、月のころ都思ひ出でられて

都にも旅なる月のかげをこそおなじ雲井の空にみるらめ　(1094)

該歌は、旅路で仰ぐ月光を都人も一つながりの空に見ているだろうと想像しており、『新古今集』938歌末尾の「らむ」と同じはたらきの「らめ」によって、都人の月見に伴う旅人への思慕を旅人が期待しつつ想像することを表す。1094歌もやはり月を媒介に旅人と故郷の人の連帯感を求める志向を有する歌である。

月を介した連帯を志向する旅の歌は、次の『山家集』727も見いだせる。

はるかなる所にこもりて、みやこなる人のもとへ、月の比つかはしける

月のみやうはのそらなるかたみにておもひもいでば心かよはん　(『新古今集』恋四1267にも「題しらず」と入集)

該歌の大意は「月は空に浮かんであてにならないものの、わたし達が偲び合うための唯一のよすがで、あなたが月にわたしを想起するなら、わたし達の心は通い合うだろう」と解せる。第五句は都人と旅人の月を介した交感を想像

する助動詞「ん」によって、前掲の『新古今集』938歌の「らむ」や『山家集』1094歌の「らめ」と同じく、二者の連帯を志向する。

以上のように、西行の月の歌は、恋歌では月を眺める主体が物思いに沈む孤独感を表す志向があり、旅の歌では旅人が月を介して故郷の人と偲び合う連帯感を求める志向が認められた。この孤独と連帯という対照的な二つの志向がそれぞれ、『うたたね』の恋の表現へ、また『都の別れ』の旅の表現へとどう受容されるのか、以下の節で考察を試みたい。

二　『うたたね』冒頭の月と涙

『うたたね』の研究史は西行歌の影響については典拠の注記にとどまり、西行の受容が『うたたね』にもたらす表現性をめぐってなお考えるべき問題が残されている。西行歌の直接的な引用の注解にとどまらず、その西行歌の変奏とみなしうる『うたたね』の表現にも注目する。つまり、一度明示的に引用した西行歌のことばや発想を変化させつつ反復する『うたたね』の表現方法を考察したい。

『うたたね』冒頭をまず検討する。

もの思ふことの慰むにはあらねども、寝ぬ夜の友とならひにける月の光待ち出でぬれば、例の妻戸押し開けて、ただひとり見出したる。荒れたる庭の秋の露、かこち顔なる虫の音も、ものごとに心をいたましむるつまとなりければ、心に乱れ落つる涙を抑へて、とばかり来し方行く先を思ひ続くるに、さもあさましくはかなかりける契りの程を、などかくしも思ひ入れけむと、我が心のみぞ返す返すうらめしかりける。

『うたたね』で「我が心」を語る女主人公は劈頭から物思いに耽り、慰めもない気分で独り明かす秋の夜な夜なの友として、月を眺める。この女の月に向かうさまの表現は、

　ながむるになぐさむことはなけれども月を友にて明かす頃かな　（『山家集』648、恋部の「月」歌群の一首）

に拠ると三角洋一[1]は注釈し、この西行歌が「発想を仰ぐ」先行歌として、『新撰朗詠集』秋・月244の大江為基の、

　ながむるに物思ふ事のなぐさむは月はうき世の外よりや行く

（『拾遺集』雑上434にも「めにおくれて侍りけるころ、月を見侍りて」と入集）

と、『増基法師集』105、

　　よもすがら月をながむる暁に

　つれづれとなぐさまねどもよもすがらみらるるものは大空の月

も『うたたね』はふまえると指摘する。

三角洋一はこれらの歌の解釈には言及しないが、この先行歌と比較して西行歌独特の表現性を考える。為基歌は物思いの慰めとして月をながめるのに対し、西行は月にも慰められない恋の悩みを抱えたまま夜を明かす者にとって、せめてもの友となる月を歌う。また、増基歌は無聊を慰めがたいままに夜通し月を眺める視線を詠む点は西行歌に通じるが、西行は月を友とみなす点がやはり独特であろう。

この西行歌における、月を友としても慰められない恋の孤独感を『うたたね』は受け継いでおり、冒頭から女は恋の悩みを語らう友がいなくて、月と向かい合うほかない「ただひとり」の孤立した存在であることを打ち出している。女は恋人との「はかなかりける契り」を反芻し、かりそめの恋をしてしまった「我が心」を恨み嘆く存在として描き出される。

冒頭場面を読み返すと、女が独り月下の荒れた庭で「かこち顔なる虫の音」を聞いたという表現は、周知の西行歌、

　　月前恋といへる心をよめる

　なげけとて月やはものを思はするかこち顔なるわが涙かな　（『千載集』恋五929）

をふまえることが明らかである。該歌は『山家集』恋部の「月」歌群の628にも配されている。この歌は、恋の物思い故に嘆息を漏らす主体の涙が月に対し、「かこち顔」（月のせいにして恨む表情）を見せることを表す。
該歌と類似する西行歌は、『百人一首』注釈で指摘[2]されているように、『山家集』の同歌群の、

　こひしさをもよほす月のかげなればこぼれかかりてかこつなみだか　（633）

がある。この633歌は恋する主体の涙が、恋しさを誘って孤独を感じさせる月を「かこつ」ことを表す。

このような西行の恋歌の「かこち」表現は、『うたたね』冒頭の女の孤独の表現としていかに受容されているのだろうか。『うたたね』は「かこち顔」の主体を直接には「虫」に転じ、「虫の音」が月下に恨みがましく響くにつれ、女も「心に乱れ落つる涙」を誘われ、孤愁を深めることを表す。女の孤独を描くことで、恋人の心は既に冷めつつあり、女への訪れも途絶えていることに対する恨みを暗示している。この孤独感を示すための西行歌引用は、西行歌の主体の涙が月に対し「かこち顔」だという表現の裏に、本来は主体を嘆かせるつれない恋人に恨みを言いたいが逢い難い、という孤独感を読み取っているのではないか。その西行歌の孤独感を『うたたね』は受け継いで、女が恋人に逢って物思いをかこつことができずに、月下で虫とともに「かこち顔」になるほかない寂しさを表している。

『うたたね』の「かこち」はもう一例あり、やはり西行との関連が考えられる。神無月頃に女を恋人が久々に来訪した場面の表現である。

　例の人知れず中道近き空にだに、たどたどしき夕闇に、契り違へぬしるべばかりにて、尽きせず夢の心地するに

も、出できこえんかたなければ、ただ言ひ知らぬ涙のみむせかへりたる。暁にもなりぬ。枕に近き鐘の音も、ただいまの命をかぎる心地して、我にもあらず起き別れにし袖の露、いとどかこちがましくて、「君や来し」とも思ひ分かれぬ中道に、例の頼もし人にてすべり出でぬるも、返す返す夢の心地なむしける。

この場面は最後の逢瀬であり、逢瀬を「夕闇」の中の「夢」にたとえて朧な幻のように表し、女が恋人への積もる思いをことばにできないまま「涙のみむせかへり」つつ後朝を迎えたと語る。恋人との別れに惑乱する女の「袖の露」が「かこちがましく」という涙の表現は、西行歌の「かこち顔なるわが涙かな」を変形した表現と捉えられないだろうか。西行歌は涙が月を恨むが、この逢瀬では月が出てこず、女の涙が恨むのは、そそくさと帰る恋人である。女がことばでかこつことができずに涙にこめた恨みを恋人が受けとめずに背を向けて出て行くさまを描き、残された女の孤立感を際立たせている。

『うたたね』冒頭で遠のいている恋人への恨みを女の涙に滲ませる表現に西行歌の「かこち顔」を引用したのと呼応し、その恋人との最後の逢瀬にも西行歌を変奏して女の「かこちがましく」泣く涙を描き、孤独に「かこち」続ける女のイメージを造り出している。

三　『うたたね』の涙と西行歌の涙

『うたたね』冒頭と似た月下の女の涙の情景が、師走に恋人との逢瀬を回想する場面でも描かれる。

夜もいたく更けぬとて、人はみな寝ぬれど、つゆまどろまれぬに、やをら起き出でて見るに、宵には雲隠れたりつる月の、浮き雲まがはずなりながら、山の端近き光のほのかに見ゆるは、七日の月なりけり。見し夜の限りも今宵ぞかしと思ひ出づるに、ただその折の心地して、定かにも覚えずなりぬる御面影さへ、さしむかひたる心地するに、まづかきくらす涙に月のかげも見えず（後略）

ここで女が眠れずに深夜の月をながめる姿は、冒頭の女が前掲の『山家集』648の「月を友にて明かす」主体のように孤独な姿と重ね合わせる反復表現と捉えられる。そして、師走の七日の月は最後に恋人と逢った同日の夜を思い起こさせ、もはや定かでない恋人の「面影」と向かい合っている気がして、「涙」で目の前が暗くなり、「月」も見えなくなったと語る。

この情景表現に通じる西行の月の歌は、『山家集』の恋部の「月」歌群に見いだせる。

面影に君が姿をみつるよりにはかに月のくもりぬるかな（639）

あきの月ものおもふ人のためとてや憂き面影にそへていづらん（641）

639歌は恋人の面影が浮かぶのとひきかえに涙で曇る月を表し、641歌は月がつれない恋人の面影と共に出て物思いを深めることを表し、いずれも『うたたね』の師走の場面における月下の女の心と重なる。これらの西行歌を『うたたね』は直に引用したわけではないが、西行的な恋をする女が眺める月を描いている。

『うたたね』では以後、女は失恋の煩悶に耐えず、出家を思い立ち、春には密かに髪を切って夜中に出奔し、「西山の麓」の尼寺へ向けて山路を辿るうちに、「雨ゆゆしく降りまさり」ゆく。

からうじて法輪の前は過ぎぬれど、果ては山路に迷ひぬるぞ、すべきかたなきや。惜しからぬ命も、ただ今ぞ心細く悲しき。いとどかきくらす涙の雨さへ降り添ひて、来し方行く先も見えず、思ふにも言ふにもたらず、今閉ぢめ果てつる命なれば、身の濡れとほりたること、伊勢のあまにも越えたり。

降りつのる雨の中、道に迷って立ちつくす女の涙を表す「かきくらす涙の雨」は、次の西行詠に拠るだろう。

かきくらす涙の雨のあししげみさかりにもののなげかしきかな

（『山家集』恋部670）

670歌は「恋」歌群の一首であり、恋の嘆き故の涙が雨のように降りしきり、目の前を真っ暗にするさまを表し、『うたたね』の女の雨中の涙があふれて立ち位置を見失うさまを代弁する。なお、本章の『うたたね』論でとりあげている西行歌はいずれも、第三部で検討している『西行物語』諸本には採られていない。(3)

『うたたね』の女は出奔の後、尼寺でしばらく仏道修行をする間も恋人のことが忘れられずに悩むうちに病にかかり、愛宕へ移る途中で恋人の車とすれちがい、回復して旧居に戻っても恋人への未練を抱いたまま悶々としており、養父に誘われて遠江へ旅立つ。出立の折、月が「神無月の二十日あまりなれば、有明の光もいと心細く」と描かれた後は、月が全く出てこない旅路であり、西行の月の歌受容は途絶する。

しかし、『うたたね』の旅立ちの情景には、前掲『山家集』670歌の「かきくらす涙の雨」とつながる表現が見いだせる。

さてもいかにさすらふる身の行方にかと、ただ今になりては、心細き事のみ多かれど、さりとて留まるべきにもあらねば、出でぬる道すがら、まづかきくらす涙のみ先にたちて、心細く悲しきことぞ、何にたとふべしともおぼえぬ。ほどなく逢坂山にもなりぬ。音に聞きし関の清水も、たへぬ涙とのみ思ひなされて、

越えわぶる逢坂山の山水は別れにたへぬ涙とぞ見る

近江の国、野路といふところより雨かきくらし降りいでて、都の山をかへり見れば、霞にそれとだに見えず、隔たりゆくも、そぞろに心細く、なにとて思ひ立ちけんと、くやしきこと数知らず、とてもかくても音のみ泣きがちなり。

女は逢坂山前後で出立の不安と都への未練によって涙に暮れ、野路の篠原からは雨も降り出して、旅立ったことへ

の後悔がつのってさらに涙する。この女の旅立ちの視野を暗くする涙と雨の連鎖は、『山家集』670歌の直接引用ではないが、その「かきくらす涙の雨」を出立の情景に染み込ませたような変奏表現である。670歌の下の句「さかりにものなげかしきかな」という恋の悲嘆も、旅立つ女が都に後ろ髪引かれる思いの根に都の恋人への未練が在ることとつながる。この『うたたね』の表現は、女が出奔してさまよった時に降っていた「涙の雨」が旅立ちでも再び降りつのり、女の行く手を暗く覆い、さすらわせることを示す方法と捉えられよう。

以上のように、『うたたね』は冒頭以来、西行歌の引用と変奏によって、月と涙にまつわる女の心象風景をくり返し描いてきた。冒頭では孤独な女が月を唯一の友としても慰めにならず、恨めしげに泣き、師走に最後の逢瀬を回想する時には「かきくらす涙に月のかげも見えず」、出奔した春の夜には「つごもり頃の月なき空に雨雲さへ立ち重なり」という新月の闇の中で「涙の雨」が滂沱と降り、旅立ちにも涙と雨が注ぐ。総じて、女の失恋の涙があふれるにつれて月が光を失って消えゆく過程が、一連の西行歌受容によって表現されている。

この表現の推移の中で、『うたたね』の女は終始、孤独にさすらっており、恋人を常に心の底で偲んでいるのに恋人の反応と存在感は薄く、女の失恋に因るさまよいが独り芝居のように描かれる。西行の月と涙の歌が『うたたね』の恋人から女への言動の表現に引用されることはなく、西行歌は専ら女の独り身の心と眼を通した心象世界を語るために引用されている点が、『うたたね』の西行歌受容の特性なのである。

四　『都の別れ』冒頭の月

『都の別れ』は、飛鳥井雅有が建治元年（一二七五）七月に都から鎌倉へと下向した旅を描く紀行文である。東下の目的は、八月十五日の鶴岡八幡宮の放生会で将軍の惟康親王に供奉することである。雅有は父の教定とともに以前から関東伺候の廷臣として将軍（宗尊親王）の鶴岡参詣に供奉しており（『吾妻鏡』）、建治元年も放生会に参仕することとなったが、この東下は雅有の望むところではなかった。雅有は一年前（文永十一年）に鎌倉から上洛し（『隣女和歌集』巻四2611）[4]、朝廷に仕え始めた矢先、鎌倉へとんぼ返りを余儀なくされた。不本意な東下を嘆き、都へと後ろ髪引かれる思いが『都の別れ』には一貫して語られている。『都の別れ』には、散文の叙述は長くなく、行く先々での管絃などの遊興が簡潔に記されるとともに、多くの雅有詠が配され（全四三首）、都人、特に雅有の妻を偲ぶ道中の想いが繰り返し歌われており、その歌における西行歌の受容の方法を考察したい。

『都の別れ』の歌は月を詠んだものが多く、やはり西行の月の歌の影響が焦点となるが、従来の『都の別れ』の注釈[5]は西行歌の影響について検討が十分ではない。そこで本章では、西行の月の歌を『都の別れ』の月の歌がどう引用して西行的な旅を描いているか、そして、西行とは異なる『都の別れ』独特の旅をいかに表しているのか、という二点を考察したい。

まず、『都の別れ』の冒頭を掲げる。

過ぎにし弥生の頃より、雲の通ひ路、朝夕踏みならし、藐姑射の山、常盤の御蔭に馴れ仕へて、いとど都の名残、昔にもまさりて、立ち離れがたくおぼゆれど、心にまかせぬ身、逃るるかたなきことさへあれば、心ならず急ぎ出で立つ。頃は七月二十日余りのことなれば、秋のあはれにうち添へて、都の名残を嘆く。

いかにまた忘れがたみに思ひ出でん都別るる頃の有明

唐衣つまを都にとどめ置きてはるばる行かん道をしぞ思ふ

雅有は文永一二年（一二七五）三月から後宇多天皇や後深草・亀山両院に近しく仕え始めたばかりだが、七月には再び鎌倉へ戻ることになり、「都の名残」を強く感じつつ旅立つにあたり、一首を詠んだ。

一首目は、都に別れを告げる頃の有明の月を、旅路で都を忘れ難く思い出すための形見とすることを歌う。この歌の注釈(6)では従来、『新古今集』羇旅936良経の「もろともにいでし空こそわすられね都の山の在明の月」が「参考」として挙げられている。この良経歌は、旅人が都を発った時の有明の月を忘れられないと詠む点が確かに雅有の該歌と重なる。しかし、雅有歌には、西行の次の『山家集』636の影響が考えられないだろうか。

よよふとも忘れがたみのおもひ出はたもとに月のやどるばかりか

この636歌は、『うたたね』への影響を論じた西行歌が集まる『山家集』恋部の「月」歌群の一首である。該歌は管見に入った『西行物語』諸本には採られていない。この636歌の第二句・三句は雅有詠の第二句・三句「忘れがたみに思ひ出でん」と重なり、月を形見にする点も共通である。

636歌は、「幾世を経ても忘れ難い形見となる今生の思い出は、恋故の涙で濡らした袂に月が宿ったことだけだ」と解せる。西行歌が来世以降まで忘れ難い恋の涙を詠むのに対し、雅有歌の表す旅人雅有は顕わには泣いておらず、西行歌の深い情念に比して雅有歌は淡白である。しかし、西行歌が月を「忘れがたみのおもひ出」とする恋の表現は独特であり、雅有歌は西行歌の同表現を受け継ぎ、旅路で都を恋い偲ぶための形見の月の表現に転じたと捉えられる。

雅有は西行の該歌を『春の深山路』(7)の弘安三年（一二八〇）三月二七日条の贈答歌にもふまえていると思われる。

過ぎにし二夜の月と花とにともなひし内裏の中納言典侍の許へ、散り残りたる桜に付けて、申し送り侍りし。

いかにせん梢あまたに見し花のこの一枝にのこる名残を

返し、

人はいさ忘れがたみの思ひ出では月に見し夜の花の面影　（A）

忘れめや人の心は移るとも月と花との夜半の面影　（B）
散る花のなごりといふも頼まれず梢あまたの飽かぬながめは

この雅有と中納言典侍（藤原忠子）の贈答は、三月の六日、七日の月見・花見の思い出を歌っている。六日には「月朧にて、殊に艶ある夜なりとて、女房たち一両、男一両〈予・俊定・業顕〉、毘沙門堂・持明院殿まで駆け歩く」、「花の枝、手毎にまでこそなけれど、折りて帰り参る」と、雅有や女房らが朧月夜の花見をして枝をみやげにし、七日には雨で月は見えなかったようだが、「女房にこの翁の車を参らす。隆氏朝臣、車に混み乗りて、千本へ行く。暮るる程の花の色いと面白し」と、女房との花見が重ねて語られていた。

この月見・花見を忘れ難く思い出した二七日の雅有からの贈歌の二首目Aの「忘れがたみの思ひ出では月」は、やはり『山家集』636「よよふともわすれがたみのおもひ出はたもとに月のやどるばかりか」をふまえるだろう。雅有のA歌はこの西行の恋歌を、宮廷の風雅を共にした典侍への贈歌に織り込み、月下の花見を忘れ形見の思い出とする連帯感を典侍に求め、Aの第五句「花の面影」には花の下の典侍の姿の意も込め、恋歌風の社交の歌に仕立てた。対する典侍の返歌Bは、贈歌の花月の思い出を忘れない心には共感しつつも、雅有の心変わりを咎める恋歌風の返しである。

このように、雅有は西行の『山家集』636歌を意識して詠んだ月の歌を日記紀行に配しているのだが、改めて『都の別れ』の冒頭の歌「いかにまた忘れがたみに思ひ出でん都別かるる頃の有明」に戻り、雅有が西行歌を転用して、都を発つ折の月を歌う表現性をなお考えよう。雅有歌は出立時の月を旅路で忘れ形見として反芻することを予感しており、その予感の前提に、初句「いかにまた」が、以前の旅でも月を都の忘れ形見としたことを示している。雅有は関東伺候の臣として何度も都と鎌倉を往復しており、『隣女集』には旅路で月を眺めて都を忘れ難く偲ぶことを表す歌が見いだせる。

ことしよりひなにいくとせながらへて都わすれず月をながめん

（『隣女集』巻三1228「題をさぐりて秋歌よみ侍りし中に」）

あかざりし都のみこそこひしけれ月見るたびにものわすれせで

（同右・巻三1592「都」）

巻三所収歌は巻頭の注記「自文永七年至同八年」から、一二七〇〜一二七一年頃の詠歌と知られる。そのため、雅有は建治元年（一二七五）の旅を描く『都の別れ』の歌以前から、旅人視点で月を眺めつつ都を忘れられないという歌を詠み重ねており、その蓄積を前提に、『都の別れ』の冒頭歌でも「また」、月を都の忘れ形見とすることをくり返す予感を、哀愁を込めて歌ったと考えられよう。

『都の別れ』冒頭歌は、旅をならわしとする雅有が何度も詠んできた旅の歌における、月に都を偲ぶ旅人像の定型を、西行歌の忘れ形見の月という表現と結びつけ、表出した歌なのである。雅有が西行の月の歌を受容する下地に、雅有特有の旅馴れた感覚と、旅の歌の積み重ねにおける表現の型の反復が在ると捉えられる。

五　二極往還者の妻恋い

いかにまた忘れがたみに思ひ出でん都別かるる頃の有明

唐衣つまを都にとどめ置きてはるばる行かん道をしぞ思ふ

前節でも掲げた『都の別れ』冒頭の二首を再掲した。一首目は雅有が鎌倉下りで月を都の形見にすることを詠み、二首目はその都恋しさが都に残してゆく妻への恋しさ故であることを明かす。二首目は一読明らかなように、『伊勢物語』九段の「唐衣着つつなれにしつましあればはるばる来ぬる旅をしぞ思ふ」を都出立の歌に転じており、『都の別れ』が和歌の伝統における「旅の本意」つまり都恋しさを示す傾向があるという先学の指摘が、(8) この『伊勢物語』取りにもあてはまるだろう。

ちなみに、雅有の妻は、雅顕の母の北条実時女と、雅孝・女子の母であるが（『尊卑分脈』）、『都の別れ』では妻の個性を感じさせる描写が散文にも歌にもなく、むしろ歌の中で抽象化され、恋しい都の象徴と化している。

ところで、雅有の旅の歌における都の妻恋いのモチーフは、次の『隣女集』巻二の恋部の歌群にも顕著である。

鎌倉へまかりて侍りしが、やがてかへりのぼるべきよしおもひて侍りしに、
心ならずひさしう侍りて

けふけふとまつらむいもがしたひものひきちがへてやとし月をへん（648）

から衣つましなければふる里も旅のやどりにかはらざりけり（649）

旅衣かたしきわぶるわれよりもひとりふすらんいもをしぞ思ふ（650）

草枕ひとりぬるよの露けさはみやこのとこもかはらざるらん（651）

さきそむる若木の花のまどほにも君をみし日のなりまさるかな（652）

よなよなの夢路はたえずかよへどもうつつにこえぬあふ坂のやま（653）

草枕たびのやどりにいもこふとわがぬる袖は露にぬれつつ（654）

これらは『都の別れ』の旅（健治元年、一二七五）の数年前（巻二歌は文永二年〈一二六五〉～同六年〈一二六九〉の詠歌）の鎌倉滞在時の詠である。思いの外長引く滞留における妻恋しさを示す歌群であり、妻も雅有を恋しがっているだろうと想像することを表す「らむ」を用いた歌（648 650 651）もある中で、649歌は『伊勢物語』九段の都の妻恋いをふまえ

つつも、「つましなければ」が九段の「つましあれば」を反転する。

649歌は雅有の生まれ故郷の鎌倉を「ふる里」と呼び、その故郷も妻がいないので旅宿同然と捉える。故郷即ち旅宿という撞着が一首の眼目であり、その撞着に滲み出ているのは、雅有が京・鎌倉を往き来し、一所に在っても常に他所へと移ることを予期せざるを得ないという独特の存在感覚ではないか。二つの場から交互に呼び寄せられ、振り子のように行きつ戻りつしなければいけない雅有は、都で妻と常に暮らすことは許されず、妻からの距離が旅愁を誘う。妻のいる都を故郷と呼んでそこに安住することができず、鎌倉を不本意な故郷とする雅有の哀愁と孤独が感じられる歌である。

鎌倉を故郷と呼ぶ表現は、『都の別れ』の八月十三日条で鎌倉に到着した折にも「故郷に帰りたれば、見しにも似ず、荒れまさりたり」と見出せる。(9)『都の別れ』も『隣女集』の右の鎌倉滞在歌群も、都の妻への恋しさと鎌倉への帰郷との矛盾に悩む雅有特有の旅愁を示している。鎌倉を故郷とする歌は、『隣女集』巻二「羇旅歌中に」、

ふるさとにたちかへるべきわがためはみやこも旅のやどりなりけり　(820)

と、都を旅宿とする表現を伴うこともあり、『隣女集』巻三の、

十二月つごもりごろに、京よりまかりくだり侍りて、元日に

みやこをば霞へだててふる里にとしとともにもたちかへるらん　(899)

も鎌倉への帰郷を示す。

このように都と鎌倉という二極を往還する雅有が『都の別れ』で妻を恋う表現はどう展開し、西行歌と結びつくのだろうか。

三島に留まりぬ。月ごとにさやけくて、神代の事まで思ひ続けられぬ。各々楽どもして奉る。ただ急ぎ帰らんと

のみぞ祈らるるや。

月を見ば思ひ出でよと契り置きし人はこよひや我を恋ふらん

心やりたることならんかし。

雅有が三島大社で清かな月を仰ぎつつ帰京を祈願した上で詠んだ歌である。該歌で雅有が、月を見たらわたしを思い出せ、と約束した「人」は、『都の別れ』冒頭の前掲二首で月を都の忘れ形見とし、都に留めた妻を恋しがったことから、月と結びついた妻である。

この三島での歌は、諸注に指摘を見ないが、次の西行歌の影響が顕著である。

月見ばと契りおきてし古郷の人もやこよひ袖ぬらすらむ　（『新古今集』羇旅938）

この西行歌は前述のように旅人と故郷の人の月を介した連帯感を志向する歌であり、旅人視点から故郷の人が月を見て旅人を偲ぶ視線を想像、期待する。西行歌をふまえた雅有歌も、旅人が月を介して都人との連帯を期待する視点であり、「月を見たら想起しあうことを約束した都の妻は今夜の月を見てわたしを恋しがっているだろうか」と解される。

なお、この西行歌は、『西行物語』では陸奥への旅において白川の関を過ぎた後に、「月みむたびにはたがひに思ひ出でんと契りし人のこと、あはれにおぼえて」（文明本）と解説した上で配しており、略本系や松平本も同じ解釈・配列であり、歌句の異同はない。(10)この『西行物語』歌を『都の別れ』が特に意識した徴証は見いだせない。

西行歌の旅人視点から月見を介して故郷人の視線を想像する表現は、『新古今集』注釈で(11)「参考歌」として挙げられている『和泉式部集』675の歌が先例である。

月おもしろきに、京をおもひやりて

みるらんとおもひおこせてふる郷のこよひの月をたれながむらん

この和泉式部詠の、故郷の都の人が月を眺めつつ旅人の月見に想いを馳せるさまを旅人主体が想像することを示す末尾の「らん」が、西行歌末尾の「らむ」に通じる。同様の「らん」は、西行と歌交のあった待賢門院堀川の『久安百首』1095羇旅「故郷におなじ雲井の月をみばたびの空をやおもひいづらん」にも見いだせる。西行以後では『新古今集』羇旅941良経の「月前旅」の「わすれじとちぎりていでし面かげはみゆらんものを古郷の月」も西行歌に類似し、雅有歌の月見の契りとも重なる。

これらの歌の系譜の中で、雅有歌は特に西行歌を模しているのだが、それでは雅有独特の表現性はどこにあるのだろうか。西行歌は「月見ば」という仮定に続く約束内容は明示せず、結句「袖ぬらすらむ」が涙する身体のしぐさから旅人と故郷人の偲び合う心を想像させる。それに対し、雅有歌は「月を見ば思ひ出でよ」と約束内容を明示し、結句「我を恋ふらん」が都の妻の心を直接的に想定する。つまり、西行歌の暗示的表現を雅有歌は具体化して、雅有を恋う都の妻への思慕という『都の別れ』のモチーフを明示する。

前述のように、雅有は都と鎌倉の二極を往還する独特の視点で旅の歌を詠んで都の妻を偲んでいる。雅有の三島の歌は都の妻を西行歌の「故郷の人」にあてはめたが、一方で雅有は『都の別れ』や『隣女集』で鎌倉を故郷とし、都の妻を偲びつつ帰郷する歌も詠んでいる。雅有は二極往還者の視点から、その存在の足場が二カ所に分裂する不安の中で、都との紐帯の持続を切望する思いを、都の妻との偲び合いの約束というモチーフに込めて、歌っているのである。この二極往還者の存在感覚こそが、西行歌の旅人と故郷の人の連帯を切望する視点を受容する雅有の歌の基盤に在り、『都の別れ』で都の妻恋いをモチーフとする表現を紡ぐ志向の礎をなしている。

六　『都の別れ』の妻恋いの歌々

『都の別れ』の妻恋いのモチーフを示す月の歌は他にも見られ、西行歌との関わりが見いだせる。

十三日、故郷に帰りたれば、見しにも似ず荒れまさりたり。ここには誰こそありしかなど、さまざま昔恋しくて、目も合はず。

都人今日故郷の月見ると日をかぞへてや空に待つらん――

八月十三日、雅有は故郷の鎌倉の旧居に着き、その荒廃を嘆きつつ、鎌倉における昔の知人の思い出がよみがえる。この前文が鎌倉での昔恋しさを示すのと反対に、歌は都人への思いを表し、京鎌倉双方への思いが交錯する点が二極往還者の雅有独特の表現である。

該歌は、三島での「月を見ば思ひ出でよと契り置きし人はこよひや我を恋ふらん」との連続性を企図しているだろう。三島詠で都の妻が約束通り月を見て旅先の雅有を偲ぶことを願っていたのを承け、鎌倉での該歌は、都の妻が鎌倉に着いた雅有の月見を想像しつつ帰京の日を待って月を仰ぐ姿を思い描く。三島詠は西行歌「月見ばと契りおきてし古郷の人もやこよひ袖ぬらすらむ」を引用しており、鎌倉詠は三島詠と重ねて妻の月見を想像する点で西行歌の変奏表現と捉えられよう。鎌倉詠末尾の「らん」は三島詠末尾の「らん」をくり返し、妻が月を見つつ雅有を偲ぶことを雅有が想像して願い続けていることを示し、西行歌末尾の「らむ」とも響き合う。

この鎌倉詠の後、『都の別れ』は十五日の放生会、十六日の歌を短文で述べた記事を最後に散文の叙述を失い、末尾は鎌倉滞在中の「折々詠み侍りし歌」を家集のように詞書を添えて配する形となる。その最初の歌が西行歌に通じる月の歌である。

　月を見て

　　ながめつつ契りし事をわすれずは月にや人の思ひいづらん

この歌も、三島詠における妻との「契り」の表現を反芻し、妻が月に誓った雅有への想いを忘れずに保つことを切望している。該歌の末尾の「らん」も、三島詠や鎌倉到着時の歌の「らん」を反復し、これらの雅有歌の源に在る西行歌の「らん」における、月を介して遠隔地の他者との連帯を保つことを切望する志向を反芻している。

　こうして『都の別れ』は妻恋いのモチーフを切々と歌い続け、西行歌と関わらない歌でも「女郎花見るに心はなぐさまで都のつまを猶忍ぶかな」（二村山での詠）という妻を偲ぶ表現がある。また、都恋しさを表す歌で妻を直には示さないが妻恋いを含むと考えられる例は、

　日数の重なるにつけても、思ひおく人々の事のみぞ心苦しき。

　　あはれ今日都に帰る人もがなおぼつかなさの言伝てもせん

（引馬の宿にて　『隣女集』巻四・雑2477「同旅の道にて」）

など多い(12)。

　そして、次の結尾の一首も妻への想いを滲ませる。

　京なる人のもとに遣はし侍りし。

　　恋しさのあまりになれば水茎の書き流すべき言の葉もなし

該歌は『隣女集』巻四の恋部の2392にも「京なる人の許へ申しつかはし侍りし」と入り、第三句は「みづくきに」とする。なお、今まで西行歌との関わりを論じた『都の別れ』の歌は『隣女集』に見えない。『都の別れ』末尾の「京な

る人」は都人の中でも特に妻がふさわしいだろう。妻への恋しさがあふれて消息に書くべきことばを失う、と歌い、妻恋いを以て擱筆とする。『都の別れ』は冒頭の歌「唐衣つまを都にとどめ置きてはるばる行かん道をしぞ思ふ」から結尾の該歌まで、妻恋いのモチーフで首尾の照応を図っている。

なお、雅有の他の日記紀行を見渡しても、『都の別れ』ほどに妻恋いのモチーフに比重を置く作品は見出しにくい。例えば『春の深山路』は弘安三年の十一月以降の記事は『都の別れ』と同じ東下の紀行文であるが、妻恋いの表現は多くない。十一月十四日条に「門出の所にて、旅衣つまに別るる名残、いひ知らず悲し」と旅立ちの妻恋いに一言ふれ、十五日条に番場の宿で「草枕夢にぞ見ゆるふるさとの妹が寝覚に我や恋ふらむ」「君や来る我や行くらむ草枕旅寝の夢にあひ見つるかな」と妻を夢に見る程度である。『春の深山路』における恋しい都人の筆頭はむしろ春宮（後の伏見天皇）であり、春宮への思慕の表現を積み重ねる。

七　『うたたね』と『都の別れ』の比較

ここまで、西行の月の歌における二つの志向、①恋歌で物思いに沈む主体の孤独を表す志向と、②旅の歌で旅人が故郷の人との連帯を求める志向をそれぞれ受け継いだ『うたたね』と『都の別れ』の表現性を個別に検討してきた。ここでは両作品を比べ、それぞれの西行歌受容の特徴を捉えたい。

『うたたね』が引用する西行歌は、「ながむるになぐさむことはなけれども月を友にて明かす頃かな」（『山家集』648）の月にも慰められない孤独感と、「なげけとて月やはものを思はするかこち顔なるわが涙かな」（『千載集』929）の涙しつつ月を恨むほかない孤独が、『うたたね』の恋人に背を向けられた女の孤立の表現に受容されていた。また、「かきくらす涙の雨のあししげみさかりにもののなげかしきかな」（『山家集』670）が、『うたたね』の女独りの悲嘆の心象風景を表し、涙の雨が月を覆い隠した暗がりの中でさすらう女を造型していた。

一方、『都の別れ』が引く西行歌は、「よよふともわすれがたみのおもひ出はたもとに月のやどるばかりか」（『山家集』636）の月を恋の忘れ形見とする表現が、雅有の旅立ちにおける、月を恋しい都の忘れ形見とする表現に受容されていた。そして、「月見ばと契りおきてし古郷の人もやこよひ袖ぬらすらむ」（『新古今集』938）における、旅人と故郷の人の月を介した連帯の約束は、雅有歌にくり返し受容され、雅有が旅路の月を仰いでは都の妻との偲び合いの約束を反芻する表現に活かされていた。

『うたたね』の西行歌をふまえた月の表現は女独りの哀しみを照らすだけで、恋人との交感を浮かび上がらせることはない。女の独り芝居を照らす月は涙にかき消され、女の旅も物思いに暮れて月は殆ど出てこない。対照的に、『都の別れ』の西行歌に拠る旅の月の歌々は、都と鎌倉のいずれか一所に安住できない雅有が都の妻との交感の約束を反芻して都との紐帯を感じることを表す。雅有が二極往還の不安に抗して都との連帯感を切望し信じていることを示す月の表現である。

以上のように、『うたたね』と『都の別れ』は西行の月の歌がはらむ孤独な恋から旅路の連帯までの振幅をその両極において受け継ぐ点で、西行歌から分岐して生まれた二つの好対照の表現と位置づけられる。

おわりに

『うたたね』が受容した西行の月の歌は『山家集』の恋部の「月」歌群に配された歌が多く、その西行歌の月をながめつつ恋を深め涙する表現は、『とはずがたり』の恋の表現への影響も考えられる。また、『都の別れ』の月の歌が受容した西行歌における、故郷の都人との交感を求める志向は、『とはずがたり』後編の二条の旅における月の表現で都人との交感を示す志向に通じる側面があると思われる。『とはずがたり』の西行の月の歌受容は、第四章で論じる。

注

（1）三角洋一「『うたたね』追考」（『日記文学研究第一集』新典社、一九九三年）参照。
（2）久保田淳編『百人一首必携』（學燈社、一九八二年）参照。
（3）『西行物語』諸本については、前章の三節で述べている。
（4）『隣女集』巻四2611雑

あづまにて中将になりて、やがて都にのぼりて拝賀申すついでに、殿上ゆるされ侍りしかば
あづまよりみかさの山をまづこえて雲の上なる月を見るかな

『都の別れ』や雅有の家集にみえる雅有の旅の年次や背景については主に、水川喜夫『飛鳥井雅有日記全釈』（風間書房、一九八五年）の「解説」の特に「三　雅有の旅」や「年立」を参照。榎原雅治『中世の東海道をゆく』（中央公論新社、二〇〇八年→吉川弘文館、二〇一九年復刊）も参照。
（5）水川喜夫『飛鳥井雅有日記全釈』（前掲注4）、濱口博章『飛鳥井雅有日記注釈』（桜楓社、一九九〇年）、渡辺静子「『もがみの河路』と『みやぢのわかれ』の研究―私注と現代語訳―」（『大東文化大学紀要（人文科学）』二九、一九九一年三月）、渡辺静子・芝波田好弘・青木経雄『中世日記紀行文学全評釈集成　第三巻』（勉誠出版、二〇〇四年）参照。『都の別れ』『最上の河路』の本文は濱口博章『飛鳥井雅有日記注釈』による。

（6）濱口博章『飛鳥井雅有日記注釈』（前掲注5）参照。
（7）本文は外村南都子校注「春の深山路」（新編日本古典文学全集『中世日記紀行集』小学館、一九九四年）による。なお、同日記の当該三月二七日条の歌への西行歌の影響は、渡辺静子『春のみやまぢ』（影印校注古典叢書、新典社、一九八四年）、水川喜夫の注釈（注4前掲書）、濱口博章『飛鳥井雅有『春の深山路』注釈』（桜楓社、一九九三年）、『中世日記紀行文学全評釈集成　第三巻』（注5前掲書）などの諸注に検討がない。
（8）佐藤恒雄「飛鳥井雅有紀行文学の再評価」（『古代中世詩歌論考』笠間書院、二〇一三年）参照。
（9）雅有の紀行文『最上の河路』末尾も鎌倉で「故郷に帰り来てみれば、宿もありしながら、人も変らねど」と帰郷したことを記す。この紀行文は冒頭で京都を発つ際に「例の浮かれたる身は、しづの苧環くり返しつつ、上れば下る」と、上洛と東下をくり返す雅有の身の上を語り、都恋しさを「京なる人を思ひ出でて」「忘れずは思ひおこせん心こそ我がしのぶよりなほかなしけれ」（『隣女集』巻三1431互思恋）などと歌うが、妻にはふれない。また、『春の深山路』で雅有は京から鎌倉へ着いた折に「年ごろ住み慣れし故郷は焼けて」と旧居の火災を嘆き、「いとど都のみ恋しき」と思う。
（10）該歌「月見ばと…」は采女本系の渡辺家旧蔵本に欠け、永正本・寛永本は「鷲の御山の月影」（寛永本）を詠んだ十首の一つとする。
（11）久保田淳『新古今和歌集全注釈三』（角川学芸出版、二〇一一年）参照。
（12）引馬での該歌は「都に帰る人」がいたら妻を含む都人への「言伝て」を頼みたいとする点が、『伊勢物語』九段の宇津の山で都に向かう修行者に男が恋しい都人への歌と文を託すことをふまえるだろう。その他、『都の別れ』の都恋しさを表す歌で妻恋いを含む例は、「思ひ寝の都の夢路見も果てで覚むれば帰る草枕かな」（矢作にて）、「笹枕こよひ一夜の旅寝にも都のみこそ夢に見えけれ」（酒匂）、「都思ふ枕の下のきりぎりす我がなく音をもあはれとや聞く」（鎌倉で「折々詠み侍りし歌」）、「きりぎりす我がなく友となりにけりなれも都や恋しかるらん」（同前）、「かきくらし都のかたも時雨せばひたすら恋ふる涙とをしれ」（「時雨降る日」）など多い。

第三章　『とはずがたり』巻四の東国下向と西行

はじめに

本章では、『とはずがたり』後編の旅の表現における西行の影響を考察する。特に、巻四冒頭から東国下向にかけての表現を焦点とする。巻四前半は、二条が西行と同じく遁世者として旅し始める局面であり、その表現には西行の影響が色濃くみられる。

巻四前半に関する研究史では個々の歌や歌語について西行和歌と重なる表現が部分的に注釈されてきたが、本章はその西行歌を受容した表現の連鎖を通して作り出される二条の旅立ちの表象を考察する。具体的には西行歌が、二条が東下の旅路で目にした景物の表現や、都での過去を回想する心の表現とどう結びつくのかを検討する。とりわけ、『とはずがたり』固有の作中回想、つまり巻三以前の来し方を想う二条像の表現と、西行歌の表現性がいかに関わり合い、巻四の旅立ちを形造っているのかを考える。

一　逢坂の関の桜

巻四冒頭、二条が都から東国へと下る旅の始まりの記事を掲げる。

如月の二十日余りの月とともに都を出ではべれば、何となく捨て果てにし住みかながらも、またと思ふべき世のならひかはと思ふより、袖の涙も今さら、「宿る月さへ濡るるがほにや」とまでおぼゆるに、我ながら心弱くおぼえつつ、逢坂の関と聞けば、「宮も藁屋も果てしなく」とながめ過ぐしけむ蟬丸の住みかも跡だにもなく、関の清水に宿るわが面影は、出で立つ足元よりうち始め、ならはぬ旅の装ひいとあはれにて、やすらはるるに、いと盛りと見ゆる桜のただ一木あるも、これさへ見捨てがたきに、田舎人と見ゆるが馬の上四、五人、きたなげならぬが、またこの花のもとにやすらふも、同じ心にやとおぼえて、

行く人の心をとむる桜かな花や関守逢坂の山　（A）

この後編の始発場面は、二条が既に世を捨て、都も捨てたと自らに言い聞かせるが、帰京できるか定かでない世の無常を思い、都の方へ後ろ髪を引かれ、「我ながら心弱く」ゆらぐ、と語り起こされる。そして、旅立ちをためらう二条は、逢坂の関に咲き誇る桜にも心ひかれ、「やすらふ」。

二条が関路の桜を詠んだA歌は西行の白河の関の歌をふまえることが指摘[1]されている。

みちのくにへ修行してまかりけるに、白川の関にとどまりて、ところがらにや、つねよりも月おもしろくあはれにて、能因が「秋かぜぞふく」と申しけん折いつなりけんと思ひ出でられて、なごり多くおぼえければ、関屋の柱に書きつけける

白川の関屋を月のもるかげは人の心をとむるなりけり　（『山家集』1126）

西行が白河の関を越え行く人の心をひきつけてとどめる月を歌ったのに対し、二条はA歌で行人の心を引き留める桜を関守と見なしたことが指摘されている。西行が白河の関を歌った先人である能因（『後拾遺集』羇旅518「都をば…」）の足跡を偲んで詠歌したふるまいを承け、二条も関路を旅した先達である西行の歌をふまえて詠歌したと捉えられよう。

なお、『山家集』他の西行の家集の歌を二条がどこまで読んだかは研究史では確定されておらず、その徴証も『とはずがたり』以外に見いだされていないため、本論では西行の家集の歌と『とはずがたり』の表現の共通性を検討し、西行歌の影響を考察したい。

白河の関の歌については、『西行物語』諸本(2)（広本系、略本系、寛永本、松平本）にも『山家集』詞書と同じ詠歌状況が語られている。『西行物語』の該歌の主な異同は、文明本が第二・三句「せき屋に月のすみけるは」、西行一生涯草紙と略本系（静嘉堂本は歌を欠く）が第三句「もるからに」（久保家旧蔵本）とするが、二条歌がふまえた西行歌の下の句「人の心をとむる」は諸本共通であり、『西行物語』の該歌も参照した可能性はあるだろう。

さて、A歌が西行の白河関詠の月を桜に転じたのは、二条独自の転換なのだろうか。その転換もまた、次の西行歌の関路の桜の表現と関わるのではないか。

白川の関路の桜咲きにけりあづまよりくる人のまれなる　（『西行法師家集』66）

該歌は、『西行法師家集』の注釈(3)で「東国から都にやって来る人がまれなので、人々は白河の関の桜に引き留められているのだろうと想像する。都人の心で歌う」と解されており、二条のA歌の都から東国へ下る旅人の視点とは異なるが、関の桜が人を引き留めるという発想はA歌と共通である。A歌は西行の「白川の関屋を月の…」の月を桜に転じるにあたり、この白河の関の桜の歌も連想していたと思われる。

また、A歌の第三句「桜かな」は一見ありふれた表現で、新編国歌大観や新編私家集大成などを検索すると、第五句に置く用例と第三句に置く例に分かれ、大多数（重複含め約千首）を占める第五句の例は「〇〇さくらかな」（「山桜かな」「散る桜かな」「花桜かな」など）とする。しかし、第三句の例は限られ、西行歌の二例以外は、三例が見いだせ、『とはずがたり』以前の例は『長方集』41「晩尋山花」「くれぬともなを見にゆかん桜かなあすはあをばになりもこそすれ」（新編私家集大成）と『和漢兼作集』春中198「花経年香」源雅兼「さきそめしはじめもしらぬさくらかないくはる風ににほひきぬらん」だが、二条歌への影響は認められない[4]。

西行歌の「桜かな」の二例を挙げる。

わび人の涙ににたる桜かな風みにしめばまづこぼれつつ　（『山家集』1035雑「題知らず」歌群）

又の年の三月に出羽国にこえて、滝の山と申す山寺に侍りけるに、さくらのつねよりもうすくれなゐの色こき花にて、なみたてりけるを、寺の人人も見興じければ

たぐひなきおもひいではの桜かなうすくれなゐの花のにほひは　（『山家集』1132）

一首目の『山家集』1035の上の句は、二条歌Aの上の句「行く人の心をとむる桜かな」と共通に、初句に人の在り方を述べて第二句・三句で人の心身と桜の相関性に感慨を示して三句切れとする。二首目の『山家集』1132は、前述の『山家集』1126「白川の関屋を月の」から始まる初度陸奥行歌群の一首である。1132歌と詞書が花盛りを西行と人々が愛でる絵を想像させる点は、二条ら旅人が「いと盛りと見ゆる桜」を眺める巻四冒頭のイメージと重なる。よって、二条歌の第三句は西行調の桜の表現であり、第二句における西行の月の歌引用に続けて西行歌受容を重ねる。なお、以上の西行の桜の歌「白河の…」、「わび人の…」、「たぐひなき…」の三首は、第三部で検討している『西行物語』諸本

には採られていない。

このように、A歌は幾重にも西行的な表現をふまえて桜の傍らに佇む二条像を描いている。その二条像の表現には、『とはずがたり』巻一の「西行が修行の記といふ絵」の桜と西行のイメージも揺曳しているのではないか。

九つの年にや、西行が修行の記といふ絵を見しに、片方に深き山を描きて、前には川の流れを描きて、花の散りかかるにゐて、ながむるとて、

風吹けば花の白波岩越えて渡りわづらふ山川の水

と詠みたるを描きたるを見しより、うらやましく、難行苦行はかなはずとも、我も世を捨てて、足にまかせて行きつつ、花のもと、露の情けをも慕ひ、紅葉の秋の散る恨みをも述べて、かかる修行の記を書き記して、亡からむ後の形見にもせばや（後略）

この巻一で、二条は九歳頃に「西行が修行の記といふ絵」（以下、「西行の記」と略称）を見たと語り、西行の修行を描いた物語絵巻が当時（文永三年〈一二六六〉頃）存したと目されている。二条は西行のごとく遁世し、自由に旅しつつ和歌を詠むことに憧れ、その生きざまを「西行の記」にならって書き遺して我が形見とすることを思い立ったと語る。

「西行の記」に深山で詠んだとされる歌「風吹けば…」は、『新勅撰集』春下98に「題しらず」として入集しており、元来の詠歌契機は不明である。「西行の記」では、白波のごとく川面を流れる落花に心を奪われて佇み、川を渡りかねる我が身を歌う西行像が描かれている。(5)

この西行像は、逢坂の関の桜をみて「やすらふ」二条の姿にも、投影されているだろう。「西行の記」の西行も、逢坂の二条も桜に引き留められ、たゆたう自らを歌う。二者は、歩み去ろうとする場に在る美しいものを愛惜する自

己像を歌う。二条が「花のもと」で休らう自らをA歌で「心をとむる桜」と描くのは、九才以来憧れた「西行の記」の西行にならい、「世を捨てて、足にまかせて行きつつ、花のもと」で歌を詠むことを実践し始めた姿の表現と捉えられる。

以上のように、巻四の旅立ちにおいて、西行にならう旅の第一歩を踏みしめ確かめるように桜のもとでしばし佇む二条像が表現されたのである。

二　恋の回想と月の表現

前節で巻四冒頭は逢坂の関の桜を眺めて休らい歌う二条像を、西行を意識して描いたことを論じた。この節では冒頭の月の表現に注目し、二条の旅立ちが休らいがちであることのもう一つの由縁として、二条の旅以前の過去の表現と冒頭表現のつながりを考えたい。

如月の二十日余りの月とともに都を出ではべれば、何となく捨て果てにし住みかながらも、またと思ふべき世のならひかはと思ふより、袖の涙も今さら、「宿る月さへ濡るるがほにや」とまでおぼゆるに、我ながら心弱くおぼえつつ、（後略）

傍線部の二条が離京を悲しんで涙した袖に月が宿ったという表現は、諸注指摘するように、『古今集』恋五756の伊勢の歌「あひにあひて物思ふころのわが袖に宿る月さへぬるる顔なる」を直接には引用しているのだが、西行もこの伊勢の歌をふまえて次の『山家集』632歌（恋部の「月」歌群の一首）を詠んでいる。(6)

物思ふ袖にも月は宿りけりにごらですめる水ならねども

伊勢歌をふまえた歌で二条の旅路の当該表現に類する例は、『続古今集』羇旅881「旅泊月」俊成卿女「袖の上にぬるるがほなる光かな月こそ旅の心しりけれ」もあるが、前述した白河の関の月をめぐる西行歌の影響からして、巻四冒頭は伊勢歌をふまえた西行の月の歌をも連想して、旅立つ二条の物思い故の涙に宿る月を表したと考えられるのではないか。

そして、伊勢・西行の歌が恋歌であることから、二条の涙も離京の悲哀に因るだけではなく、都での恋の記憶に由来するだろう。恋の涙に濡れた袖に月が宿るという表現は、巻三で有明の月の子を懐妊した後の逢瀬における二条詠にも見いだせる。

> 泣きみ笑ひみ語らひたまふほどに、明けぬるにやと聞こゆれば、起き別れつつ出づるに、「またいつの暮れをか」と思ひむせびたまひたるさま、我もげにと思ひたてまつるこそ、
>
> わが袖の涙に宿る有明の明けても同じ面影もがな
>
> などおぼえしは、我も通ふ心の出で来けるにや。これ、逃れぬ契りとかやならむなど思ひ続け、さながらうち臥したる（後略）

右の場面は、二条の懐妊に至る有明の月との恋を後深草院が許容し、子を育てることも有明の月に告げた後の逢瀬である。有明の月は二条への「心の色」つまり愛執を深め、その愛執に二条も染められ、避けがたい宿縁を感じ始める。その折の二条歌は、袖の涙に宿る有明月に、恋人の仁和寺御室の呼称「有明の月」を重ね、今朝の別れの後も御室の面影を袖の涙に宿して偲び続けることを願う。該歌は伊勢歌の「わが袖に宿る月」と重なり、『山家集』632歌の「ものおもふ袖にも月は宿りけり」にも通ずる。

涙で濡らした袖に有明月と恋人の面影が映るという表現は二条の後朝詠の定型であり、巻一で醍醐寺に籠もる二条

と院の逢瀬の後朝に二条が詠んだ、

　君だにもならはざりける有明の面影残る袖を見せばや

はその一例である。該歌は父や縁者を亡くした二条の悲哀を院が「ことさらこまやかに語らひ」慰めた逢瀬の後朝詠である。また、雪の曙との「新枕」の後朝の二条歌、

　帰るさの袂は知らず面影は袖の涙に有明の空

はその定型の最初の例である。この歌は雪の曙の贈歌「帰るさは涙にくれて有明の月さへつらきしののめの空」への返歌であり、贈歌の涙と有明の表現を承けて返歌の第三句以下で雪の曙を慕う想いを表している。これらの定型的な歌は、男達との契りが深まった折にその余韻に浸る二条から愛惜を示す表現である。

この二条の後朝詠の定型と重なる巻四冒頭の「袖の涙も今さら、「宿る月さへ濡るるがほにや」」は、都を発つ二条の内にまだ都での恋の記憶が甦ることを暗示し、その恋への愛惜故に旅立ちの決意は「心弱く」揺らぎがちであることを表している。都の男達との恋はいずれも破れ、特に有明の月は巻三で二条との恋に身を焦がして死んでおり、その悲恋の記憶にとらわれて足取りが重い二条像を巻四冒頭は袖の涙に宿る月の表現で描いた。このように、巻四の旅立ちから東下にかけての表現は二条の恋の回想と結びつく傾向があり、その恋の表現に西行歌がどう関わるのか、節を改めて検討を続ける。

三　富士山の「煙」の恋歌

巻四には、逢坂の関から鏡の宿を経て、美濃国赤坂の宿で遊女姉妹と出会う記事が配され、その姉と二条の贈答は

西行歌と関連するだろう。

これもまた墨染の色にはあらぬ袖の涙をあやしく思ひけるにや、盃据ゑたる小折敷に書きてさしおこせたる。

思ひ立つ心は何の色ぞとも富士の煙の末ぞゆかしき　（B）

いと思はずに、情けある心地して、

富士のねは恋をするがの山なれば思ひありとぞ煙立つらむ　（C）

二条の墨染の袖にはそぐわない紅涙を遊女が見とがめ、贈歌Bで、二条の「思ひ立つ心」即ち発心して出家したのは何故か、富士の煙を立てる火のごとき思いを知りたいと問いかける。二条の返歌Cは、富士は恋をする山なので物思いの火から煙が立つと歌い、発心が恋故であることを明かす。

二条の返歌Cと表現が重なる西行詠、

けぶりたつ富士に思ひのあらそひてよだけき恋をするがへぞ行く　（『山家集』691）

が指摘[7]されている。また、二条歌Cの類歌として、「くらべばや恋をするがの山たかみおよばぬ富士の煙なりとも」（『続古今集』恋二1077宗尊親王「名所恋」）も指摘[8]されている。この『続古今集』歌も連想していたかもしれないが、逢坂の記事における西行歌の影響からして、この『山家集』691歌が影響しているだろう。691歌が「思ひ」と「恋」の重複をいとわず、その「思ひ」に掛けられた「火」の縁語の「煙」が「立つ」ことを強調する執拗さは『続古今集』歌にみられず、Cは691歌をふまえて「恋」と「思ひ」を重ね、富士から立ち昇る煙を二条の恋の象徴とする。

『山家集』691歌は煙が立ち昇る富士の火と競うほどの燃える思いで大仰な恋をすることを表すが、二条が遊女との贈答で想起したのはいかなる恋だったのか。遊女歌Bの「煙の末」や二条歌Cの「煙」が作中の他の「煙」の表現と関連すると捉える先行論文[9]がある。巻一冒頭で、後深草院から寵愛の意向を初めて示されて戸惑う二条に対し、雪の

曙が秘かに贈った歌、

　今よりや思ひ消えなむひとかたに煙の末のなびきはてなば　（D）

と、それに対する二条の返歌、

　知られじな思ひ乱れて夕煙なびきもやらぬ下の心は　（E）

における煙の表現が、巻四の赤坂での贈答の「煙」と重なると捉え、「前半、殿上人としての愛欲の変遷を語り出すあたりに「煙のすゑ」の一句を盛りこんだ歌を置き、後半、旅の生活を描きだす発端のあたりに同じ句を示す歌を置くからには、前後の対照を見せようと著者は意図していた」と指摘する。

　この指摘は「対照」という把握が不明確であり、巻四と巻一の「煙」表現はどこまで関連するのか、改めて検討する必要がある。遊女歌B・二条歌Cの煙は共に二条の発心の契機となった「思ひ」から立つものであり、出家につながる恋の物思いを想定している。巻一では、雪の曙歌Dが「院の寵にあなたが煙のようになびいたら私は悲しみで消え入らんばかりだ」と二条に想いを訴え、二条詠Eは、院にはまだ従っておらず、雪の曙のことも想って心乱れていることをほのめかす。DEの煙は二条が院の寵と雪の曙との恋に同時に身を焦がす関係性の始まりを表し、この贈答は巻四の贈答が歌う二条の発心と直結しない。

　ただ、巻一で二条が産んだ後深草院の皇子の夭折という「愛別離苦」を機に出家願望が芽生えたことを語る記事で、雪の曙との恋仲も「馴れゆけば、帰る朝はなごりを慕ひて、また寝の床に涙を流し、待つ宵には更けゆく鐘に音を添へて、待ちつけて後は、また世にや聞こえむと苦しみ」という厭わしい苦を伴うと嘆く。雪の曙との恋は二条が世を厭い捨てようとし始める契機の一つであり、その恋のはじまりを示す贈答DEの煙は、巻四の贈答における、発心につながる恋を示す煙と結びつく脈絡はある。

しかし、巻四の煙をめぐる二条歌Cが出家につながった恋として主に想起しているのは、雪の曙との恋よりも激しい恋の煙を歌った有明の月との仲であろう。巻三で有明の月が「かたはら病」で死ぬ直前に二条と交わした贈答における「煙」は、先行論文では巻四の煙の贈答BCとの関わりが検討されていないが、BCと密接に結びつくと思われる。

身はかくて思ひ消えなむ煙だにそなたの空になびきだにせば　（F）
思ひ消えむ煙の末をそれとだに長らへばこそ跡をだに見め　（G）

有明の月のF歌は、自らは二条への「思ひ」の火に燃え失せて荼毘の「煙」と化すが、その「煙」だけでも二条のほうへなびけ、と願い、死後も愛執がくすぶり続けることを吐露した歌である。二条は返歌Gで、有明の月の荼毘の「煙の末」を見届けることは自分が生きながらえればできるが、と歌い、二条自身も哀しみの余り後を追って死ぬことを伝える。二人が死の「煙」を共に予期することで「思ひ」の火を燃え立たせた、最後の贈答である。

このF歌で有明の月は恋の火に燃えて死んだ後まで二条につきまとう執拗な情念を表しており、その絶えざる恋は生前も、巻二で有明の月の恋に応じなくなった二条に恨みを抱いて送りつけた起請文に記されていた。

今年二年、夜は夜もすがら面影を恋ひて、涙に袖を濡らし、本尊に向ひ持経を開く折々もまづ言の葉を偲び、護摩の壇の上には文を置きて持経とし、御灯明の光にはまづこれを開きて心を養ふ。

この文面は、有明の月が二条に恋して以来二年間、夜な夜な二条を偲んで泣き、修行中も二条の消息のことばを持経として灯明のもとで反芻する日々を吐露する。なお、灯明は巻二で後深草院のための延命供の折に有明の月が二条と初めて契った場面でも出てきて、「御灯明の光さへ曇りなくさし入りたりつる火影」という火のイメージを帯びた有明の月の夜毎の恋が描かれていた。

このように有明の月が常に激しく恋し続ける情念の表現は、巻四の二条歌C「富士のねは恋をするがの山なれば思ひありとぞ煙立つらむ」と『山家集』691「けぶりたつ富士に思ひのあらそひてよだけき恋をするがへぞ行く」が共有する「恋をするが」という表現の先例にあたる『古今集』恋一534よみ人知らず、

人しれぬ思ひをつねにするがなる富士の山こそわが身なりけれ

や、『後撰集』恋一565よみ人知らず、

恋をのみ常にするがの山なれば富士のねにのみ泣かぬ日はなし

などの不断の恋の表現と響き合うものがあるだろう。これらの富士の歌は常に燃える恋を表し、有明の月は富士の歌にも通じる不断の恋の果てに、F歌で我が身を燃やして煙と化しても恋し続けることまで表す執念が凄まじい。

有明の月は贈答FGの直後に逝去し（弘安四年〈一二八一〉頃の「十一月二十五日」）、以後は二条に対する後深草院の変心が描かれる。有明の月が年末に亡くなった頃から、院の二条に対する参仕の催促は遠のき、「色変はりゆく御事」即ち心変わりが始まった。その原因として二条は「わが咎ならぬ誤り」つまり二条自ら進んで始めたのではない院以外の男との関係を想起する。有明の月を始めとする男達（鷹司兼平や亀山院など）の懸想を後深草院は容認し、促したが、有明の月の死を機に寵は薄れてゆく。

有明の月の死の翌々年秋には、院への出仕がさし止められた。有明の月の三回忌の頃には二条は「今はこの世には残る思ひもあるべきにあらねば、三界の家を出でて解脱の門に入れたまへ」と出家を強く願うようになる。

このように、二条は有明の月の死の「煙の末」（G）を見たのを機に院の寵も失い、出家の意志を固めてゆくさまが語られている。その意味で、有明の月との贈答における「煙」は、二条の発心の契機となった恋の煙である。巻三の「煙の末」（G）と、巻四の遊女との発心問答の「煙の末」（B）の照応が図られており、二条の発心が有明の月と

の恋の破綻と、それに伴う院の寵の喪失を原因とすることが表されている。

西行は『山家集』691「けぶりたつ富士に思ひのあらそひてよだけき恋をするがへぞ行く」と歌ったが、二条にとって煙立つ富士と争う恋は、院と有明の月との間で板挟みになった末にいずれも失った恋であり、出家を促す善知識となった。西行歌の「けぶり」は、二条の巻三の恋の煙と重ねられ、『とはずがたり』独特の変容を遂げている。西行歌に拠る「けぶり」が、巻四で旅立って間もない尼の二条が抱く恋の記憶の余燼を示し、さらに巻三までの宮廷における恋の終焉と遁世の契機を想起させる。西行歌は、遁世の由来たる恋を巻四から巻三に遡って回想する文脈を形成すべく受容され、遁世前後をつなぐ要として位置づけられている。

四　煙の絶えた富士山

赤坂の遊女との贈答では煙を立てる富士が歌われていたが、二条が富士山に至る場面はどう表され、その表現に西行歌はいかに関わるのだろうか。

清見が関を月に越えゆくにも、思ふことのみ多かる心の内、来し方行く先たどられて、あはれに悲し。みな白妙に見えわたりたる浜の真砂の数よりも、思ふことのみ限りなきに、富士の裾、浮島が原に行きつつ、高嶺にはなほ雪深く見ゆれば、五月のころだにも鹿の子まだらには残りけると、ことわりに見やらるるにも、跡なき身の思ひぞ積もるかひなかりける。煙も今は絶え果てて見えねば、風にも何かなびくべきとおぼゆ。

二条は富士の煙が絶えているのをながめて、「風にも何かなびくべき」と思い、

東の方へ修行し侍りけるに、富士の山をよめる　　西行法師

風になびく富士のけぶりの空に消えて行方も知らぬわが思ひかな（『新古今集』[10]雑中1615）

における、煙が風になびく情景とは異なることに気づいたという。

この歌は『新古今集』の詞書によれば西行が東下した際の詠歌であり、『拾玉集』第五に「文治六年二月十六日」に西行が入滅し、その「二三年の程に」詠まれたとあり、晩年（六九歳、文治二年〈一一八六〉）の二度目の陸奥行で得た歌と解されている。[11]該歌は、富士の煙が空に消えるように、西行が晩年に人生をふりかえった時に沸き起こる万感が行方もわからず消えてゆくことを表すと評されている。[12]

一方、二条は遁世後初めて旅立って間もない頃（三二歳頃）に「思ふことのみ多かる心の内」、つまり渦巻く物思い[13]を抱きつつ煙の絶えた富士山をながめる。二条の物思いは西行歌の「思ひ」と異なり、煙と化して消えることはない。二条特有の物思いを反芻するさまが、西行歌との対照によって表されている。

富士山における二条の物思いは、赤坂の遊女との富士の煙にまつわる贈答で暗示された有明の月や院との恋の破綻の記憶に根ざしているだろう。その恋の文脈を形成する表現として、富士山の場面には恋歌の引用がみられる。「みな白妙に見えわたりたる浜の真砂の数よりも、思ふことのみ限りなき」は、『続古今集』恋二1107「題しらず」の閑院大君の歌、

昔より思ふ心はありそうみの浜の真砂の数も知られず（『大和物語』一一八段にも歌のみ載る）

を引く。[14]該歌の「昔」も響かせ、二条の過去の恋に由来する無数の物思いを示し、巻三までの恋の記憶を暗示する。

このような『とはずがたり』の富士山の場面には『西行物語』の富士山の記事の影響はあるのだろうか。文明本の富士の場面は次のように簡略に描かれる。

身をうきはしを過ぎけるに、富士のたかねのけぶりあはれにて、

風になびく富士のけぶりの空に消えて行くへもしらぬわがおもひかな

「風になびく…」歌の煙に合わせて前文で煙が立ち上るさまを短く語る。他の物語諸本も同歌を煙を見て詠んだとする。『西行物語』と対照的に、『とはずがたり』は煙が立っていないことを強調している。

略本系本文には「風になびく…」歌に加えて、浮島が原の歌も語られる。

駿河国にかかりて、在中将の「山はふじね（ママ）いつとてか」といひけんもことはりと覚えて、遥かに富士の高峯を見あぐれば、折しりがほの煙立ちのぼり、山の中ばは雲にかくれ、ふもとには湖水をたたへ、南には郊原あり、前には蒼海まんまんとして、釣漁のたすけに便あり。都を出ておほく山川江海をしのぎし旅のうさも、此所にてすこしわするる心ちして覚えけり。

風になびく富士の煙の空にきえてゆくゑもしらぬ我おもひかな

いつとなきおもひは富士の煙にてまどろむほどや浮島が原　（久保家旧蔵本）

右の浮島が原の歌は『山家集』1307恋百十首（第四句「打ちふす床や」）にみえ、略本系の正保版本、西行上人発心記や、松平本（第四句「うちふすほどに」）、寛永本（初句「行ゑなき」、四句「打臥とこや」）の富士の場面にもみえる。この浮島が原詠の「いつとなきおもひは富士の煙にて」は恋しい思いが富士の煙のように絶えないことを表し、『とはずがたり』が富士をながめる二条の絶えない物思いを語りながらも煙が絶えた富士を描くのとは異なる。

その他、渡辺家旧蔵本（采女本系）の富士の記事は「身をうきしまのはらをすぐとて、富士のたかね、けぶりは雲にきえければ、業平中将の「山は不尽のね」と読けむ、おもひいでて」と語り、「風になびく…」歌を配する。寛永本・永正本は富士を仰ぐ西行が「風になびく…」を詠む前に「草の露とか消むずらん」（寛永本）と、死を意識する描写が特異である。

これらの『西行物語』諸本の富士の表現を『とはずがたり』が特にふまえた徴証は見いだせない。二条は「西行の記」で富士と「風になびく…」歌が描かれた場面を読んだ可能性はあるが、『とはずがたり』では該歌や『西行物語』とは反対に、煙の立たない情景を捉えている。

五　『うたたね』の富士山と恋の表現

『うたたね』の富士の場面にも西行歌の影響がみられるため、『とはずがたり』の富士の表現と比較したい。『うたたね』の女は都で失恋した傷心を抱えたまま養父に連れられて遠江の浜松へと下向し、富士山を眺める。

富士の山はただここもとにとぞ見ゆる。雪いと白くて、風になびく煙の末も、ゆめのまへ(15)にあはれなれど、「上なき物は」と思ひ消つ心のたけぞ、もの恐ろしかりける。甲斐の白根もいと白く見渡されたり。

傍線部の表現の典拠として、次の歌が注釈で指摘(16)されている。

①風になびく富士のけぶりの空に消えて行方も知らぬわが思ひかな　（『新古今集』雑中1615）

②富士のねの煙も猶ぞたちのぼるうへなきものは思ひなりけり　（『新古今集』恋二1132家隆）

③物思ふ心のたけぞしられぬるよなよな月をながめあかして　（『山家集』624恋部の「月」歌群）

これらの歌を『うたたね』は女の心にどこまで重ね、どこからずらしているのだろうか。女は①の西行歌の「風になびく富士のけぶり」の先を眺めるものの、西行歌の三句以下が示す煙の消失と行方知れぬ思いは受け継いでいない。煙を眺める女の心はむしろ、「上なき物は」と引用された②の家隆歌における、富士の煙が立ち昇るよりもこの上なく高まる「思ひ」と重ね合わされている。そして、その女の物思いの高ぶりに続く「心のたけ」は、③の西行歌の

「物思ふ心のたけ」(物思いをする心の深さ)を引用している。女の物思いの高まりに比べれば、高く昇る富士の煙も「思ひ消つ」、即ち見下してしまうと語っている。こうして『うたたね』は先行歌を重ねてふまえることで、富士の場面を女の物思いの頂点として表した。

②や③が恋歌であることから、女の物思いも主に恋の記憶に根ざすだろう。女の恋について『うたたね』では、富士の場面の直前に、浜松に滞在する女の心境として、「都の方のみ恋しく、昼はひめもすにながめ、夜は夜もすがら物をのみ思ひ続くる」と、都恋しさが語られていた。この昼も夜も「ながめ」と物思いを続ける女は、③の西行歌の毎夜「ながめ」つつ「物思ふ心」を深める作中主体とも重なる。そして、女の都恋しさの核には都で別れた恋人を偲ぶ想いが在り、同じ浜松の場面で女は「業平」が「つましあれば」と都の妻を偲んだ『伊勢物語』九段の歌を想起し、都の恋人を思慕していた。

ところで、①の西行歌は『西行法師家集』347では「恋」の部に入れられ、「風になびく・富士・煙・行方も知らぬ・思ひ」などが王朝恋歌の定型表現であることが注釈(17)されている。①に託した西行晩年の旅路の「行方も知らぬ」万感は恋に限定されず、『うたたね』の女の思いとは異なるが、①の恋歌的表現は女が恋人を想う文脈に馴染む側面が認められる。

①の西行歌を含む前掲『西行物語』諸本の富士の場面と『うたたね』を比べると、二作特有の共通点は乏しい。前述の略本系本文などに引かれる浮島が原の歌（『山家集』1307）は『うたたね』に引かれず、前後の旅の叙述にも同歌枕への言及がない。『うたたね』が引く前掲②の家隆歌、③の西行歌は物語諸本に引かれていない。よって、『うたたね』の富士の表現は『西行物語』を特に意識せず、『新古今集』や『山家集』に拠ったと考えられる。

以上の『うたたね』の富士における西行歌受容は、『とはずがたり』の富士の表現と同じ傾向を有する。二条も

『うたたね』の女も都での恋の終わりを機に旅立ち、なお恋の記憶に執し、富士で物思いにとらわれるさまが、西行歌の引用によって描かれる。その点では、『とはずがたり』の富士の表現は、先行する『うたたね』の西行歌受容の方法を受け継いでいるといえる。

しかし、『うたたね』は西行歌の富士の煙を追認し、『とはずがたり』はその煙が絶えたことを捉える点で、二作は異なる。『とはずがたり』の富士の情景描写は、清見が関で「思ふことのみ多かる」、「思ふことのみ限りなき」と悲しみ、浮島が原でも「跡なき身の思ひぞ積もる」と嘆き、景物から反射的に二条の物思いへと立ち戻ることをくりかえす。その物思いは、赤坂では遊女への二条の返歌Cで「富士のねは恋をするがの山なれば思ひありとぞ煙立つらむ」と、富士の煙を立てる「火」を掛けて詠まれていたが、いざ富士山に至ると煙が絶えているという落差が示される。「火」を掛け得る物思いはあるのに煙が立っていない、という情と景の不一致を描き、物思いが煙と化して風に消えることなく、旅する二条の心にくすぶっているさまを表現している。

『とはずがたり』が描く二条の富士の旅は正応二年（一二八九）頃であり、同時代に富士を何度も旅した飛鳥井雅有(18)の歌には、煙の絶えた富士を描く例が見いだせる。『隣女集』巻二（文永二年～六年〈一二六五～六九〉の詠歌）812雑、

かへりのぼり侍りし時、富士の山を見て

富士のねの煙はたえてとしふるにきえせぬ物は雪にぞ有りける

は絶えた煙と消えぬ雪の対比が、『とはずがたり』の富士の「煙も今は絶え果てて見えねば」と「高嶺にはなほ雪深く見ゆれば」という描写に重なる。また、『雅有集』（弘安元年、二年〈一二七八～七九〉の詠歌）701、

寄煙恋

富士のねや絶えしけぶりのすゑのよにきえぬ思ひの身にのこるらん

は絶えた煙と対照して恋の火が消えず残ることを表し、『とはずがたり』が語る煙の途絶えと二条の物思いに相似する。

『十六夜日記』の路次記（弘安二年の旅）も「富士の山を見れば、煙立たず」と描くのは有名であり、

誰が方になびき果ててか富士のねの煙の末の見えずなるらむ

と、富士山を擬人化して恋の主体と見なし、誰にすっかり靡いて煙を立てなくなったのかと訝る戯れの恋歌を作っている。

このような同時代の表現傾向の中で『とはずがたり』は、二条が都で有明の月を喪い、主君と別れて出家し、独り旅する愁いにとらわれて富士を仰いだ時に、古歌では思いを託すよすがとなっていた煙が今や絶えていることに、やり場のない憂いを覚えたことを表現した。かつて西行が「風になびく富士のけぶりの空に消えて」と歌った富士の煙を追体験して歌うことが叶わず、悲恋を回想して胸の火を燃やしたまま鬱々と富士山を眺める二条像が造型されたのである。

おわりに

巻四の東国下向では、西行の影響は主に桜と煙の表現において見いだせた。西行の桜の歌をふまえて二条の桜の歌を作り、「西行が修行の記」の桜を愛でて佇む西行像を、二条が桜を愛惜して休らう姿に重ね、西行にならう旅の始まりを語り起こした。また、富士山の煙に恋心を託す西行歌をふまえ、赤坂での煙をめぐる贈答で二条の恋故の発心を明かし、有明の月との悲恋の回想も煙で象徴した。そして、二条が仰いだ富士山は煙が絶えており、西行歌「風に

なびく…」の煙と対照して、二条の深い物思いを表した。

巻四の東下の旅における西行歌受容は総じて、西行を慕って旅立つ二条像を新たに語ると同時に、巻三までの過去に深くとらわれ、都で失ったものを思い返して足取りが重い二条像をも描く。二条が世を捨て都を去ったにもかかわらず、心は都の恋人や主君との別れを悲しんで過去へと立ち帰ろうとする道程が表現されているのである。

注

（1）山田由美子「『とはずがたり』にみる西行の影響」（『立教大学日本文学』21、一九六八年一二月）参照。

（2）本書第三部で参照している『西行物語』諸本については、第一章の三節で述べた。

（3）『山家集／聞書集／残集』（和歌文学大系、明治書院、二〇〇三年）の久保田淳の注を参照。

（4）室町期の『広幢集』7「余花」「をくれても事をあまたの桜かな哀にそへて春の恋しき」（新編私家集大成）もある。この用例検索は日本文学 Web 図書館（古典ライブラリー）の和歌ライブラリーの語彙検索を用い、歌書集成も対象とした。

（5）「風吹けば…」歌は現存の『西行物語』諸本にはみられないと『とはずがたり』の研究史（島津忠夫「「西行が修行の記といふ絵」をめぐって」『『とはずがたり』の諸問題』和泉書院、一九九六年）では考えられてきたが、近年の『西行物語』本文の研究（蔡佩青「松平本系「西行物語」の成立について」『古代文学研究』21号、二〇一二年十月）によれば、松平本系に属する松平文庫本（蔡佩青・今井亨「松平文庫本『西行発心物語』の解題と翻刻（上下）」（『静岡英和学院大学紀要』一二号・一三号、二〇一四年三月・二〇一五年三月）と国文学研究資料館蔵マイクロフィルム複写を参照）と学習院本（学習院大学日本語日本文学研究室蔵　九一三・六一―五〇〇八）の吉野山の場面にのみ載っている。松平文庫本の同場面は、

落たる花の山川の水にうかびてわたるべき方もなきほどなれば、

風ふけば花のしら浪岩こえてわたりわづらふ山川のみづ
名をえたる山の花なれば、さこそはおもしろかりけめ。苔のむしろのうへにいはねを枕にかたぶけて、さすがにいける命のたよりには谷の水をむすび、みねの木のみを、寂寞無人声　読誦此経典とよみて、いよ〳〵心をすゝむるたよりには、おちくる花をぞ友とする。（句読点、濁点は私に付した）

とあり、学習院本も似た記事を有する（国文学研究資料館蔵マイクロフィルムの複写を参照）。しかし、松平本系は『新勅撰集』に載る西行の当該詠を増補したと考えられているが、増補時期は未詳とされ、松平本系の当該記事が鎌倉期に二条の見た「西行の記」と同じ内容であったかは定かでない。松平本系の現存の二伝本は、明応九年（一五〇〇）以降成立の采女本系本文と関連する記事を有するといわれ、采女本系以後に成立した可能性があるとされる。

（6）この『山家集』632歌が伊勢詠をふまえることは、西澤美仁・宇津木言行・久保田淳『山家集／聞書集／残集』（明治書院、二〇〇三年）の注に指摘されている。なお、632歌「物思ふ…」は『西行物語』諸本に見えない。

（7）山田由美子論文（前掲注1）参照。なお、この『山家集』691歌「けぶりたつ…」は『西行物語』諸本に採られていない。

（8）久保田淳『建礼門院右京大夫集　とはずがたり』（小学館、一九九九年）の注釈を参照。なお、新編国歌大観（DVD-ROM版）では、「恋をするが」という表現を有する歌のうち、加えて「煙」を強調する例は、西行、宗尊、二条の当該歌以外には見いだせない。

（9）篠田浩一郎「贖罪としての旅―〈けぶり〉と〈夢〉のテーマ」（『國文學　解釈と教材の研究』二四巻一〇号、一九七九年八月↓篠田浩一郎『仮面・神話・物語　ふたたび中世への旅』〈朝日新聞社、一九八三年〉に収録）参照。

（10）新編国歌大観所収の『新古今集』本文は該歌の結句が「わが心かな」のため、通行の「わが思ひかな」の本文である角川ソフィア文庫（久保田淳『新古今和歌集下』角川学芸出版、二〇〇七年）によった。歌番号は新編国歌大観による。

（11）久保田淳『新古今和歌集全注釈五』（角川学芸出版、二〇一二年）参照。

（12）久保田淳『西行山家集入門』（有斐閣、一九七八年）は、西行歌「風になびく…」の「思ひ」について、「そこには恋もあるだろう、野望もあるだろう、無常への思念もあるだろう、漂泊の想いもあるだろう。すべてがとりとめもない形であとからあとから湧き出てきて、立ち昇って消えてゆく」と指摘する。

(13) 久保田淳『富士山の文学』（文春新書、文藝春秋、二〇〇四年）（同書の角川ソフィア文庫版、二〇一三年も参照）は『とはずがたり』の当該の富士の表現について「大体、この作者は風景を見てもその美しさに我を忘れることはなく、直ちに「思ふこと」―自分自身の悩みに立ち戻る傾向がある」と指摘する。

(14) この引歌は、久保田淳『とはずがたり二（完訳日本の古典）』（小学館、一九八五年）、三角洋一『とはずがたり　たまきはる』（岩波書店、一九九四年）などの注に指摘されている。

(15) 『うたたね』の「風になびく煙の末も、ゆめのまへにあはれなれど」は文意が不分明だが、田渕句美子『阿仏尼とその時代　『うたたね』が語る中世』（臨川書店、二〇〇〇年）が関連する歌として指摘する『拾遺愚草員外』470文集百首「閑日一思旧、旧遊如目前」「おもかげはただ目のまへの夢ながらかへらぬむかしあはれいくとせ」の引用と解すれば、『うたたね』の女が富士の煙を眺めつつ恋人の面影を夢見心地に偲び、その過去の恋を取り戻せない哀しみを新たにすることの表現と捉えられる。

(16) ①の西行歌、②の家隆歌は次田香澄『うたたね』（講談社、一九七八年）が挙げ、③の西行歌は田渕句美子『阿仏尼とその時代』（前掲注15）が挙げる。

(17) 片野達郎「『自讃歌』中の西行の歌―自然詠と恋の歌―」（『國文學　解釈と教材の研究』三〇巻四号、一九八五年四月）は西行歌の「風になびく富士のけぶり」に類似する恋歌として、『能宣集』172「富士のねにもゆるけぶりは風ふけどおもはぬかたになびくものかは」などを挙げる。久保田淳『西行山家集入門』（前掲注12）、久保田淳『新古今和歌集全注釈五』（前掲注11）も西行歌に類似する恋歌を指摘する。

(18) 久保田淳「富士山の歌―新古今歌人の場合―」（『国語と国文学』六四巻五号、一九八七年五月）は飛鳥井雅経や雅有の歌を「実際に富嶽を仰いで詠じた」例として挙げ、「おおむね和歌としてはすぐれていると言いがたい」と指摘する。

第四章　『とはずがたり』後編の後深草院思慕と西行の月の歌

はじめに

『とはずがたり』の後編にあたる巻四・五は、二条が後深草院を恋い偲ぶさまを語る。巻一から巻三までの前編が院の寵愛を受け始めたことから、院の心変わりに伴って二条が宮仕えを退くことになるまでを描いたのを承け、後編は二条の院への思慕と再会、院の崩御に至る二人のえにしを語る。同時に後編は、西行への憧憬に促された二条が、西行が足跡を残し和歌を詠んだ土地をめぐる旅をも語る。

後編において、院との契りを偲ぶ二条像と、西行にならって旅をして歌を詠む二条像は、いかに関わり合うのだろうか。院との宿縁を語る志向と、西行にならう生を書く志向はどのように相渉り、後編の表現を生み出しているのだろうか。

本章では、院を慕うことと西行にならうことの接点に生じる表現性を考察する。研究史では西行和歌・『西行物語』と『とはずがたり』の類似表現が部分的に注釈されているが、西行にまなぶ表現の反復、連係に伴って生成する院思慕の表現を把握する必要がある。院思慕と西行受容の関連性を、主に武蔵野紀行、伊勢参詣、院の崩御という三つの局面に即して、明らかにしたい。いずれも二条が院を想って月の歌を詠む場面であり、西行の月の歌の影響が考えられるため、月の表現を焦点として検討する。

標宮子は、(1)『とはずがたり』後編の月の表現について、「二条は折に触れ月を眺め、昔を忍び都を思い、院を思慕して旅を続ける。月即物思い」という「類型に陥っている」と指摘する。しかし、「類型」と概括して否定的に捉える前に、二条の月に院を偲ぶ表現、特に二条の歌を一首ずつ検討し、その月の表現の連なりから浮かび上がる院思慕の表現性と、それに対する西行の月の歌の影響を検証する必要がある。標宮子は「事あるごとに月を眺めて述懐する二条の旅も西行に倣う旅の具現化の一つの姿であった」と述べるものの、後編の武蔵野や伊勢、崩御などの場面における二条の歌と西行歌の月の表現を比較していない点が問題である。これらの場面における月は、二条の院思慕と西行憧憬が絡み合う後編を把握する上で検討を要する重要な表現である。

一　武蔵野の花月

巻四の武蔵野紀行（正応三年〈一二九〇〉頃）は、後編で院を偲ぶ記事として早い例である。二条は八月に武蔵野を旅し、十五夜の月の下で、都の院を想って歌を詠む。

野の中をはるばると分け行くに、萩、女郎花、荻、薄よりほかは、またまじるものもなく、これが高さは馬に乗りたる男の見えぬほどなれば、推しはかるべし。（中略）今宵は十五夜なりけり。雲の上の御遊びも思ひやらるるに、御形見の御衣は如法経の折、御布施に大菩薩に参らせて、「今ここにあり」とはおぼえねども、鳳闕の雲の上忘れたてまつらざれば、余香をば拝する心ざしも深きに変はらずぞおぼえし。草の原より出でし月影、ふけ

ゆくままに澄み昇り、葉末に結ぶ白露は玉かと見ゆる心地して、

　雲の上に見しもなかなか月ゆゑの身の思ひ出は今宵なりけり　（A）

涙に浮かぶ心地して、

　隈もなき月になりゆくながめにもなほ面影は忘れやはする　（B）

この場面における野の花の描写は、『西行物語』文明本の武蔵野で西行が老僧と出会う挿話の表現と類似することが新全集[2]の注に指摘されている。

> 月に誘はれて、武蔵野の中をはるばると分け行くほどに、野辺の小萩露結べば、月の光をみがける玉かと見て、（中略）はつかに一間ばかりなる仮の庵をむすびて、萩、荻、をみなめしを囲ひにはして、薄、刈萱を上にはふきて、そのうちに九十ゆうよなる老僧の、我不愛身命、但惜無上道とよみて、さらいにこにいたる。さて八月十五夜なれば、まことに昼の様なれば（後略）

草深い武蔵野を分けゆく西行の姿、また老僧の庵を飾る武蔵野の秋の草花の描写が『とはずがたり』の描写と類似する。草花の描写は文明本以外の『西行物語』[3]諸本にも概ね共通し、西行が老僧と邂逅するのが十五夜であることも諸本に共通する。花月の描写が物語諸本と『とはずがたり』で類似するため、『とはずがたり』は「西行の記」にも描かれていたと思われる同場面をふまえた可能性がある。

『西行物語』の武蔵野の挿話は、次の『発心集』巻六の十二話に拠ると考えられている[4]。

> 西行法師、東の方修行しける時、月の夜、武蔵野を過ぐる事ありけり。比は八月十日あまりなれば、昼のやうなるに（中略）萩・女郎花をかこひにして、薄・かるかや・荻などを取りまぜつつ、上には葺けり。（中略）「我は昔、郁芳門院の侍の長なりしが、隠れさせおはしませし後、やがてさまをかへて、人に知られざらむ所に住まん

> 志深くて、いづちともなくさすらひありき侍りし程に、さるべきにやありけむ、此の花の色々をよすがにて、野中にとまり住みて、おのづから多くの年を送り、（後略）

『発心集』は『西行物語』と同じく花に囲まれて住む郁芳門院の侍に西行が出会うことを語り、同じ花の描写(5)を有する『とはずがたり』は『発心集』も参照した可能性がある。但し、『発心集』は侍と出会う日を「八月十日あまり」とし、十五夜に近い時季だが限定せず、物語諸本は十五夜に限定し、『とはずがたり』も二条が十五夜の月を仰いで歌う点で『西行物語』にやや近い。『撰集抄』巻六にも同話が存するが、月の描写が全くなく、「花を手折て家居せる僧あり」と語るものの花の名を一切挙げない点は他の作品と異なり(6)、『とはずがたり』の月花の描写からも遠い。

『発心集』同話につき、侍は主君の郁芳門院（媞子）の崩御（永長元年〈一〇九六〉八月七日）後、直ちに遁世し、女院が催した前栽合（嘉保二年〈一〇九五〉八月）で歌われた秋の花を武蔵野で愛でて女院への追慕のよすがとしたと(7)指摘されている。『撰集抄』は女院の死と侍の遁世を語るが、花と共に女院を慕う描写は乏しい。『西行物語』は女院を次のように語る。

> 我は昔、郁芳門院のさぶらひのおさなかり(マヽ)しが、院かくれさせ給ひて後、その思ひにやがて出家とげて、都の人に知られざらん所に、かの後世などをもとぶらひたてまつり、我身の一大事をもいのらばやと思ひて、国々を尋ね侍りし程に、この野辺の草の花に心をとどめて、春夏秋冬のながめに心すまぬ時もなく、（後略）　（文明本）

物語諸本はいずれも『発心集』と同じく女院の死を善知識とする侍の遁世と、花に伴う女院への追懐を語る。亡き郁芳門院と、都に在る後深草院では、主君のありかたの違いはあるが、侍と二条は共に世を遁れた後も主君を偲び続けている。『西行物語』では侍が十五夜の月下で女院を偲ぶ点も、同夜に院を想う二条と重なる。武蔵野は主君思慕の舞台として、西行説話から『とはずがたり』へと受け継がれているのではないか。

二　武蔵野の月の歌

二条が院を偲ぶ思いは、花というよりも、主に月によって表される。『とはずがたり』の武蔵野の「今宵は十五夜なりけり」以下は、諸注指摘するように『源氏物語』須磨巻で源氏が宮中の月の宴を思い、帝を偲んだ場面をふまえ、後深草院思慕を描く。二条が偲ぶ十五夜の「雲の上の御遊び」は院が催した月の宴と思しいが、諸注は対応する『とはずがたり』の記事を指摘せず、巻三までには十五夜の記事がなく、御遊の記事でも特に関連する月の描写はみられない。そのため、作中では特定の十五夜との対応を意図していないと思われる。

続く二条の歌A「雲の上に見しもなかなか月ゆゑの身の思ひ出は今宵なりけり」は、宮中で院と共に月を見たことを思い出させる十五夜の月が今夜も澄んで美しい故にかえって切ないと詠む。Aに影響を与えた西行の和歌として指摘されているのは、(8)

秋はただこよひひとよの名なりけりおなじ雲居に月はすめども

という『山家集』334「八月十五夜」の歌である。該歌は『山家心中集』、『御裳濯河歌合』三番右にもみえる。該歌は傍線部の表現が二条の歌Aと重なり、二条の場合は「雲の上」が院に仕えた宮中を意味し、西行の月の歌が院に対する思慕の表現へと転じられている。

Aの次の二条の歌B「隈もなき月になりゆくながめにもなほ面影は忘れやはする」は、隈なく照らす月光に院の面影が浮かび上がると詠む。Bは、西行の『新古今集』恋四1268の歌、

くまもなきをりしも人を思ひ出でて心と月をやつしつるかな

に「通う」と新全集が指摘する。同歌は『山家集』644、恋部の「月」歌群にもみえる。該歌の澄月と涙の対比は、Ｂ歌の「隈もなき月」とその前文「涙に浮かぶ心地して」に通じる。涙が人を偲ぶ回想に由来することや、その回想が隈なき月に誘発されることも共通し、該歌はＢに影響している。

Ｂ歌に通ずる西行の月の恋歌は他にも『山家集』に見いだせる。

面影の忘らるまじき別れかな名残を人の月にとどめて　（621）

よよふとも忘れがたみのおもひ出はたもとに月のやどるばかりか　（636）

涙ゆゑくまなき月ぞくもりぬるあまのはらはらとのみなかれて　（637）

おもかげに君がすがたをみつるよりにはかに月のくもりぬるかな　（639）

いずれも『山家集』644と同じく恋部の「月」歌群の歌である。621歌は『新古今集』恋三1185にも入り(9)、恋人の面影を偲ぶ後朝の月の歌であり、Ｂ歌の下句「なほ面影は忘れやはする」と表現が似る。Ｂに歌われた回想には、逢瀬の際の院の「面影」も滲んでいると思われ、院と共にした後朝の表現との関わりが考えられる。636以下の三首は月下に恋を回想して涙する歌であり、636が歌う月の思い出や、637の隈なき月、639が見つめる恋人の面影は、二条が宮中で院と見た「月ゆゑの身の思ひ出」（Ａ）や、「隈もなき月」（Ｂ）、二条の「涙に浮かぶ」院の「面影」（Ｂ）と響き合う。西行の月の恋歌は、恋人の面影を月とともに心に宿して今生の思い出とする在り方を表す。二条の歌はその表現性を受け継いで、月が喚起する院とのえにしを生涯の思い出とする心を表したのであろう。

ところで、『山家集』の恋部の「月」歌群に含まれる歌は第三部第二章で論じたように、『うたたね』にも影響していた。『うたたね』の女が孤独に月を眺めて涙しつつ疎遠になった恋人を偲ぶさまが、『山家集』の同歌群に集まる「ながむるになぐさむことはなけれども月を友にて明かす頃かな」（648）と「なげけとて月やはものを思はするかこち顔なるわが涙かな」（628）の引用や、右の639歌と似た表現によって描かれていた。『うたたね』も『とはずがたり』も、遠ざかった恋しい人を、月を通じて偲んで涙する表現において、共に西行歌を受け継いでいる。

『とはずがたり』の武蔵野の月の歌に関わる西行歌の検討を続ける。『山家心中集』（伝西行自筆本）の、

月の前に遠く望むといへることを、菩提院の前の斎宮にて人々よみはべりしに

くまもなき月のひかりにさそはれていく雲井までゆく心ぞも

は『山家集』327「月前遠望」にもみえ、遍満する月光に憧れて「雲井」（空・宮中）まで昇る心を歌う。Bの隈なき月に募る思慕や、Aの「雲の上」の月と後深草院を偲ぶ思いに通じるものがある。照り満ちる月光に誘われて高まる慕情が共通する。

二条の院思慕を表す隈なき月の歌Bには西行の影響が色濃く、『とはずがたり』では隈なき月光を強調する表現が、主に院に関わる場面でくり返し用いられる。①巻一で院と契りを結び初めた一月十七日の後朝。②巻二で四月下旬に醍醐寺の二条を尋ねた雪の曙の姿を描く「入り方の月隈なさに薄香の狩衣」は、院以外の人を照らす唯一の例であり、二条の恋情を示す。③武蔵野の二条詠B。④巻四末の伏見殿の院を照らす九月半ばの月。[10]⑤巻五の院の崩御当夜七月十六日の二条の哀傷歌「隈もなき月さへつらき今宵かな曇らばいかにうれしからまし」。⑥⑦、院の三回忌前夜の「十五日の月いと隈なき」折に院の新造の御影を拝した二条の歌「虫の音も月も一つに悲しさの残る隈なき夜半の面影」は、月に隈なく照らされる御影を仰いで哀悼の意を尽くしたことを表す。[11]

これらの隈なき月は概ね院を思慕する場面を照らす傾向があり、特に巻五の三例が亡き院への哀傷を表すことから、院の死が影を落とす表現である。二条がB歌で院を想うのはまだ院が都に健在の時点であるが、巻五で亡き院を偲ぶ表現にもつながり、隈なき月の表現の連鎖は院をその死後まで思慕し続ける二条像を浮かび上がらせる。その二条像

は、武蔵野で亡き旧主を追慕する侍とも一脈通じるであろう。

また、二条詠Bで月に想起する院の「面影」は、①の巻一冒頭で二条が初めて契りを結んだ院の姿とも関わるのではないか。

夜もすがら泣き濡らしぬる袖の上に、薄き単衣ばかりを引きかけて立ち出でたれば、十七日の月、西に傾きて、東は横雲わたるほどなるに、(院の)桜萌黄の甘の御衣に薄色の御衣、固文の御指貫、いつよりも目とまる心地せし(中略)(院)「ひとり行かむ道の御送りも」などいざなひたまふも、「心も知らで」など思ふべき御事にてはなけれども、思ひ乱れて立ちたるに、隈なかりつる有明の影、白むほどになりゆけば、「あな心苦しのやうや」とて、引き乗せたまひて、御車引き出でぬれば、(後略)

二条の「泣き濡らしぬる袖」、月の「隈な」き光は、武蔵野で涙する二条の歌Bの「隈もなき月」と似る。巻一で後深草院は「十とて四つの月日」即ち二条が十四歳になるまで寵愛すべく「待ち暮し」たことを明かし、「形は世々に変るとも、契りは絶えじ」と誓っており、後朝の月下で二条は主君を初めて夫として仰ぐ。隈なき有明の月影も曙光に白む頃、二条は不意に院の御所へと連れ出され、説き伏せられ、院との「逃れぬ御契り」を感じ始めた。

武蔵野の歌Bで月に偲ぶ院の「面影」は、折々の院の姿を含むが、特にこの巻一の院を想起させる。都の院から遠く離れた武蔵野で月を介して追慕がつのり、契りの始まりへと遡る回想が生じたことを表している。契りが途絶えた主君に対する回想が行き着くところは、その関係性の源なのである。二条の武蔵野紀行は、厭い捨てたはずの主君を偲び返す歩みであり、主君の寵愛を受けることから始まった自己の生を辿り直す心の旅である。

以上のように、西行歌に拠る隈なき月の歌を起点とし、月下の院との契りを回想する『とはずがたり』固有の文脈が形成されている。澄んだ月のイメージは、伊勢や崩御の場面でも反復され、西行歌にならいつつも二条独特の院思慕を表すことを検証してゆきたい。

三　二見の月の歌

伊勢、特に二見の浦の場面における院への思いの表現と西行との関わりを検討する。

その前提として、伊勢の記事の前に配されている、石清水八幡で後深草院と再会した記事を確認しておく。武蔵野紀行の翌年二月の記事であり、後編では最初の再会である。

（院）「ゆゆしく見忘られぬにて、年月隔たりぬれども、忘れざりつる心の色は思ひ知れ」などより始めて、昔今のことども、移り変はる世のならひあぢきなくおぼしめさるるなど、さまざまうけたまはりしほどに（中略）（院は）立ちたまふとて、御肌に召されたる御小袖を三つ脱がせおはしまして、「人知れぬ形見ぞ。身を放つなよ」とて賜はせし（中略）（二条が）いはけなかりし世のことまで数々仰せありつるさへ、さながら耳の底に留まり、御面影は袖の涙に宿り（後略）

院は二条を忘れずに見いだした「心の色」（情愛）を強調し、二人の契りの来し方に遡って二条の幼い頃からの宮仕えの思い出を語る。ここでは具体的に示されないが、巻三までに語られていた、二条が父母の代からのゆかりで院に近しく仕えたことを語り明かしたと思われる。別れ際に二条は院から小袖を形見に賜り、一夜の語らいが逢瀬さながらの表現によって記されている。この再会で院とのえにしを結びなおしたことが、次の伊勢の場面における院への思慕につながる。

二条は四月初めに伊勢へ参り、両宮に詣でる。第二部第四章で、内宮において院を思慕する二条の歌「思ひそめし心の色の変はらねば千代とぞ君をなほ祈りつる」に対する西行の「心の色」を用いた歌の影響を論じたように、伊勢の記事は西行の影響下で書かれていると思われる。二条は両宮参詣の後、二見の浦に向かう。二見は、『千載集』神祇1278の西行歌の詞書に「二見の浦の山寺に侍りける」とあるように西行が住んだ場であり、二条は西行を意識していたはずである。

「さても、二見の浦はいづくのほどにか。御神心を留めたまひけるもなつかしく」など申すに、しるべたまふべきよし申して、宗信神主といふ者を付けたり。具して行くに、清き渚、蒔絵の松、雷の蹴裂きたまひける石など見る（中略）

「二見の浦は月の夜こそおもしろくはべれ」とて、女房ざまも引き具してまかりぬ。まことに心留まりて、おもしろくもあはれにも、言はむ方なきに、夜もすがら渚にて遊びて、明くれば帰りはべるとて、

　忘れじな清き渚に澄む月の明けゆく空に残る面影　（C）

照月《てる》といふ得選は伊勢の祭主がゆかりあるに、何としてこの浦にあるとは聞こえけるにか、「院の御所にゆかりある女房のもとより」とて、文あり。思はずに不思議なる心地しながら開けて見れば、「二見の浦の月に馴れて、雲居の面影は忘れ果てにけるにや。思ひよらざりし御物語も今一度」など、こまやかに御気色あるよし申したりしを見し心の内、我ながらいかばかりとも分きがたくこそ。御返しには、

　思へただ馴れし雲居の夜半の月ほかにすむにも忘れやはする　（D）

二条が二見で見た「蒔絵の松」は、『金葉集』雑上544の大中臣輔弘の歌「たまくしげふたみのうらのかひしげみ蒔絵に見ゆる松のむらだち」に由来する歌枕であり、『西行物語』にも語られている。

二見の浦を過けるに、つねに輔親の祭主のよみたりける、

たまくしげふたみのうらのかひしげみまきゑに見する松のむらだち

をながめて、月の光ことにさやかなりしかば、

おもひきやふたみのうらの月をみてあけくれ袖になみかけむとは

浪こすとふたみのまつの見えつるは木ずゑにかかるかすみなりけり

（文明本）

物語の西行は大中臣輔親（正しくは輔弘）の蒔絵の松の歌を想起したという。次いで西行が詠んだとされる二見の月の歌は『西行法師家集』604「二見の浦にて、月のさやかなりけるに」にのみ見え、「追而加書西行上人和歌次第不同」部分（599以降）の歌なので真作か疑わしい。二見の松の歌「浪こすと…」は、『山家集』13「同じ心（12「海辺霞」）を伊勢に二見と云ふ所にて」や、『山家心中集』（伝西行自筆本）164「海辺霞と申すことを伊勢にて神主どもよみ侍りしに」にみえる。物語のような二見の場面が(12)「西行が修行の記」に描かれていたという確証はないが、二条は蒔絵の松を見て、二見の浦を月夜に遊覧しており、物語の西行と歩みを共にしている趣がある。

二条の二見におけるCの歌は夜明けまで清き渚に澄む月を見た感興を表す。Cは、新全集の注では『新古今集』秋上400宜秋門院丹後「わすれじな難波の秋のよはのそら異浦にすむ月はみるとも」をふまえるとされる。該歌はCの初句「忘れじな」や、Dの下の句「ほかにすむにも忘れやはする」にも影響するが、二見の月の歌ではなく、Dの「雲居」の月とも異なる。

Cに関わる西行歌としては、次の『聞書集』92が見いだせる。

海上明月を伊勢にてよみけるに

月やどるなみのかひには夜ぞなきあけて二見をみるここちして

該歌は二見の月が波に映発して明朗なので夜が明けたかのごとくだとし、二条の月夜の二見遊覧やC歌の「渚に澄む

月の明けゆく空」の情趣と共通する。

Cの歌に続き、照月という得選から二条に対し、後深草院の意向を伝える女房の文が届けられる。内宮で二条が院を慕う「心の色」を歌ったことと響き交わすように、二見で院のことばが二条にもたらされる。文には、二見の浦の月に見とれて「雲居」の院の面影を忘れたのか、とあり、再び二条と会うことを望む御意が記されていた。二条の返事の歌D「思へただ馴れし雲居の夜半の月ほかにすむにも忘れやはする」は、親しんだ「雲居の夜半の月」即ち宮中の院のことは二見の月が澄んでいても忘れない、と歌う。雲居の月は、武蔵野の二条詠A「雲の上に見しもなかなか月ゆゑの身の思ひ出は今宵なりけり」でも宮中の院と結びついており、月に院を偲び続ける二条像を表す反復表現である。

西行も旅路で「雲井」の月を詠んでいる。

修行して、伊勢にまかりけるに、月のころ都思ひ出でられて
都にも旅なる月のかげをこそおなじ雲井の空にみるらめ

この『山家集』1094歌は、伊勢の西行が月に都を想って詠み、都人も「雲井」の月をながめていると想像する。伊勢と都双方から偲び合って「雲井」の月を仰ぐ点は、院からの文と二条のDの歌の応答に通じる。西行にまなんで、二人のえにしが月を媒として結ばれるさまを表したのであろう。(13)

西行には「雲井」の月に対する恋歌も『千載集』恋四875にみられる。

しらざりき雲井のよそにみし月のかげを袂にやどすべしとは

該歌は「雲井」のかなたの月、即ち高みに在って遠い恋人への思慕を表す。同歌は『御裳濯河歌合』二十八番右、『山家集』617（恋部の「月」歌群）にもみえる。同歌を『西行物語』では東国紀行の途次、武蔵野に至る直前に「旅の

月、初かりがねを我身にともなひて、山を過る心ちして、袂に涙しぼる程に、光のうつるあはれさに」（文明本）詠んだ歌とする（文明本の歌は第三句「見る月の」）。文明本同様に西行一生涯草紙や松平文庫本の武蔵野場面直前にも該歌は配される。松平文庫本は右掲の文明本と類似する記述に加え、「むべなるかなや、うれへの字をかきて秋の心をつくるといはる事のげにとおぼえてかくなん」（『和漢朗詠集』秋興・野の詩に依る）と秋の旅愁をより強調した上で、同歌（初句「しらざりし」）を配する。旅愁で涙して雲井の月を眺める物語の西行は、武蔵野で「雲の上」（A）の月を歌って涙した二条に通うところがある。

これらの西行歌の「雲井」の月に寄せる慕情に触発され、宮中の院を遥か旅先から慕って月を仰ぐ二条像を表現したのであろう。かなたの主君への恋慕が旅する二条の心をつきうごかす力の源となる在り方は、西行歌における、雲井の月を仰いで旅をし、恋をする生き方に感化されたものである。

四　伏見

伊勢の記事に続き、翌年九月に二条が後深草院に招かれて伏見殿で対話する記事が巻四末に配される。

隈なき月の影に、見しにもあらぬ御面影は、映るも曇る心地して、いまだ二葉にて明け暮れ御膝のもとにありし昔より、今はと思ひ果てし世のことまで、数々うけたまはりゐつるも、我が古事ながら、などかあはれも深からざらむ。

伏見で拝した院の「面影」が「隈なき月の影」に照らされる描写は、直接西行歌を引用しているわけではないが、西行の月の歌に基づいて二条が武蔵野で詠んだ歌B「隈もなき月になりゆくながめにもなほ面影は忘れやはする」と同じく遍満する月光を強調して、院との契りをふりかえる局面を浮かび上がらせる。

二条の幼時の宮仕えから院との別れまでを院が回顧するのは、石清水における再会と同じであり、巻四は院と二条が昔語りをする場面を反復する。院とのえにしの回顧が、二条の生い立ちまで遡る人生史の回想として、くり返し描かれる。[14]

伏見の対話では、院が二条の旅中の男との交わりを疑ったのに対し、二条は修行中に契りは結ばなかったことを誓い、院一人への思慕を語る。

> 幼少の昔は二歳にして母に別れて、面影を知らざる恨みを悲しみ、十五歳にして父を先立てし後は、その心ざしを偲び、恋慕懐旧の涙は、いまだ袂をうるほしはべる中に、わづかにいとけなくはべりし心は、かたじけなう御まなじりをめぐらして、憐愍の心ざし深くましましき。その御陰に隠されて、父母に別れし恨みも、をさをさ慰みはべりき。やうやう人となりて、初めて恩眷をうけたまはり（後略）

二条は幼くして父母を亡くした身に寵愛を賜った恩のある院を親よりも慕い、院と別れた後の孤独な旅の悲哀を訴えた。

院の返事は、親代わりに育むつもりだった二条と中途で別れ、「浅かりける契り」と思いこんでいた誤りを侘び、二条の「深く思ひそめける」院への思慕に気づいたという。このように、院との根深いえにしが院の生前最後の対話において再確認されている。

前述のように、武蔵野の隈なき月の歌Bは巻一で隈なき月下に院と契り初めたことの回想をはらみ、寵を受けることから始まった二条の生の源へ遡る志向があった。伏見でも隈なき月下で、院と共に在った二条の生い立ちへと遡り、幼時から院を慕い続ける自己像を語る。二条の院思慕は、主君という自己の生の原点へ立ち帰ることで、その源から離れて遙かに旅しつづける私の在りか、存在の由縁を確かめる営みとして語られている。院思慕を照らす隈なき月は、二条の身の上が根ざす主君という存在の輪郭を輝かす光である。月下の院思慕は西行の月の歌に拠って描かれてきたが、院を自己の生の源として慕うことは、二条独特の恋情の在り方なのである。

五　月下の崩御

隈なき月は巻五の後深草院の崩御当夜、七月一六日（嘉元二年〈一三〇四〉）の記事にも現れる。

夜もやうやう更けゆけど、帰らむ空もおぼえねば、空しき庭に一人ゐて、昔を思ひつづくれば、折々の御面影、ただ今の心地して、何と申し尽くすべき言の葉もなく、悲しくて、月を見れば、さやかに澄み昇りて見えしかば、

隈もなき月さへつらき今宵かな曇らばいかにうれしからまし　（E）

釈尊入滅の昔は日月も光を失ひ、心なき鳥、獣までも愁へたる色に沈みけるにと、げにすずろに月に向ふ眺めさへつらくおぼえしこそ、我ながらせめてのことと思ひ知られはべりしか。

二条は七月十日頃に院が重篤と聞いて自らの命とひきかえに院の延命を祈願するが、十五日に今はの院を一目拝し、一六日に崩御を迎えた。その夜に院の面影を浮かべながら言葉を失い、澄み昇る月を仰いでEの歌を詠む。Eは、「崩御の夜にも隈なく輝く月が恨めしく、悲しみに暮れる心に応じて月も曇ればよいのに」という大意の歌である。

E歌に関する新全集の注は、『山家集』1227の、保元の乱に敗れて出家した崇徳院がいる仁和寺へ駆けつけた西行が詠んだ、

かかるよにかげもかはらず澄む月を見る我が身さへ恨めしきかな(15)

を「連想させる」と指摘する。該歌が澄む月を恨む点は二条詠Eと重なるが、西行が動乱の折にも冷徹に澄む月を恨むのと、二条が崩御の夜にも隈なき月を恨むのは、恨みの質が異なる。二条はE直後に、涅槃の折には日月も光を失ったという故事を連想し、それとは逆の隈なき月を恨む。Eについては死にまつわる西行の月の歌との接点を探る必要がある。

西行が帝王の崩御を悼んで詠んだ月の歌として、二条院（永万元年〈一一六五〉七月二八日崩御）の五十日の忌明けの頃の歌が『山家集』に見いだせる。

五十日のはてつかたに、二条院の御墓に御仏供養しける人にぐしてまゐりたりけるに、月あかくてあはれなりければ

こよひ君死出の山路の月をみて雲の上をやおもひいづらん　(792)

御あとに、三河内侍候ひけるに、九月十三夜、人にかはりて

かくれにし君がみかげの恋しさに月にむかひてねをや泣くらん　(793)

返し　　　　　　　　　　　　　　　　　内侍

我が君の光かくれし夕より闇にぞまよふ月は澄めども　(794)

西行は792歌で亡き院が冥途で月を眺めて生前の「雲の上」（宮中）を偲ぶさまを想って悼む。続いて、二条院に仕えた三河内侍(16)（寂念女）に対して十三夜に贈る歌793を代作し、内侍が亡き主君の面影を慕い、月に向かって泣くさまを思いやっていたわった。西行が歌う三河内侍の姿は、二条がE歌前後で亡き院の「面影」を思い浮かべて「月に向ふ」姿に重なる。

三河内侍の返歌794は、主君を日の光に喩え、その光を失った夕べ以来闇に惑う心とは裏腹に十三夜の月が澄んでい

ることを詠む。二条のE歌の後文にも「日月も光を失ひ」と、日が光を失う表現がある。三河内侍は哀傷の心の闇を歌い、二条もEの下の句「曇らばいかにうれしからまし」や後文の「光を失ひ」と、やはり暗澹たる哀傷の心を表している。両者は哀傷の闇と澄んだ月光を対照する点も重なる。Eが三河内侍詠をふまえたわけではないが、両歌の共通性の検討を通し、二条の哀傷の表現性を捉えたい。

三河内侍詠は『後拾遺集』雑三977の歌をふまえることが注釈(17)されている。

後朱雀院御時としごろ夜居つかまつりけるに、後冷泉院位につかせたまひて又夜居に参りて後、上東門院にたてまつり侍ける　　天台座主明快

くものうへに光かくれし夕よりいくよといふに月をみるらん

該歌は後朱雀院の崩御を日光が隠れる夕べに喩えて月と対比しており、三河内侍の歌の日と月の対照表現に影響している。

三河内侍詠の日光が隠れるという崩御の比喩は、『栄花物語』巻三十鶴の林で道長の死を釈迦入滅になぞらえて哀しむ「世の中の尼ども」の言の、

近く、釈迦如来、三十五にして仏道なりたまへり。八十にして涅槃に入りたまふ。仏日すでに涅槃の山に入りたまひなば、生死の闇に惑ふべし。

という、涅槃を日没に喩える表現に類似する。巻三十には月の表現はないが、遺された者が「闇に惑ふ」という表現も、三河内侍詠の第四句「闇にぞまよふ」と重なる。

涅槃の時の日月の故事(18)は、『大般涅槃経』巻十九・梵行品第八之五「仏日将レ没ニ大涅槃山一。」という日没の比喩や、『大般涅槃経後分』巻上・応尽還源品第二「爾時十方世界大地虚空寂然大闇。日月精光悉無ニ復照一。黒闇愁悩彌ニ布世

界。」という涅槃直後の暗黒の表現などに由来する。

涅槃を日没に喩える歌も『新古今集』釈教にみられる。

二月十五日のくれ方に、伊勢大輔がもとにつかはしける　相模

つねよりもけふのけぶりのたよりにや西をはるかに思ひやるらむ（1973）

返し　伊勢大輔

けふはいとど涙にくれぬ西の山おもひ入日の影をながめて（1974）

伊勢大輔の歌は「入日の影」で涅槃を表して釈迦を偲ぶとともに、『伊勢大輔集』の同贈答を含む歌群[19]によれば、亡き夫（高階成順）を偲ぶ思いを重ね合わせた歌と知られる。三河内侍詠も日が沈む夕べに喩えて主君の死を悼むため、涅槃の連想[20]がはたらいているだろう。

二条もE歌「隈もなき月さへつらき今宵かな曇らばいかにうれしからまし」に続けて、日月も光を失う涅槃に院の崩御をよそえたい思いとは裏腹に隈なき月であることを恨む。二条と三河内侍は、女房が主君の帝王を喪ったことを涅槃のごとく哀しみつつも澄んだ月を仰ぐという表現を共有している。そして、三河内侍の歌を引き出したのが、代作とはいえ西行の贈歌であり、西行詠に導かれて主君の死を悼み歌う女房像は、二条に通じるものがあるのではないか。

Eの「隈もなき月」という歌い出しは、武蔵野で院を偲んで十五夜の月を「隈もなき月」と詠んだB歌と等しい。Bには西行の隈なき月を詠んだ恋歌の影響が看取されたが、Eも「くまもなきをりしも人を思ひ出でて心と月をやつしつるかな」（『新古今集』1268）と同じく隈なき月をみて人を偲ぶ点で西行の影響が認められる。『新古今集』の西行歌が恋人を想起して涙で月を曇らせたことを惜しむのに対し、Eは亡くなった院の面影が蘇ってかき暗す心に呼応して

月が曇ることを望む。(21) 恋の回想に伴って曇る月を表す西行歌が、主君の死を涅槃のごとく悲しむ二条の心の闇を隈なく照らす月の歌へと転じられている。Eは西行歌を承けつつも変じて、二条の痛切な哀傷を表し得ている。

『とはずがたり』の隈なき月は巻一の院との馴れ初めから、武蔵野で院を偲ぶ場面、巻四の伏見で宿縁を再確認した局面まで、くり返し描かれてきた。崩御当夜の隈なき月をみて蘇る院の面影は、巻一から巻四に至る折々の、契りを深く結んだ院の姿であろう。

月下に後深草院を偲ぶことは、院と共に生きた二条の身の上を回想することでもあった。院は二条の生を司った存在であり、二条の生涯の由って来たる源に在る主の君であった。その死は、二条の生の根源における喪失であり、光源を失った心は闇に呑まれた。院の死とともに、院を慕い続けた二条の生もまた一つの終焉を迎えたことが表現されているのである。

おわりに

『とはずがたり』後編には西行の月の歌をふまえて二条の後深草院思慕を描く傾向が見いだせた。雲井に遍満する月光に触発される恋心を表す西行歌に基づいて隈なき月に寄せる慕情をくりかえし歌うと共に、二条固有の院への恋慕と哀悼を語る志向が後編には認められた。

「はじめに」で後編の表現の主な志向が、西行にならう生を書くことと、院とのえにしを語ることであると述べたが、二者を結びつける要となる表現が、月であった。月表現の反復と照応は、西行にまなんで月を歌いつつ旅すると同時に院との宿縁を回想して確かめる二条像を独自に造型する方法なのである。月は西行憧憬と院思慕を共に表す光として『とはずがたり』に照り満ちているのである。

注

（1）標宮子『とはずがたりの表現と心』第五編第一章（聖学院大学出版会、二〇〇八年）参照。

（2）久保田淳『建礼門院右京大夫集　とはずがたり』（小学館、一九九九年）の注を参照。なお、『とはずがたり』の草深い武蔵野を分け行く様の描写は、諸注指摘するように、『更級日記』の武蔵野の旅の描写「蘆荻のみ高く生ひて、馬に乗りて弓もたる末見えぬまで、高く生ひ茂りて、中をわけゆく」と類似するが、『更級日記』の旅は九月下旬であり、武蔵野の月を描かない点で、『とはずがたり』や『西行物語』が十五夜の月を強調するのとは異なる。『更級日記』本文は新編日本古典文学全集による。

（3）なお、武蔵野記事は静嘉堂文庫本に無く、永正本は挙げる草花が多い。

（4）桑原博史『西行物語』（講談社、一九八一年）参照。

（5）三角洋一『とはずがたり　たまきはる』（岩波書店、一九九四年）の注は『とはずがたり』の花の描写と類似する『発心集』同話の描写を指摘する。

（6）今村みゑ子「『発心集』「郁芳門院の侍良、武蔵の野に住む事」における抒情性」（『鴨長明とその周辺』和泉書院、二〇〇八年）は、『発心集』の花月の描写が『西行物語』に影響し、『撰集抄』同話は花月描写が乏しいことを指摘する。

（7）今村みゑ子・注（6）前掲論文を参照。

（8）太田由紀子「『とはずがたり』における西行歌の受容」（『金沢大学国語国文』14号、一九八九年二月）参照。同論は『山家集』334歌が久保家旧蔵本の武蔵野場面末尾で西行が侍と別れる際に詠んだ歌とされることも指摘する。但し、該歌は略本系や松平本などの同場面にのみみえ、二条の「西行が修行の記」に載っていたか定かでない。

（9）『新古今集』1185「面影の…」は『西行物語』広本・略本ともに中院右大臣（源雅定）の奉行で恋百首を召されたので詠

んだ歌（全て『新古今集』入集の恋歌）の一つとし、『新古今集』1268「くまもなき…」は文明本（初句「さやかなる」）、略本、松平本では平泉の秀衡が恋百首を勧進したので詠んだとされる六首（五首は『新古今集』入集の恋歌）の一つである。この物語の虚構の設定と『とはずがたり』との接点は見いだしがたい。

(10)　阿部真弓「『とはずがたり』におけるメタファーとしての月影―後深草院をめぐる―」（『『とはずがたり』の諸問題』和泉書院、一九九六年）は、院に関する月表現は二条が主君と仰ぐ院の帝王としての威光を表し、巻五の崩御記事では澄月で二条の哀傷を表すことを指摘するが、巻一・四・五の「隈なき」月表現の相互連関と西行の影響は検討していない。

(11)　御影に対する二条詠については、第二部第六章で論じた。

(12)　二見の歌三首は渡辺家旧蔵本、永正本、寛永本に欠くが、その他諸本は共有する。

(13)　この『山家集』1094歌「都にも旅なる月のかげをこそおなじ雲井の空にみるらめ」は、第三部第二章で論じたように、『都の別れ』の月の歌が引用する西行の『新古今集』938「月見ばと契りおきてし古郷の人もや今宵袖ぬらすらむ」と同じく、旅人が月見を介して都人との連帯感を求める志向を有する。『都の別れ』の連帯志向は、伊勢の二条が西行歌1094に倣ってD歌で「雲居の夜半の月」を介して都の院と交流する表現と相似する方向性である。

(14)　巻四の武蔵国川口でも二条は四歳から院に仕えて「君の恩眷」を受けた事を回想する。

(15)　『山家集』1227の該歌は『西行物語』広本にも江口の遊女との贈答の後、寂然との贈答（『山家集』1228 1229）の前に配され、該歌の前文は『山家集』1227詞書と概ね等しい。該歌前後の物語と二条詠Eの接点は見いだせない。

(16)　二条院の死を悼む三河内侍の哀傷歌は、『玉葉集』雑四2398「二条院かくれさせ給ひてまたのとしの夏、郭公をききて」「ねざめしておもひぞ出づる時鳥雲井にききしさ夜の一こゑ」他、『師光集』107、『隆信集』861、『月詣集』963にもみえ、亡き主君を偲んで歌う点は巻五の二条の姿に一脈通う。森本元子『二条院讃岐とその周辺』第一章・第二章（笠間書院、一九八四年）によれば、三河内侍は二条院に東宮時代から仕え、即位後に掌侍となり、女房歌人として活躍した。

(17)　西澤美仁・宇津木言行・久保田淳『山家集／聞書集／残集』（明治書院、二〇〇三年）参照。

(18)　涅槃の表現は、森正人「涅槃経」（『岩波講座日本文学と仏教六巻』岩波書店、一九九四年）参照。涅槃経・涅槃経後分は『大正新修大蔵経』十二巻（四八〇頁・九〇五頁）参照。

(19)『新編国歌大観　七巻』所収『伊勢大輔集』（流布本）98～106歌を参照。

(20)帝王の崩御を釈迦の涅槃になぞらえる例として、『長秋草』151の俊成が後白河院の崩御を悼む長歌で、「たちわかれけんもろ人は　むかしの春の　きさらぎの　つるのはやしに　ことならじ」と、人々が葬送に立ち会ったさまを涅槃時に喩える表現もみられ、それに和した通親の長歌にも「鶴の林に　薪尽き」（『長秋草』161）とある。

(21)新編国歌大観（ＤＶＤ-ＲＯＭ版）の句検索によれば、「くまもなき」月の歌の中世までの用例では、二条詠Ｅや西行の『新古今集』1268歌のように月が曇ることと人を偲ぶ心を関わらせる歌は見いだせない。また、隈なき月を表す歌全般を探しても、西行歌以外の勅撰集や物語、その他の歌に、二条詠がふまえたと考えられる例は見いだせない。

＊参照した本文は、『発心集』は新潮日本古典集成、『山家心中集』・『撰集抄』（松平文庫蔵本）は久保田淳編『西行全集』による。各本文の表記は私に改めた所がある。

初出一覧

本書の初出は以下の通り。全体にわたり初出稿には補訂を加えた。

序章　書き下ろし

第一部

第一章　「『阿仏の文』論―后がねの心構えをめぐって―」（『国語と国文学』八七巻八号、二〇一〇年八月）

第二章　書き下ろし

第三章　「『十六夜日記』の鎌倉滞在記について―贈答歌を中心に―」（『国語と国文学』九〇巻八号、二〇一三年八月）

第二部

第一章　「『とはずがたり』論―父の死を生きる二条―」（『国語と国文学』八四巻九号、二〇〇七年九月）

第二章　「『とはずがたり』巻二の「傾城」と二条―遁世をめぐって―」（『日記文学研究誌』一四号、二〇一三年十月）

第三章　「『とはずがたり』の女楽―「思ひ切りぬる四つの緒」―」（『東京大学国文学論集』七号、二〇一二年三月）

第四章　「『とはずがたり』の歌語表現の反復について―いつまで草・なるみ・心の色―」（『東京大学国文学論集』九号、二〇一四年三月）

第五章　書き下ろし

＊

第六章　「『とはずがたり』巻五の後深草院の御影をめぐる表現」
（『日本文学研究ジャーナル』二号、二〇一七年六月）

第三部

第一章　「西行の「命なりけり」の歌と鎌倉期の日記の表現」（『国語と国文学』九五巻一一号、二〇一八年一一月）

第二章　書き下ろし

第三章　書き下ろし　＊

第四章　「『とはずがたり』後編と西行─月の歌の影響を中心に─」
（『西行学』五号、二〇一四年一二月）

＊第二部第五章の一から三までの節、第三部第三章は、博士論文「中世日記文学の研究─阿仏尼から『とはずがたり』へ─」（二〇一四年九月提出、二〇一五年二月学位取得）の一部に加筆修正を施して執筆した。

あとがき

中世の日記作品を読み始めた頃は、『とはずがたり』への関心が強かった。その前編の恋と死や、後編の旅と追想など、二条の数奇な生涯の語りに惹かれたのが研究のきっかけであった。二条の身の上の語りには物語性が強いと言われていることに興味を抱き、『とはずがたり』を作り物語と比較することから考え始めた。

しかし次第に、日記の随所にある歌語が表す人々の生死を読む姿勢が強まり、本書は主に『とはずがたり』や『十六夜日記』などの歌について論じた。その歌は日記の一部分だから、歌に関する拙論は日記総体を把握できていない微少なものだが、日記の歌は短いことばでありながら日記の全体像と響き合うはたらきをはらんでいるのではないかと考えている。日記における人々のえにしの縮図を描く力が歌にはあると思われ、本書はその表現力について考えた小論である。

今までご指導をいただいた渡部泰明先生をはじめとする東京大学国文学研究室の先生方と、ご教示をいただいた三角洋一先生に、深く感謝いたします。

また、出版にあたって高配を賜った青簡舎の大貫祥子氏に御礼を申し上げます。

そして、育み支えてくれた母に感謝いたします。

二〇一九年八月

高木　周

高木　周（たかぎ しゅう）
一九八一年　東京都生まれ。
二〇一二年　東京大学大学院人文社会系研究科博士課程単位取得退学。
現在　東京大学国文学研究室助教。博士(文学)。

中世日記文学の表現方法

二〇一九年一〇月二五日　初版第一刷発行
著　者　高木　周
発行者　大貫祥子
発行所　株式会社青簡舎
〒一〇一-〇〇五一
東京都千代田区神田神保町二-一四
電　話　〇三-五二一三-四八八一
振　替　〇〇一七〇-九-四六五四五二
装　幀　水橋真奈美（ヒロ工房）
印刷・製本　株式会社太平印刷社

ISBN978-4-909181-22-0 C3093